Knaur.

Über die Autorin:
Jane Gordon, Jahrgang 1956, arbeitete zunächst als Fernsehjournalistin bei ITN. Heute schreibt sie regelmäßig für *The Times*, den *Daily Telegraph*, die *Daily Mail* und die *Mail on Sunday*. Sie ist Mutter von drei Kindern und lebt in Chiswick.

Jane Gordon

Ehemänner auf Rezept

Roman

Aus dem Englischen
von Annette Hahn

Knaur Taschenbuch Verlag

Die englische Originalausgabe erschien
unter dem Titel »Stepford Husbands« bei Signet.

Besuchen Sie uns im Internet:
www.knaur.de

Vollständige Taschenbuchausgabe August 2006
Knaur Taschenbuch.
Ein Unternehmen der Droemerschen Verlagsanstalt
Th. Knaur Nachf. GmbH & Co. KG, München
Copyright © 1996 by Jane Gordon
Copyright © 1997 für die deutschsprachige Ausgabe by Schneekluth.
Ein Verlagsimprint der Weltbild Verlag GmbH, Augsburg.
Copyright © 2006 by Droemersche Verlagsanstalt
Th. Knaur Nachf. GmbH & Co. KG, München
Alle Rechte vorbehalten. Das Werk darf – auch teilweise –
nur mit Genehmigung des Verlages wiedergegeben werden.
Umschlaggestaltung: ZERO Werbeagentur, München
Umschlagabbildung: Mauritius Images, Mittenwald
Satz: Adobe InDesign im Verlag
Druck und Bindung: Clausen & Bosse, Leck
Printed in Germany
ISBN-13: 978-3-426-63378-6
ISBN-10: 3-426-63378-7

2 4 5 3 1

Für Demi und Petie
In Liebe und Dankbarkeit

Vorwort

Caroline war so müde, dass sie nicht wusste, ob sie den Abend durchstehen würde. Sie hatte um sechs Uhr früh das Haus verlassen, um rechtzeitig zur Vorbesprechung einer Präsentation für einen neuen Kunden da zu sein. Sie hatte drei Berichte geschrieben, einen schwierigen Vertrag für ein langweiliges, aber lukratives Termingeschäft ausgehandelt und es nachmittags sogar geschafft, zwischen zwei Nachbesprechungen der bereits fertig gestellten Mistral-Werbung einkaufen zu gehen.

In dem Moment, da sie die Wohnung betrat, konnte sie spüren, dass Nick schlecht gelaunt war. Draußen war es heiß und sonnig, und er hatte die Rollos heruntergezogen und die Fenster geschlossen. Er saß zusammengesunken auf dem Sofa und sah eine dieser seifigen Vorabendserien.

»Hattest du einen guten Tag?«, fragte sie vorsichtig, während sie direkt in die Küche ging, um ihre warm gewordenen Einkäufe in den Kühlschrank zu stellen.

»Du kannst die Kreativität eines Künstlers nicht einfach so anknipsen wie einen verdammten Fernseher«, schnaubte er vom Sofa her, auf dem er neuerdings auch immer häufiger übernachtete. Caroline ignorierte seine schlechte Laune – nun ja, in letzter Zeit war es eher permanente Griesgrämigkeit – und räumte die Küche auf, packte die Lebensmittel weg und machte sich daran, ihm einen Salat herzurichten.

»Du hast es doch nicht vergessen, Darling«, begann sie in

dem besänftigenden Tonfall, den sie sich ihrem Mann gegenüber in letzter Zeit angewöhnt hatte. »Ich besuche heute Abend Juliet und treffe dort die Mädels. Nicola ist endlich wieder zurück.«
Er machte sich nicht die Mühe zu antworten, sondern grunzte nur und schlurfte zum Kühlschrank, um sich eine Dose Bier zu holen.
»Du siehst fürchterlich aus«, sagte er, als er an ihr vorbeiging.
Sie wurde rot. Fast den ganzen Tag lang war ihr übel gewesen, und die Hitze, die sie schon immer gehasst hatte, ließ sie meist fleckig und aufgedunsen aussehen. Heute war es sogar so schlimm, dass sie befürchtete, ihr Mann könnte ihr Geheimnis erraten haben.
Nein, vermutlich nicht, dachte sie, während er nach dem kurzen verächtlichen Blick zu seinem Sofa zurückschlurfte. Ihr letzter Liebesakt, der vor fast fünf Monaten stattgefunden hatte, wie sie voller Entsetzen nachrechnete, war grob und unbefriedigend gewesen, ausgelöst durch Wut und Alkohol. Nicht nur, dass er sich nicht mehr daran erinnern könnte – er würde es vermutlich nicht für möglich halten, dass aus solch einer banalen und rohen Vereinigung neues Leben entstanden war.
»Ich hab dir was in den Kühlschrank gestellt«, sagte sie und zog sich in die Ruhe und Kühle des Badezimmers zurück.
Sie schloss die Tür ab und zog sich aus. Ihr Körper dünstete einen stechenden Geruch aus, den sie vorher noch nie wahrgenommen hatte. Und obwohl noch keine deutlichen Anzeichen der Veränderung zu sehen waren, die mit ihrem Körper vorging, wurde ihre jungenhafte Figur – zumindest in ihren kritischen Augen – ganz allmählich runder. Bevor sie duschte, stellte sie sich vor den Spiegel, in dem sie und

Nick sich zu Beginn ihrer Ehe häufig beim Liebesspiel beobachtet hatten.

Alles, was man sah, war ein kleines Bäuchlein, nicht größer als die normale Rundung bei einer durchschnittlichen Frau ihres Alters. Sie drehte die Dusche auf kalt und genoss einen Augenblick lang das eisige Prickeln des Wassers auf ihrem Körper und dem Kopf mit den kurz geschnittenen weißblonden Haaren.

Sie hatte es niemandem erzählt. Die meisten ihrer Freunde wussten, dass Nick keine Kinder wollte und sie bei ihrer Heirat eine Art Abkommen geschlossen hatten – Nick nannte es einen »Kreativkontrakt« –, kinderlos zu bleiben. Bei der Arbeit war folglich niemand auf die Idee gekommen, ihre derzeitige Blässe mit einer Schwangerschaft in Verbindung zu bringen.

Während sie den Bademantel überwarf und ins Schlafzimmer ging, um sich etwas zum Anziehen herauszusuchen, dachte sie, dass sie sich wie einer dieser verzweifelten Teenager benahm, von denen man immer in den Frauenzeitschriften las. Mädchen, die bis zum Zeitpunkt der Geburt ihren Zustand verheimlichten. Mädchen, die ihre Babys dann im Badezimmer ertränkten oder sie in ein Handtuch wickelten und im Bus-Wartehäuschen aussetzten. Nur dass sie kein Mädchen war, sondern eine gebildete, erfolgreiche Frau Anfang dreißig, die ihr Kind vor dem eigenen Ehemann, den Freunden, Kollegen und sogar sich selbst verheimlichte.

Sie hatte schon immer einen maskulinen Look bevorzugt. Der Kontrast zwischen ihrer männlichen Kleidung, ihrer schlanken Figur und den feinen, blassen Gesichtszügen wirkte apart und anziehend. Zu Beginn ihrer Beziehung hatten sie und Nick tatsächlich untereinander die Kleider getauscht. Es hatte irgendwie zu dem Gefühl beigetragen, verwandte Seelen zu sein.

Sie zog eine Hose an, ein gestärktes, weißes Hemd und darüber ein langes Jackett. Nach einem prüfenden Blick in den Spiegel war sie sicher, dass ihre Freundinnen keine Veränderung an ihr bemerken würden. Mit dreiunddreißig sah sie noch immer so zerbrechlich aus wie ein junges Mädchen kurz vor Beginn der Pubertät.

Sogar heute, vor den Frauen, die sie auf dieser Welt am meisten liebte und denen sie vertraute, wollte sie ihre Schwangerschaft verheimlichen. Ich werde mich bald darum kümmern, dachte sie, überprüfte ihr Make-up und ging zurück ins Wohnzimmer, wo Nick als einziges Lebenszeichen per Fernbedienung die Kanäle gewechselt hatte – von *East-Enders* zu *The Bill*.

»Ich gehe jetzt«, sagte sie betont freundlich. Sie war nicht sicher, dass er sie gehört hatte, aber überzeugt, dass es ihm egal war, und dann fast dankbar, beim Verlassen der Wohnung das vertraute Grunzen zu hören, das ihr Kommen und Gehen normalerweise begleitete.

Die Kinder kamen heute spät aus der Schule und Georgia wurde langsam unruhig. Nicht weil sie sich Sorgen um die Mädchen machte, sondern weil sie im Kopf bereits alles auflistete, was sie noch erledigen musste, bevor sie am Abend nach London entfliehen konnte.

Richard behauptete immer, sie wäre unfähig zu delegieren. Und das stimmte. Die Bediensteten, die ihr durch Richards privilegierten Status aufgedrängt worden waren, hatte sie ebenso wenig unter Kontrolle wie ihre Kinder.

Sie verbrachte den größten Teil ihres Lebens damit, für andere das zu tun, was diese anderen eigentlich für sie tun sollten, oder zumindest für sich selbst. Sie spielte Zimmermädchen für das Kindermädchen (Sandy wollte jeden Morgen ihren Tee im Bett trinken), verhandelte mit Mrs. Henderson über deren wöchentliche Arbeitsstunden, erledigte die Hausaufgaben der Kinder, fütterte die Hamster, ging mit Tamsins Hund Gassi oder holte die Kinder – so wie jetzt – anstelle des Kindermädchens oder Richards Chauffeur, Mr. Henderson, von der Schule ab.

Nicht, dass Georgia ein besonders aufopfernder Typ war. Insgeheim schrie, tobte und schalt sie sich selbst wegen ihrer Nachgiebigkeit. Aber sie fühlte sich eben verantwortlich. Und wie sie zu Richards offensichtlichem Unmut erklärte: Wenn sie ihren Kindern keine ordentliche Mutter oder ihrem Mann keine ordentliche Ehefrau sein konnte (vorausgesetzt, dass Richard auch zu Hause war und nicht in Westminster), was gäbe es denn sonst für sie zu tun? Die einzige Anstellung, die Georgia je gehabt hatte – und auch das nur für zwei Monate –, war als Verkaufsgehilfin bei YSL in der Bond Street gewesen. *Vendeuse*, wie es wichtigtuerisch geheißen hatte.

Immer wenn Richard begeistert von Ehepaaren sprach, wo beide Karriere machten – Ken und Barbara Follett, Tony und Cherie Blair oder sogar Virginia und Peter Bottomley, dem »Tandem-Team«, wie es einer seiner Politikerkollegen nannte –, musste sie ihn daran erinnern, dass er schon von Berufs wegen an die traditionelle Familie glauben musste und sie geradezu der Inbegriff der Ehefrau war und somit seinen politischen Traum verkörperte. Auch wenn im Moment diese Verkörperung, nun ja: dieser Körper, ihn körperlich abstieß.

Emily kam als Erste aus dem Schulgebäude, mit ihrem wohl bekannten scheuen Stirnrunzeln im Gesicht. Sie setzte sich

auf den Beifahrersitz des Espace und sah mit kurzem, flüchtigem Lächeln zu ihrer Mutter auf.
»Und? Lief's gut, mein Schatz?«
»Was denkst du wohl?«, erwiderte Emily und deutete damit wie fast immer an, dass alles schief gelaufen und dies in irgendeiner Weise die Schuld ihrer Mutter war.
Tamsin kam als Nächste. Sie wirkte entspannter, aber ebenso anklagend wie Emily. Sie war das einzige Mädchen ohne Banküberweisung für den geplanten Schulausflug, das einzige Mädchen ohne ordentliche Nike-Sportschuhe, das einzige Mädchen, das kein Essen von zu Hause eingepackt bekam und deshalb den Schulfraß hinunterwürgen musste (und so weiter). Selbst Tom verbrachte neuerdings die meiste Zeit damit, Beschwerden und Forderungen zu äußern. Manchmal kam es Georgia vor, als würde sie von ihrer Familie bei lebendigem Leib aufgefressen. Als würde sie im Laufe der Jahre ausgesaugt und geschwächt, unsicher und rückgratlos gemacht.
Nachdem sie zu Hause angekommen war und Sandy erklärt hatte, wo ihr Mittagessen war, den Kinder ihres gegeben, die Hunde gefüttert und Tom gebadet hatte, blieben ihr nur noch zehn Minuten, um sich selbst zurechtzumachen. Wie gut, dachte sie, während sie in ihr Zimmer flüchtete, dass sie nicht allzu wählerisch war, was Kleider anbelangte. Die Marina-Rinaldi-Jacketts vom letzten Jahr waren zwar ein bisschen eng geworden, aber sie weigerte sich strikt, mehr als Größe 42 zu kaufen. Doch wenn sie sich so im Spiegel anschaute und das Kinn dabei ein wenig reckte, fand sie sich hübsch. Da schimmerte immer noch ein bisschen die Debütantin von 1979 durch. Unter den Falten der erschlafften Haut, die durch all die Extrapfunde, die sie mit sich herumschleppte, zu Hängebacken auszuwachsen drohten, konnte

man immer noch erkennen, was Dempster einst als »katzenhafte« Schönheit bezeichnet hatte. Die leicht schrägen violetten Augen, die zierliche Stupsnase und der kleine, aber volle Mund waren immer noch vorhanden, selbst wenn man mittlerweile ein wenig genauer hingucken musste.

Auf ihrer Frisierkommode neben dem dreiteiligen Spiegel stand ein Foto von ihr, das Terry O'Neill aufgenommen hatte, als sie achtzehn war. Der Kontrast zwischen ihrem jugendlichen Ich und der fünfunddreißigjährigen Frau, die sich hektisch Puder in die Falten ihres Gesichts klopfte, erschreckte Georgia nun aber doch so sehr, dass sie drauf und dran war, das Bild in den Abfallkorb zu fegen. Aber es gibt Wichtigeres im Leben als körperliche Schönheit, dachte sie, während sie das Foto hochnahm und genauer betrachtete. Die Frau, die ihr heute Abend aus dem Spiegel entgegenblickte, mochte ihr vielleicht nicht gefallen, aber all die Jahre, die aus einem knusprigen Teenager eine leicht mollige reife Frau gemacht hatten, hatte sie durchaus genossen.

Das größte Geschenk im Leben, davon war sie überzeugt, waren nicht gutes Aussehen, Intelligenz oder Talent, sondern Kinder. Und es war die Geburt ihrer drei Kinder gewesen, die ihre körperliche Erscheinung geprägt hatte. Es waren die Liebe und Sorge um ihre Babys, die sich in kleine Fältchen auf ihrer Stirn verwandelt hatten, und die körperliche Last der Schwangerschaft, die sich in diese Fettpolster umgesetzt hatte, die jetzt ihren Körper entstellten. Sie durfte sich nicht beklagen, dachte sie, als sie das Bild wieder zurückstellte und ihr fünfunddreißigjähriges Gesicht betrachtete, wenn sie in den letzten zehn Jahren nicht nur ihre Kinder hinzugewonnen hatte.

Als sie schließlich in den Zug nach London stieg, durchzog sie ein wohliges Gefühl der Zufriedenheit. Es war schön, ihre Freundinnen wieder einmal sehen zu können und der Langeweile ihres Hausfrauenlebens – wenn auch nur für ein paar Stunden – zu entfliehen. Sie betete darum, dass Juliet nett zu ihr wäre, dass Nicola sich nicht darüber auslassen würde, wie dick sie in den letzten vier Jahre geworden war, und dass Richard daran gedacht hatte, dass sie heute bei ihm in der Stadt übernachtete. Es wäre typisch für ihn, wenn er es vergessen hätte.

Amanda überlegte, ob sie den Abend nicht lieber absagen sollte. Sie fühlte sich deprimiert. In der Arbeit war es anstrengend gewesen, sie hatte ein schlechtes Gewissen, Anoushka allein zu lassen, und sie sah fürchterlich aus. Wenn sie sich mit den Mädchen traf, hatte sie immer das Gefühl, sich besonders herausputzen zu müssen. Manchmal dachte sie, die anderen würden sie inzwischen schon als eine Art Sozialfall ansehen. Zumindest wusste sie, dass sie von ihnen bemitleidet wurde, und wenn es eins gab, was Amanda hasste – von Steve einmal abgesehen –, dann war es Mitleid.
Es war eigentlich viel zu heiß, um in der Rush-Hour mit der U-Bahn zu fahren. Und die von den Straßen gespeicherte Hitze hatte ihre Füße anschwellen lassen, sodass ihre Schuhe mit den Stilettoabsätzen unangenehm drückten, als sie an der *Kennington Station* die Treppe nach oben stieg.
Als sie die Wohnung der Tagesmutter, die ein paar Blocks von ihr entfernt wohnte, endlich erreicht hatte, konnte sie vor Schmerzen kaum noch laufen. Aber der Anblick von Anoushkas blassem und unglücklichem Gesicht minderte ihre eigene Pein. Denn während Amanda stark und zäh genug war, mit den misslichen Lebensbedingungen fertig zu werden, war es ihrer fünfjährigen Tochter – »Prinzes-

sin Anoushka«, wie ihr Vater sie immer genannt hatte – deutlich anzusehen, dass die dramatischen Veränderungen in ihrem Leben sie verwirrten und verunsicherten. Amanda umarmte das Kind, und sie machten sich auf den Heimweg.

Sobald sie ihre Drei-Zimmer-Wohnung erreichten, konnten sie endlich den Rest ihrer bösen neuen Welt vergessen. Amanda war es gelungen, einige Möbelstücke aus den guten Zeiten herüberzuretten, und ihre Schönheit – auch wenn sie inmitten dieser eintönigen Einrichtung deplatziert aussahen – spendeten ihr ein wenig Trost angesichts der Hässlichkeit ihrer Umgebung. Anoushkas Kinderzimmer – kaum groß genug für das Himmelbett und die anderen Sachen ihres bisherigen Lebens – war ihr Zufluchtsort. In diesen mit Möbeln voll gestopften Zimmern konnten Mutter und Tochter so tun, als wohnten sie irgendwo anders und nicht Wand an Wand mit einer blutjungen Mutter und deren zwei schreienden Kindern in einem regelrechten Irrenhaus.

Die Fußmatte war wie immer mit braunen Umschlägen übersät. Zwei Schreiben von Steve und zwei von der Steuerbehörde.

Aus dem Anrufbeantworter ertönten mehrere beleidigende Nachrichten von Leuten, denen sie Geld schuldete, und dann Juliet mit ihrer hellen Stimme und knappen Sprechweise, die Amanda an ihr Essen heute Abend erinnern wollte. Ja, sie würde hingehen, denn sie musste auch mal rauskommen. Aber es würde ihr heute Abend schwer fallen, Anoushka mit der Babysitterin allein zu lassen und den Neid zu unterdrücken, den sie ihren Freundinnen gegenüber empfand.

Amanda besaß noch einige wenige Überreste ihres verlorenen Reichtums. Ein paar Schmuckstücke, das eine oder andere elegante Kleid, das Steve ihr gekauft hatte, und eine Reihe Manolo-Blahnik-Schuhe.

Es würde natürlich schwierig sein, Nicola die Ereignisse der letzten vier Jahre zu erklären. Als sie sich zuletzt gesehen hatten, war Amanda noch reich und, aus heutiger Sicht betrachtet, sehr glücklich gewesen.

Sie setzte sich für einige Minuten auf die Bettkante, um zu entscheiden, was sie anziehen sollte. Früher hatte sie mit ihrer Kleidung beeindrucken wollen. Nichts hatte ihr mehr Vergnügen bereitet, als in einem überfüllten Raum Aufmerksamkeit zu erregen. Amanda besaß eine eigenartige, exotische Schönheit, die sie über die Jahre sorgfältig gepflegt hatte. Sie war ziemlich klein – knapp über einssechzig –, doch ihre ausgeprägten Gesichtszüge (klassisch römische Nase und großer sinnlicher Mund), ihre überproportional langen Beine und ihre Vorliebe für hohe Absätze erweckten den Anschein von körperlicher Größe.

Sie wusste, dass ihre Freundinnen ihren Modegeschmack nie gutgeheißen hatten. Sie waren der Meinung, dass Leder, Leopardenfell und alles andere, das ihrer Kleidung Glanz und Glamour verlieh, vulgär wirkten. Aber Glamour war Amanda selbst heute noch wichtiger als guter Geschmack und Seriosität. Sogar ihr Haar war in einer Weise frisiert, die Juliet als »Achtziger-Bombe« bezeichnen würde: hochtoupiert und zurückgekämmt, sodass es zum falschen Eindruck von Körpergröße beitrug.

Schließlich zog sie ein Kleid von Versace an – nicht nur, weil es ihr gut stand, sondern auch, weil es sie mit Nostalgie erfüllte. Sie musste an die Tage denken, als sie und Steve im Geld geschwommen waren und auf leichtsinnige und riskante Weise gelebt hatten.

Sie nahm sich nicht die Zeit, seine Briefe zu lesen. Sie wollte den Bann nicht brechen. Der Mann, der die traurigen, einsamen Zeilen aus dem *Ford-Open*-Gefängnis schrieb, war nicht der Mann, an den sie sich erinnerte, wenn sie dieses Kleid trug. Amandas und Anoushkas Prinz war jetzt ein Bettler, der seine fünf Jahre für Veruntreuung absaß.

Es war so heiß, dass Juliet beschloss, sie würden draußen auf der Terrasse essen, die sie so sorgfältig mit York-Steinen, Blumentöpfen, Statuen und künstlich beschnittenem Buschwerk ausgestattet hatte.
Georgia witzelte immer, dass Juliets Garten prächtiger möbliert sei als ihr Haus. Aber Juliet konnte einfach keinen Firlefanz in ihrer Wohnung ertragen. Sie hatte einen Großteil ihres Lebens als Erwachsene damit verbracht, sich von ihrer Schwester zu distanzieren. Dieses Haus, das von außen dem konventionellen Stil der Zeit König Edwards entsprach und innen dem kargen Stil der Minimal Art (und im letzten Design-Buch von Conran abgebildet gewesen war), unterschied sich so sehr von Georgias wuchtigem Landhaus-Klotz wie nur irgend möglich.
Alles war bestens organisiert. Peng, das philippinische Hausmädchen, hatte den Sandstein und das Holz handgescheuert, das Tischtuch gestärkt, die Gläser poliert und jede glatte Oberfläche im Haus gewienert. Juliet hatte das fertige Essen auf dem Nachhauseweg abgeholt. Kochen lag ihr nicht, und außerdem hatte sie mittlerweile eine Position, in der sie Dinge wie Speisen- und Getränkebestellungen per Fax von ihrem Büro aus erledigen lassen konnte – bei *Harvey Nics Delikatessen* oder *Harrods* oder gelegentlich sogar bei einem der besseren Londoner Restaurants, die bevorzugten Kunden diskret ihre erstklassigen Mitnahmegerichte anboten.

Ja, sie hatte sich in den letzten Jahren immer häufiger gefragt, warum um alles in der Welt manche Leute das Einkaufen mit Sex gleichsetzten. Die Leute, die Juliet sexy fand, gingen nicht einmal in die Nähe eines Geschäfts. Wie sie selbst ließen auch sie sich alles liefern. Tatsächlich gab es nur noch sehr wenig, was Juliet im Haushalt erledigen musste. Sam war in einem Internat untergebracht, und sie lebte nicht mit Harry zusammen, sodass sie sich über die sonst unausweichliche Unordnung des täglichen Lebens keine Sorgen zu machen brauchte.

Juliet war, wie Georgia oft betonte, sehr mit sich zufrieden. Sie hatte alles in ihrem Leben – bis auf Harry – absolut unter Kontrolle, absolut genau so, wie sie es sich gewünscht und geplant hatte.

Anerkennend betrachtete sie ihr Bild im glitzernden Spiegel ihres Schlafzimmers. An ihrem Aussehen hatte sie in den letzten paar Jahren ebenso hart gearbeitet wie an ihrer Karriere. Georgias ungelenke und eher unauffällige kleine Schwester hatte sich in eine wahrhaft elegante Dame verwandelt. Ihr glattes braunes Haar hatte helle und dunkle Strähnchen und war zu einem geschmeidigen, schimmernden Bob gestylt. Und obwohl sie nie die natürliche Schönheit ihrer Schwester ausstrahlen würde, so hatte sie es dennoch geschafft (mit Hilfe zahlreicher Kosmetika und Kontaktlinsen in raffiniert stechendem Grün), ihr langweiliges, aber ebenmäßiges Gesicht in etwas zu verwandeln, das zumindest annähernd als schön bezeichnet werden konnte. Während Georgia mittlerweile langsam in die Breite ging, war sie gertenschlank geworden und hatte es durch unermüdliches Training geschafft, so etwas wie Rundungen (tatsächlich waren es Muskeln) an den wichtigsten Stellen auszubilden. Juliet musterte sich in dem kurzen, engen Manada-Wakeley-Kostüm, überprüfte noch einmal kritisch ihr Profil, lächelte ihrem Spiegelbild zu und ging dann die Treppe hinunter, um auf das Eintreffen ihrer Freundinnen zu warten.

Sie hatte es für angebracht gehalten, an diesem Abend Champagner im Kühlschrank bereitzustellen. Wenn sie und Georgia sich sonst mit Amanda und Caroline trafen, hielten sie es normalerweise etwas legerer, mit irgendeinem Nudelgericht und Weißwein. Aber heute war ein besonderer Abend, weil Nicola – mit ihrem Titelfoto auf dem *Time Magazine* nun die erfolgreichste und berühmteste der fünf Freundinnen – nach vier Jahren Amerika endlich wieder in die Heimat zurückgekehrt war.

Juliet war ganz besonders darauf erpicht, sie zu beeindrucken. Als sie Nicola das letzte Mal vor deren Karrieresprung in die Staaten gesehen hatte, befand Juliet sich am Tiefpunkt ihres Lebens. Ihre Ehe war gerade in die Brüche gegangen, Sam als lernschwach eingestuft worden und, als ob das alles noch nicht schlimm genug gewesen wäre, Georgias Mann Richard zum Minister für Soziales ernannt worden.

Innerhalb der letzten vier Jahre hatte sie ihr Schicksal fest in die Hand genommen. Hatte durch hartnäckige Bewerbungen und Ermutigungen Sam in eine ziemlich gute Privatschule verfrachtet, ihre Karriere vorangetrieben (vor allem dank des unerwarteten Interesses von Seiten Richards) und sich mit dem berühmten und umwerfend attraktiven Harry eingelassen.

Es waren Richards Geld sowie sein Gefühl für Timing gewesen, die Juliet ihr exklusives Maklerbüro ermöglicht hatten. Sie war Direktorin von zwanzig Geschäftsstellen in London, Brüssel, Paris und New York und konnte einer erlesenen Klientel (viele Kontakte durch Richard) erlesene Häuser und Wohnungen anbieten. Manchmal beunruhigte es sie ein wenig, dass Richard seine Beteiligung – sowohl im House of Commons als auch zu Hause auf dem Land – an Juliets florierenden Geschäften nicht offen zugab. Die kurze Affäre, die ihrem Abkommen vorangegangen war, ihr Leben grundlegend verändert und Richards Einkommen beträchtlich verbessert hatte, machte sie ein wenig nervös. Aber sie wusste, dass Richard seiner Frau nie etwas erzählen würde, und außerdem: was konnte Georgia denn anderes erwarten? Neuerdings wurde sie immer fetter und sah aus wie eine groteske Entstellung der Schwester, die Juliet schon seit Kindertagen beneidet hatte. Georgia hätte wissen müssen, dass alles, was sie besaß, am Ende Juliet bekommen würde.

Nicola legte sich in ihrem Hotelzimmer aufs Bett und ließ ein Gespräch zu Carl in New York durchstellen. Noch immer spürte sie ein erregendes Kribbeln, wenn sie seine Stimme hörte. Sie waren jetzt zwei Jahre zusammen, aber ihre Beziehung war so intensiv, leidenschaftlich und befriedigend wie in den ersten Wochen.
»Wie geht's dir?«, fragte er.
»Du fehlst mir ...«
»Es dauert ja nicht mehr lange. In ein paar Tagen werde ich nachkommen.«
Ihre Gespräche in Trennungszeiten waren lang und leidenschaftlich und gefühlsgeladen. Diesmal redeten sie über eine halbe Stunde lang, bis Nicola einfiel, dass sie zu spät zum Essen kommen würde. Sie hatte Carl von ihren Freundinnen erzählt – über die Rivalität zwischen der ehrgeizigen Juliet und der schönen Georgia, über die niedliche Caroline und die glamouröse Amanda –, ihren Freundinnen jedoch noch nichts über Carl.

Während sie aufstand und ihr Kleid glatt strich, überlegte sie, ob sich die anderen wohl auch so sehr verändert hatten wie sie. Nicola war sicher, dass sie über ihre Wandlung ebenso erstaunt sein würden wie sie selbst. Denn Carl hatte die Frau in ihr geweckt. Bei ihm fühlte sie sich verletzlich, feminin und sexy, was sehr verwunderte, weil Nicola immer die gewesen war, die gesagt hatte, sie könne auch sehr gut ohne Mann auskommen. Sie war eine von den Frauen gewesen, die ihre Karriere über ihre persönliche Erfüllung stellen würde – so hatten es ihr jedenfalls alle vorausgesagt.

Doch mit Carl hatte sich das alles geändert. Er Hatte es sogar geschafft, ihren Körper zu verändern. In der Schule hatte Nicola immerfort Hänseleien über ihr Aussehen ertragen müssen. Ihr Haar war von jenem typischen Rot, das meistens mit extrem blasser Haut und fast unsichtbaren Augenbrauen und Wimpern einherging und unweigerlich boshafte Spitznamen provozierte. Seit sie sich in Carl verliebt hatte – oder eher: Carl sich in sie –, war sie selbstbewusster geworden und endlich dieses Image los, das sie seit ihrer Schulzeit wie eine schreckliche Behinderung mit sich herumgeschleppt hatte. Sie hatte gelernt, Kosmetika einzusetzen und das Beste aus ihrem ungewöhnlichen Äußeren zu machen. Carl hatte es sogar geschafft, ihr nach und nach die einst bevorzugten Faltenröcke auszureden und sie zu etwas Modernerem zu überreden.

Nie hätte sie sich träumen lassen, dass ein Mann irgendwann eine so wichtige Rolle in ihrem Leben spielen würde, wie Carl es jetzt tat. Sie hatte gedacht, dass nur ihre Arbeit sie wahrhaft begeistern und befriedigen könnte.

Andererseits aber, so überlegte sie, während sie zur Rezeption hinunterging und in das Taxi stieg, das sie zu Juliet

bringen würde, war Carl nun ihre Karriere. Oder zumindest die heimliche Tagesordnung hinter ihrer Karriere.
Ein schlagender Beweis dafür, dachte sie lächelnd, dass der perfekte Mann tatsächlich existierte.

1.

An jenem Abend sprachen sie mit ungewohnter Offenheit, selbst wenn sich später herausstellen sollte, dass jede von ihnen ein Geheimnis hütete, das sie nicht zu offenbaren wagte. Ihre Stimmung war vielleicht dem Champagner zuzuschreiben oder der Hitze oder gar ihrem Hunger (das Essen, das Juliet auftischte, gab weniger her, als die Aufmachung vermuten ließ – und entsprach damit ganz und gar der Gastgeberin) oder aber der Tatsache, dass sie endlich wieder alle fünf zusammen waren. Nicola war zurück.

Schon seit der Schulzeit waren sie Freundinnen gewesen. Nach Verlassen der kleinen, aber guten Londoner Schule, die einige königliche Geliebte, mehrere Fernsehansagerinnen und eine preisgekrönte Schriftstellerin hervorgebracht hatte, waren sie trotz des Studiums an verschiedenen Universitäten, trotz diverser beruflicher Werdegänge und turbulenter Liebesbeziehungen in Verbindung geblieben.

Es bestand kein Zweifel, dass sie sich in den letzten vier Jahren, da Nicola in den USA gewesen war, allesamt mehr verändert hatten als in den davorliegenden fünfzehn.

Am Anfang herrschte einige Male minutenlanges Schweigen, als ob die fünf Frauen sich miteinander verloren fühlten. Der sterilen Atmosphäre von Juliets Haus, das man keinesfalls ein Heim nennen konnte, ungeschützt ausgeliefert, schien es fast so, als hätten sie ihre ursprüngliche Vertrautheit und Zuneigung verloren. Doch diese ersten befangenen Momente waren bald überstanden, wozu möglicherweise auch der Alkohol beitrug. Amanda hatte immer gesagt, sie fünf seien deshalb zusammengeblieben, weil sie einander so gut kannten und sich nichts vormachen mussten. Sie kannten einander so gut, dass sie noch unter dem dicksten Make-up und extravagantesten Outfit den kleinsten Hinweis auf eine Depression entdeckten.

Sie waren in der Tat überrascht über Nicolas Veränderung. Früher war sie immer von trockener Gelehrsamkeit gewesen, unberührt von Eitelkeit. Aber die Jahre in den Staaten hatten sie so weit verändert, dass sie zwar noch immer nicht so rassig wie Juliet oder Amanda wirkte, aber dennoch einen gewissen Glanz ausstrahlte. Ihr rotes Haar leuchtete, ihre Haut schimmerte und ihre Kleider, die vormals eher unter praktischen Gesichtspunkten ausgewählt wurden, waren jetzt eng geschnitten und brachten ihren großen, schlanken Körper wunderbar zur Geltung.

»Ich habe den Artikel über dich im *Time Magazine* gelesen, Nicola. Sogar Richard war beeindruckt«, sagte Georgia. »Du hast es wirklich gut getroffen.«

»Ich hatte einfach diese Idee, na ja, eigentlich mehr die Überzeugung, dass die Wissenschaft noch nicht genug getan hat, um die Unmenschlichkeit der Männer in den Griff zu kriegen, wenn das jetzt nicht allzu pompös klingt«, sagte Nicola.

»Und hast du in dieser Richtung etwas unternommen?«

»Na ja, nicht ich allein. Zusammen mit einer Gruppe Gleichgesinnter habe ich mitgeholfen, eine Reihe revolutionärer Medikamente zu entwickeln. Ein oder zwei davon könnten sogar die Unmenschlichkeit der Männer gegenüber Frauen heilen«, meinte sie mit einem trockenen Lachen. »Die meisten von uns sind Frauen, das gebe ich zu,

aber es gibt auch ein paar mutige Männer, die sich dem Projekt verschrieben haben. Sie hatten bereits viel Arbeit geleistet, bevor ich dazukam. Gerade haben wir eine dreijährige Versuchsreihe mit Medikamenten abgeschlossen, was auch der Grund dafür ist, dass ich hier bin. Ich will die möglichen Chancen auf dem britischen Markt abchecken.«
»Du meinst, es ist ein Medikament nur für Männer?«, fragte Caroline nach.
»Hm, ja. Es gab – wissenschaftlich gesehen – nicht mehr viel zu tun, um die Launen und das Verhalten von Frauen zu beeinflussen. Für die Verhaltenskontrolle von Frauen wurde bereits ein Vermögen in die Forschung gesteckt und ein Vermögen in der Pharmaindustrie verdient. Die Wissenschaft – die von Männern dominierte Wissenschaft – hat darum gekämpft, die Frauen zu verstehen, zu beherrschen und zu manipulieren. Sie entwickelte Medikamente, um unseren Eisprung zu verhindern, Medikamente, um unseren Eisprung auszulösen, und Medikamente, um uns in einem Alter, in dem wir normalerweise keinen Eisprung mehr haben, das Gefühl zu verleihen, als hätten wir doch einen. Sie entwickelte Medikamente für uns, um Gefühle auszulöschen, die in einer Männerwelt unangemessen sind. Sie hat die weiblichen hormonellen und emotionalen Schwankungen sogar zu Syndromen und Störungen erklärt, und das, obwohl alle wahren Probleme der Welt durch männliche Schwankungen, männliche Hormone ausgelöst werden ... Aber fragt mich lieber nicht weiter, sonst mache ich euch mit all meinen Theorien und Plänen noch verrückt. Jetzt möchte ich etwas über euch erfahren.«
Nicola fragte sie der Reihe nach über ihr Leben aus. Georgia erzählte heiter von ihren Kindern, ihrem Hausfrauendasein und dem erstaunlichen Erfolg ihres Mannes, den sie,

wie sie bereitwillig zugab, in letzter Zeit immer weniger sah.

»Ich glaube, wenn er nicht Politiker wäre, hätte er mich schon längst verlassen«, meinte sie. »Ihr wisst doch, dass jeder sagt, es gäbe keine Sicherheit mehr im Beruf, keinen Job mehr fürs Leben. Na ja, dementsprechend gibt es auch keine Sicherheit mehr in der Ehe, keine Ehen fürs Leben. Es sei denn ...« – sie hielt inne und kicherte –, »es sei denn, man heiratet einen Politiker. Ob Richard oder ich das tatsächlich wollen oder nicht, wir führen eine Ehe fürs Leben.«

»Georgia, wie kannst du nur so dumm sein? Welche Frau will denn heute noch eine Ehe fürs Leben?«, fragte Juliet und dachte schuldbewusst an die Wohnung, die sie erst kürzlich ganz diskret Richards neuester Assistentin verschafft hatte.

»Wisst ihr, dass dreiundsiebzig Prozent aller Scheidungen von Frauen eingereicht werden?«, fragte Caroline ernst. »Ich habe für ein großes Schreibwarenunternehmen gearbeitet, das eine Serie von Scheidungs-Grußkarten einführte. Frauen entscheiden sich gegen die Ehe und feiern ihre Freiheit. Sie bewerten das Leben ohne Mann als positiv.«

»Und das Eheleben mit Nick, Caroline, wie ist das?«, erkundigte sich Nicola. »Schreibt er noch immer am großen englischen Roman der Neunziger?«

»Er arbeitet an einem außergewöhnlichen Thema. Er nimmt die beliebtesten Seifenopern aus dem Fernsehen und verwebt sie zu einer Art Gleichnis über das heutige Leben. Er sagt, es wird eine zeitgenössische Version von *Krieg und Frieden*. Er nennt es *Krieg im Frieden*. Es ist ziemlich brillant, aber es frisst ihn auf«, erzählte Caroline und bekam ein rotes Gesicht, weil ihr plötzlich alle zuhörten.

»Du meinst *Bomben auf Mr. Bean?*«, witzelte Amanda, und ihr Lachen fand in dem kerzenbeleuchteten Garten sofort ein Echo.
»Oder *Die Profis retten den Regenwald?*«, fügte Juliet hinzu.
»Bist du denn glücklich?«, fragte Nicola, die merkte, dass Caroline die Witze über die hochtrabenden Ansprüche ihres Ehemannes peinlich waren.
»Na ja, ihr wisst schon. Es ist schwierig. Kreative Menschen wie Nick sind nicht einfach. Ehe das Buch nicht fertig ist, bekommt er kein Geld, also muss er von meinem Geld leben – und er verabscheut meinen Beruf zutiefst.«
»Hat er den Journalismus ganz aufgegeben?«
»Der Journalismus hat ihn aufgegeben. Tja, die Bezahlung war ziemlich mies, und er musste so viel Zeit investieren, dass er nicht an seinem Roman schreiben konnte. Die Leute machen sich einfach nicht klar, dass das Schreiben von guter Literatur nichts ist, was man ab und zu mal machen kann. Man ist konstant damit beschäftigt. Selbst wenn er nur fünfzig Wörter am Tag schreibt, kann das psychisch und physisch total anstrengend sein …«
Juliet zog die Augenbrauen hoch und räumte die Teller ab, während Nicolas heitere Fragerei weiterging.
»Hast du deine Meinung in Bezug auf Kinder geändert?«
»Wie sollte ich?«, fragte Caroline zurück. »Nick kann sich kaum darauf einstellen, dass *ich* mit ihm lebe – wie wäre das erst mit einem Kind? Und außerdem könnte ich mir ein Kind gar nicht leisten. Ich kann ja kaum uns über die Runden bringen, mit der Abzahlung der Wohnung und allem.«
»Nick könnte doch Hausmann werden. Ein Rollentausch ist heutzutage absolut akzeptabel«, sagte Georgia mit schon leicht alkoholschwerer Zunge.

Amanda wusste, dass Nicolas braune Augen sich als Nächstes ihr zuwenden würden. Sicher war sie über den Prozess informiert. Er war durch die gesamte Regenbogenpresse gegangen, und bestimmt hatte eine der Frauen – vermutlich Juliet, da sie normalerweise dafür sorgte, dass der Kontakt zwischen ihnen erhalten blieb – Nicola wegen Amandas Schwierigkeiten vorgewarnt.

»Ich frage mich wirklich, ob einer unserer Männer tatsächlich mit einem Rollentausch fertig werden würde«, meinte Georgia. »Die Vorstellung, dass Richard sich um die Kinder und das Haus kümmert, während ich arbeite, ist absolut lachhaft. Und ich bin sicher, dass Harry, wenn du mit ihm zusammen leben würdest, Juliet, es ebenfalls verabscheuen würde, ein häusliches Arbeitstier zu werden.«

»Liebste Georgia, wieso sollte ich einen Rollentausch wollen? Sam ist im Internat. Harry und ich behalten in jedem Lebensbereich unsere Selbstständigkeit, abgesehen vom Sexuellen. Wir haben das perfekte Arrangement getroffen«, erwiderte Juliet ruhig.

»Ein Rollentausch steht auch für mich außer Frage«, flüsterte Amanda. »Steve würde ebenso wenig mein Schicksal annehmen wollen wie ich seines.«

»Es tut mir Leid wegen Steve«, sagte Nicola.

»In gewisser Hinsicht hatte er sogar Glück. Er hätte viel mehr aufgebrummt bekommen können. In etwa sechs Monaten rechnet er mit Begnadigung.«

»Seid ihr noch zusammen?«, wollte Nicola wissen.

»Alle vierzehn Tage für eine halbe Stunde in einer Atmosphäre aus Elend und Hass, umgeben von Menschen, die mir größere Angst machen als Steve. Mehr wegen Anoushka als wegen mir. Aber es wäre doch gemein, einen Mann in so einer Zeit zu verlassen, oder? Vor allem, wo ich die guten Zeiten sehr genossen habe.« Amanda hielt inne und blickte auf letzte Überreste dieser Zeiten. Den Cartier-Ring, das Versace-Kleid und die Blahnik-Schuhe. »Außerdem sollte auch ich meinen Teil der Schuld anerkennen. Ich habe ihn nicht aufgehalten. Ich hätte voraussehen müssen, dass alles ein Trugbild war, dass es nicht andauern konnte. Aber das habe ich nicht. Ich war genauso versessen darauf, mehr zu bekommen und es immer weiter zu treiben wie er. Aber ich spiele nicht das brave kleine Frauchen, während er jetzt sitzt. Das wäre nicht mein Stil«, fügte sie mit einem Grinsen hinzu, das ihrem außergewöhnlichen Gesicht wieder Leben und Humor verlieh.

Amanda war schon immer die sexuell Abenteuerlustigste der Gruppe gewesen. Der klassische Männertyp, wie die anderen dachten. Und vielleicht um das Gespräch ein für alle Mal von ihrem Ehemann abzulenken, erzählte sie die Geschichte, wie sie letzte Woche einen tollen Mann in der Weinstube gegenüber von ihrem Büro aufgerissen hatte.

»Er hatte den perfektesten Körper, den ein Mann nur haben kann. Alle in meinem Büro hatten ein Auge auf ihn geworfen. Ich hatte, wie alle, mit ihm geflirtet, bis zu dem Abend jedoch nie ernsthaft etwas im Sinn gehabt. Anoushka war bei meiner Schwester, ich hatte freie Bahn, und ich glaube, ich war ein bisschen betrunken. Jedenfalls fragte ich ihn einfach, ob er noch irgendwo hingehen wolle, wenn er ausgetrunken hätte, und er sagte Ja.«

Sie lauschten aufmerksam ihrer Geschichte, schrien bei saftigen Details laut auf und seufzten vor übertriebenem Neid.

»Aber dann, wisst ihr, gleich nachdem wir zusammen geschlafen hatten, ekelte ich mich irgendwie vor mir selber. Und vor ihm. Ich wusste nicht, wie ich ihn loswerden sollte. Da fiel mir ein, wie so ein ekelhafter Typ mir einmal einen Witz über die ideale Geliebte erzählte: wo die Frau sich gleich nach dem Sex in eine Pizza und eine Sechserpackung Bier verwandelt. Und plötzlich kapierte ich, was er meinte. Ich wollte einfach, dass dieser Mann sich in Luft auflöst. Ich sagte: ›Danke, das war wunderbar. Aber jetzt musst du gehen.‹ Doch er wollte nicht, er wollte reden. Reden! Drei Stunden hat er mich voll gelabert, über seine Unsicherheiten, seine Zukunftsängste, seine Unfähigkeit zu festen Beziehungen.«

»Ist das nicht komisch«, unterbrach Juliet, »dass, wenn du einen Mann kennen lernst, jeder immer nur reden will. Harry und ich – wir haben auch geredet und geredet, als wir uns kennen lernten. Es war, als ob er gleich alles in einem Schwung hinter sich bringen wollte. Heute reden wir nur miteinander, wenn wir mit Leuten zusammen sind oder wenn wir ausmachen, wo wir uns treffen oder was wir dann tun.«

»Aber Julie-Darling, habt ihr denn nicht das perfekte Arrangement getroffen?«, leierte Georgia.

»Das sollte es sein, ist es aber nicht. Er ist viel geschäftlich unterwegs, und ich mache mir Gedanken, mit wem. Vorher kannte ich solche Art von Eifersucht nicht, aber ich war ja auch noch nie mit jemandem zusammen, der die ganze Zeit schöne Frauen vor Augen hat. Und nun glaube ich, dass, selbst wenn er mit keinem der Models schläft oder keines attraktiv findet, irgendetwas falsch ist, denn wenn er mich wirklich lieben würde, dann würde er doch mit mir zusammenleben und mich heiraten wollen, oder? Es ist, als würde da in meinem Kopf dieses Lied spielen, das ich einfach nicht loswerde, und weißt du, wie es heißt, Nicola? Es heißt: ›Mein Prinz wird kommen, irgendwann.‹«

Es gab eine peinliche Stille, ehe Juliet überraschend freimütig fortfuhr: »Aber da sitzen wir nun, fünf unabhängige, erfolgreiche Frauen, die ihr Leben im Griff haben – na ja, du vielleicht nicht, Georgia-Darling, oder du, Amanda, aber du warst schon immer anders –, und was wollen wir wirklich? Wir wollen den perfekten Mann in einer perfekten Partnerschaft. Und wo ist er? Gibt es ihn überhaupt? Hat eine von uns ihn je getroffen? Haben wir uns nicht alle mit etwas weniger Perfektem abgefunden? Oder ...« – sie blickte zu Caroline und Amanda hinüber – »mit etwas geradezu Unperfektem?«

Nicola schwieg. Sie hatte bei ihren Freundinnen eine Mutlosigkeit und Desillusionierung entdeckt, die vier Jahre zuvor noch nicht da gewesen war. Sie sehnte sich danach, ihnen zu verraten, dass diese Perfektion möglich, ja sogar erreichbar war, aber dies war nicht der Augenblick, um von ihrem eigenen Glück zu sprechen.

»Aber es gibt bestimmt auch nicht viele Männer, die behaupten, die perfekte Frau gefunden zu haben«, sagte Caroline und dachte an den Ausdruck von Abscheu auf dem Gesicht ihres Mannes, als er sie heute Abend angesehen hatte.

»Männer sind viel leichter zufrieden zu stellen«, sagte Juliet. »Ihre perfekte Frau ist Pamela Anderson. Wir würden uns mit dem männlichen Äquivalent nicht zufrieden geben. Wir wollen ... nein, nicht einfach Pamela Anderson mit einem Schwanz, sondern Pamela Anderson mit Hirn, Humor, empfindsamer Seele und aufgeschlossenem Geist, mit dickem Bankkonto und einem Händchen für Kinder.«

»Früher war ich überzeugt, dass Steve der perfekte Mann wäre«, meinte Amanda vorsichtig. »Aber dieser Eindruck hat nicht lange angehalten. Und jetzt glaube ich, dass es solch ein Wesen gar nicht gibt.«

»Ich träume trotzdem immer noch davon, meinen Prinzen zu finden«, fuhr Juliet fort. »Zweitausend Jahre der Konditionierung kann man nicht innerhalb von zwei Generationen auslöschen. Ich habe immer noch diese Erwartungshaltung, dieses Bedürfnis nach meinem Traummann.«
»Erzähl uns, wie er sein muss«, bat Nicola.
»Dunkelhaarig – am besten fast schwarz. Männlich-dominant, sich aber dennoch seiner femininen Seite bewusst. Erfolgreich und dennoch fähig, die langweiligen Alltäglichkeiten zu erledigen: den Videorekorder zu programmieren, das Nudelgericht in die Mikrowelle zu schieben, ihr wisst schon, solche Sachen. Sein einziges Hobby wäre ich.«
Jede kam an die Reihe und erzählte, wie ihr perfekter Mann beschaffen sein müsste.
»Wäre es nicht herrlich, wenn man einfach hingehen und so einen Mann in einer Art genetischem Supermarkt kaufen könnte?«, rief Amanda. »Wenn man einen bestellen könnte, mit dem Kinn von Cary Grant, den Augen von Mel Gibson und dem Verstand, nicht aber der Körperfülle von Clive James.«
»Oder dem Hintern von Sean Bean, dem Charme von Hugh Grant und dem Scharfsinn und Charisma von Richard Branson.«
»Ohne den Ziegenbart.«
»Er müsste den Sex-Appeal von Brad Pitt haben, die Intelligenz und Auffassungsgabe von Anthony Clare, den Körper von Sylvester Stallone und den Humor von Billy Connolly.«
»Ohne den Ziegenbart.«
»Meiner hätte das Hirn von Bill Gates, die Augen von Colin Firth, das Gemächt von Linford Christie, den Witz von

Robin Williams und die Stimme von Robbie Coltrane. Ich liebe Männer mit keltischem Akzent«, sagte Juliet.

»Er müsste echte Frauen mögen. Eine Frau für das bewundern, was sie ist, und nicht dafür, wie sie aussieht«, sagte Georgia mit verklärtem Blick. »Andere Frauen würde er gar nicht wahrnehmen. Er würde mich auf ein Podest stellen und da oben lassen.«

»Er müsste ein bisschen sein wie mein Vater, als er jung war«, sagte Amanda. »Er ist ungeheuer an mir interessiert, er beschützt mich, versorgt mich und ist lieb zu mir ... und ist bestückt wie ein Hengst.«

Caroline nahm einen Stift und ein Stück Papier aus ihrer Handtasche und zeichnete ein Strichmännchen mit Pfeilen zu den Körperteilen, die von den verschiedenen begehrten Männern beigesteuert werden sollten.

»Hier, Ladys, ist unser Bausatz-Mann. Unsere perfekte Kreation.«

»Der Prototyp des perfekten Ehemannes«, rief Juliet in ihr hysterisches Gelächter hinein. »Ich werde ihn an meine Kühlschranktür hängen, damit wir ständig daran erinnert werden, was uns entgeht ...«

2.

Auf der Fahrt im Taxi zur Lord North Street krampfte Georgia sich auf dem Rücksitz am Haltegriff fest, als hinge ihr Leben davon ab. Und in gewisser Weise tat es das auch. Der Mann hinter dem Steuer fuhr dermaßen schnell und aggressiv, dass Georgia, die unvernünftig viel Champagner getrunken hatte, fürchtete, vom Sitz und in die gläserne Trennscheibe zwischen ihnen geschleudert zu werden.

Sie war so erleichtert, als sie an dem kleinen Häuschen ankamen, in dem Richard unter der Woche immer in London wohnte, dass sie dem Fahrer eine Zehn-Pfund-Note in die Hand drückte und ihn – mit schleppender Stimme – aufforderte, den Rest zu behalten. Das Haus war dunkel. Sie hatte gewusst, dass Richard ihren angekündigten Besuch vergessen würde. Drinnen war es stickig, aber in dieser Nacht war es draußen ebenfalls stickig, und bei all den Sicherheitsvorrichtungen, die man heutzutage in einem Haus in London anbringen musste, war es auch nicht möglich, ein Fenster zu öffnen.

Das Bett war nicht gemacht, aber Richard lag nicht drin. Es sah ganz so aus, als hätte er das Haus am Morgen in großer Eile verlassen.

Vielleicht war er bei einem dieser endlosen Abendessen oder einer späten Sitzung im Parlament. Sie packte ihre kleine Übernachtungstasche aus, ließ sich ein Bad ein (nachdem sie die Wanne zunächst mit einem Putzspray gesäubert hatte), legte sich ins lauwarme Wasser und schwelgte in dem Gefühl, endlich abzukühlen.

Diese regelmäßigen Abendessen mit ihrer Schwester und den alten Highschool-Freundinnen waren in vieler Hinsicht die Highlights in ihrem Leben. Schon vor langer Zeit hatte sie sich innerlich von der realen Welt distanziert. Ihr Dasein war so öde, dass sie das Leben der anderen – selbst das von Amanda mit all seinen momentanen Problemen – stellvertretend genießen konnte. Wenn sie den Geschichten aus Amandas Leben zuhörte, war es, als ob plötzlich sie selbst schlank und schön und begehrenswert würde.

In Wahrheit hatte Georgia einen Punkt in ihrem Leben erreicht, an dem sie ihren Körper so betrachtete wie die entsetzlichen Bilder verhungernder Kinder in Afrika: mit halb geschlossenen Augen. Nur dass sie natürlich keine Anzeichen von Unterernährung der Dritten Welt zeigte, sondern eher den Überfluss der Ersten. Es war zu spät, so hatte sie beschlossen, sich an ihrem Körper zu erfreuen. Sie hatte sich gehen lassen. Und wenn sie es recht bedachte, hatte sie sich nicht einmal früher daran erfreut, als sie noch gut ausgesehen hatte. Sie hatte sich immer für zu dick und zu unproportioniert für den Zeitgeschmack gehalten. Selbst damals, als Dempster sie als Debütantin des Jahres bezeichnet hatte und sie kurzzeitig mit Prinz Charles liiert gewesen war (tatsächlich hatte sie ihn zugunsten Richards abgewiesen), hatte sie sich ihres Körpers geschämt. Wenn sie jetzt Fotos aus dieser Zeit sah – wie das O'Neill-Foto auf ihrer Frisierkommode zu Hause –, fragte sie sich immer, warum sie diesen Körper so vergeudet hatte, warum sie nicht mehr Jahre ihres jungen Lebens damit verbracht hatte, ihn zur Schau zu stellen und zu genießen.

Sie kicherte, als sie sich an ihr Gespräch über den perfekten Mann erinnerte. Wie weit war Richard doch von dieser Fantasie entfernt! Aber wie weit war sie wohl selbst von Richards Vorstellung von Perfektion entfernt, dachte sie bitter, oder gar von Prinz Charles'?

Ihr Mann hatte schon seit langer, langer Zeit nicht mehr mit ihr geschlafen. Sie versuchte, nicht allzu viel darüber nachzudenken, was Richard dieser Tage mit seiner Sexualität anstellte, und hoffte nur, dass sie nicht so verdorben oder schockierend war wie bei diesem Parlamentsmitglied, das mit der schwarzen Abfalltüte über dem Kopf und einer Apfelsine im Mund gestorben war. Sie war einigermaßen sicher, dass Richard keine geheimen Perversionen hegte. Er war immer, oder zumindest damals, als er Georgia noch begehrt hatte, schrecklich konventionell gewesen. Gelegentlich wagte er immer noch einen Annäherungsversuch. Vielleicht nur, um die Form zu wahren. Um sie in irgendeiner Weise zu beruhigen oder um ihr die Illusion zu erlauben, dass sie immer noch ein leises Lustgefühl in ihm erwecken konnte. Aber er war nie besonders erfolgreich. Teils weil ihn, wie sie wusste, ihre Korpulenz abstieß, und teils weil sie – da sie nach dem dritten Kind keine Lust mehr hatte, wieder mit der Pille anzufangen – nach dem Eindringen seines halb erigierten Penis immer sagte: »Komm ja nicht in mir, Richard.«

Mit dem Gedanken, in wem Richard dieser Tage wohl kommen mochte, und ob irgendjemand – womöglich der perfekte Mann, den sie vorhin beim Abendessen heraufbeschworen hatten – wohl jemals wieder in ihr kommen würde, schlief sie ein.

Als sie aufwachte, drang helles, ja sogar gleißendes Sonnenlicht durch die Vorhänge und begann bereits, das Schlafzimmer wieder aufzuheizen. Georgia zog Richards Bademantel über, ging hinunter in die Küche und machte sich etwas zu trinken.

Sie saß gerade an dem kleinen Tischchen, nippte an ihrem Tee und las sich durch den Stapel Zeitungen, der jeden Morgen geliefert wurde, als Richard – müde, unrasiert und zerzaust – durch die Haustür kam. Als er die kleine, pummelige Gestalt in seinem Bademantel erblickte, bekam er es einen kurzen Moment lang mit der Angst zu tun. Als wäre seine Frau, die er in London so selten sah, eine Einbrecherin oder Mörderin.

»Georgia, was machst du denn hier?«, fragte er, als spräche er mit einer entfernten Bekannten, die ihn plötzlich zu Hause besuchte.

»Ich hab's dir doch gesagt, Richard. Und ich hab eine Nachricht bei deiner neuen Sekretärin hinterlassen«, erwiderte Georgia mit dem unbehaglichen Gefühl, sich verteidigen zu müssen.

»Sie ist meine Assistentin, Georgia, und hat anderes zu tun, als sich um meine familiären Angelegenheiten zu kümmern«, antwortete Richard gereizt und nicht ganz wahrheitsgemäß.

Tatsächlich hatte er die neue Assistentin gerade vor einer halben Stunde verlassen, und sie lag vermutlich noch immer zusammengerollt in ihrem Bett in der luxuriösen Wohnung, die Juliet ihr verschafft hatte. Dem Himmel sei Dank, dachte er, dass sie letzte Nacht nicht in sein Haus gefahren waren. »Diese verdammten Sitzungen haben die ganze Nacht gedauert, ich bin total erledigt«, sagte er, nachdem er sich schnell wieder gefangen hatte, und rettete sich mit dieser ältesten aller Politiker-Ausreden vor weiteren Fragen. (Obwohl ein einziger Blick in den *Hansard* mit der

Auflistung aller parlamentarischen Ereignisse ihn entlarvt hätte.)
»Möchtest du Tee?«, fragte Georgia ruhig, obwohl ihr ein sechster Sinn verriet, dass ihr Mann bei einer ... nun, wohl eher nächtlichen »Liegung« als Sitzung gewesen war.
»Ja, und was zu essen. Ich bin am Verhungern und ich muss um elf schon wieder zu einer Ausschusssitzung antreten. Sei ein Schatz und mach mir etwas, während ich eben bade.«
Richard erwartete mittlerweile von jedem Menschen einen gewissen Grad an Dienstbeflissenheit. Sein bedeutender politischer Einfluss und seine Macht hatten sein Leben dahingehend geprägt, dass er immer von Speichelleckern umgeben war, die auf sein Fingerschnippen hin all seinen Wünschen und Launen nachkamen. Ob es nun um ein getoastetes Schinkenhörnchen ging oder darum, sich einen blasen zu lassen.
Georgia, die erkannte, dass sie in der Hierarchie der Speichellecker ganz unten rangierte (zuständig eher für das Schinkenhörnchen als für den Blow-Job), durchsuchte hektisch Kühl- und Wandschrank, um ihrem treulosen Ehemann ein herzhaftes Frühstück zu bereiten.
Sie fühlte sich irgendwie eigenartig, als Richard eine halbe Stunde später geschniegelt und gebügelt und nach teurem After Shave duftend die Treppe herunterkam. Sie fühlte sich seltsam deplatziert, während sie diesem schicken, erfolgreichen und intellektuellen Mann am Küchentisch gegenübersaß. Er hatte die Jahre besser überstanden als sie, dachte sie. Aber das leicht dünne Haar, einige Fältchen und eine gewisse Plumpheit des Körpers standen bei einem Mann ja auch für Charakter und Erfahrung. Und seine nussbraunen Augen hatten dieses umwerfende Glitzern, das nur Macht einem Menschen verleiht. Tatsächlich hatten sich

die Jahre auf Richard in vieler Hinsicht, zumindest körperlich, vorteilhaft ausgewirkt. Sie hatten dem Gesicht, das einst unscheinbar oder, um es böse zu sagen: uninteressant und kinnlos gewesen war, Ernsthaftigkeit, Tiefe und Ausdruck verliehen.

»Also«, begann er, »was führt dich nach London?«

»Ich hatte meinen Frauenabend bei Juliet. Du weißt schon, Essen und ein paar Drinks, um Nicolas Rückkehr zu feiern.«

»Kenne ich Nicola?«, fragte er in diesem desinteressierten Tonfall, den er immer hatte, wenn er mit seiner Frau sprach.

»Nicola Appleton, weißt du nicht mehr? Sie war die letzten vier Jahre in Amerika und hat an einem neuen Supermedikament gearbeitet.«

»Ach ja, jetzt erinnere ich mich. Eine eher schlichte Rothaarige. Hat einige interessante Arbeiten veröffentlicht. Ist eine von den abgewanderten Wissenschaftlern der neunziger Jahre. Unsere Beste, wie es der Premierminister sogar formulierte, die jetzt im Ausland ausgebeutet wird. Woher, um alles in der Welt, kennst du Nicola Appleton?«

»Ich bin mit ihr zur Schule gegangen«, erwiderte Georgia kleinlaut.

»Das kann ich mir nicht vorstellen, Georgia. Nicola Appleton ist eine der intelligentesten Frauen ihrer Generation. Wie kann sie da auf deine Schule gegangen sein?«

»Sie war in Juliets Jahrgang. Zwei Klassen unter mir.«

»Ah, das erklärt alles. Juliet. Nun ja, das kann ich glauben. Juliet und Nicola Appleton.«

Richard hatte schon immer vermutet, dass er die falsche der Hamilton-Schwestern geheiratet hatte. Juliet wäre in fast jeder Hinsicht eine viel passendere und nützlichere Frau für einen Politiker seiner Position gewesen. Na ja, vielleicht wäre es ein bisschen schwieriger gewesen, Juliet zu betrügen, und außerdem wollte die Wählerschaft – Gott segne sie – einen Politiker mit einer häuslichen Ehefrau.

»Nicola hat dieses Medikament mit entwickelt, durch das Männer netter zueinander sind«, sagte Georgia, »und zu ihren Frauen.«

»Ich glaube, es ist ein bisschen komplizierter, als du das ausdrückst«, meinte Richard und lachte belustigt.

»Ich dachte, ich könnte sie mal übers Wochenende einladen. Wenn du nichts dagegen hast.«

»Eine gute Idee. Das könnte sehr nützlich sein. Sag auch Juliet und Harry und vielleicht noch jemand anderem Bescheid, der dazu passt«, sagte Richard im Befehlston.

»Ich werde mich darum kümmern.« Georgia war sicher, dass Richard Amanda als nicht dazu passend einstufen würde. Er war entsetzt gewesen, dass seine Frau so eng mit dem berüchtigten Steve Minter in Verbindung stand – obwohl er in den guten Zeiten Steves Gastfreundschaft oft genug genutzt und genossen hatte (Urlaub auf der Minter-Yacht, bezahlte Reisen inklusive Taschengeld zu den hintersten Winkeln des Minter-Reiches und, wie manche munkelten, gelegentliches Schmiergeld für eine passende Anfrage im Parlament).

Er hatte Georgia verboten, zur Gerichtsverhandlung zu gehen. Hatte darauf beharrt, dass es unangemessen sei, auch wenn Amanda ihr nahe stehe, an der Seite ihrer Freundin in der Boulevardpresse abgebildet zu werden. Sie hatte nachgegeben, so wie sie es am Ende normalerweise immer tat. Aber sie überlegte, dass er nicht allzu viel dagegen einzuwenden haben konnte, dass Amanda jetzt kam, wo ihr Mann doch noch im Gefängnis saß. Oder gegen Caroline und Nick. Auf diese Weise konnte sie Richards eher poli-

tisches Arrangement in etwas verwandeln, das einem Frauenwochenende nahe kam.
Sie war sehr erleichtert, als ihr Mann schließlich das Haus verließ und mit seinem Dienstwagen zum Parlament fuhr. Sie konnte es kaum erwarten, nach Hause zu kommen. Zu dem Ort zurückzukehren, wo sie hingehörte und wo die Menschen – nun ja, ihre Kinder – sie liebten und brauchten und um sich haben wollten.

Carolines Übelkeit wurde immer schlimmer. An manchen Tagen, so wie heute, hatte sie das Gefühl, als wäre das Ding, das ihren Bauch langsam dicker werden ließ, nichts weiter als ein Haufen ekelerregender Galle.
Nick hatte sie heruntergeputzt, als sie gestern Abend von Juliet nach Hause gekommen war. Hatte eine seiner verzweifelten Tiraden vom Stapel gelassen, in denen er sie immer beschuldigte, oberflächlich und spießbürgerlich zu sein und ihre Seele dem Kommerz verkauft zu haben. Sie hatte sich nicht die Mühe gemacht, mit ihm zu streiten, weil sie einfach zu müde und – wenn er einen dieser Anfälle hatte – auch zu ängstlich war, zu erwähnen, dass sein und ihr Leben von ihrer Oberflächlichkeit, ihrer Bourgeoisie und ihrer Fähigkeit abhing, genug Geld nach Hause zu bringen, um die Raten für die Wohnung (die nach Abzug aller Belastungen keinen Wert mehr hatte) und seinen steigenden Alkoholkonsum zu bezahlen. Die ganze Sache endete damit, dass er ausholte, um sie zu schlagen, und sie sich im Schlafzimmer einschloss, wo sie dann in einen tiefen, aber von Albträumen geplagten Schlaf fiel.
Es war ja nun nicht gerade so, dachte sie, während sie ihren Schreibtisch nach den Umfrageergebnissen für den Mistral-

Auftrag absuchte, dass ihre Arbeit leicht wäre. Ihr Aufstieg von der Stellung als Werbetexterin in diese verantwortungsvolle Managerposition hatte ihr nicht besonders behagt. Sie passte da nicht rein oder war dem irgendwie nicht gewachsen, denn immer wieder vergaß sie wichtige Dinge und machte Fehler, die sicher bald entdeckt werden würden. Außerdem glaubte sie nicht daran, dass sie diesen neuen Posten durchstehen könnte. Konferenzen, Seminare, spätabendliche Besprechungen und frühmorgendliche Termine waren schwer zu bewältigen, wo doch das Leben mit Nick schon so viel von ihr forderte.

Sie fühlte sich gefangen zwischen dem Wunsch, ihren Mann zu besänftigen, und dem Wunsch, ihren Job zu behalten. Sie wusste, dass ihre Kollegen sie privat als eine eher distanzierte Person einschätzten. Sie war immer die Erste, die das Büro, eine Besprechung, ein Essen oder was auch immer verließ. Immer die Erste, die besorgt zum Telefon blickte, wenn die Arbeit sich bis in die späten Abendstunden erstreckte. Sie war, das wusste sie, keine gute Teamarbeiterin. Tatsächlich hatte die Intensität ihrer Beziehung zu Nick sie von allen anderen Menschen in ihrem Leben allmählich isoliert, abgesehen von den seltenen Momenten, wo sie sich mit ihren Schulfreundinnen traf. Und während am Anfang die Stärke ihrer Liebe sie irgendwie dafür entschädigt hatte, dass Nick es nicht ertragen konnte oder wollte, wenn sie andere Menschen in ihr Leben ließ, so fühlte sie sich jetzt schrecklich allein.

Ihm konnte sie sich nicht anvertrauen, und weil sie außerhalb ihrer Ehe keine echte persönliche Beziehung aufgebaut hatte, gab es auch in der Arbeit niemanden, dem sie trauen konnte. Und wahrscheinlich hatte sie sogar viel mehr Angst davor, dass man im Büro von dem Baby erfuhr, als dass Nick den Grund für ihre Übelkeit entdeckte. Sie brauchte den Job mehr, als sie es sich einzugestehen wagte. Natürlich wusste sie, dass dieser Zustand der Verleugnung nicht lange anhalten konnte. Dass sie es bald jemandem erzählen musste. Ab und zu, wenn sie einen plötzlichen stechenden Schmerz im Bauch verspürte, überlegte sie, ob etwas nicht in Ordnung wäre, aber sie brachte es nicht über sich, zum Arzt zu gehen. Sie wollte sich selbst nicht eingestehen, was mit ihr geschah. Sie wollte keine Nummer im Krankenhaus werden, keine Zahl in der Statistik irgendeiner Entbindungsklinik und, da hatte sie keine Zweifel, in der Statistik des Scheidungsgerichts. Stattdessen las sie in der Mittagspause lieber schnell bei *Waterstone's* in einem Buch über Schwangerschaft nach, dass diese Schmerzen harmlose Übungswehen seien und nichts, worüber man sich Sorgen machen müsse. Vorsichtshalber kaufte sie das Buch und schloss es in einer ihrer Schreibtischschubladen ein.

Georgia rief irgendwann am Nachmittag an – ihre Freundinnen wussten alle, dass dies besser war, als sie zu Hause anzurufen – und lud sie und Nick zu einem Wochenende ins Gallows Tree House ein. Wie Georgia sagte, sollte es eine Fortsetzung ihrer Feier von Nicolas Rückkehr sein. Einen Moment lang freute Caroline sich über diese Idee, aber als sie den Hörer aufgelegt hatte, fiel ihr ein, dass es unmöglich war. Sollte Nick tatsächlich mitkommen, so würde er sich bestimmt das ganze Wochenende lang ihren Freundinnen gegenüber rüde, herablassend und aggressiv verhalten. Und sollte er nicht mitkommen, würde sie das ganze Wochenende über Angst vor ihrer Rückkehr haben, wo sie sicherlich wieder eine fürchterliche Szene erwartete.

Nick war dann aber unerwartet ruhig und gelassen, als sie von der Arbeit kam. Er hatte über tausend Wörter geschafft und war sichtlich erleichtert. Die Schreibblockade war anscheinend überwunden. Er wirkte beinahe froh, sie zu sehen. Auf dem Sofa sitzend, erzählte er ihr von seiner neuen Idee für das Buch. Sie war so erleichtert, ihn in dieser optimistischen Stimmung vorzufinden, dass sie sich danebensetzte und interessiert zuhörte.

Sie kochte das Abendessen, er machte eine Flasche Wein auf, und dann saßen sie am Tisch und unterhielten sich wie ein ganz normales Ehepaar. Seine gute Laune, der Wein und die ungewohnte Intimität ihres Abends führten dazu, dass Caroline zu ihm hinüberging und ihn küsste.

Er ging mit ihr ins Bett, und sie liebten sich, zärtlich und glücklich. Sie dachte daran, wie sehr sie die Ausschließlichkeit in ihrer Beziehung einst geliebt hatte. Er war auf jeden Augenblick, den sie ohne ihn verbrachte, eifersüchtig gewesen. Ihre Freunde – sogar ihre Schulfreundinnen – hatte er verschmäht, und ihr Leben war einzig und allein auf sie selbst beschränkt gewesen. In jenen Tagen hatten sie alles geteilt, ihre Triumphe und Gedanken und Körper und sogar die Kleidung. Mittlerweile waren die einzigen Dinge, die Nick mit ihr teilen konnte, seine Frustration und seine Ängste. Während er sich in ihr bewegte, betete sie darum, dass dieser Wandel von Dauer sein möge, dass er sie wieder dahin zurückführen würde, wie es am Anfang gewesen war. Hinterher weinte sie, und Nick nahm sie in die Arme. Durch ihr Liebesspiel ermutigt, versuchte sie, mit ihm zu reden, ihn in ihr Geheimnis einzuweihen. »Nick, wäre es nicht wunderbar, wenn wir ein Baby haben könnten?«, fragte sie leise.

»Ich möchte alles für dich sein, Caroline. Du bist meine

Muse, meine Geliebte, meine Ehefrau, meine Mutter, mein Kind, meine Vertraute. Warum bin ich nicht alles für dich, warum willst du ein Baby?«
»Es wäre ja nicht nur mein Baby, es wäre unser Baby. Deine Gene und meine, vermischt. Es wäre ein Grund für all dieses ...« Sie hielt inne, da sie merkte, dass sie ihn nicht erreichte.
»Wenn du ein Kind bekommen würdest, wäre das unser Ende«, sagte er, ließ sie los, drehte sich um und schlief ein.

Es war eine Ironie des Schicksals, dass Amanda ausgerechnet im Zentralbüro jener Baufirma arbeitete, die ihr Mann so massiv betrogen hatte. Natürlich merkte das dort niemand – Amanda hatte ihren Mädchennamen angegeben –, und sicher hätte auch niemand Gefallen an dieser Ironie gefunden. Das Bürogebäude in Vauxhall wimmelte vor erschreckend unzulänglichen Männern – und einigen Alibifrauen in billigen Business-Kostümen –, deren einziger Ehrgeiz darin bestanden hatte, in die unteren Regionen des mittleren Managements vorzudringen.
Keiner von ihnen stellte auch nur eine Frage – sie besaßen einfach nicht genug Fantasie –, und sie konnte ungestört und anonym die monotone Arbeit an ihrem Terminal verrichten. Sie hatte eine Büroangestellten-Identität kreiert, die sich von der echten Amanda deutlich unterschied. Während Steves fantastischem Aufstieg im Grundstücksgeschäft in den Achtzigern hatte sie nicht arbeiten müssen, auch wenn sie natürlich zu seinem Erfolg beigetragen hatte. Sie hatte all die Dinge getan, die man als Frau eines wichtigen Geschäftsmannes tun sollte – Partys geben, Ratschläge erteilen, mit ihrem Ehemann auf Reisen gehen. Was der Grund dafür war, dass sie mit ihren dreiunddreißig Jahren

nur über die Zeitarbeit eine Anstellung finden konnte. Es hatte für sie keine Veranlassung bestanden, besondere Fähigkeiten zu entwickeln, als sie mit Steve zusammen war. Sie war Sekretärin gewesen, als sie ihn kennen lernte, und zehn Jahre später war sie wieder Sekretärin. Es deprimierte sie, dass ihre Freundinnen – nun ja, Juliet, Nicola und Caroline – so weit in ihren Karrieren vorangekommen waren, aber sie akzeptierte ihre gegenwärtige Situation. Die war immer noch besser als die von Steve. Zeitarbeit behagte ihr. Es bedeutete, dass sie sich ihren Kollegen gegenüber distanziert verhalten konnte. Und es bedeutete, dass sie weiterziehen konnte, wann sie wollte, ohne dass jemand herausfand, wer sie war, oder besser: wer sie früher einmal gewesen war. Ihre sexuellen Aktivitäten beschränkten sich auf gelegentliche Abenteuer, wann immer sie Anoushka irgendwo unterbringen konnte. Auf Männer, die sie benutzen und dann wieder fallen lassen konnte. Männer, denen sie bestimmt nie wieder begegnen würde.

Wenn Amanda eine Schwäche hatte, so war es ihr permanentes Verlangen nach Aufmerksamkeit und Bewunderung der Männer. Sie wusste, dass sie auf die Anerkennung von Fremden nichts geben sollte, tat es aber dennoch. Sie hatte so lange in Steves Welt gelebt – einer Welt, in der eine Frau nur so viel Wert hatte wie ihr Aussehen –, dass sie sich unsicher und beunruhigt fühlte, wenn sie nicht (mindestens fünfmal am Tag) den anerkennenden Blick eines Mannes registrierte.

Schließlich musste es doch noch etwas anderes in ihrem Leben geben als ihre anspruchslose Arbeit und ihre Tochter. Die Männer, die sie traf, waren ein harmloses, aber wichtiges Hobby, ohne das ihr Leben vollkommen leer wäre. Sie rechtfertigte ihre Eroberungen, indem sie sich einredete, dass sie zurzeit ohnehin keine ernsthafte Beziehung eingehen könne – es wäre unfair Steve gegenüber – und dass die einzige Möglichkeit, ihre körperlichen Bedürfnisse zu befriedigen, gelegentliche und unbedeutende sexuelle Begegnungen seien. Aber diese One-Night-Stands konnten weder ihre Einsamkeit noch ihr Unglück lindern. Ihre Eltern, die in Hongkong lebten, hatten sie zur Zeit des Prozesses enterbt, und die einzige Verwandte, die sie außer Anoushka noch besaß, war ihre Schwester.

Alle vierzehn Tage besuchte sie Steve, aber sie redeten nicht viel. Nach den Besuchen schrieb er ihr immer, wie sehr er sich gefreut hätte, sie zu sehen, aber währenddessen blickte er nur trübsinnig und verbittert in die Gegend.

Georgia war der einzige Mensch, mit dem sie reden konnte, ehrlich sein konnte, obwohl sie nicht allzu viel über ihr eigenes Unglück erzählte. Sie vermutete, dass ein Gespräch mit Georgia ihr deswegen Trost spendete, weil sie den Eindruck hatte, dass deren Leben mit diesem grässlichen Mann beinahe ebenso schwierig war wie ihr eigenes. Meistens rief sie Georgia in ihrer Mittagspause an und plauderte mit ihr. Heute war sie ganz erstaunt, dass Georgia sie zu einem Wochenende zu Ehren von Nicolas Rückkehr einladen wollte. Sie verbrachte den größten Teil des Nachmittags damit zu überlegen, was sie anziehen könnte und wie sie sich diesem schrecklichen Richard gegenüber benehmen sollte (der sie einmal auf abstoßende und plumpe Weise angebaggert hatte). Ein weiterer Vorteil der Zeitarbeit bestand darin, dass sie immer rechtzeitig gehen konnte, um Anoushka um sechs Uhr abzuholen.

Die Heimfahrt war an diesem Abend etwas angenehmer, weil es am Nachmittag geregnet und sich um etwa fünf Grad abgekühlt hatte. Als Amanda ihre Tochter abholte, fühlte sie sich so beschwingt und aufgeregt wie schon seit Jahren nicht mehr, und sie dachte, dass das kommende Wochenende auch für Anoushka eine willkommene Abwechslung bedeuten würde.

Doch als sie aus dem stählernen, mit Graffiti besprühten Lift trat und Hand in Hand mit Anoushka auf ihre Wohnung zuging, verließ ihre Fröhlichkeit sie schlagartig. Die Tür stand offen, und das Schloss war herausgebrochen: Bei ihnen war eingebrochen worden. Sie zögerte einen Moment, da sie um Anoushkas psychische und physische Sicherheit bangte, und stieß dann behutsam die Tür auf, um zu sehen, ob sich jemand in der Wohnung befand. Erst als sie sicher war, dass, wer auch immer ihr bescheidenes neues Zuhause ausgeraubt hatte, verschwunden war, wagte sie sich hinein.

Ihr Schmuck war natürlich gestohlen, der Fernseher und der Videorekorder auch. All die kleinen elektronischen Annehmlichkeiten des Lebens – wie die Mikrowelle, der Radiowecker und das Radio in der Küche – waren verschwunden. Sogar das Telefon mit integriertem Anrufbeantworter. Anoushkas Zimmer war das reinste Chaos, aber die wahrhaft wertvollen Dinge – die Möbel – standen noch immer an ihrem Platz.

Es war eine traurige Tatsache, dass man umso eher bestohlen wurde, je weniger man besaß, dachte sie bitter. Am liebsten hätte sie geweint, tat es aber nicht, weil sie für Anoushka stark sein musste. Sie konnte nicht einmal die Polizei oder Georgia oder sonst jemanden anrufen, weil das Telefon ja auch weg war. Schließlich klingelte sie bei der Nachbarin – bei der, die das kleinere Übel der beiden Nachbarn darstellte, der Frau mit den schreienden Kindern. Lieferte sich selbst und ihre Tochter der Gnade einer fast Fremden aus.

Juliet war, wie sie freimütig zugab, so etwas wie kontrollsüchtig. Das erklärte im Grunde auch ihren Erfolg. Sie war geboren, um zu herrschen, hatte ihre Mutter immer gesagt (hatte ihr zu Weihnachten sogar einmal ein T-Shirt mit diesem Aufdruck geschenkt), und in ihrer Firma tat sie genau dies.
Außerdem konnte sie geradezu brillant delegieren. Was erklärte, dass sie jeden Tag zwei Stunden für Training und Massage im Harbour Club zur Verfügung hatte. Natürlich konnte sie diese kleine Extravaganz rational damit begründen, dass es auch gut fürs Geschäft war. Immerhin hatte sie eine Menge Apartments in Chelsea Harbour in ihrem Angebot, und die Leute, die man an der Saftbar oder an der Laufmaschine kennen lernte, konnten sich als nützliche Kontakte erweisen. Heute war sie extrem angespannt – trotz aller Anstrengungen der Club-Masseuse, die ihr eine Aromatherapie-Massage verpasste. Juliets Handy klingelte genau in dem Moment, als die Frau – dieselbe, die auch der Prinzessin von Wales die Waden klopfte – eine kritische Stelle ihres Körpers erreichte. Sie zuckte zusammen, als hätte ihr die Masseuse einen Elektroschock gegeben. »Mist«, rief sie, »ich muss rangehen. Bitte hören Sie für einen Augenblick auf.«
Es war schwierig, das Telefon mit ölbeschmierten Händen aufzuheben, aber sie wollte unbedingt mit Harry sprechen und hoffte inständig, dass er es war. Sie hatte mehrere Nachrichten in seinem Büro hinterlassen, dass er sie dringend anrufen solle, und ihr eigenes Büro angewiesen, keinen anderen Anrufer in ihren Club weiterzuleiten.
»Juliet, was gibt's?«, fragte Harry kurz angebunden.
»Ich hab mich nur gefragt, was du heute Abend wohl so machst. Ich dachte, wir könnten bei mir was Schönes essen«,

sagte sie und versuchte dabei verzweifelt, das Lavendelöl von ihrem Haar fern zu halten, während sie das Telefon ans Ohr presste.
»Juliet, wann kriegst du das endlich in deinen Kopf, dass ich keine Routine mag. Ich bin kein ›Mittwoch-ist-unser-Abend-Typ‹ von Mann.‹«
»Aber ich dachte, wir hätten …«
»Es ist etwas dazwischen gekommen, Juliet. Stell nicht deine Uhr nach mir. Lass mich nicht dein Leben beherrschen. Ich habe einen großen Auftrag von einer amerikanischen Zeitschrift bekommen und werde für ein paar Tage weg sein. Ich ruf dich am Wochenende an.«
»Richard und Georgia haben uns eingeladen, das Wochenende um den 20. Juni bei ihnen auf dem Land zu verbringen. Du kommst doch mit, oder?«
»Ich kann's nicht versprechen. Ich werde es versuchen. Kannst du mich noch hören …?«
»Ja, laut und deutlich«, erwiderte Juliet.
»Bist du noch dran? Ich kann dich nicht hören …«
Seine Stimme aus dem Autotelefon versiegte. Sie rief schnell seine Nummer zurück und erhielt die irritierende Nachricht: »Der gewünschte Anschluss ist momentan nicht besetzt. Bitte versuchen Sie es später wieder.« Dieser Bastard musste es absichtlich ausgeschaltet haben. Es machte sie rasend, wenn Harry das tat. Ihre Laune verschlechterte sich noch mehr, als sie schließlich in ihr Büro zurückkam und erfuhr, dass Sam am 20. Juni Heimurlaub hatte. Harry wäre sicher wenig geneigt, ein gemeinsames Wochenende mit Sam im Schlepptau zu verbringen. Juliet war gereizt und erschöpft und so durch und durch frustriert, weil sie Harry nicht in den Griff bekommen konnte, dass sie den ganzen Nachmittag und einen Großteil des frühen Abends damit verbrachte,

ihre Angestellten zu einer Reihe sinnloser und läppischer Aufgaben zu verdonnern.

Nicola führte vor einer Gruppe wichtiger Investoren der Stadt das *Mannigfalt*-Konzept in einer Präsentation vor. Sie war mittlerweile in der Lage, die Marketing-Möglichkeiten und die Bedeutsamkeit des Medikaments in allgemein verständlicher Sprache darzulegen. Durch aussagekräftige Statistiken über die zunehmende Depression bei Männern, über ihre Gewalttätigkeit und über die steigende Scheidungsrate war es ihr – zumindest in den Staaten – gelungen, einige der maßgeblichen Leute von der moralischen wie auch kommerziellen Wirksamkeit des Produkts ihrer Firma – der Neumann-Stiftung – zu überzeugen.
»Meine Herren«, sagte sie und blickte um den Tisch, »Sie sind von der Pharmaindustrie bislang schändlich vernachlässigt worden. Ihre Bedürfnisse, Ihre Wünsche, Ihre Gefühle wurden nie als wichtig genug erachtet, um die kostenintensive Forschung und langwierige klinische Versuche zu rechtfertigen, die für die Entwicklung neuer Medikamente erforderlich sind. Warum? Weil von den Männern über viele Jahre hinweg erwartet wurde, dass sie auch so zurechtkommen. Dass sie ihr Los akzeptieren. Dass sie ihre Sorgen und Ängste hinter einer Maske machohafter Männlichkeit verbergen, während ihre Frauen« – sie hielt inne, warf ihr glänzendes rotes Haar zurück und lächelte die Männer zuckersüß an – »scheinbar unendlich viel Hilfe und Unterstützung durch die Wissenschaft erhielten, um die schwierigen Momente ihres Lebens durchzustehen.«
Sie machte erneut eine dramatische Pause, bevor sie Sinn und Zweck eines neuen Medikaments erläuterte, das die Produktivität, Lebensqualität und Lebensfreude eines Mannes

verbessern könnte. »Es ist unmöglich zu leugnen, dass eine Verbindung besteht zwischen der heutigen Lebenskrise bei jungen Männern und der Zunahme der Gewalt in den Städten. Dies war der Ausgangspunkt für die Entwicklung von Mannigfalt. Was wäre, so überlegten wir, wenn man ein Medikament entwickeln könnte, das die emotionalen, intellektuellen und physischen Fähigkeiten junger Männer aufeinander abstimmt. Nicht nur durch ein Ausbalancieren der Hormone, sondern auch durch die radikal neuen, fantastischen Wirkstoffe, von denen wir wissen, dass sie die Lebensqualität eines Individuums dramatisch verbessern können. Und, meine Herren, solch ein Medikament gibt es nun.«

Sie wartete einen Augenblick, da sie merkte, dass die Männer am Tisch interessiert waren, dass sie anfingen, den Umfang des wissenschaftlichen Fortschritts zu erahnen, den die Neumann-Stiftung erarbeitet hatte.

»Wir haben dieses Medikament an freiwilligen Strafgefangenen der Vereinigten Staaten getestet, und die Ergebnisse waren erstaunlich. Wir sind zuversichtlich, dass wir die Anerkennung des Bundesgesundheitsamtes erhalten werden – unser Medikament ist ein revolutionäres Konzept, das die Aggression der Jugendlichen kanalisiert, ohne ihre Kreativität, ihren Erfindungsgeist oder ihren Ehrgeiz zu mindern. Es ist schlichtweg das Aufregendste, das die Wissenschaft je für den Mann getan hat. Und indirekt natürlich«, fügte sie mit umwerfend weiblicher Pose hinzu, »auch für die Frau.«

Sie hielt kurz inne und trat dann zum letzten Angriff auf die versammelten Männer im mittleren Alter und mit beginnender Glatze an. »Für Mannigfalt besteht keine Altersgrenze. Für den älteren Herrn, der Angst hat, die kreativste

Zeit seines Lebens bereits hinter sich zu haben, wurde eine Form von Mannigfalt entwickelt, die seine Energie steigert sowie sein Selbstvertrauen, seine Leistung und, sollte das notwendig sein«, fuhr sie mit mädchenhaftem Kichern fort, »auch seine sexuelle Leistungsfähigkeit. Mannigfalt 2 wurde an einer auserwählten Gruppe Freiwilliger auf das Gründlichste getestet und erzielte sagenhafte Ergebnisse. Über kurz oder lang werden wir Mannigfalt für jeden Typ Mann entwickelt haben. Dies ist ein Konzept, meine Herren, ohne jedwede Grenzen ...«

Jetzt hatte sie's geschafft, da war sie sicher. Ein Medikament, das Depressionen heilen, Aggressionen abbauen und schwindende sexuelle Kraft aufbauen konnte, war unwiderstehlich.

»Gibt es einen jungen Mann in der zivilisierten Welt, der, wenn er die Möglichkeit dazu hätte, seine Fähigkeiten nicht verbessern wollte? Einen Mann über vierzig, der seine geistige und körperliche Kraft nicht erhalten wollte? Gibt es einen Mann an diesem Tisch, der es sich leisten kann, *nicht* in ein Medikament zu investieren, das uns allen eine bessere Zukunft schenkt?«

Alle applaudierten, als sie wieder Platz nahm. Es wurden aufgeregte Fragen gestellt, die sie sachkundig beantwortete. Falls irgendeiner der Geldgeber noch Zweifel gehabt haben sollte, so waren diese nach dem Mittagessen mit Nicola und ihren Statistiken sicher endgültig beseitigt.

Als sie um fünf wieder in ihr Hotel kam, richtete man ihr aus, sie solle Georgia zurückrufen. Noch immer bester Stimmung ob ihres Erfolgs rief sie ihre Freundin – ihre liebste aus der Gruppe – sofort an. »Nicola, ich kann dir gar nicht sagen, wie glücklich ich bin, dass du wieder da bist. Sogar Richard freut sich. Tatsächlich ist das auch der Grund, wes-

halb ich dich angerufen hatte. Wir hoffen, dass du uns am Wochenende um den 20. Juni besuchen kannst. Juliet und Harry werden da sein, und Amanda und Caroline und Nick. Du wirst doch auch kommen, oder?«
»Ich würde ja gern, aber ich habe ein Problem ...«
»Geschäftlich?«
»Nein, eigentlich Vergnügen. Weißt du, Georgia, ich habe mich verliebt. Ich habe in Amerika einen Mann kennen gelernt, und er kommt Ende der Woche hierher ...«
»Ach, ich freu mich ja so für dich, Darling, du hast es dir verdient. Das erklärt auch, warum du so ein Leuchten um dich hast. Wie dumm von mir, dass ich nicht gleich gemerkt habe, dass es jemanden in deinem Leben geben muss. Du wirst ihn doch mitbringen, ja ...?«
»Darf ich? Ich weiß, er wird dir gefallen.«
»Wie heißt er, und was macht er? Ich kann kaum erwarten, es Juliet zu erzählen.«
»Er heißt Carl. Carl Burton. Er ist so, wie ich mir einen Mann immer gewünscht, aber nie zu hoffen gewagt habe, ihn auch zu bekommen ...«
»Du kannst am Freitagabend mit Juliet rausfahren«, meinte Georgia. »Ich glaube, Richard und Harry kommen erst am Samstag nach, da haben wir genug Zeit, um Carl kennen zu lernen.«

3.

Georgia war den ganzen Tag nervös gewesen, denn sie wollte, dass dieses Wochenende etwas Besonderes würde. Sorgsam hatte sie jede Mahlzeit und jede Aktivität geplant und dafür Sorge getragen, dass die alten Schulfreundinnen viel Zeit zusammen verbringen konnten, während die Männer – nun, es waren ja nur Richard, Harry und dieser Carl – irgendetwas typisch Männliches unternehmen würden (sie fragte sich, ob Carl wohl schießen konnte: ihr Eindruck war eher, dass Amerikaner sich nur für Golf interessierten).

Sie hatte eigentlich nur wenig, worauf sie in ihrem Leben stolz sein konnte, dachte sie, während sie noch einmal das Menü für ihr Abendessen durchging, nämlich ihr Heim und ihre Kinder. Und dies wollte sie gern mit ihren Freundinnen teilen. Sie hatte sogar den Versuch unternommen, Emily, Tamsin und Tom zu gutem Benehmen für dieses Wochenende anzuhalten. Hatte allen dreien tolle Belohnungen versprochen, wenn sie nett und höflich zu ihren erwachsenen Gästen, ihrem armen kleinen Cousin Sam und Amandas Tochter Anoushka wären.

Gallows Tree House war für Wochenendpartys geradezu geschaffen, doch leider kam es nur selten dazu. Richard war unter der Woche so mit seiner Arbeit und den ministeriellen Feierabendverpflichtungen beschäftigt (die Georgia nur selten einschlossen), dass er am Wochenende seine Ruhe haben wollte.

Nicola und Carl (Georgia wiederholte den Namen immer wieder leise, um zu prüfen, ob er ihr gefiel) sollten im großen grünen Gästezimmer untergebracht werden, da sie die Ehrengäste waren. Amanda kam ins blaue Zimmer – mit dem angrenzenden Ankleidezimmer für Anoushka – und Caroline (die beschlossen hatte, ohne den schwierigen Nick anzureisen) in das letzte, rosafarbene Zimmer des Korridors. Juliet und Harry könnten im roten Zimmer übernachten, das ein gemeinsames Badezimmer mit dem winzigen Schlafzimmer hatte, in das sie den armen kleinen Sam stecken wollte. Nein, sie musste aufhören, an Juliets Sohn als »armen kleinen Sam« zu denken, überlegte sie, während sie einen letzten Rundgang durch die Gästezimmer unternahm (und die kleinen Schokoladepäckchen verteilte, die sie als Kinder so geliebt hatten, sowie ein Foto von ihnen auf den Eingangsstufen der Queen-Anne-Schule). Sie war sicher, dass Juliet ihn nur bekommen hatte, um es mit der wachsenden und damals noch glücklichen Familie ihrer Schwester aufzunehmen. Tatsächlich war sie ziemlich sicher, dass Juliet auch Mark Burrows – einen aufstrebenden Parlamentarier der Tories – nur deswegen geheiratet hatte, weil sie neidisch auf Georgias Leben gewesen war. Traurigerweise verlor Mark Burrows seinen Sitz und seinen guten Ruf im Parlament (ein schmutziger Skandal über irgendeinen unglücklichen finanziellen Deal), und die Ehe scheiterte. Nun, Juliet war nicht der Typ, der sich in schlechten Zeiten hängen ließ. Geld und Ansehen waren ihr wichtiger als Liebe und Zuneigung, wie es bei Georgia der Fall war, die zu Juliets Leidwesen aber trotzdem irgendwie alles erreicht hatte: Geld, Ansehen, Liebe und Zuneigung.

Gallows Tree House war nicht so alt, wie es sich anhörte. Es war in den späten Dreißigern im Tudor-Stil errichtet worden und daher kaum von historischem oder architektonischem Wert. Es war einfach ein beeindruckender Klotz. Ein riesiges Gebäude mit zwölf Schlafzimmern, drei Treppenhäusern, fünf Empfangszimmern und sogar einem Ballsaal (in dem sich heute ein Billardtisch befand). Eher wuchtig als schön (ein bisschen wie ich, dachte Georgia), aber dennoch, dank ihrer Vorliebe für Plüsch und Schnickschnack, ein gemütliches Zuhause.

Kurz vor sechs hörte sie den ersten Wagen den Kiesweg herauffahren. Es war Juliet, die Amanda, Anoushka, Caroline und den armen kleinen Sam mitgenommen hatte. Georgia öffnete eine Flasche Champagner – was sie für gewöhnlich nur dann tat, wenn Richard ihr ausdrücklich die Erlaubnis dazu erteilt hatte –, und die vier Frauen setzten sich in das kleine Wohnzimmer, Georgias Zimmer, während Anoushka und der arme kleine Sam mit Emily, Tamsin und Tom davontrabten.

Als Nicola und Carl um sieben Uhr eintrafen, waren die anderen schon ganz verrückt vor Neugier. Den größten Teil der letzten Stunde hatten sie damit verbracht, Spekulationen über den amerikanischen Lover ihrer alten Freundin anzustellen und wie er es geschafft hatte, der vormals eher nüchternen Nicola einen solchen Glanz und solches Selbstvertrauen zu verleihen. Georgia gefiel er von Anfang an. Er war irgendwie anders. Natürlich sah er gut aus, wenn auch für ihren Geschmack ein wenig zu behaart (er hatte sehr schwarzes Haar und sehr blaue Augen, was vielleicht auf irische Abstammung hindeutete), und war höflich, aber nicht übertrieben.

Sie brachte die beiden nach oben in ihr Zimmer und ließ

Caroline, Amanda und Juliet flüsternd und kichernd zurück.
»Ich dachte, da wir heute Abend nur zu sechst sind, dass wir im kleinen Speisezimmer essen. Ihr wollt sicher erst einmal auspacken und euch frisch machen, aber vielleicht könntet ihr ja in einer halben Stunde zum Champagner zu uns stoßen. Einverstanden?«
Als sie schließlich alle ins Esszimmer gingen, war die Atmosphäre locker und entspannt. Carl besaß einen unwiderstehlichen Charme. Selbst Juliet, die zu den Frauen gehörte, die sich für einen Mann normalerweise erst dann interessierten, wenn sie seinen letzten Bankauszug gesehen hatten, war offensichtlich ganz angetan. Es war nicht so, dass er flirtete, er hatte zweifellos nur Augen für Nicola, aber er war so aufmerksam und einfühlend, wie sie es noch nie zuvor bei einem Mann erlebt hatten. Tatsächlich fühlten sie sich mit ihm so wohl, dass sie – während er zuhörte – so offen miteinander sprachen, als wäre gar kein Mann anwesend.
Amanda, enthemmt durch den Champagner und glücklich, in einer luxuriösen und behaglichen Umgebung zu sein, berichtete vom Einbruch in ihre Wohnung. »Ich dachte, ich hätte nun schon alles mitgemacht – ich meine, all die Publicity und der Prozess und die Demütigungen wegen Steve –, aber ich bin noch nie beraubt worden. Es war entsetzlich. Ich habe natürlich nie angenommen, dass ich unverletzbar bin, nicht einmal in den Tagen, als wir all diese Hochsicherheits-Alarmsysteme hatten, aber ich hab irgendwie nie gedacht, dass es mir passieren würde. Allerdings hätte ich auch nie gedacht, dass ich mal in einer Sozialwohnung in einem der berüchtigsten Wohnblocks von London wohnen würde.«

»Darling, das ist doch nur vorübergehend. Du wirst sehen: Du und Steve, ihr werdet euch euren Weg zurück erkämpfen«, meinte Georgia ruhig.

»Seltsamerweise hat das alles irgendwie auch sein Gutes. Ich war vom wirklichen Leben ganz und gar entfernt, abgeschirmt. Und da ich jetzt niemanden mehr habe, an den ich mich wenden kann, bin ich zu meiner Nachbarin gegangen. Zu diesem Mädchen, das immer so feindselig geguckt hat, so hart und absolut unnachgiebig – und sie war wunderbar. Ich meine, zuerst war sie natürlich schockiert. Sie hat Vorurteile mir gegenüber gehabt, so wie ich bei ihr. Aber dann hat sie sich um uns gekümmert – obwohl sie erst neunzehn ist und zwei kleine Kinder hat – und darauf bestanden, dass Anoushka und ich bei ihr übernachten. Und sie war so interessant, diese junge Frau, die ich früher für die blödsinnige Verschwendung von Staatsgeldern verantwortlich gemacht hätte, weil sie von der Sozialhilfe lebt. Ein Mitglied der Unterschicht, über das wir früher nur den Kopf geschüttelt hätten.«

»Das klingt wie die Art von Mädchen, die Richard und seine Kollegen am liebsten immer noch als Staatsschmarotzer verdammen würden«, sagte Georgia.

»Nein, sie ist wirklich eine gute Mutter. Sie weiß, wo's langgeht. Sie hat sich bewusst für dieses Leben entschieden. Sie hat beschlossen, dass ihre Kinder ohne ihren Vater besser dran sind. Sicherer. Und ihren Geschichten nach ist es leicht zu verstehen, warum sie lieber allein lebt.«

»Es scheint«, meinte Carl leise, »dass die Welt voll von Frauen ist, die glauben, dass sie auf die Männer verzichten können.«

»Vielleicht wäre das nicht so«, sagte Caroline seufzend, »wenn mehr Männer so wären wie du.«

»Jedenfalls«, fuhr Amanda fort, »möchte ich, dass ihr sie alle kennen lernt, denn dann würdet ihr das vielleicht auch verstehen. Ich glaube, sie wird es irgendwann im Leben zu etwas bringen, auch ihre Kinder. Und sie wird es auf ihre eigene Weise schaffen und nicht wie ihre Mutter, die sich mit der Gewalttätigkeit eines herzlosen Trinkers abgefunden hatte.«

»Es ist schon komisch, oder?«, begann Nicola, »wie die Leute heutzutage über die Bedeutung männlicher Vorbilder für heranwachsende Jungen reden. Egal, mit was für einem Mann als Vater sie aufwachsen, es sei auf jeden Fall besser als nur mit einer liebenden Mutter. Ich bin mir da aber gar nicht so sicher. Wenn ein Junge in feindseliger Atmosphäre und mit einem brutalen Vater aufwächst, was nimmt er dann in sein Leben mit? Feindseligkeit und Brutalität. Wenn er aber bei einer Frau aufwächst, die einfühlsam ist und ihm einen Rückhalt bietet, dann wird er – selbst wenn es keine männliche Modellfigur in seinem Leben gibt – bestimmt eine viel gesündere Einstellung zur Menschheit mit in sein Leben nehmen.«

»Glaubst du das wirklich?«, fragte Caroline eifrig.

»Wenn ein Junge mit einem Vater aufwächst, der sich von der Macho-Tradition seiner Vorväter gelöst hat, dann ist das etwas anderes«, sagte Carl. »Ich habe selbst gesehen, wie sich Gewalt in einer Familie weitervererbt. Die Unterschicht, auf die du dich bezogen hast, Amanda, bedroht in Amerika viel stärker das Bürgertum als hierzulande.«

»Aber wie sollen wir die Männer von der Macho-Tradition ihrer Vorväter befreien?«, wollte Georgia wissen. »Ich meine, seht euch meinen Tom an – und vielleicht Juliets Sam. Sie haben etwas – angeboren, wie ich vermute –, das sie automatisch zu Pistolen, Messern, brutalen Videospielen, gefährlichen Maschinen und Fußball hintreibt. Tom ist bereits ein Mini-Macho. Und Richard kann ich dafür nicht verantwortlich machen, denn er ist ja kaum hier. Ich bin ein bisschen wie Amandas Nachbarin: im Prinzip eine allein erziehende Mutter – allerdings in gehobener Position –, und ich habe es nicht fertig gebracht, diese Macho-Traditionen zu durchbrechen.«

»Natürlich kann man sie nicht auslöschen«, meinte Carl freundlich. »Aber man kann diese Instinkte zähmen, sie gefügiger machen. Man kann sie von einer zerstörerischen in eine positive Kraft für die Menschheit umwandeln.«

»Wie kommt es nur«, sagte Nicola zu Carl, »dass in letzter Zeit alle Gespräche zu Mannigfalt führen?«

»Carl, erzähl uns doch, wie du es geschafft hast, diese Macho-Traditionen abzuschütteln«, bat Juliet. Es herrschte einen Augenblick Schweigen, ehe Carl antwortete. »Wie ich es geschafft habe? Nun, durch Schulung und durch … durch Nicolas Hilfe.« Sie waren alle gerührt – und kein bisschen eifersüchtig – über dieses zärtliche Geständnis.

Als Caroline später allein in ihrem Zimmer war, überlegte sie, dass Nicola das große Los gezogen hatte. Sie hatte einen Mann gefunden, der Frauen verstand und aufrichtig liebte. Ein wahrer Feminist, dachte sie, eine echte Seltenheit. Die meisten Männer, die Caroline kannte und die behaupteten, man müsse die Frauen bemitleiden und unterstützen, waren in Wahrheit heimliche Sexisten. Sie wusste, dass Nick den Gedanken der sexuellen Gleichberechtigung nie richtig verstanden hatte, weil er – ob durch Erziehung oder natürlichen Instinkt – den Mann als dominant betrachtete. Carls kluge Worte gingen ihr immer wieder durch den Kopf, bis sie schließlich einschlief und mit erstaunlicher Schärfe davon träumte, mit einem Mann verheiratet zu sein, der wie Carl redete, nur dass es Nick war. Ein Mann, der das Kind, das in ihr heranwuchs, lieben und versorgen würde.

Der Rhythmus und die Atmosphäre des Wochenendes änderten sich schlagartig, als am Samstag – mit der Limousine des Ministeriums – Richard und Harry eintrafen. Georgia mochte Harry nicht. Für ihren Geschmack sah er zu gut aus, war zu beliebt und zu schmeichlerisch. Selbst als er sie begrüßte, konnte er ihr nicht in die Augen sehen – wohl weil er Frauen wie sie langweilig und körperlich abstoßend fand. Er war ein Mann, der sicherlich kein Gewissen hatte und an niemand anderen dachte als an sich selbst. Ein perfekter Partner für ihre Schwester also, wie Georgia schon vor einiger Zeit entschieden hatte.
Harry war in vieler Hinsicht ein jüngerer und weniger aggressiver Richard. Die beiden waren das klassische Beispiel für den traditionellen englischen Oberklasse-Typ, wobei Harry durch affektierten Pferdeschwanz, zerrissene Jeans, abgewetzte schwarze Lederjacke und aufgesetzten Südlondoner Akzent versuchte, sich von seinen Wurzeln zu distanzieren, wie es sich für einen Mann seines Berufs geziemte. Aber trotz all seiner gekünstelten Künstlerhaftigkeit – seine Fotografien hingen zum Beispiel in der Hamilton Gallery und verkauften sich wie Kunstwerke –, unterschied er sich nicht allzu sehr von Richard – beide waren sie typische Resultate des englischen Privatschulsystems.
Keine zehn Minuten nach seiner Ankunft versuchte Richard, Georgias sorgfältig geplantes Wochenende durch den Besuch eines Restaurants im Ort und anschließendes Tennis durcheinander zu bringen. Schlimmer noch: Georgia merkte, wie sie schon wieder automatisch in die Rolle

schlüpfen wollte, die sie an Richards Seite immer einnahm: die eines anbetungsvollen Arbeitstiers. Nein, nein, beharrte sie also krampfhaft, sie müssten ihr leichtes Mittagessen zu Hause einnehmen, und dann sollte Richard mit Harry und Carl zum Schießen gehen. Es sei alles schon arrangiert. Richard willigte ein, aber er war fest entschlossen ... nun, sein Territorium zu verteidigen. Den anderen Männern – und Frauen – zu zeigen, dass er der Herr seines Reiches war (auch wenn er nur einen Bruchteil seines Lebens hier verbrachte).

Die Konversation beim Mittagessen war ganz und gar anders als die Gespräche der Frauen – in Anwesenheit des freundlichen und charmanten Carl – am vorherigen Abend. Richard sprach laut und indiskret über irgendeinen schrecklichen parlamentarischen Skandal (in den zur Abwechslung mal ein Angehöriger der Labour-Partei involviert war), und Harry brach nach jedem seiner obszönen Einwürfe in wieherndes Gelächter aus.

Nach dem Essen fuhr Juliet mit Amanda und Nicola in die Stadt, um zu bummeln, und die Männer brachen zu ihrer kleinen männlichen Zerstreuung auf. Georgia war ganz traurig, als sie Carl mit den anderen beiden Männern im Espace davonfahren sah. Wie gut, dachte sie, dass die Männer heute nur auf Tontauben schießen würden. Sie glaubte nicht, dass der empfindsame Carl auf echte Tiere schießen könnte.

Caroline hatte angeboten, dazubleiben und Georgia in der Küche und mit den Kindern zu helfen. Georgia war gerührt gewesen, wie intensiv Caroline sich Tom widmete, und freute sich, als er darauf einging und sie an der Hand durch den Garten führte.

Irgendwann am Nachmittag, als sie gerade oben war, um

nachzusehen, ob Mrs. Henderson alle Betten gemacht und die Zimmer aufgeräumt hatte, hörte sie etwas, das wie ein Schluchzen klang, aus Carolines Zimmer dringen. Sie presste ihr Ohr an die Tür und erkannte, dass Caroline nicht weinte, sondern würgte. Sie fand ihre Freundin vor der Toilette kniend, wo sie versuchte, sich zu übergeben. Zuerst dachte sie, Caroline sei vielleicht an Bulimie erkrankt – das war heutzutage schrecklich modern –, aber dann fiel der Groschen, und sie wusste sofort, dass Caro schwanger war.

»Darling«, rief sie aufgeregt, »du bist schwanger, stimmt's?«
Caroline nickte, während ihr die Tränen über das zarte Gesicht liefen.

»Nun, das ist eine sehr emotionale Zeit in deinem Leben. Bei meinen Schwangerschaften musste ich zu den seltsamsten Anlässen weinen. Als ich mit Tom schwanger war, besuchte ich mit Richard mal wieder so einen grässlichen Staatsempfang, und nach dem Essen, während der total ernsthaften und blödsinnigen Ansprache irgendeines wichtigen Diplomaten, fange ich plötzlich das Heulen an.«
Doch Caroline weinte immer weiter, bis Georgia sie schließlich in die Arme nahm und hin und her wiegte. Hier ging es um mehr als nur eine Überdosis Hormone.

»Darling, es ist doch Nicks Baby, oder?«, fragte sie.
»Natürlich«, erwiderte Caroline zwischen zwei Schluchzern.
»Wo liegt dann das Problem?«
»Er sagt, er verlässt mich, wenn ich ein Kind bekomme. Als wir heirateten, waren wir uns einig, dass wir nur uns brauchten. Dass wir keine Kinder wollten. Aber es ist einfach passiert. Und ich hab ihm nichts gesagt. Ich hab niemandem was gesagt.«
»Wie weit bist du schon?«

»Im fünften Monat, denke ich.«
Georgia änderte ihre Taktik. Vorsichtig wusch sie Carolines Gesicht, glättete ihr kurzes blondes Haar, führte sie zum Bett und sagte ihr, sie solle ein paar Stunden schlafen. Alles werde wieder gut werden. »Am Montag spreche ich mit meinem Arzt. Streng vertraulich. Ich werde alles arrangieren. Nick muss davon nichts erfahren, bis du bereit bist, es ihm zu sagen. Aber du musst sichergehen, dass dein Baby sich normal entwickelt. Du kannst nicht weiter ignorieren, was da in deinem Körper vor sich geht. Himmel, du hättest schon einen Ultraschall haben müssen und Gott weiß, was noch alles.«
Caroline, die vom Weinen und Würgen einen Schluckauf bekommen hatte, fühlte sich langsam besser. Erleichtert, dass sie es endlich geschafft hatte, jemandem ihr Geheimnis anzuvertrauen. Und sicher, dass sie es der einzigen Person erzählt hatte, die ihr wirklich helfen könnte.

Das Abendessen verlief sehr förmlich. Die Gerichte, die für diese Jahreszeit vielleicht ein wenig zu fett und schwer verdaulich waren, schienen auch die Konversation zu erschweren. Oder vielleicht lag es am auffallenden Kontrast zwischen der fröhlichen und ausgelassenen Stimmung des vorigen Abends und der heutigen eher männlich-dominanten Atmosphäre. Georgia bemühte sich, vor allem zu verhindern, dass Richard weder Amanda noch Caroline beleidigte und Juliet nicht mit Harry stritt.
Doch die Atmosphäre war von Anfang an gespannt gewesen, dachte Georgia, und zwar durch den krassen Gegensatz der Geschlechter. Die Frauen (und, wie Georgia bemerkte, der empfindsame Carl) waren durch die Anwesenheit von Richard und Harry gehemmt und die meiste Zeit des Abends unfähig, sich ins Gespräch zu mischen. Richard, der ein

wenig zu früh ein wenig zu viel getrunken hatte, benahm sich ganz besonders ungehobelt – und das zum offensichtlichen Vergnügen seines kriecherischen Kumpans Harry.

»Sag mal, Amanda«, begann er mit seinem routiniert anzüglichen Grinsen, »wie schaffst du es, deine Jugendfrische so prächtig beizubehalten, wo dein Mann doch ... äh ... weg ist?«

Amanda wollte auf ihre übliche Weise kontern, traute sich aber nicht so recht. Stattdessen lächelte sie ihren Gastgeber an und erwiderte, sie sei keine von den Frauen, deren Lebenserfüllung von einem Mann abhänge, obwohl natürlich nichts weiter von der Wahrheit entfernt war als diese Behauptung.

»Das glaube ich nicht, Amanda«, fuhr Richard fort. »Ich glaube, du bist die Art von Frau, die die Bewunderung eines Mannes braucht – wie ein Auto das Benzin.«

Richard war der Typ Mann, der jede Depression oder Stimmungsschwankung einer Frau auf ihre Sexualität zurückführte. Es war entweder »die falsche Zeit des Monats« oder sie »musste mal wieder ordentlich durchgebumst werden«. Er konnte im Grunde nichts dafür. Seine Mutter hatte er in seiner Jugendzeit kaum gesehen, war ohne Schwestern und folglich nur unter Männern aufgewachsen und wusste mit dreiundvierzig Jahren immer noch genauso wenig über Frauen wie mit vierzehn. Sie verwirrten ihn, und er nahm sie nur unter sexuellen Gesichtspunkten wahr.

»Wie kommt es, Richard«, unterbrach ihn da Nicola, »dass Männer wie du immer noch der Meinung sind, eine Frau ohne einen Mann sei irgendwie unvollständig?«

»Weil die meisten Frauen, liebe Nicola, ohne einen Mann unvollständig sind. Du bist eine Ausnahme. Zumindest warst du das bis vor einiger Zeit«, fügte er hinzu und drehte den Kopf in Carls Richtung. »Echte Frauen sind eben unvollständig ohne Mann.«

»Womit du sagen willst, dass Nicola keine echte Frau ist?«, hakte Amanda mit eisiger Stimme nach.

»Nein, nein, das meine ich nicht«, erwiderte Richard hastig. »Es ist nur so, dass biologisch gesehen die meisten Frauen auf Nestbau aus sind – und nicht darauf, revolutionäre Medikamente zu entwickeln und sich in einer Welt zu behaupten, die im Grunde ja doch eine Männerwelt ist.« Zufrieden über seine kleine Ansprache und ohne zu merken, dass die fünf Frauen am Tisch ihn belustigt ansahen, fuhr er fort: »Eine Frau ist dann glücklich, wenn sie den biologischen Forderungen nachgibt, die ihr Körper an sie stellt. Wenn sie also einen Mann und Kinder hat. Frauen sind dem Hauen und Stechen in der Welt nicht gewachsen. Sie denken vielleicht, sie wären es, aber das sind sie nicht, ganz bestimmt nicht.« Er beendete seine Rede mit einem eisigen Lächeln.

»Ich wusste gar nicht, dass du so gut über die Biologie der Frau informiert bist, Richard«, meinte Nicola kühl. »Ich nehme an, du glaubst, dass alles, was die Frauenbewegung erreicht hat, ein vorübergehender Sinneswandel war und keine grundlegende Änderung der Welt?«

»Die Frauen lehnen diesen feministischen Schwachsinn doch selber ab. Sie erkennen langsam, dass ihr Platz in Wahrheit in ihrem Heim liegt. Es gibt genauso viele Frauen wie Männer, die sich eine Rückkehr zu den alten traditionellen Rollen wünschen.«

»Zu einer Welt, in der ein Mann ein Mann ist und die Frau froh darüber«, sagte Georgia kichernd.

»Ja, Georgia, wenn du es so ausdrücken willst. Dieser neue Typ Mann« – er nickte über den Tisch in Carls Rich-

tung – ‚»na ja, vielleicht kommt der in Amerika gut an, wo auch dieser schrille neue Frauentyp entsteht. Wie ein neu gezüchtetes niedliches Haustier. Aber hier zieht so was nicht. Kein Wunder, dass all diese armen amerikanischen Männer in die Wälder flüchten, um ihre Männlichkeit hinauszuschreien. Aber ich wage zu behaupten, dass Carl es nicht nötig hat, sich inmitten einer Gruppe Männer auf die Brust zu trommeln. Er fühlt sich eben wohler bei Frauen.«
Es herrschte betretenes Schweigen. Einen Moment dachte Georgia, dass eine Schlägerei entstehen oder dass Carl und Nicola einfach aufstehen und den Raum verlassen würden. Carl, der liebe Carl mit seinen schönen intelligenten Augen und seiner freundlichen Art, hatte den ganzen Abend kaum ein Wort gesprochen.
»Ich denke, du wirst bald erkennen, Richard, dass die Zukunft weiblich ist. Dass es die Männer sind, die merken werden, dass sie ohne Frauen nicht leben können, und nicht anders herum. Biologisch gesehen ist es tatsächlich so, dass wir keine Männer mehr brauchen. Abgesehen von ihrem Sperma in den Samenbänken«, sagte Nicola und lächelte triumphierend.
»Und in Großbritannien werden wir wohl nie eine Männerbewegung brauchen«, fügte Caroline leise hinzu, »solange es das Privatschulsystem gibt.«
»Und Fußball«, sagte Amanda.
Georgia konnte es gut verstehen, als Nicola und Carl ihr später mitteilten, dass sie am nächsten Morgen schon frühzeitig wieder abreisen müssten. Sie hatte für Sonntag zwar ein großartiges Mittagessen geplant, wusste aber, dass die schöne Anfangsstimmung durch ihren Mann zerstört worden war. Sie war auch kaum überrascht, dass Caroline und Amanda die Gelegenheit nutzten, sich in die Stadt zurück

mitnehmen zu lassen. Jetzt bereute sie, dass sie die Männer in ihre Einladung eingeschlossen hatte – na ja, jedenfalls Harry und Richard. Männer, oder zumindest die Männer, mit denen sie und ihre Freundinnen verheiratet oder liiert waren, ruinierten einem eben alles.

4.

Das einzig Gute an ihrem Besuch im Gallows Tree House war ihr Geständnis Georgia gegenüber gewesen, dachte Caroline, während sie in dem mit Antiquitäten möblierten Wartezimmer in der Harley Street saß. Nur wenige Tage nach ihrer Abreise (nach dem schrecklichen Abendessen) hatte Georgia für sie einen Termin bei diesem Frauenarzt arrangiert, der in manchen Boulevardblättern noch immer als »Fergies Gynäkologe« bezeichnet wurde. Ein Attribut, das ein Mann seines Berufs nur schwer wieder abschütteln konnte, dachte sie, während sie sich im luxuriösen Wartezimmer umsah. Aber eine Gewähr, entschied sie schließlich lächelnd, für Diskretion und professionelle Kompetenz.
Sie war nervös, unglücklich und verschwitzt. Die Sommerhitze war zurückgekehrt, und ihre Handflächen wurden feucht und schmierig, als sie zeitschriftenblätternd auf ihre Untersuchung wartete.
Als sie endlich ins Sprechzimmer des berühmten Mannes geführt wurde, wirkte er auf Anhieb sehr vertrauenerweckend. Er entsprach all ihren Vorstellungen eines väterlichen und autoritären Onkel Doktors aus ihrer Kindheit. Groß, grauhaarig und ausgesprochen gut gekleidet. Er lächelte sie an, und sie war bereit, ihm ihr Leben anzuvertrauen. Um das Bild dieser freundlichen, aber strengen Vaterfigur zu vervollkommnen, stand vor ihm auf dem Schreibtisch auch noch ein Glas mit bunten Bonbons.

Sie hasste gynäkologische Untersuchungen. Amanda hatte ihr mal eine schockierende Geschichte über einen Gynäkologen erzählt, der die wehrlose Position der Frauen im Behandlungsstuhl schamlos ausgenutzt hatte. Caroline konnte sich nichts Schrecklicheres vorstellen, als auf so intime Weise von einem sexuell erregten Mann untersucht zu werden, und sie hatte sich eigentlich schon immer gefragt, was einen Mann wohl dazu bringen mochte, als Arzt dieses Spezialgebiet zu wählen.

Mr. Charlton zog die Gummihandschuhe aus, wusch seine Hände im Waschbecken und sagte ihr, sie könne sich wieder anziehen. Als sie vor seinem Schreibtisch saß, schrieb er einen Brief, den er in einen Umschlag steckte und ihr überreichte. Er war an das Portland Hospital adressiert.

»Sie sind sehr spät zu mir gekommen, Miss Evans«, sagte er, sah in ihr frisches junges Gesicht und nahm wie jedermann an, sie wäre nicht älter als zwanzig.

»Mrs. Evans«, korrigierte Caroline, obwohl sie sich nicht sicher war, warum sie es für wichtig hielt, ihn über ihren Ehestatus zu informieren.

»Ich denke, wir sollten sofort eine Ultraschalluntersuchung vornehmen lassen. Ich werde das Krankenhaus anrufen und dafür sorgen, dass wir Sie gleich mit einem Taxi hinschicken können. Wissen Sie, was ein Ultraschall ist?«

»Eine Methode, um das Baby im Bauch zu sehen.«

»Ja, und es ist wichtig, dass Sie ab jetzt bis zur Untersuchung kein Wasser mehr lassen.«

Caroline war so besorgt über die mögliche Reaktion ihres Mannes auf das Baby gewesen, dass sie sich kaum Gedanken über das Baby selbst gemacht hatte. Sie fühlte sich leicht beunruhigt.

»Wie viel schulde ich Ihnen?«, wollte sie wissen.

Er zuckte zusammen. Offensichtlich gehörte er zu der Sorte Arzt, der gegenüber Geld nie erwähnt wurde. Wahrscheinlich noch teurer, als Caroline vermutet hatte.

»Ihre Freundin Mrs. James kümmert sich darum. Wenn Sie jetzt bitte draußen warten möchten ... Ich rufe das Krankenhaus an und denke, dass wir das alles heute noch erledigen können.«

»Das alles? Gibt es denn ein Problem?«

»Kein Problem, vielleicht eher eine Komplikation«, entgegnete er freundlich und lächelte sie beruhigend an.

Instinktiv ahnte Georgia, dass ihre Mutter ihr etwas Wichtiges mitteilen wollte. Es war ungewöhnlich für Stella, eine so förmliche Verabredung zum Mittagessen zu treffen. Noch dazu sollte Juliet ebenfalls dabei sein. Geogia hatte das unbestimmte Gefühl, dass ihre Mutter irgendein Problem hatte.

Sie trafen sich um 12 Uhr 30 bei *Harvey Nichols* im fünften Stock. Es war ein besonders heißer Tag, und selbst in dem modisch weiß eingerichteten Restaurant war es trotz der Klimaanlage unangenehm warm. Georgia empfand es als besonders schlimm, da sie vermutlich die einzige Frau war, die – zusätzlich zur obligatorischen Prada-Handtasche – zwölf Kilo zu viel mit sich herumschleppte. Und die einzige ohne Sonnenbrille, sodass sie ihr gerötetes Gesicht in unschöne Falten legen musste, als sie nach ihrer Mutter Ausschau hielt.

»Wie geht's Daddy?«, fragte sie, sobald sie Stella begrüßt und geküsst hatte, die zu Georgias Leidwesen perfekt in diese elegante Umgebung hineinpasste. Sie sah aus, als würde sie überhaupt nicht schwitzen, dachte Georgia und beobachtete, wie ihre Mutter die wohlgeformten Beine übereinander schlug und ihren Leinenrock glättete.

»Deinem Vater? Keine Ahnung«, erwiderte Stella. »Hast du Hunger, Darling?« Ihre Mutter wusste immer, wie sie das Interesse ihrer Tochter von einem schwierigen Thema ablenken konnte. Mit Essen. Von dem Moment an, da Georgia sich hatte verständlich machen können, war Essen ein wichtiger Faktor in ihrem Leben gewesen.

»Lass uns was bestellen. Juliet kommt immer zu spät.«

Georgia studierte eifrig die Speisekarte, wobei ihr auffiel, dass sie anscheinend die einzige Frau in diesem überfüllten Lokal war, die tatsächlich etwas essen wollte.

Juliet kam, als der Ober gerade die Vorspeisen brachte. Immer wenn ihre Mutter und ihre Schwester zusammen waren, fühlte Georgia sich aus irgendeinem Grund als Außenseiterin. Als wäre sie ein riesiger, plumper Kuckuck, der in das Nest eines zierlichen Zaunkönigs gemogelt worden war. Ihre Schwester, die neidische Blicke über die Ränder eines Dutzends Sonnenbrillen provoziert hatte, als sie an den Tisch kam, sah wieder einmal umwerfend aus.

Was Georgia an der makellosen Erscheinung ihrer Schwester am meisten störte, war die Art, mit der Understatement herausgekehrt werden sollte. Juliet hatte sich große Mühe gegeben, um mühelos elegant zu wirken. Ihre Frisur – deren subtile herbstliche Tönung, wie Georgia wusste, durch jede Menge künstliche Prozeduren erreicht worden war – war unkompliziert und passte perfekt zu ihrem fließenden Seidenkleid und der leicht sonnengebräunten Haut. Das Gesicht, das mit vierzehn Jahren so unscheinbar gewirkt hatte, war nun – mit Hilfe raffinierten Make-ups und dieser dramatischen Kontaktlinsen – ziemlich hübsch.

Obwohl sie es nur ungern zugab, war es Georgia allerdings jedes Mal ein Trost zu denken, dass Juliet trotz ihres fabelhaften Aussehens und phänomenaler Erfolge innerlich ziemlich leer, unglücklich und unbefriedigt war. Doch sie schob die angestauten Rivalitätsgefühle in den hintersten Winkel ihres Bewusstseins und lächelte freundlich zu ihrer Schwester auf, während sie sich die übliche Entschuldigung für ihr Zuspätkommen anhörte.

»Eine schreckliche Krise im Büro. Ach, wisst ihr, ich bin nicht sicher, ob ich überhaupt etwas hinunterbringe«, verkündete Juliet, gab dem plötzlich übereifrigen Ober die Speisekarte zurück und bestellte zu Georgias Entsetzen »einen einfachen grünen Salat ohne Dressing und ein Glas Mineralwasser«.

Nach wechselseitigen Schmeicheleien von Juliet und Stella (was Georgia später als »du guckst auf das Etikett in meinem Kleid und ich auf das in deinem« beschrieb), herrschte einen Moment Stille.

»Hört zu, ihr beiden, es gibt etwas, das ihr wissen solltet«, sagte Stella dann. »Daddy und ich haben beschlossen, uns zu trennen. Na ja, um die Wahrheit zu sagen, habe ich beschlossen, mich von Daddy zu trennen.«

Georgia war höchst erstaunt. Der Gedanke, dass ihre Eltern sich – in ihrem Alter noch – trennen könnten, war ihr nie gekommen. Es hatte Zeiten gegeben, früher, als sie noch ein Kind war, wo sie sich vor einer Scheidung gefürchtet hatte. Aber allein die Tatsache, dass ihre Eltern es geschafft hatten, trotz all der heimlich belauschten Streitereien und Schuldzuweisungen zusammenzubleiben, hatte Georgia zu der Überzeugung gebracht, dass deren Ehe unantastbar war. Sogar Juliet, die darauf trainiert war, in unangenehmen Situationen immer noch weiterplappern zu können, schwieg.

»Da ist so vieles, das ich unternehmen möchte. Und so wenig, für das euer Vater sich interessiert, dass ich tatsächlich glaube, dies ist … der einzige Weg in meine Zukunft.«

Georgia wollte einwenden, dass man in Stellas Alter nicht mehr nach vorn in die Zukunft schauen sollte, sondern in die Vergangenheit. Ihre Mutter sollte jetzt in Erinnerungen schwelgen und nicht von irgendeiner goldenen Zukunft träumen.
»Gibt es einen anderen?«, fragte Juliet kühl.
»Sei nicht albern«, antwortete Stella. »Der einzige Grund, warum ich euren Vater verlasse, ist der, dass ich mein eigenes Leben leben kann und mich nicht mit einem Mann belasten muss. Ich beneide eure heutige Generation. Wenn ich dich so ansehe, Juliet, dann denke ich: Mein Gott, wenn ich doch nur selbst mein Leben kontrollieren könnte!«
Mittlerweile war Georgia überzeugt, dass ihre Mutter mitten in einer schrecklichen »Latelifecrisis« steckte. Außerdem war sie etwas verschnupft, weil Juliet als die Frau mit dem idealen Leben angesehen wurde und nicht sie. Juliet mit ihrer gescheiterten Ehe, ihrem Liebhaber, der sich nicht fest binden wollte, und dem Sohn, der mit sieben schon seinen eigenen Psychotherapeuten bekommen hatte. Nicht aber Georgia, mit ihrer erfolgreichen – wenn auch nicht vollkommen glücklichen – Ehe, ihren drei intelligenten Kindern, ganz zu schweigen von der politischen Macht und Autorität ihres Ehemannes, die immer als großer Lebenserfolg gegolten hatten – zumindest zu der Zeit, da ihre Mutter noch … nun ja, mütterlicher gewesen war.
»Wie hat Daddy es aufgenommen?«, erkundigte sie sich.
»Nicht besonders gut. Wie ihr ja wisst, tut er sich ziemlich schwer mit all diesen kleinen Dingen, die die meisten von uns tagtäglich tun, ohne sie richtig wahrzunehmen. Er ist zum Beispiel noch nie selbst zum Telefon gegangen, wenn es geklingelt hat. Im Büro hatte er ein ganzes Geschwader von Sekretärinnen, die ihm alle Anrufer vom Leibe

hielten, und zu Hause waren da immer ich oder Mary oder sonst jemand.«
»Mary hat ihn doch nicht auch verlassen!?«
»Nein, aber sie wird langsam älter und hat ihre Arbeitsstunden gekürzt. Das heißt, dass er jetzt selbst sein Frühstück machen, das Bad einlassen und sein Bett herrichten muss. Er stellt sich bei alledem schrecklich an.«
»Mummy, du redest ja, als wäre er ein hilfloser, bärbeißiger Invalide.«
»Vergebt mir bitte, wenn ich ein wenig hart klinge, aber wann habt ihr das letzte Mal mehr als ein paar Stunden mit eurem Vater verbracht? Ich bin überzeugt, wenn ihr das tun würdet, dann könntet ihr verstehen, was ich empfunden habe. Ich konnte einfach nicht weiter mein eigenes Lebensglück für ihn opfern.«
»Ist das nicht eine ziemlich egoistische Einstellung?«
»Egoistisch? Na ja, vielleicht bin ich das. Aber vielleicht wird das auch langsam Zeit. Und vielleicht ist es an der Zeit, Georgia, dass auch du egoistischer wirst und an dein Glück denkst.«

In den Wochen nach ihrem Besuch im Gallows Tree Haus – der ein Gefühl der Wut und Depression in ihr zurückgelassen hatte –, wurden Amanda und ihre Nachbarin Debbie seltsame Verbündete. Sie schlossen eine Freundschaft, die sie beide trotz anfänglicher Skepsis schätzen lernten. Fast jeden Abend, sobald Amanda ihre Tochter von der Tagesmutter abgeholt hatte, besuchten die Frauen sich gegenseitig, sodass die Kinder zusammen spielen und Debbie und Amanda reden konnten.
Es half Amanda, eine Freundin zu haben, und für Anoushka war dieser Kontakt fast noch wichtiger, denn sie hatte sich

mit Debbies ältestem Sohn Sean angefreundet. Die Anerkennung Gleichaltriger war wichtig für Anoushkas Glück. Mit Seans Hilfe fiel es ihr leichter, in der Vorschule, die sie beide besuchten, und auf den Spielplätzen, die die Wohnblocks umgaben, Kontakt zu finden. Anoushka, die sich jetzt »Annie« nennen ließ, schien glücklicher zu sein als in der Zeit vor dem Gerichtsprozess.

Die einzige Schuld, die Amanda wegen der alten Zeiten noch empfand, war, dass sie ihre Tochter nicht genug beschützt hatte. Steves eigentliches Verbrechen lag in Amandas Augen nicht darin, dass er die Gesellschaft, sondern dass er ihre Tochter betrogen hatte. Weil er Anoushka verletzt, ihr Leben aus der Bahn geworfen und nicht für ihre Zukunft gesorgt hatte. Natürlich hatten die Zeitungen immer wieder Gerüchte verbreitet, es gebe ein Schweizer Bankkonto und Investitionen im Ausland. Eine Zeitung hatte sogar ein Foto von Amanda und Anoushka vor dem Mietshaus unten auf der verwahrlosten Straße abgedruckt und sich in einem Leitartikel darüber beschwert, dass das Sozialamt ihnen überhaupt eine Wohnung zugewiesen hatte. Spekulationen darüber, wo Steve sein Geld versteckt haben könnte, schürten Amandas Hass noch weiter. Dachten die Leute denn, dieses schreckliche neue Leben sei raffinierte Heuchelei?

Soweit Amanda wusste – und sie war überzeugt, dass sie Steve hierin glauben konnte –, gab es keinen Notgroschen, keine fehlenden Millionen, die irgendwo für die Zukunft in Sicherheit gebracht worden waren. Abgesehen von ihrem armseligen Gehalt und einigen Möbeln von früher war sie mittellos.

Trotz ihrer ambivalenten Gefühle, was den Umgang ihrer fünfjährigen Tochter betraf – besonders wenn sie ihn mit der netten kleinen Gruppe besser gestellter Kinder verglich, mit der sie vorher in Knightsbridge verkehrt hatte –, war sie natürlich erleichtert, dass Anoushkas Gesicht wieder fast so fröhlich aussah wie damals. Und da ihre Tochter in dieses neue Leben hineinwuchs, wurde es auch für Amanda erträglicher. Sie fing an, sich Debbie anzuvertrauen und ihr Dinge zu erzählen, die sie noch niemandem erzählt hatte, nicht einmal Georgia. Von damals, von den guten Zeiten mit Steve, ihrer ersten Liebe zu diesem Mann, seiner Untreue und davon, wie sie ihn in letzter Zeit sogar verabscheute.

Wenn Amanda ganz ehrlich war, musste sie sich eingestehen, dass ihre Freundschaft zu Debbie zum Teil deswegen bestand, weil sie von ihr weder verurteilt noch bedauert wurde. Alle Freundinnen, die Amanda aus ihrem alten Leben noch hatte, behandelten sie jetzt mit zurückhaltendem Mitgefühl, aber mit Debbie war es eher umgekehrt. In dieser Welt der Sozialhilfeempfänger war Amanda immer noch reich, immer noch privilegiert und wurde immer noch beneidet. Doch war es keine einseitige Freundschaft. Debbie ihrerseits erzählte Amanda von der seltsamen Beziehung zu dem Vater ihrer Kinder – er wohnte momentan auf der anderen Seite der Wohnblocks bei seiner Mutter –, den sie kannte, seit sie dreizehn war. Geschichten über seine Saufgelage, seinen körperlichen Verfall, seine Faulheit und mangelnden Ehrgeiz waren ein Teil von Amandas Unterricht über Sitten und Gebräuche der Menschen, zwischen denen sie nun lebte.

In Amandas Leben gab es also einen sehr willkommenen neuen Rhythmus. Natürlich wollte sie nicht den Rest ihres Lebens an diesem Ort verbringen, aber für den Augenblick kam sie mit Debbies Hilfe einigermaßen zurecht. An manchen Abenden saßen sie noch zusammen, wenn die Kinder schon im Bett waren – die eine mit einem Baby-Phone in der Wohnung der anderen. An einem solchen Abend, etwa einen Monat nach Beginn ihrer Freundschaft, wurden sie in Amandas Wohnung durch ein Klopfen und Hämmern an Debbies Tür gestört.

Als Amanda ihre Tür öffnete, erschien ihr der Grund für Debbies Furcht unglaublich jung und harmlos. Dean war groß und dünn und blond, mit babyweicher Haut, weit auseinander liegenden blauen Augen, blonden Wimpern und Augenbrauen. Die einzig sichtbaren Zeichen von Aggression waren eine Reihe amateurhafter Tätowierungen auf seinen Handrücken und Fingern, ein Stoppelhaarschnitt und ein zerrissenes T-Shirt zu seinen Jeans.

Amanda konnte kaum verstehen, was er sagte. Für sie, die eher den nasalen Akzent der Oberschicht gewohnt war, klang diese Kombination aus Alkohol und kehligem Südlondoner Akzent wie eine Fremdsprache.

Er benahm sich natürlich unhöflich und abweisend, ging an ihr vorbei in die Wohnung, legte seine Hand besitzergreifend auf Debbies Schulter und zog sie in Richtung Tür. Debbie, die Amanda hinter Deans Rücken kurz einen hilflosen Blick zuwarf, verabschiedete sich flüsternd und ließ sich von ihm in ihre Wohnung drängen.

Es war Amanda nicht möglich, Deans Worte zu verstehen, als er mit ihrer Freundin zu streiten begann. Die Geräusche, die diese Auseinandersetzung begleiteten und durch das Baby-Phone wie auch durch die dünnen Wände zu hören waren, reichten vollkommen aus. Sie fragte sich, ob die Kinder wohl deshalb so ruhig blieben, weil sie in ihrem kurzen Leben bereits gelernt hatten, dass es schlimmer wurde, wenn sie sich einmischten, oder ob sie tatsächlich schliefen.

Hin- und hergerissen zwischen dem Wunsch, ihrer Freundin zu helfen, und der Angst, in etwas einzugreifen, was letztlich vielleicht eine akzeptierte Komponente ihrer seltsamen Beziehung war, lag Amanda bis in die frühen Morgenstunden wach. Später fand sie es am Beunruhigendsten, dass Debbie bei ihrem nächsten Treffen kein einziges Wort über die Sache verlor. Ihre Freundin, die keine sichtbaren Folgen des Streits davongetragen hatte, schien sogar glücklicher zu sein als vorher.

Doch der Zwischenfall hatte bei Amanda einen bitteren Nachgeschmack hinterlassen, vielleicht weil er sie an ihre eigenen Kompromisse erinnerte, die sie früher mit Steve geschlossen hatte. Sie kam immer mehr zu der Überzeugung, dass sie ohne Mann glücklicher lebte. Möglicherweise konnte sie nicht ohne Sex leben, aber sie hatte in der Zwischenzeit gelernt, dass es möglich – und oft auch viel befriedigender – war, Sex ohne die Zwänge einer emotionalen Beziehung auszukosten.

Nicola rutschte unter der Bettdecke an Carl heran, legte die Arme um seinen warmen Körper, sehnte sich danach, dass er aufwachte und mit ihr schlief. Sie wunderte sich immer wieder darüber, wie es Carl gelungen war, sie aus einer eher passiven, rational kontrollierten Frau in ein ... nun ja, hemmungsloses und sexuell aggressives Wesen zu verwandeln.

Ihr ganzes Leben lang hatte Nicola sich in ihrem Körper nicht wohl gefühlt. Sie war linkisch gewesen, wo ihre Freundinnen elegant waren, hatte Scham und Abscheu empfunden, wo ihre Freundinnen Neugier und Sinnlichkeit zeigten. Die Ursache lag vermutlich bei ihren gehemmten, kühlen, akademisch orientierten Eltern, die körperliche Intimitäten generell verurteilten. Als junge Erwachsene war Nicola plump und unbeholfen gewesen, und jeder Gedanke an engen körperlichen Kontakt stieß sie zutiefst ab. Ihre Jungfräulichkeit verlor sie mit einundzwanzig in einem Jetzt-oder-nie-Moment auf einer Party bei Amanda. Es war eine schreckliche Erfahrung gewesen, so wie alle weiteren Versuche mit der Sexualität.

Deshalb war sie, kurz bevor sie Carl begegnete, zu dem Schluss gekommen, dass sie im Grunde ein asexuelles Wesen wäre und dass für sie die Arbeit das höchste Ziel darstellte und nicht Liebe und Ehe. Als sie ihn dann traf, war es wie ein Schock gewesen. Wie in all diesen alten romantischen Klischees, die sie vorher immer strikt abgelehnt, aber dennoch verinnerlicht hatte, war sie sich sofort bewusst gewesen, dass die Chemie zwischen ihnen stimmte, was sich rational nicht erklären ließ. Dieses Gefühl machte ihr Angst, ebenso wie die Vergangenheit dieses Mannes.

Manchmal machte sie sich Gedanken über das Vorleben ihres Geliebten. Über die anderen Frauen, mit denen er zusammen gewesen war, und die schrecklichen Dinge, die er damals getrieben hatte. Aber sie hatten eine Art Pakt geschlossen, als es mit ihnen ernster wurde, dass sie nie über seine Vergangenheit sprechen würden. Dass sie mit positiver Einstellung nur nach vorn blicken wollten. Und die meiste Zeit über war es auch einfach, sich an diesen Pakt zu halten. War Carl denn letztendlich nicht der einfühlsamste, liebevollste, lustigste und freundlichste Mann auf der ganzen Welt? Sie betrachtete seinen starken Rücken. War er nicht ein Triumph für ihre Arbeit und ein Genuss für ihre Sinne?

Nur eine Sekunde, als er aus dem Schlaf erwachte, wirkte Carl auf einmal feindselig. Sein Gesicht verschloss sich ab-

weisend. Aber als er Nicola gewahr wurde, die ihn liebevoll ansah, entspannte er sich und drehte sich ganz zu ihr um.
»Hat mein Baby Hunger?«, fragte er lächelnd.
Sie glitt hinunter, nahm seinen erigierten Penis in den Mund und ließ ihre Zunge auf geübte Art und Weise darum kreisen, wie er es ihr beigebracht hatte. Nach wenigen Sekunden, als Carl das Zeichen dazu gab, tauchte sie wieder nach oben und setzte sich auf ihn.
»Komm schon, Baby, härter, Baby«, kommandierte er, als sie auf ihm ritt.
Während sie hingebungsvoll seinen Wünschen entsprach, verschränkte er in fast gelangweilter Manier die Arme hinter dem Kopf. Selbst nachdem sie gekommen war und er anscheinend ejakuliert hatte, blieb er seltsam ungerührt. Aber Nicola war so in seinen Bann gezogen, so überwältigt von diesen neuen Gefühlen und körperlichen Erlebnissen, dass sie seine Distanziertheit nicht bemerkte.

5.

Es war der Anblick dieses seltsamen Schattens auf dem Bildschirm, der Caroline schließlich dazu brachte, sich ihrer Verantwortung bewusst zu werden. Man hatte sie auf eine Untersuchungspritsche gelegt, irgendeine schrecklich kalte und schmierige Substanz auf ihren nackten Bauch gegossen und ihn dann in alle Richtungen mit diesem seltsamen Gerät abgetastet, bis man fand, wonach man suchte.
Zuerst sah es nach gar nichts aus oder wie eine dieser ausgebleichten alten Schwarzweißaufnahmen von etwas, das dem Ungeheuer von Loch Ness ähnelte. Aber dann, als die Schwester ihr erklärte, was das im Einzelnen alles war – dies ein Kopf, das eine Hand –, begriff sie plötzlich, was da Großartiges mit ihr geschah. Etwas Großartiges und Ungewöhnliches, wie die Schwester mit freundlichem Lächeln warnte. Caroline erwartete nämlich Zwillinge.
Sie war sich natürlich bewusst, dass solch eine Nachricht in solch einem Krankenhaus – der exklusivsten und teuersten privaten Frauenklinik im ganzen Land – normalerweise mit Freude begrüßt wurde. Für sie aber war es in erster Linie die Verdoppelung eines Problems. Denn egal wie aufgeregt und stolz sie zuerst instinktiv über diese außergewöhnliche Wendung der Ereignisse gewesen sein mochte, war ihr dennoch klar, dass ihre Situation dadurch noch hoffnungsloser wurde. Nick wäre garantiert nicht stolz, zwei Babys gezeugt zu haben, sondern eher doppelt außer sich und angewidert.

»Wie schade«, sagte die Schwester mit dem lieben Gesicht, »dass Ihr Mann nicht hier sein konnte, um das zu sehen.«
Caroline hatte anfangs kurz angedeutet, dass ihr Mann vorübergehend im Ausland arbeite.
»Na ja, zumindest haben Sie ja das Foto, um es ihm zu zeigen. Sicher wird er überwältigt sein, wenn er es sieht«, meinte die Schwester freundlich.
Caroline versteckte das Ultraschallbild im Seitenfach ihrer Handtasche und holte es in den nächsten Tagen, wenn sie allein war, immer wieder hervor, um es zu studieren und staunend zu bewundern. Aber eigentlich brauchte sie dieses Schwarzweißfoto gar nicht, um sich an das Ultraschallbild ihrer Babys zu erinnern. Der Augenblick, in dem sie die Köpfe und winzigen Körper ihrer Babys hatte erkennen können, tauchte ganz von selbst immer wieder in ihrer Erinnerung auf. Im Büro, mitten in einer Arbeitskrise, sah sie dann plötzlich diese verschwommenen Bilder vor sich. Und auch nachts – wo sie wieder allein in dem großen Doppelbett lag – wurde sie von Visionen ihrer Babys verfolgt.
Nicks kurze Phase der Inspiration, die zu dem letzten Liebesakt geführt hatte – war schon längst einer noch tieferen Depression als zuvor gewichen. Unfähig zu schreiben, unfähig, aus dem Haus zu gehen, und unfähig, mit Caroline zu reden, war er zu einem aggressiven und nörgelnden Einsiedler geworden.
Bei der Arbeit fasste Caroline täglich den Entschluss, ihm von den Zwillingen zu erzählen, doch sobald sie abends die Wohnung betrat und mit seiner Feindseligkeit konfrontiert wurde, überlegte sie es sich jedes Mal wieder anders. Aber nach und nach spürte sie – zweifellos ausgelöst durch ihre hormonelle Umstellung –, dass etwas in ihr zu rebellieren begann. Hin und wieder fing sie an, über eine Zukunft ohne

Nick nachzudenken. Es wäre sicher schwer, zwei Kinder allein großzuziehen, aber auch nicht schwerer, als so wie jetzt neben ihrem Ehemann dahinzuvegetieren.

Caroline war über diesen neuen Gedanken ziemlich schockiert. Sie hatte wirklich geglaubt, sie und Nick hätten eine Partnerschaft fürs Leben. Ihre Liebe, so hatte sie immer gedacht, war tiefer und größer als die der meisten Ehepaare. Sie hatten sich als etwas Besonderes betrachtet und über die verwaschenen Beziehungen ihrer Freunde gelästert. Nicht ein Mal in den zehn Jahren, die sie nun zusammen waren, hatte Caroline auch nur einen Augenblick daran gedacht, dass sie ihn je verlassen könnte.

Aber das jetzige Bild ihres Mannes, der zusammengesunken und stumpfsinnig vor dem Fernseher saß, war sehr wenig verlockend, verglichen mit dem Bild ihrer Babys auf dem Ultraschallbildschirm. Wenn sie sich entscheiden müsste, so wusste sie jetzt, dann für die Zwillinge, die sich in ihrem Leib entwickelten, und nicht für den Ehemann, der sich von ihr fortentwickelt hatte.

Georgias Welt wurde durch den Entschluss des Premierministers zu neuen Wahlen vollkommen auf den Kopf gestellt. Die Partei hatte ein so schlechtes Ansehen, zumindest wenn man den Umfrageergebnissen Glauben schenkte, dass Richard große Angst hatte, seine Wählerschaft zu verlieren. Dabei war das sehr unwahrscheinlich, denn der Wahlbezirk Henley würde, wie jeder wusste, nie jemanden aus der Labour-Partei ins Parlament schicken. Dennoch nistete Richard sich aus parteipolitischen Gründen für eine Weile im Gallows Tree House ein und ließ sich auf jedem Dorftreff, jedem Schulfest und jeder Gartenparty blicken.

Georgia hatte vergessen, wie es war, von Richard gebraucht

zu werden. Nicht in sexueller Hinsicht, natürlich – er hatte sich ihr seit Monaten schon nicht mehr genähert –, sondern in rein politischem Sinne. Seine liebe, hausfrauliche Gattin war im Zuge der Wahlkampagne sein wichtigstes Aushängeschild, und ausnahmsweise einmal führte Richard Georgia stolz an seiner Seite vor. Er hatte sogar die Kinder überredet, sich bei ein oder zwei lokalen Veranstaltungen mit ihm fotografieren zu lassen, und einige dieser Fotos waren von der nationalen Tory-Presse veröffentlicht worden.

Schlimmer noch als die grässlichen Streifzüge durch die Wahlgemeinde waren jedoch Nationalfeiern. Heute fand ein Treffen einiger auserwählter Tory-Anhänger im Parlament statt. Als einer der wenigen wohlbekannten konservativen Politiker, die noch von keinem Skandal berührt waren, sollte Richard sich unter die versammelten Berühmtheiten mischen und dabei natürlich von seiner liebreizenden Gattin begleitet werden. Sie nahm an, dass sie sich für diesen Anlass etwas Schickes hätte kaufen sollen, aber sie war in letzter Zeit so beschäftigt gewesen, dass sie es nicht mehr geschafft hatte, in den Übergrößen-Designershop von *Selfridge's* zu gehen. Also trug sie ihre Lieblingskombination: einen marineblauen Blazer über einem wadenlangen Wickelrock und einer weißen Bluse. Eine typische Tory-Matrone, dachte sie, als sie sich im Schlafzimmerspiegel begutachtete.

»Wie sehe ich aus?«, fragte sie Richard, als sie zu ihm in den Daimler stieg.

Er antwortete nicht. Da Richard kein grausamer Mensch war, würde er nie im Traum auch nur erwägen, seiner Frau zu sagen, dass sie fett und ältlich aussah. Doch er musterte sie von oben bis unten und fragte sich, was aus dem hübschen zierlichen Mädchen geworden war, das er geheiratet hatte. Wie um seine Gedanken zu übertünchen, nahm er ihre Hand und lächelte sie an.

»Bist du sehr besorgt, dass ihr verlieren könntet?«, fragte Georgia, von seiner plötzlichen Gefühlsdemonstration ganz überwältigt.

»Es wäre ein schrecklicher Schlag. Ich habe mich daran gewöhnt, die Macht zu haben. Plötzlich in der Opposition zu sein, wäre schrecklich, und das umso mehr, je länger es dauern würde. Offen gesagt, Georgia, falls wir verlieren, so bezweifle ich, dass ich je wieder Minister werde.«

Es war seltsam, doch trotz all der Aversion, die sie normalerweise ihrem Mann gegenüber empfand, hatte Georgia plötzlich Mitleid mit ihm. Auch wenn sie nur noch eine Scheinehe führten, fühlte sie sich Richard immer noch emotional verbunden.

Sie spürte aufrichtiges Mitleid, während er so ungewöhnlich offen über seine Ängste sprach – und das nicht, weil sie in irgendeiner Weise das Leben als Ehefrau eines mächtigen Mannes genoss. Die Vorstellung, den Dienstwagen, das üppige Gehalt und den hohen Status zu verlieren, rührte sie eigentlich kaum. Aber er war der Vater ihrer Kinder, und sie wusste, wenn er unglücklich wäre, würde das auch ihr Leben beeinträchtigen. Außerdem passte ihr die Art und Weise, wie sie momentan lebten – wo er unter der Woche in London war –, im Grunde ganz gut. Der Gedanke, dass er wieder öfter bei ihr wäre, erschreckte sie. Diesen Abend, so beschloss sie, würde sie ihm ganz besonders zur Seite stehen.

Ziemlich bombastisch, das alles, dachte Geogia, als sie die Dekorationen betrachtete: gigantische 3D-Versionen des Symbols der brennenden Fackel. Es gab keinen Zweifel, dass die Partei Fracksausen hatte. Warum sonst hätte man wohl all die alten mehr oder weniger bekannten Tory-Berühmtheiten und drei ehemalige Premierminister der Torys herangekarrt?

Georgia war so selten in Richards Londoner Kreisen zugegen, dass sie ein wenig schüchtern war, auch wenn sie dank ihrer Position alle Kabinettsmitglieder und deren Frauen mit dem Vornamen anreden konnte. Als sie Sir Andrew Lloyd Webber und Phil Collins erspähte, kam ihr das Ganze wie eine königliche Varieté-Show vor – nur ohne die königliche Familie. Glanzpunkt des Abends war eine aufwühlende Rede des Premierministers, in der er unter anderen auch Richard Tribut zollte.

Leicht beschwipst durch den Alkohol und den Bekehrungseifer des Premierministers, entspannte Georgia sich und genoss die Vorstellung der Entertainer – Paul Daniels führte einen erstaunlichen Trick mit einer echten brennenden Tory-Fackel vor, und Jim Davidson erzählte ein Reihe brüllend komischer und politisch unkorrekter Witze. Es wäre ihr vermutlich nicht aufgefallen, dass Richard aus dem Saal schlüpfte, hätte sie sich nicht genau in jenem Moment nach einer Toilette umgesehen. Der Anblick ihres davonschleichenden Ehemannes in Begleitung seiner neuen Assistentin ließ bei ihr alle Alarmglocken läuten.

In diesem Moment wurde ihr klar, dass dies seine neue Geliebte sein musste. Es überraschte sie kaum. Eine Geliebte war mittlerweile schließlich fast so etwas wie Parteipolitik. Aber obwohl sie Richards Untreue über die Jahre immer mehr ignoriert, wenn auch nicht ganz akzeptiert hatte, so war sie nun doch ausgesprochen irritiert, dass er sie ausgerechnet in diesem Rahmen demütigen wollte, noch dazu in der Stunde, in der er sie dringend brauchte. Sie vermutete, dass die beiden sich in sein Büro verziehen wollten, und folgte ihnen wenige Minuten später. Der Westminster-Palast war ein riesiger und einschüchternder Bau, aber sie war schon einige Male in Richards Büroräumen gewesen, sodass sie ungefähr wusste, welchen Weg sie einschlagen musste. Vermutlich würden die beiden sich in seinem Privatbüro einschließen, wenn sie ungestört bleiben wollten. Bevor sie dieses Tête-à-Tête unterbrach, ging sie zur Toilette und stellte sich vor den Spiegel, um ihr Aussehen in der harten Neonbeleuchtung zu überprüfen.

Sie war viel zu nachlässig mit sich selbst geworden, entschied sie, als sie ihren Körper musterte. Zu lange hatte sie einen wichtigen Teil ihres eigenen Lebens – und dem ihres Mannes – ignoriert. Es wurde Zeit, dass sie sich endlich am Riemen riss. Sie hatte so viel Kraft in ihre Familie gesteckt, dass sie irgendwann den Blick auf die frühere Georgia verloren hatte – die Georgia, die von der königlichen Familie gefeiert worden und in allen Klatschkolumnen abgebildet gewesen war.

Sie trug etwas Lippenstift auf und bürstete ihr Haar, obwohl sie wusste, dass beides nutzlos war. Dann machte sie sich auf den Weg zu Richard und dieser neuen Frau, wie immer sie auch heißen mochte. Das äußere Büro war nicht abgeschlossen. Sie ging hinein und blieb einen Moment stehen, um tief durchzuatmen und Ruhe und Mut zu gewinnen, ehe sie ihren Angriff startete. Dann trat sie zur Tür und drehte vorsichtig den Messingknopf.

Sie hatten auch diese Tür offen gelassen. Georgia war so leise, dass sie die beiden unbemerkt einige Zeit beobachten konnte. Richard saß an seinem Schreibtisch, den Kopf in die Hände gestützt, und Wie-immer-sie-auch-hieß stand hinter ihm und massierte ihm liebevoll Schultern und

Rücken. Georgia bekam zum Glück nichts Obszönes zu sehen, aber die Intimität dieses Zusammenseins alarmierte sie doch sehr.

Sie hüstelte, und die beiden blickten so erschrocken zu ihr hinüber, als hätte sie sie in flagranti erwischt.

»Ich frage mich, Richard«, sagte sie, so fest und laut wie möglich, »ob du die ministerielle Geliebte wohl mit dem Auto, dem Gehalt und allen anderen Vergünstigungen verlieren wirst.«

Er war nur eine Sekunde lang irritiert. Es gab nicht viel, was Richard aus der Bahn werfen konnte. Die Jahre in der Politik hatten ihn gegen Überraschungsangriffe abgehärtet, und er konterte jetzt seiner eigenen Frau so, wie er einem Parlamentsgegner kontern würde.

»Ich weiß nicht, wovon du sprichst, Georgia-Darling. Ich bin mit Louise eben nur ein paar Akten durchgegangen. Dann brauche ich morgen nicht extra noch einmal in die Stadt fahren.«

»Richard, ich bin eine erwachsene Frau. Was immer du hier mit ihr gemacht hast, hat garantiert nichts mit ministeriellen Angelegenheiten zu tun.«

»Sei nicht albern, Georgia, reiß dich zusammen«, sagte er, als würde er eines der Kinder schelten. »Ich bin jetzt nicht in der Stimmung für eine Szene.«

Was sie am meisten wütend machte, war nicht die offensichtliche Affäre ihres Mannes mit dieser Frau, sondern die vollkommene Geringschätzung ihrer Gefühle. Er schien nicht im Mindesten beschämt über diese Situation und nahm die Reaktion seiner Frau auch so wenig ernst, dass er sich nicht einmal die Mühe machte, seine Assistentin hinauszubitten. Vielmehr sah er Georgia an, als sei sie es, die einen Fehler gemacht hatte.

»Kann ich sonst noch etwas für dich tun, Georgia?«, fragte er schroff.
Auf einmal merkte sie, dass er sie nicht einmal mehr mochte. In der Wärme und Geborgenheit des Gallows Tree House konnte sie sich einreden, dass er sich um sie sorgte, dass er tief im Innern ein liebevoller Ehemann und Vater war, aber in Wahrheit war er nichts dergleichen. Sie hatte sich weiß Gott nie Illusionen über ihn gemacht, aber sie hatte ihn zumindest für einen anständigen Menschen gehalten. Jetzt begriff sie, dass er sie verachtete, und sie wusste, dass sie nicht so weitermachen konnte wie bisher. Es war an der Zeit, dass sie an sich selbst dachte.
»Ich werde mit dem Wagen nach Hause fahren. Sicher kann Louise dich heute Nacht irgendwo unterbringen«, sagte sie mit einem Anflug von Verachtung in der Stimme. Dann machte sie auf dem Absatz kehrt, lief aus seinem Büro und die Treppen hinunter in den sicheren Schutz von Henderson und dem Dienstwagen.

Juliet merkte, dass sie Harry verärgert hatte, wusste aber nicht, wie, wann oder weshalb. Sie hatten mit zwei seiner besten Freunde in einem seiner Lieblingsrestaurants gegessen, als ihr auffiel, dass er ihr immer wieder kühle Blicke über den Tisch hinweg zuwarf.
Nun rutschte sie unruhig auf dem Beifahrersitz hin und her und sah ihn kläglich von der Seite an. Wenn sie nur wüsste, was es gewesen war, das ihn verärgert hatte, dann könnte sie sich entschuldigen oder versuchen, ihr Unrecht wieder gutzumachen. Seinen Freunden gegenüber war sie nett und freundlich gewesen, ja, charmant sogar – das konnte es also nicht sein. Sie hatte alles getan, um ihm zu gefallen. Hatte ihr Haar so frisiert, wie er es mochte, das Ralph-Lauren-

Kleid angezogen, das er für sie ausgesucht, und die Schuhe, die er für passend befunden hatte.

Dennoch beachtete er sie auf der Heimfahrt kaum. Wenn sie nicht bald etwas sagte, so dachte sie, als der Wagen fast ihre Straße erreicht hatte, dann würde er verschwinden und sie vermutlich eine Woche nichts mehr von ihm hören. Vor ihrem Haus trat er abrupt auf die Bremse, stellte den Motor jedoch nicht ab. Offensichtlich hatte er nicht vor zu bleiben.

»Willst du nicht noch reinkommen?«, fragte sie zaghaft.

»Nein, Juliet«, erwiderte er.

»Was ist los, Harry? Was hab ich getan?«

»Wenn du das nicht selber weißt, dann werde ich es dir bestimmt nicht sagen«, antwortete er mit einer solchen Geringschätzung in der Stimme, dass ihr ganz bange wurde.

»Aber es war doch alles in Ordnung …«

»Versuch nicht, mich zu provozieren, Juliet. Ich will keinen Streit.«

»Ich dachte, du wolltest heute Nacht hierbleiben.«

»Das wollte ich auch, aber ich habe es mir anders überlegt.«

Sie wusste, dass sie gleich weinen und ihn dadurch noch weiter aufregen würde. Aber sie konnte nichts dagegen tun. Wenn sie ihn nur dazu bringen könnte, für ein paar Minuten mit ins Haus zu kommen, wäre alles wieder gut.

»Bitte, Darling«, sagte sie und legte eine Hand auf seinen Arm.

»Hör zu, Juliet, ich muss morgen früh raus. Steigst du jetzt freiwillig aus dem Wagen oder muss ich dich rauswerfen?«

»Bitte, Harry, bitte komm noch ein paar Minuten mit rein.«

»Juliet« – er sah sie mit zusammengekniffenen Augen an –, »würdest du bitte aussteigen!?«

»Liebst du mich denn nicht mehr?«
»Was ist das denn für eine Frage? Was glaubst du wohl?«
Nichts in ihrem Leben als Erwachsene hatte sie je zum Weinen gebracht. Weder die Geburt ihres Sohnes noch die Auflösung ihrer Ehe. Kein Mann, keine Frau und kein Kind hatten eine solche Macht über sie, wie Harry sie besaß. Sie wusste von früheren Szenen wie dieser, dass er ihr in ein paar Tagen, vielleicht einer Woche, verziehen hätte. Trotzdem hatte sie Angst, dass sie ihn nie wiedersehen würde, wenn er jetzt wegfuhr. Sie versuchte, näher an ihn heranzurücken, aber er schob sie fort, lehnte sich dann über sie und öffnete die Beifahrertür.
Schluchzend und voller Scham stieg sie aus dem Auto. Er verabschiedete sich nicht einmal, sondern brauste sofort in die Nacht davon. Regelrechte Panik überfiel sie. Sie schloss die Haustür auf, lief ans Telefon und wählte die Nummer seines Autotelefons, aber er hatte es abgestellt. Dann rief sie in seiner Wohnung an und hinterließ eine wort- und tränenreiche Nachricht. Würde er sie zurückrufen? Würde er je wieder mit ihr sprechen? Warum machte sie ihm immer solche Szenen? Warum musste sie immer alles verderben?
Am Anfang war ihre Beziehung so anders gewesen, so wunderbar. Er hatte ihr das Gefühl gegeben, sie wäre die schönste, amüsanteste und beste Frau der Welt. Die ersten sechs Monate waren sie buchstäblich unzertrennlich gewesen. Er hatte gesagt, dass für ihn das Zusammensein mit ihr die absolute Perfektion bedeute. Dass sie seine Muse sei, seine Seelenverwandte, die Frau, auf die er sein Leben lang gewartet habe.
Und es war die Erinnerung an die Intensität jener ersten Monate, die sie zum Weitermachen veranlasste. Sie beschloss,

sie würde alles tun, um diesen Zustand der Glückseligkeit wiederzuerlangen.

Sie rief erneut bei ihm an. Hinterließ noch eine Nachricht. Wenn er nur mit mir sprechen würde, dachte sie, dann könnten wir uns wieder vertragen. Aber sie wollte nicht warten. Sie musste jetzt etwas tun. Also lief sie nach oben, wusch ihr Gesicht, legte neues Make-up auf und bürstete wild ihr Haar. Sie würde zu ihm fahren. Sie würde ihn in seiner Wohnung aufsuchen und mit ihm reden, ihn anflehen, tun, was immer er wollte, damit er sie nur nicht mehr hasste.

Während sie die eine Meile zu seiner Wohnung fuhr, überlegte sie kurz, ob sie wohl zu weit ging. Aber jetzt, wo sie sich dazu durchgerungen hatte, konnte nichts sie mehr aufhalten. Sie war sicher, das Richtige zu tun. Wenn er sie vor seiner Haustür sah, würde er sie in die Arme nehmen und sie wieder lieben.

Aber die Wohnung war dunkel, sein Auto nicht da, und sie musste sich damit abfinden, dass er woanders hingegangen war, dass er eine andere hatte, dass seine Gefühlskälte mit einer anderen Frau zusammenhing, einer neuen Seelenverwandten, einer neuen Verkörperung von Perfektion. Oder schlimmer noch: Vielleicht war er zu der Ehefrau zurückgekehrt, von der er sich schlauerweise nie hatte scheiden lassen.

Sie wartete im Dunkeln auf sein Heimkommen und hatte wohl eine Stunde lang im Auto gesessen, vielleicht sogar zwei, bevor sie mit dem Kopf ans Fenster gelehnt einschlief. Um fünf Uhr morgens, als sie schlagartig wach wurde und merkte, dass er immer noch nicht zurückgekehrt war, gab sie ihre Warterei schließlich auf.

Sie fuhr nach Hause, ließ sich ein Bad einlaufen und versuchte, sich an den Joga-Gesang zu erinnern, der sie angeblich beruhigen sollte. Kurz bevor sie ins Bett ging, rief sie nochmals bei ihm an, erst im Auto, dann in der Wohnung. Doch diesmal hinterließ sie keine Nachricht.

An dem Tag, als der Brief kam, fühlte Amanda sich so gut, dass sie gar keine Lust hatte, ihn zu öffnen. Wahrscheinlich wieder mal eine langweilige Litanei von Steve. Also steckte sie ihn ungelesen in ihre Handtasche. An diesem Morgen war ihr aufgefallen, dass Anoushka ihre alte Fröhlichkeit wiedergefunden hatte. Dass ihre Tochter in dieser schrecklichen Umgebung tatsächlich gedieh. Ihr wurde klar, dass sie beide, obwohl sie den Tag über getrennt waren, eine innigere und liebevollere Beziehung hatten als je in ihren guten Zeiten.
Ihr damaliges Leben wurde mit so ungeheurer Geschwindigkeit vorangetrieben, dass sie für Anoushka nie richtig Zeit gehabt hatte. Tages-Kindermädchen und Nacht-Kindermädchen – nicht etwa Amanda – hatten Anoushkas Heranwachsen miterlebt. Während ihre Eltern unablässig durch die Welt gondelten, lernte ihre kleine Tochter, aufrecht zu sitzen, zu krabbeln, zu gehen und schließlich zu sprechen. Natürlich war sie immer Steves »Prinzessin« gewesen, war immer verwöhnt und behütet worden, aber in ihren ersten Lebensjahren war ihr nur wenig elterliche Aufmerksamkeit vergönnt gewesen, und so hatte sie sich – bis zu ihrem dritten Geburtstag – zu einer kleinen reizbaren Tyrannin entwickelt. Diesem privilegierten Leben entrissen, hatte sie sich nun in ein großzügiges, liebevolles und intelligentes Kind verwandelt. Ihre Fähigkeit, sich den neuen Umständen anzupassen, war sowohl erstaunlich als auch erfreulich, und während sie Hand in Hand zur Wohnung der Tagesmutter gingen, fühlte Amanda so etwas wie Zufriedenheit.

So kam es, dass sie erst am Nachmittag wieder an den Brief dachte und ihn öffnete. Sein Inhalt schockierte und verängstigte sie so sehr, dass sie tatsächlich zitterte. Sie hätte wissen müssen, dass er früher oder später begnadigt werden würde. Sie hätte mit dieser Nachricht rechnen müssen. Aber bei all dem Kampf, sich an ihr neues Leben zu gewöhnen, hatte sie vergessen, dass Steves Leben ja auch weitergegangen war. Allerdings hatte sie nicht erwartet, dass er schon so bald wieder freikommen würde, auch wenn er nur wegen Betrugs und nicht wegen Mordes oder Vergewaltigung hinter Gittern saß. Offenbar war sein Verhalten untadelig gewesen – zumindest innerhalb der Gefängnismauern.

Zwei Wochen. Ihr blieben nur zwei Wochen, um sich auf seine Entlassung vorzubereiten. Und sie hatte nicht nur Angst vor ihrer gemeinsamen Zukunft in der winzigen Wohnung oder vor dem Gefühl von Hass und Widerwillen, das sie im Laufe des vergangenen Jahres ihrem Ehemann gegenüber entwickelt hatte. Sie hatte auch Angst vor der Reaktion der Presse auf seine Entlassung. Gerade jetzt, wo Anoushka ein neues Leben in Glück und Anonymität gefunden hatte, sollte sie – sollten sie alle – wieder in den Schlagzeilen auftauchen. Erneute Spekulationen über die fehlenden Minter-Millionen, erneutes Interesse an ihrem Leben, erneutes Aufreißen der alten Wunden.

Außerdem war sie sich nicht sicher, ob sie überhaupt wieder mit ihm zusammenleben wollte. Amanda war für Steve eine Art Trophäe gewesen. Sie hatte ihn Anfang der Achtziger kennen gelernt, als er bereits erfolgreich gewesen war, und obwohl sie damals fest geglaubt hatte, ihn zu lieben, erkannte sie nun, dass ihre Zuneigung vermutlich sehr oberflächlich gewesen war. Er hatte fast so etwas wie eine Liebesschnulze mit ihr aufgeführt, und sie – jung, beeinflussbar und von ganz und gar anderem sozialen Status – war durch seinen Charme und sein Charisma leicht zu beeindrucken gewesen. Doch schon wenige Monate nach ihrer Hochzeit hatte sie begriffen, dass ihre Beziehung niemals gleichberechtigt sein könnte. Steve besaß alle Macht, allen Reichtum und war schnell gelangweilt. Ihn glücklich zu machen war eine anspruchsvolle Aufgabe. Ein Jahr nach der Eheschließung hatte er eine nicht gerade heimliche Affäre, und Amanda erkannte nun den Preis, den sie dafür bezahlen musste, einen so attraktiven und erfolgreichen Ehemann zu haben.

Er hatte sie geliebt, da war sie sicher, aber er erwartete, dass sie die willfährige, verzeihende und vor allem unterwürfige Ehefrau spielte. Früher hatte sie mitgespielt aus Angst, ihn sonst zu verlieren, aber jetzt verabscheute sie die Art und Weise, wie sie sich verhalten hatte. Und sie hatte nicht die Absicht, sich wieder in dieses aufopfernde Weib zu verwandeln, wenn er aus dem Gefängnis kam. Ihr neues Leben, so sehr es finanziell auch eingeschränkt war, hatte sie den Duft der Unabhängigkeit genießen lassen und ihr neues Selbstvertrauen gegeben.

Sie beschloss, Anoushka erst einmal nichts zu sagen, ehe sie sich nicht selbst mit dem Gedanken an Steves Freilassung abgefunden hatte. Allerdings erzählte sie Debbie am Abend davon und vertraute ihr all ihre Sorgen über eine Zukunft mit Steve an. Doch weder Georgia erfuhr etwas, als sie anrief, noch Nicola, mit der sie zu Mittag aß.

Bald würde sie es erzählen müssen. Aber die nächste Woche wollte sie die süße Freiheit noch genießen, während ihr Mann seine letzten Tage in Unfreiheit verbrachte.

Nicola lag ausgestreckt auf dem riesigen Bett, während Carl sie massierte. Für einen Mann seiner Größe waren seine

Berührungen bemerkenswert sanft. Fast fühlte sie sich schuldig, weil sie sich von Carl verwöhnen ließ und ihm ihrer Meinung nach so wenig zurückgab, zumindest in körperlicher Hinsicht.

Er war so großzügig, was seine Zeit für sie betraf, seine Gefühle, seine Liebe. In den wenigen unbefriedigenden Beziehungen, die Nicola vor ihm gehabt hatte, schien immer sie diejenige gewesen zu sein, die gab. Noch nie, nicht einmal als Kind, hatte sie sich so geborgen, umsorgt und angebetet gefühlt.

Seine Hände glitten über ihren Po – seine Finger waren warm und ölig. Sie wurde immer erregter und hob den Kopf, damit sie ihn ansehen und ihn wissen lassen konnte, dass sie ihn begehrte.

»Noch nicht«, entgegnete er mit hintergründigem Lächeln. »Deine Geduld wird belohnt werden.«

Er drehte sie herum und begann, ihre Brüste und Schultern zu massieren. Sie dachte nicht, dass sie es ertragen könnte, noch länger zu warten. Wenn er nicht bald mit ihr schlief, müsste sie sicher vor Lust vergehen.

»Bitte-bitte, Carl«, flehte sie mit ihrer Kleinmädchenstimme, die sie ihm gegenüber in letzter Zeit immer häufiger benutzte.

Doch er schien sie nicht zu hören und strich mit den Händen weiter über ihren Bauch und hinunter zu ihren Schenkeln, wobei er den Teil ihres Körpers bewusst aussparte, der ihn am meisten begehrte.

»Ich will dich so sehr«, sagte sie ein wenig gereizt.

»Wer will, kriegt nicht«, antwortete er, während er weiter ihre Beine und zuletzt ihre Füße bearbeitete.

Dann, ganz plötzlich und mit unerwarteter Rohheit, schob er ihre Beine auseinander und drang in sie ein. Sie war so

erregt, dass sie weder den Ausdruck in seinen Augen wahrnahm, während er hineinstieß und wieder hinausglitt, noch die Worte hörte, die er atemlos vor sich hinflüsterte. Und danach, als sie in seliger Zufriedenheit dalag, kam ihr nicht in den Sinn, sich über den Wandel in seinem Liebesspiel zu wundern. Denn Nicola hatte keinen Grund, Carls Liebe und Hingabe in Frage zu stellen. Er konnte Spielchen spielen, während sie sich liebten, er konnte eine kurzfristige Dominanz ausleben, aber schließlich und endlich hatte sie die Kontrolle. Carl war ihre Schöpfung.
Sie hatte ihn erschaffen. Hatte ihn aus einer Gruppe hoffnungsloser Lebenslänglicher in einem der gefürchtetsten und brutalsten Gefängnisse Amerikas auserwählt und in den Prototypen des perfekten Mannigfalt-Mannes verwandelt. Sie hatte ihn unterrichtet, gekleidet, ausgebildet und durch chemische Manipulation aus ihm den Idealmann einer jeden Frau gemacht. Innerhalb von drei Jahren hatte sie einen gefühllosen Kriminellen – einen Mann, der wegen Mordes bereits fast zwanzig Jahre Gefängnis abgesessen hatte – in einen sensiblen, liebevollen, aufmerksamen und mitfühlenden Mitmenschen verwandelt.
Sie lächelte vor sich hin, als sie an den Abend dachte, an dem sie ihn ihren Freundinnen im Gallows Tree House vorgestellt hatte. Keine von ihnen hatte den leisesten Schimmer davon gehabt, was Carl wirklich war oder gewesen war. Alle waren von seinem Charme und seiner Sanftheit absolut hingerissen gewesen. Vor allem deshalb, so dachte Nicola, weil ihre eigenen Beziehungen zu ihren Männern so unbefriedigend waren. Tatsächlich hatte Nicola nur selten Männer erlebt, die so sehr einer Behandlung mit Mannigfalt bedurften wie Richard und Harry.
Sie hatte das Gefühl, als sei Carl selbst in seiner schlimmsten

und gefährlichsten Phase immer noch rücksichtsvoller gewesen als Nick, Harry, Richard oder Steve. Sie hatte nie beabsichtigt, sich näher auf Carl einzulassen – oder einen anderen Mann in ihrem Forschungsprojekt –, aber irgendetwas an ihm hatte sie von Anfang an interessiert. Und wenn sie jetzt geradezu süchtig nach ihm war – ihn leidenschaftlich liebte –, so war er gleichermaßen abhängig von ihr und den Medikamenten, die seinen Schicksalswandel ausgelöst hatten.

Sie beugte sich über seinen schlafenden Körper und streichelte sanft sein Gesicht. In ein paar Tagen würden sie wieder für eine Weile getrennt sein. Er musste im Zuge seiner Begnadigung wieder in die Staaten zurückkehren, und sie würde hierbleiben, um die letzte Phase ihrer Verhandlungen mit den europäischen Geldgebern einzuleiten. In einem Monat, wenn Mannigfalt in den USA offiziell auf den Markt kam, wären sie wieder vereint. Carl und zehn andere Männer, die durch Nicolas Medikament nicht nur resozialisiert, sondern geradezu neugeboren waren, sollten Teil einer großen landesweiten Werbekampagne werden.

Während sie ihn im Schlaf beobachtete, dachte sie, dass die Entwicklung von Mannigfalt vermutlich einen größeren Sieg für die Frauen bedeutete als das Wahlrecht, das Recht auf gleiche Arbeit oder die Einführung der Pille. Sie blickte zärtlich auf ihren friedlich schlummernden Geliebten. Endlich konnten Frauen doch die Macht übernehmen.

6.

Als Caroline sich morgens anzog, merkte sie, dass der Reißverschluss ihres schwarzen Standardrocks sich nicht mehr ganz schließen ließ. Bisher war es mit Ach und Krach immer noch gegangen, aber jetzt ging es anscheinend nicht mehr. Als sie sich im Badezimmerspiegel betrachtete, war die Rundung klar zu sehen. Sie hatte immer jung gewirkt – das kurze blonde Haar, die schlanke Figur und die maskuline Kleidung ließen sie wie einen hübschen Teenager-Wildfang aussehen. Und selbst jetzt, mit ihrem etwas dicken Bauch, wirkte sie immer noch seltsam kindlich. Aber es bestand kaum eine Möglichkeit, dachte sie, während sie ihren Kleiderschrank nach etwas durchwühlte, das ihr noch passen könnte, dass sie ihr Geheimnis länger bewahren konnte. Weder in der Firma noch zu Hause.

Sie fand ein graubraunes Kleid mit hoher Taille, das sie vor einem Jahr einer spontanen Eingebung folgend bei *Marks & Spencer* gekauft, aber noch nie getragen hatte, und schlich vorsichtig durchs Wohnzimmer, vorbei am schlafenden Nick.

Sie gab immer sehr Acht, dass sie ihn nicht weckte, wenn sie morgens zur Arbeit ging. Nach wie vor war sie überzeugt, dass er seinen Schlaf nötiger brauchte als sie. Kreativität musste sorgfältig gepflegt werden, wie er immer wieder betonte. Caroline riskierte nicht einmal, sich eine Tasse Tee zu kochen, damit sie ihn ja nicht störte, sondern beschloss, in dem Café um die Ecke ihres Büros einen Toast zu essen und etwas zu trinken. Der einzige Trost dafür, dass ihre Schwangerschaft nun schließlich sichtbar wurde, war, dass die Übelkeit sich gelegt hatte und sie sich körperlich gut fühlte.

Es in der Firma zu erzählen, stellte sich dann als überflüssig heraus. Wie sie an diesem Tag, den sie später als »Tag der Abrechnung« bezeichnen sollte, herausfand, hatte es eigentlich jeder schon geahnt. Einer der Sekretärinnen war zufällig ihr verstecktes Schwangerschaftsbuch in die Hände gefallen, und das Gerücht hatte sich in Windeseile verbreitet.

Sie teilte dem Leiter der Kreativabteilung offiziell ihre Schwangerschaft mit, und er war nett und verständnisvoll. Insgeheim vermutete Caroline, dass er sich über die Nachricht sogar freute. Ihre Abwesenheit vom Büro in ein paar Monaten würde ihm die Gelegenheit geben, alles neu zu organisieren. Ihre vor kurzem erfolgte Beförderung war selbst in Anbetracht ihrer Beeinträchtigung durch die Schwangerschaft kein besonderer Erfolg gewesen. Die Babys, so hoffte er vermutlich, wären da für sie die ideale Gelegenheit zum »Aussteigen«.

Niemand im Büro wusste von ihrer schwierigen Beziehung zu Nick. Die meisten Kollegen nahmen also an, dass auch er froh über den erwarteten Nachwuchs wäre. Und Caroline hatte auch keine große Eile, sie über die Wahrheit aufzuklären. Sie hatte diesen stillen Traum, der während der Arbeitszeit fast zur Realität wurde, dass sie mit einem ganz anderen Nick zusammenlebte. Einem aufmerksamen, bewundernden, unterstützenden und starken Nick. Einem Nick, der sich so sehr nach Kindern sehnte wie sie. Indem sie ihre Kollegen in dem Glauben ließ, die Zwillinge seien geplant gewesen, nährte sie diesen Traum noch weiter. Tatsächlich war es am Tag der Abrechnung bei der Arbeit viel leichter als zu Hause. Angespornt durch die Tatsache, dass mitsamt dem alten Marks-&-Spencer-Kleid ihr Geheimnis endlich ans Tageslicht gekommen war, beschloss sie, es am Abend auch Nick zu erzählen.

Auf dem Heimweg kaufte sie eine Flasche seines Lieblingsweines, den sie auf ihrer Hochzeitsreise in Umbrien gemeinsam entdeckt hatten, sowie eine Auswahl italienischer Salami, Käse und Brote, um an diesem Abend nostalgische Gefühle heraufzubeschwören.

Denk positiv, befahl sie sich selbst, als sie den stickigen Flur ihrer Wohnung betrat. Das »Hallo, Schatz, ich bin zu Hause« sparte sie sich zwar wohlweislich, fragte aber immerhin: »Na, hast du heute was geschafft, Darling?«

»Ein bisschen«, erwiderte er.

Dies war, so entschied Caroline, ein gutes Omen. Es war schon Wochen her, dass Nick das letzte Mal etwas zu Stande gebracht hatte. Nun ja, für ihn war es zumindest eine positive Aussage.

»Ich habe eine Flasche von deinem Lieblingswein gekauft. Im Büro hab ich an Umbrien gedacht und wie schön es doch wäre, wenn wir da wieder einmal hinfahren könnten.«

Er antwortete nicht, nahm die Flasche jedoch in die Küche, um sie zu öffnen.

»Ich bezeichne ihn immer als ›unseren‹ Wein und Umbrien als ›unseren‹ Landstrich. Wir waren da, lange bevor die englischen Durchschnittstouristen es entdeckten. Erinnerst du dich an unseren Abend bei dieser italienischen Familie? An das Essen, das sie für uns kochte?«

Nick schwieg noch immer, und Caroline, die plötzlich

müde war, gab ihren Versuch einer angeregten Konversation auf.

»Nick, es gibt etwas, das ich dir sagen muss.«

»Bitte keine verdammten Erinnerungen mehr an Umbrien«, entgegnete er abwertend.

»Nein, etwas viel Wichtigeres.«

»Was denn?«, fragte er, während er sich ein Glas Wein einschenkte.

»Ich bin schwanger.«

»Du bist was?«

»Ich bin schwanger«, wiederholte sie.

»Sei nicht albern, Caroline. Wir hatten doch beschlossen, keine Kinder zu kriegen.«

»Tja, es ist eben passiert. Mehr sogar: Es sind Zwillinge.«

Es herrschte einen Moment Stille, während Nick Carolines Körper musterte und zweifellos das unschmeichelhafte Kleid und die beginnende Wölbung des Bauches bemerkte.

»Wie konntest du mich nur betrügen?!«, fauchte er schließlich.

»Ich hab dich nicht betrogen. Die Babys sind von dir, es sind unsere«, antwortete sie. »Hier ist der Beweis. Das ist eine Ultraschallaufnahme von unseren Babys.«

»Aber du weißt doch, wie ich darüber denke. Und du weißt, was für eine schwere Zeit ich momentan durchmache. Der Druck, unter dem ich stehe. Warum hast du das getan?«, klagte er und warf ihr kostbares Ultraschallbild auf den Boden.

»Wir haben es beide getan, Nick.«

»Nein, Caroline, nein. Denn ich wusste nicht, dass ich es tue. Für mich war das nur irgendein unbedeutender Fick«, schrie er.

»Es war ein Fehler.«

»Dann mach ihn wieder gut.«
Sie konnte nicht glauben; dass er damit andeuten wollte, sie solle die Babys abtreiben. Dazu kannte er sie doch zu gut, oder? Nach zehn Jahren Ehe musste er wissen, dass sie so etwas nie tun könnte, wie ungelegen diese Schwangerschaft auch kommen mochte. Wie unglücklich auch immer er darüber sein mochte.
»Es ist zu spät, Nick. Ich bin schon über fünf Monate schwanger.«
Er kam auf sie zu, als wolle er sie schlagen. Seine dunklen Augen, die sich vor Hass verengten, funkelten gefährlich. Die Erkenntnis, dass er ihr wehtun wollte und dass es ihm in den Sinn gekommen war, die Babys töten zu lassen, verlieh ihr schließlich die Kraft, ihm ein paar Wahrheiten an den Kopf zu werfen.
»Nick, ich bitte dich ja nicht um finanzielle Unterstützung. Schließlich war ich es, die dich fast die ganzen letzten fünf Jahre finanziell unterstützt hat. Ich werde meine Arbeit nicht aufgeben. Wie könnte ich auch? Du hast seit dem Erscheinen dieser Literaturkritik in *Time Out* 1992 keinen Penny mehr verdient, und ich glaube, dafür hast du auch nicht mehr als 75 Pfund bekommen. Ich habe Rücksicht auf dein großes Talent genommen. Wie du mir ja ständig vorhältst, prostituiere ich mich und meine eigenen Fähigkeiten, damit du die Möglichkeit hast, dein großes Kunstwerk zu erschaffen. Ich erwarte nicht, dass du deinen Traum aufgibst, wie unrealistisch er im Augenblick auch scheinen mag. Alles, worum ich dich bitte, ist, dass du unseren Kindern ein Vater bist. Dass du sie liebst und dich um sie kümmerst und dass du mich liebst. Wenn du dazu nicht in der Lage bist, dann ist es vielleicht besser, du gehst.«
Es war die längste – und eindrucksvollste – Ansprache, die

sie ihrem Ehemann in den letzten fünf Jahren, in denen er an seinem Roman schrieb, gehalten hatte. Tatsächlich war sie über die Härte und Direktheit ihrer Worte ebenso erstaunt wie er.

Sie standen einige Augenblicke nur da und starrten einander an. Dann leerte er sein Glas, ging ins Schlafzimmer, packte eine kleine Tasche mit Kleidungsstücken und verließ die Wohnung.

Caroline war überrascht, wie erleichtert sie sich plötzlich fühlte. Sie schenkte sich sogar ein Glas Wein ein, obwohl sie wusste, dass sie als verantwortungsvolle werdende Mutter keinen Alkohol trinken sollte. Sie fühlte sich erstaunlich optimistisch. Alles würde gut werden. Beschwerlich zwar, aber sie würde es schaffen. Als sie eine Hand auf ihren festen, gewölbten Bauch legte, spürte sie in genau diesem Moment, wie ihre Babys sich bewegten. Sie setzte sich vor den Fernseher und aß die italienische Salami, ließ sich dann ein luxuriöses Schaumbad ein und ging zu Bett.

Als sie am nächsten Morgen zur Arbeit aufbrechen wollte, schwand ihre enthusiastische Stimmung dahin. Nick war wieder da. Ohne eine Spur von Reue oder dem Wunsch nach Versöhnung. Er lag einfach schlafend auf dem Sofa, wie fast jeden Morgen. Also war er nicht einmal imstande, sie zu verlassen. Er war genauso von ihr abhängig wie die zwei Babys in ihrem Leib. Nur viel weniger reizvoll. Ihr eigener Mann kam ihr vor wie ein Teufelskind – ein launischer, missmutiger Teenager, den sie unterstützen, ermutigen und ernähren musste, ohne auch nur irgendeine Hoffnung auf Anerkennung oder Belohnung.

Georgias Beziehung zu Richard hatte nach der Entdeckung im House of Commons eine neue Phase erreicht. Nun, im

Grunde war es gar keine Entdeckung gewesen, sondern eher das längst fällige Eingeständnis, was er war und wohin sie das alles brachte.

Hätte sie zu einem früheren Zeitpunkt ihres zwölfjährigen Zusammenlebens gewagt, ihre Beziehung genauer unter die Lupe zu nehmen, hätte sie bestimmt immer irgendwo eine Sekretärin, eine Assistentin, eine Frau wie Louise gefunden. Sie hatte sich so lange selbst etwas vorgemacht, dass sie die Realität aus den Augen verloren hatte.

Selbst jetzt noch, nach der beschämenden Szene in Richards Büro, wartete sie irgendwie darauf, dass er mit einer überzeugenden Entschuldigung ankam oder die offensichtlichen Tatsachen abstritt. Ein Teil von ihr hing noch immer an dem alten romantischen Bild von Richard, wie er als junger Mann gewesen war. Den ganzen nächsten Tag über wanderte sie ruhelos im Gallows Tree House umher und wartete auf seinen Anruf, seine Bitte um Verzeihung, seinen Wiedergutmachungsversuch in Form eines Blumenstraußes.

Doch nichts davon kam. Und er selbst auch nicht. Eine kurze Nachricht auf dem Anrufbeantworter – dass er auf einer Kampagne in den gefährdetsten Stimmbezirken im Nordosten unterwegs sei – war seine einzige Reaktion auf ihre Krise.

Sie spielte mit dem Gedanken, Juliet in ihre Probleme einzuweihen, aber Stolz und Angst hielten sie davon ab. Stattdessen rief sie ihre Mutter an – die jetzt in einem kleinen Häuschen in Richmond lebte – und kündigte an, dass sie für ein paar Tage zu Besuch kommen würde. Ohne die Kinder.

In den Tagen nach ihrem eigenen Drama hatte sie erkannt, dass sie Stella gegenüber nicht besonders mitfühlend gewesen war. Im Geiste hatte sie das Bedürfnis ihrer Mutter nach

Glück und Erfüllung einfach schon abgeschrieben gehabt. Georgia hatte gedacht, dass ihre Mutter mit Ende fünfzig kein Recht hatte, ein neues Leben ohne ihren Mann zu führen. Doch nun, da sie sich an eigenartige Begebenheiten aus ihrer Kindheit erinnerte, begann sie langsam, Stellas Reaktion zu verstehen, auch wenn diese sehr spät kam. Vielleicht war ihr Vater genauso treulos und manipulierend gewesen wie Richard. Vielleicht war Stella nur deshalb bei ihm geblieben, damit Juliet und Georgia nicht unter einer Trennung zu leiden hätten. So wie es auch jetzt das Glück ihrer eigenen Kinder war, das Georgia dazu veranlasste, weiterhin über eine Zukunft mit Richard nachzudenken.

Das Haus ihrer Mutter gefiel ihr ausgezeichnet. Obwohl Stella den gleichen Geschmack hatte wie Juliet, was Kleider betraf – und einen ebenso schlanken Körper –, war ihr Geschmack bei der Einrichtung eher dem Georgias ähnlich. Das kleine hübsche Häuschen im georgianischen Stil war mit schönen Möbeln und warmen, beruhigenden Farben ausgestattet.

Stella gehörte nicht zu den Frauen, die man spontan als mütterlich bezeichnen würde. Sie hatte ihre Kinder geliebt, sich von ihnen aber nicht – so wie Georgia – zur Sklavin machen lassen. Heute jedoch, da sie merkte, dass ihre Tochter sie brauchte, begrüßte sie sie herzlich und hielt sie einige Minuten lang fest im Arm.

Georgia verspürte spontan das Bedürfnis, ihrer Mutter alles zu erzählen.

»Darling, es tut mir ja so Leid, aber überrascht bin ich nicht. Ich wusste, dass Richard emotional zu verkrüppelt und auch zu unehrlich ist, um dich glücklich zu machen«, meinte Stella, nachdem sie sich die Geschichte ihrer Tochter angehört hatte.

»Du hast aber nie etwas gesagt«, erwiderte Georgia vorwurfsvoll.

»Denkst du wirklich, du hättest auf mich gehört? Du hattest dir in den Kopf gesetzt, Richard zu heiraten. Und in vieler Hinsicht war deine Entscheidung vermutlich richtig. Du hast drei wunderbare Kinder, ein schönes Zuhause und ein Leben voller Privilegien. Richard schlägt dich nicht, oder? Und er versagt dir auch nichts, was du haben willst – abgesehen von seiner Treue. Vielleicht kann eine Frau einfach nicht mehr von einem Mann erwarten. In einer Ehe, meine ich. Zumindest galt das für meine Generation.«

»Aber ich will mehr, Mummy. Ich will mehr, als ich mit Richard habe, aber auch weniger. Das Geld, das Haus, all diese Statusgeschichten, die brauche ich eigentlich nicht«

Ihre Mutter führte sie durch die kleine Küche hinaus in den Garten. Sie setzten sich zusammen in die Sonne und redeten. Stella war geradezu schockiert, als sie merkte, dass ihre Tochter zum ersten Mal in ihrem Leben keinen Appetit hatte. Stella hatte Georgia so erzogen, dass eigentlich jede Verletzung im Leben mit einem Schokoriegel oder einem Eis wieder geheilt werden konnte. Eine kalorienreiche Heilbehandlung. Als Georgia sie also anrief, um ihren Besuch anzukündigen – und damit andeutete, dass es sich diesmal um eine ernste Verletzung handeln musste –, war sie gleich zum Einkaufen gefahren und hatte den Kühlschrank mit Leckereien gefüllt. Doch heute würde keine Süßigkeit das Leid ihrer Tochter lindern können.

Stella war allerdings nicht ganz sicher, ob Georgias Verweigerung des Mittagessens an ihrer angespannten Situation mit Richard lag oder gar an Eitelkeit. Möglicherweise versuchte sie ja eine Diät.

»Georgia«, sagte sie, »hast du deinen Appetit verloren?«

»Mummy, inmitten dieser Geschichte mit Richard ist mir endlich aufgefallen, was mit meinem Körper geschehen ist, mit mir. Die äußere Erscheinung ist mir weiß Gott nicht so wichtig wie Juliet, aber ich glaube, dass ich es mir selbst schuldig bin, meinen Körper wieder in Ordnung zu bringen. Eine betrogene Frau zu sein wäre nicht ganz so schlimm, wenn ich schlank wäre. Aber so werde ich tagtäglich daran erinnert – falls ich es wage, im Badezimmer die Augen zu öffnen –, aus welchem Grund mein Mann mit seiner Sekretärin schläft. Oder seiner Assistentin oder was auch immer.«

»Denkst du, wenn du dünner wärst, würde Richard dich mehr begehren? Oder ein anderer Mann?«, wollte ihre Mutter wissen.

»Nein, aber dünner zu werden könnte eine Art Rache sein. Ich frage mich, ob es nicht auch eine Art Rache von dir ist, dass du Daddy verlassen hast.«

»Vielleicht ist es das. Aber ich habe ihn auch verlassen, weil mir kein guter Grund mehr einfällt, warum ich bei ihm bleiben sollte. Wie die meisten Frauen meiner Generation habe ich mich all die Jahre mit ihm durchgewurstelt, weil es einfach das Praktischste war. Hätte ich ihn verlassen, wärt ihr die Leidtragenden gewesen, Juliet und du, und es wäre finanziell sehr schwierig geworden. Ich habe nie etwas gelernt, außer einen Haushalt zu führen und Kinder großzuziehen. Tja, und das habe ich getan. Aber als mir dann meine Tante etwas Geld vererbte – das klingt jetzt sicher schrecklich –, merkte ich plötzlich, dass euer Vater überflüssig wurde.« Sie schwieg einen Moment.

»Und, Georgia-Darling, ich kann dir gar nicht sagen, wie wundervoll es nach all diesen Jahren ist, selbst die Kontrolle über mein Leben zu haben. Meine eigenen Entschei-

dungen zu treffen, ich selbst zu sein. Mich nicht länger nach seiner Vorstellung vom Leben verbiegen und verrenken zu müssen. Ich bin zu der Überzeugung gekommen, dass eine wahrhaft erfüllte Frau die ist, die mit sich selbst glücklich sein kann. Es tut mir Leid, dass euer Vater so schwer damit zurechtkommt, aber für mich gibt es keinen Weg zurück.«
Georgia nahm die Hand ihrer Mutter und drückte sie. Vermutlich sah sie Stella so, wie ihre eigenen Kinder sie selbst sahen – als einen Menschen, der außerhalb des Familienlebens nicht existierte. Himmel, Georgia war fünfunddreißig, und dies war das erste Mal, dass sie ihre Mutter als Individuum betrachtete!
»Darling, dein Problem ist«, fuhr Stella ruhig fort, »dass dein Leben meinem viel zu ähnlich ist. Du lebst nicht zeitgemäß. Wie ich dachtest du, das höchste Ziel im Leben einer Frau sei es, den Richtigen zu finden. Aber dieser Richtige ist, genau wie der Traumprinz, ein Mythos. Wir können nicht erwarten, dass die Männer uns glücklich machen, dass sie für alles, was in unserem Leben schief geht, die Schuld übernehmen. Richard kann nicht alles für dich sein, und das sollte er auch nicht. Du musst dich selbst durchsetzen und noch etwas anderes im Leben finden als Richard und die Kinder. Etwas das dir ein gewisses Maß an Unabhängigkeit und Selbstständigkeit gibt. Sieh dir Juliet an.«
Georgia mochte es gar nicht, wenn ihre Mutter Juliet als leuchtendes Beispiel hochhielt, und ließ instinktiv ihre Hand los.
»Juliet ist nicht glücklich, Mummy. Ich glaube sogar, sie ist noch unglücklicher und unzufriedener als ich. Mehr als alles will sie, dass Harry sich auf eine feste Beziehung einlässt. Sie würde alles dafür geben, das weiß ich, um seine Frau zu werden. Sie hat uns allen neulich beim Abendessen erzählt,

dass sie sich im Grunde ihres Herzens ohne Mann unvollständig fühlt. Sie glaubt immer noch, dass eines Tages ihr Prinz kommen wird. Ist es nicht schrecklich, dass wir uns bei allem, was wir im Leben erreicht haben, ohne einen Mann immer noch unvollständig fühlen?«
»Wir denken, dass die Gesellschaft uns ohne Mann als unvollständig betrachtet, doch das sind wir nicht. Aber es fällt uns schwer, diese Märchen zu vergessen, mit denen wir aufgewachsen sind, und selbst in meinem Alter sehnt ein Teil von mir sich noch immer ein wenig nach meinem Idealmann – eine Mischung aus Paul Newman und Pavarotti. Aber ein anderer, viel stärkerer Teil von mir weiß, dass das Blödsinn ist. Hier und jetzt bin ich glücklicher, als ich je in meinem Leben als Erwachsene gewesen bin. Endlich ohne Mann.«
»Was soll ich also tun? Deinem Beispiel folgen und Richard verlassen?«
»Noch nicht. Nicht bevor du bereit dazu bist. Du musst dich jetzt mal eine Weile an die erste Stelle setzen, Georgia. Du musst in deiner Ehe das erreichen, was du vom Leben willst. Nicht das, was Richard oder die Kinder wollen. Obwohl die Kinder natürlich mehr Rücksichtnahme brauchen als ihr Vater. Bleib für ein paar Tage hier. Fahr in die Stadt und geh mit deinen Freundinnen Mittagessen. Lass Richard spüren, dass du weg bist. Und ja, nimm ab, wenn du das möchtest. Es löst deine Probleme zwar nicht, aber es wird dir helfen.«
Georgia lächelte ihre Mutter dankbar an. Ehe sie am Morgen von Gallows Tree House aufgebrochen war, hatte sie festgestellt, dass sie innerhalb einer Woche über sechs Kilo verloren hatte. Also genug Ansporn, um den gefüllten Teller, den ihre Mutter vorsichtshalber vor ihr hatte stehen lassen, wegzuschieben.

Eine ganze Woche verging, ehe Juliet wieder etwas von Harry hörte. Er rief sie um elf Uhr nachts an und fragte, ob er rüberkommen könne. Und sie antwortete wie immer nach einer solchen Zeit der Funkstille: »Komm gleich.« Da sie wusste, dass er ungefähr eine halbe Stunde brauchen würde, begann sie mit einer hektischen Verschönerungsaktion. Sie legte dezentes Make-up auf, frisierte sich neu und zog statt des Bademantels ein knappes Kleidchen an, das ihrer Meinung nach ihre Figur hervorragend betonte. Juliet war so nervös, dass sie vor seiner Ankunft noch einen Drink brauchte, um sich zu beruhigen und sicherzugehen, dass sie auch ja so nett, nachgiebig und sexy wäre, wie sie sich vorgenommen hatte, statt jammervoll und anklagend.

Um ein Uhr, als aus einem Drink sechs geworden waren und sie gerade ins Bett gehen wollte, kam er endlich.

Harry verlor kein Wort über ihren Streit. Er kam einfach rein und verlangte etwas zu essen. Er habe bis eben an Aufnahmen gearbeitet und den ganzen Tag noch nichts gegessen, sagte er. Erneut von Panik ergriffen, stürzte Juliet zum Kühlschrank, um die paar Sachen zusammenzusuchen, die ihre Zugehfrau dagelassen hatte. Etwas Ziegenkäse, ein Stückchen Ciabatta und eine Hand voll Oliven.

»Das ist wohl kaum ein üppiges Versöhnungsmahl«, kommentierte Harry trocken.

»Aber ich wusste ja nicht, dass du kommst. Wenn ich es gewusst hätte ...«

»Hättest du mir einen Kuchen gebacken?«, fragte er mit eisigem Lächeln.

»Na ja, das gerade nicht, aber ich hätte etwas besorgt.«

Schon wieder hatte sie das Gefühl, alles falsch zu machen. Sie hatte ihn enttäuscht, seine Erwartungen nicht erfüllt.

»Willst du einen Drink, Darling?«, fragte sie.

»Ich denke, du hast genug für uns beide getrunken«, erwiderte er spitz.
»Es tut mir Leid.«
Das Problem mit Juliets exquisit eingerichtetem Haus war, dass es überall scharfe Kanten und glatte Oberflächen gab. Die Sandsteinbank – das einzige Möbelstück, auf dem zwei Personen Platz hatten – war kaum geeignet für ein gemütliches Zusammenkuscheln oder den Versuch, Harry zu verführen.
»Hattest du einen anstrengenden Tag, Darling?«, erkundigte sie sich liebevoll.
Er grunzte etwas. Verwirrt, betrunken und unglücklich rückte sie näher, knöpfte seine Hose auf und fing an, ihm einen zu blasen. Es schien Ewigkeiten zu dauern, bis er reagierte. Schließlich war er erregt und schob ihren Kopf mit einer groben Bewegung rauf und runter. Es war die erste Berührung, mit der er sie nach dem Rausschmiss aus seinem Wagen beehrte, und sie war auf mitleiderregende Weise dankbar dafür.
Nie zuvor in ihrem Leben hatte Juliet sich so vor einem anderen Menschen erniedrigt. Niemand, der sie kannte, keine ihrer Freundinnen, weder Kollegen noch Familienangehörige würden diese Szene für möglich halten. In allen anderen Bereichen ihres Lebens war Juliet eine selbstbewusste, dominante und verantwortungsvolle Frau. Verkäuferinnen bei *Harvey Nichols* zuckten bei ihrem Anblick zusammen, Sekretärinnen eilten aus ihrer Blickrichtung, Maler und Innenausstatter zitterten vor ihr. Aber in Harrys Gegenwart war sie diejenige, die vor Nervosität zitterte und alles tun würde, um Frieden und das, was sie für Liebe hielt, zu bekommen.
Außerdem entsprach dieser besondere Akt ganz und gar

nicht Juliets ... nun ja: Geschmack. Sie war die Art von Frau – Sauberkeitsfanatikerin –, die sich nach jedem Austausch von Körperflüssigkeiten mit einer pH-neutralen Waschlotion abduschen und ihren Mund mit einer doppelten Dosis Listerin ausspülen wollte. Nun aber, bei diesem Akt der Reue, schluckte sie das Sperma hinunter und stellte sich danach – anstatt ins Badezimmer zu rennen – hinter Harry, um ihm den Nacken zu massieren.

»Ist jetzt alles wieder gut?«, fragte sie wie ein kleines verängstigtes Kind nach einem heftigen Familienstreit.

Er sah sie einen Moment ausdruckslos an und belohnte sie dann mit einem schwachen Lächeln. »Wenn du dich gut benimmst, Juliet, dann wird alles gut«, sagte er.

»Ich werde es nie wieder tun«, versprach sie, obwohl sie immer noch nicht wusste, was sie eigentlich verbrochen hatte.

»Lass uns ins Bett gehen«, schlug er vor.

Er blieb die ganze Nacht, was ziemlich selten geschah, und Juliet war so glücklich, dass sie sogar ihr übliches, strenges Zubettgehritual durchbrach (das Gesicht fünfzigmal mit Lotion waschen, duschen, Zahnseide benutzen, Peeling und Moisturizer auftragen). Vielleicht, dachte sie, kommt alles wieder in Ordnung. Sie wusste, dass er sich von seiner Frau nie offiziell trennen würde. Aber insgeheim hoffte sie, dass er sich eines Tages auf eine feste Beziehung mit ihr einließe. Was sie sich auf der Welt am allermeisten wünschte, war, dass Harry bei ihr einzog.

Amanda saß in einem Leihwagen vor den Toren des *Ford-Open*-Gefängnisses. Jeden Moment konnte sich die Tür öffnen und Steve würde erscheinen und auf sie zukommen. Sie sah zu Annie hinüber und lächelte ihr aufmunternd zu.

Zuerst hatte sie nicht gewusst, ob sie ihre Tochter mitnehmen sollte oder nicht, aber am Ende hatte sie – ein wenig selbstsüchtig – entschieden, dass sie zwischen sich und ihrem Ehemann eine Art Puffer brauchte.

Annies offensichtliche Freude über die bevorstehende Entlassung ihres Vaters hatte Amanda in den letzten Tagen ziemlich deprimiert. Sie hatte gehofft, dass ihre Tochter über ihre Zweierfamilie ebenso glücklich wäre wie sie selbst. Sie dachte, dass auch Annie Steve abgehakt hätte. Aber sie fühlte sich schuldig, weil sie so dachte, und während sie nun zusammen auf dem Rücksitz saßen und warteten, nahm sie Annie in die Arme und drückte sie liebevoll an sich.

Zehn Minuten nach elf kamen ein paar Männer aus der Seitentür. Traurige, erbärmliche Gestalten, wie Amanda fand, die verstohlen nach ihren jeweiligen Familien Ausschau hielten. Dann, etwa fünf Minuten später, erschien Steve.

Er hatte sich auf dramatische Weise verändert. Natürlich hatte Amanda ihn regelmäßig besucht, aber hier draußen, im grellen Sonnenlicht, erschrak sie über seinen sichtbaren körperlichen Verfall.

Als sie ihn kennen lernte, hatten nicht nur sein Reichtum und sein Charisma sie angezogen. Steve war auch ungemein attraktiv gewesen, mit naturblondem, halblangem Haar, leuchtend blauen Augen und einem jungenhaften Grinsen, das ihr immer noch ein Kribbeln im Magen verursachte – selbst nachdem sie herausgefunden hatte, wie zügellos und korrupt er sein konnte.

Doch nun waren sein Charme und seine körperliche Ausstrahlung dramatisch reduziert. Das blonde Haar war stumpf, aschblond und kurz geschnitten. Er hatte mehr Falten im Gesicht, wirkte dünn und unsicher und lächelte nicht mehr. Zum ersten Mal, seit sie sich kannten, hatte Amanda Mitleid mit ihm.

Annie überschlug sich fast vor Freude. Sie riss ihre Tür auf, rannte ihm entgegen, und als er sie sah, blieb er stehen und breitete die Arme aus.

»Meine Prinzessin«, rief er, fing sie auf und ging mit ihr zum Wagen.

Typisch Steve, dachte Amanda, als er sie mit einem unangemessen leidenschaftlichen Kuss begrüßte. Er tat, als ob sich in den letzten drei Jahren überhaupt nichts verändert hätte. Als sei er gerade von einer langen Geschäftsreise aus dem Ausland zurückgekehrt. In vieler Hinsicht war er das typische Beispiel des glücklosen Unternehmers der Achtziger. Alles, was er je gehabt hatte, war nur Fassade gewesen. Annie war es, die auf der Fahrt am meisten redete und ihren Vater durch ihre Intelligenz beeindruckte. Amanda war still und nervös. Sie wusste, dass ihr Mann entsetzt über ihre neuen Wohnverhältnisse sein würde. Außerdem fürchtete sie, dass die Presse ihnen auflauern könnte, und schließlich und endlich grauste ihr davor, womöglich den dreijährigen Testosteronstau eines sexuell so aggressiven Mannes wie Steve ertragen zu müssen.

Als er die Wohnung betrat, weinte er fast. Einen Augenblick lang schien es, als symbolisiere sie – noch viel mehr als sein Gefängnisaufenthalt – den Verlust seines Reichtums.

»Aber es muss doch etwas Besseres als das hier gegeben haben. Ich kann nicht glauben, dass es so weit gekommen ist. Was ist mit der Wohnung, die ich für George Walters gemietet hatte, oder mit dem Penthouse, das die Firma auf den Namen deiner Mutter gekauft hatte, und mit dem Häuschen, das ich Chris' Freundin für 'nen Appel und ein Ei vermietet hatte? Und was ist mit dem großen Haus in Surrey und dem Grundstück auf der Isle of Wight? Allmächtiger Gott, es muss doch noch etwas da sein, oder Johnny Britten kann sich auf was gefasst machen.«

»Wie es aussieht, steht Johnny Britten gerade wegen einer Reihe von Betrügereien vor Gericht«, entgegnete Amanda.

Steve war entsetzt. Die Nachricht über die berufliche Misere seines engen Freundes und finanziellen Beraters hatte ihn im Gefängnis natürlich nicht erreicht. Amanda fragte sich, ob Johnny Britten wohl etwas über die berüchtigten fehlenden Minter-Millionen wusste.

»Du kannst Johnny daran nicht die Schuld geben, Steve. Es war meine Wahl. Ich nehme an, ich hätte um eine der Immobilien kämpfen können, aber ich wollte vor allem Anonymität. Ich dachte mir, dass es besser wäre, von vorn anzufangen und selbst Geld zu verdienen, als an dem festzuhalten, was noch da war. Jedenfalls ist alles außer den Sachen, die du hier siehst, an die Konkursverwaltung gegangen. Aber es ist nicht so schlimm. Auf eine gewisse Weise gefällt es mir inzwischen sogar, und Annie auch.«

»Tja, ich kann hier nicht leben«, sagte Steve verärgert. »Das ist ja schlimmer als das, wo ich gerade herkomme. Und ihr Name, um Himmels willen, ist nicht Annie. Sie heißt Anoushka.«

Es wäre zwecklos gewesen, ihm erklären zu wollen, dass »Annie« viel besser zu ihrem neuen Leben passte als Anoushka. Und es wäre in diesem heiklen Moment auch unmöglich gewesen, ihren Ehemann darauf hinzuweisen, dass er nicht die Kreditfähigkeit besaß, um sich in ein Hotel oder ein schickes Apartment einzumieten. Insbesondere seit der Verhaftung von Johnny Britten.

»Steve, falls du nicht noch irgendeine mir unbekannte Einkommensquelle hast, dann müssen wir von meinem Gehalt leben: 15 000 Pfund im Jahr. Das reicht so gerade eben. Und ich hatte noch Glück. Debbie nebenan muss von der Wohlfahrt leben.«

Gleich darauf hielt er ihr vor, dass er immer für sie gesorgt habe und dass er vom Nullpunkt aus das schier Unmögliche erreicht habe. Es war wie die Streitereien, die sie kurz vor seinem Prozess gehabt hatten. Steve war immer noch in einer Phase, in der er alles leugnete. Er war überzeugt, noch immer ein erfolgreicher Mann zu sein, der nur zu telefonieren brauchte, um das zu bekommen, was er wollte. Der nur mit ein paar Freunden sprechen musste, um bald wieder ein Vermögen aufzubauen.

»Steve, verstehst du denn nicht? Es ist vorbei, das Geld ist weg!«, schrie Amanda auf ihn ein.

Er war außer sich vor Wut, sah sie finster an und schlug ihr so hart ins Gesicht, dass sie zu Boden fiel. Dann verließ er die Wohnung.

Annie kümmerte sich weinend um ihre Mutter. Sie setzte sie auf und holte Eis aus dem Kühlschrank, um die Schwellung im Gesicht zu lindern.

Später, als Amanda sich wieder erholt hatte, war sie es, die Annie trösten musste. Sie versicherte ihr – wider besseren Wissens –, dass ihr Vater nur wütend sei, weil er so lange für etwas eingesperrt gewesen wäre, das er nicht getan hätte. Sie hatte sich damals schon mit Steve auf diese Lüge geeinigt für den Fall, dass Annie irgendwann unter der Situation leiden würde.

Als sie sie schließlich ins Bett gebracht hatte und Steve immer noch nicht wieder da war, trank Amanda den Rest eines Weißweins, der schon seit Wochen im Kühlschrank

stand, und legte sich im Wohnzimmer aufs Sofa. Wie würde es weitergehen?
Kurz nach Mitternacht kam Steve zurück. Er war betrunken und müde und offensichtlich schuldbewusst, weil er sie geschlagen hatte.
»Alles wird wieder gut, Darling, du wirst sehen. Überlass das nur mir«, sagte er und küsste sie, schob seine Zunge tief in ihren Mund und griff mit der Hand unter ihren Rock, als wäre sie ein billiges Flittchen.
Sie war wachsam und vorsichtig. Schon früher hatte er oft mit ihrer Angst gespielt. Er hatte eine Art Bestrafungs-Belohnungs-System eingeführt, dem sie sich immer hatte beugen müssen. Wenn er sie betrogen, belogen oder in irgendeiner Weise enttäuscht hatte, kam er innerhalb der nächsten Tage an und überreichte ihr ein Geschenk, das seine Schuld tilgen sollte und ihr jedes Mal das Gefühl gab, dass sie für den Schmerz, den sie hatte ertragen müssen, belohnt wurde. Aber damals hatte er sie nie geschlagen. Nie hatte es Aggression in Form von körperlicher Gewalt gegeben, abgesehen von gelegentlichen überschwänglichen sexuellen Vereinigungen.
In die Enge getrieben, reagierte sie nun auch wie ein billiges Flittchen und erlaubte ihm, sie ins Schlafzimmer zu drängen. Er fing an, sie auszuziehen, und beobachtete sie dabei eingehend im warmen Schein der Nachttischlampe.
»Du bist so schön. Du warst immer die einzige Frau für mich«, sagte er, während er ihren BH öffnete und ihre Brüste streichelte.
Amanda begehrte ihn jetzt sogar. Sie dachte daran, wie gut sie immer zusammen gewesen waren, und außerdem war es schon lange her, dass sie ihrer Lust auf Sex nachgegeben hatte. Doch was nun geschah, war nicht viel anders als ein

gewöhnlicher Aufriss. Als wären sie Fremde und nicht zwei Menschen, deren Leben seit zehn Jahren miteinander verbunden war.
»Los, mach schon«, drängte sie ihn, während sie seine Jeans öffnete. Dann merkte sie, dass seine Erektion mittlerweile nachgelassen hatte. Sie bearbeitete ihn mit der Hand, bekam ihn aber nicht steif genug, dass er in sie eindringen konnte. Sie versuchte es mit dem Mund, doch auch dabei blieb die Erektion aus, und plötzlich wurde er wieder wütend. Er griff roh nach ihren Brüsten und packte sie im Nacken, als wolle er zeigen, dass er Macht über sie hatte, auch wenn er nicht mit ihr schlafen konnte.
»Du Schlampe!«, rief er, lockerte seinen Griff, schüttelte und schlug sie. »Ich weiß, was du bist, du bist eine Hure, ein billiges Flittchen!«
Die Schläge und Beschimpfungen schienen ewig anzudauern. Dann brach er weinend zusammen, und sie wiegte ihn in ihren Armen in den Schlaf.

Obwohl sie weinte, als sie Carl am Flughafen zum Abschied nachwinkte, war Nicola nicht niedergeschlagen. Tatsächlich war sie aufgekratzter als je zuvor in ihrem Leben.
Sie hatte die nötige finanzielle Unterstützung für die Einführung von Mannigfalt in Europa sichergestellt, in wenigen Wochen würde sie wieder mit dem Mann vereint sein, den sie für die Liebe ihres Lebens hielt, und bis zum Ende des Jahres hätten sie und ihre Kollegen der Neumann-Stiftung viel, viel Geld verdient. Nicht, dass Geld je wichtig gewesen wäre. Nicola glaubte fest daran, dass Mannigfalt das soziologische Äquivalent zur Entdeckung eines Heilmittels für eine bislang tödliche Krankheit darstellte. Sie dachte sogar, dass seine Entwicklung beinahe wichtiger war

als die eines Mittels gegen Aids oder eines der anderen lebensbedrohenden Probleme, mit denen die Menschheit immer noch konfrontiert wurde.
Es gab für sie in England nur noch zweierlei zu tun, überlegte sie, während das Taxi sie zurück ins Hotel brachte. Sie musste Kontakt mit ihrer Familie aufnehmen und, was fast noch dringender war, ihren vier Freundinnen helfen, die ihr immer näher gestanden hatten als diese Familie. In ihrer Hotelsuite bereitete sie daher für den folgenden Abend die für sie bisher wichtigste Präsentation von Mannigfalt vor. Juliet, Georgia, Caroline und Amanda waren bereits zu diesem Abschiedsessen eingeladen. Aber es würde mehr werden als nur das. Nicola wollte ihnen die Möglichkeit bieten, ihr Leben grundlegend zu verändern. Ihr allergrößter Wunsch war es, ihnen die Chance auf ein solches Glück zu bieten, wie sie selbst es erlebte.

7.

Nicola hatte arrangiert, dass das Essen im Wohnzimmer ihrer Suite serviert wurde. Dort stand ein großer runder Tisch, der wunderhübsch mit frischen Blumen und kleinen Geschenken an jedem Platz dekoriert war. Nicola hatte fest vor, den Abend zu einem besonderen Ereignis werden zu lassen. Sie war schrecklich aufgeregt, ganz so, als wäre sie ein Teenager, der im Haus der verreisten Eltern mit seinen Freundinnen eine verbotene Party steigen ließ. Sie hatte sogar ein neues Kleid angezogen, das so ganz anders war als die Sachen, die sie früher immer getragen hatte. Bevor Carl abreiste, waren sie noch einkaufen gewesen, und er hatte sie in Läden geschleift, in die sie sich früher nie hineingetraut hätte. Und in dem weißen, tief ausgeschnittenen und eng anliegenden Kleid, das Carl als Kontrast zu ihrem leuchtend roten Haar ausgesucht hatte, fühlte sie sich einfach fabelhaft.

Georgia, die als Erste eintraf, war ebenfalls verwandelt. Sie hatte abgenommen, und zwar so viel, dass ihr eindrucksvolles Gesicht mit den schrägen lilafarbenen Augen und dem sinnlich geschwungenen Mund beinahe noch hübscher aussah als früher mit achtzehn. Tatsächlich sah Georgia dem Mädchen, das sie in der Schule immer beneidet hatten, so ähnlich, dass Nicola scherzhaft fragte, ob sie einen Liebhaber hätte.

»Nicola-Darling, wo denkst du hin? Nein, ich hatte nur

wieder mal einen Streit mit Richard, nachdem ich endlich begriff, wie ich mein Leben wegwerfe, und jetzt versuche ich einfach, etwas von dem zurückzugewinnen, was ich früher einmal war. Ich habe drei Wochen bei meiner Mutter verbracht, weitab von Richards politischen Verpflichtungen und den ständigen Forderungen der Kinder, und es war herrlich. Ich habe fünfzehn Kilo abgenommen – jetzt passt mir wieder Größe 38 –, und erst gestern hat mir sogar ein Mann nachgepfiffen. Zugegeben, er konnte mich nur von hinten sehen – und schöne Beine hatte ich ja schon immer –, aber es hat alte Erinnerungen geweckt.«

»Und Richard? Hat sich sein Verhalten dir gegenüber geändert?«, wollte Nicola wissen.

»Es tut mir übrigens sehr Leid wegen neulich beim Abendessen, Darling. Richards Unhöflichkeit ist unentschuldbar. Aber im Moment – wo in zehn Tagen die Wahl ansteht – ist seine zur Schau gestellte Liebe und Fürsorge reine Berechnung. Und bis zur Wahl spiele ich das Spiel mit. Inzwischen wird ihm vielleicht aufgehen, dass er nach der Wahl nicht nur seinen Posten als Minister, seine sexy Assistentin und seinen Daimler verlieren wird, sondern möglicherweise auch mich«, sagte Georgia. »Und wie geht es dem entzückenden Carl? Ich hoffe doch sehr, dass er heute Abend auch kommt. Er ist der einzige Mann, den ich je kennen gelernt habe, der in unsere Frauenrunde passt.«

»Er ist letzte Woche in die Staaten zurückgeflogen. Ich habe noch ein paar Einzelheiten für die Einführung von Mannigfalt in Europa geklärt und treffe ihn dann nächste Woche zum Start des Produkts in den USA.«

In diesem Moment traf Caroline ein, und die beiden Frauen waren im ersten Moment sprachlos, als sie ihren ehemals so jungenhaften Körper in hochschwangerem Zustand sahen.

Erstaunlicherweise hatten sich weder ihr kindliches Gesicht noch ihr Stil durch die Schwangerschaft verändert. Ihr Haar war so kurz und blond wie immer, und sie trug eines ihrer übergroßen Herrenhemden unter einem rechteckig ausgeschnittenen Schürzenkleid.
»Darling«, sagte Georgia, als sie Caroline umarmte und neidisch eine Hand auf ihren vorgewölbten Bauch legte, »du siehst aus wie ein Schulmädchen in Schwierigkeiten. Wie ein Teenager, der einen Fehler gemacht hat. Ist die Übelkeit endlich vorüber? Und im Portland alles organisiert?«
»Ich kann dir gar nicht genug danken, Georgia. Alles läuft wunderbar. Und in der Firma sind auch alle ganz lieb. Ich werde so lange weitermachen, wie es geht, sodass ich den größten Teil meines Mutterschutzes nach der Geburt beanspruchen kann. Was bei Zwillingen ja wohl bitter nötig ist.«
»Und Nick?«, fragte Nicola unverblümt. »Wie kommt er mit der Rolle des werdenden Vaters zurecht?«
»Er verdrängt das Ganze noch immer. Ich glaube, er hält mich auch für ein Schulmädchen in Schwierigkeiten, oder zumindest für eine Frau, die einen schrecklichen Fehler begangen hat. Er redet nicht darüber, sieht mich nicht an, schläft auf dem Sofa und schreibt weniger denn je. Aber er ist immer noch da.«
Nicola öffnete die erste von vielen Flaschen Champagner und schenkte drei Gläser ein.
Als Amanda kam, entdeckte Nicola eine weitere Veränderung. Nur dass sie in Amandas Fall beunruhigend war. Ihr Gesicht war bleich und ausgezehrt, und unter dem dicken Make-up war auf einer ihrer Wangen eine dunkle Prellung zu erkennen. Sie war außerdem nicht so flott gekleidet, wie

Nicola erwartet hatte. Statt eines ihrer üblichen kurzen, engen Shiftkleider und hoher Absätze trug sie eine weite Hose, ein schlichtes weißes Hemd und flache Mokassins.

»Steve führt sich schrecklich albern auf. Er will mich nicht mehr in meinen schicken Kleidern ausgehen lassen, weil er geradezu absurd eifersüchtig auf andere Männer ist, wenn sie mich so ›provokativ‹ gekleidet sehen, wie er es nennt«, erzählte sie, als sie Nicolas Verwunderung bemerkte. »Er kritisiert sogar mein Make-up, und ich musste meinen knallroten Lippenstift gegen eine dezentere Farbe eintauschen.«

»Und dezent warst du ja noch nie gerne«, stellte Georgia fest.

Juliet war wie immer die Letzte. Sie sah in einem ihrer kleinen Kostümchen wieder einmal tadellos aus, wirkte aber auf eigenartige Weise zurückhaltend, außer beim Champagner. Sie trank fast ein wenig zu gierig, wie Nicola fand. Um neun Uhr setzten sie sich schließlich zum Essen an den Tisch. Es war köstlich, obwohl keine von ihnen besonderen Hunger zeigte. Caroline hatte die Phase der Schwangerschaft erreicht, wo sie unter Sodbrennen und Verdauungsproblemen litt. Und Georgia meinte es mit ihrer Diät offensichtlich sehr ernst und interessierte sich, ebenso wie ihre Schwester, mehr für den Champagner.

»Nur 73 Kalorien pro Glas, ihr Lieben, und wunderbar harntreibend«, verkündete sie.

Am Ende der Mahlzeit erhob sich Nicola von ihrem Stuhl, klingelte mit einem Löffel an ihrem Champagnerglas, um die Tischgespräche zu unterbrechen, und redete ihre Freundinnen an, als wären sie Kunden oder Investoren oder Leute von der Presse.

»Wahrscheinlich erinnert ihr euch nicht mehr daran, aber

damals bei Juliet, als wir meine Rückkehr feierten, fingen wir an, über den perfekten Ehemann zu sprechen ...«
»Natürlich erinnere ich mich daran«, unterbrach Juliet. »Tatsächlich habe ich ihn mitgebracht. Unseren Prototyp des perfekten Mannes, zusammengesetzt aus perfekten Einzelteilen. Er ist in meiner Handtasche.«
»Na ja, die Sache ist die, Juliet, dass unser perfekter Ehemann kein Fantasiegebilde sein muss, kein hoffnungsloser Traum, sondern dass er Realität werden kann.«
Ihre Freundinnen rutschten unruhig auf den Stühlen herum, da sie nicht wussten, was Nicola ihnen damit sagen wollte.
»Ich will hier nicht arrogant oder übermäßig optimistisch erscheinen, aber ich glaube wirklich, dass das, was ich entwickelt habe – nun ja, was ich *mit* entwickelt habe –, für uns Frauen den größtmöglichen Schritt vorwärts bedeutet. Wenn ihr mir ein paar Minuten Zeit schenkt, würde ich euch gern zeigen, was ich meine«, sagte sie und nahm die Fernbedienung für den Fernseher auf, der neben dem Tisch stand.
»Was ihr gleich sehen werdet, ist nicht weniger als ein Wunder. Das Einführungsvideo für Mannigfalt und der Beweis, dass der perfekte Ehemann Realität sein kann.« Sie drückte einen Knopf, und alle starrten auf den Bildschirm. Das Neumann-Logo – das alte Symbol für Männlichkeit, bei dem der Pfeil in ein Herz verwandelt war – tauchte einen Moment lang zu ergreifender klassischer Musik auf, die keine von ihnen einordnen konnte. Dann erklärte eine sonore amerikanische Männerstimme das Projekt, und die Kamera schwenkte durch einige sehr wissenschaftlich wirkende Laboratorien.
Georgia, die bereits eine ganze Menge Champagner intus

hatte, konnte nicht ganz begreifen, was der Mann erzählte. Irgendetwas über ein revolutionäres Produkt, das den Männern – und der Menschheit – helfen könnte, mehr Seelenfrieden und größere Leistungsfähigkeit zu entwickeln. Über die gründliche Erforschung der Unausgeglichenheit des männlichen Hormonhaushalts, über Chromosomen-Defekte und genetische Manipulation. Über neue »intelligente« Wirkstoffe und wie nach und nach Mannigfalt entwickelt worden war, eine wundersame Formel mit grenzenlosen Möglichkeiten für die Behandlung einer Reihe altbekannter üblicher männlicher Probleme.
Es folgten eine Menge komplizierte wissenschaftliche Daten, Theorien und Diagramme, die über Georgias Kopf hinwegzuschwimmen schienen. Dann wurde es interessanter.
»Vor drei Jahren, als die erste Testserie erfolgreich abgeschlossen worden war, begannen wir mit Versuchen am Menschen. Wir wählten einige Männer aus – Freiwillige aus einer Strafanstalt mit spezifischen Problemen – und verfolgten ihre Reaktion auf Mannigfalt«, erzählte die Stimme. In diesem Moment fuhr die Kamera über eine Reihe von etwa fünfzig Männern aller Altersklassen und unterschiedlichstem Aussehen, bevor sie ein Gesicht in Nahaufnahme zeigte.
»Seht doch, das ist ja Carl«, rief Georgia.
Er war es tatsächlich. Und in den nächsten Minuten war er das Hauptthema des Videos.
»Vor zwanzig Jahren hatte die Gesellschaft mich abgeschrieben«, sagte er. »Ich wuchs in einer unterprivilegierten Familie in einer sozial unterprivilegierten Wohngegend in destruktiven Verhältnissen auf. Ich kann mich an keine Zeit meiner Kindheit erinnern, in der ich nicht in irgendein Verbrechen verwickelt war. Meine erste Gewalttat verübte ich mit zwölf Jahren. Als ich fünfzehn war, war ich verbit-

tert, drogenabhängig und lebte in einer Unterwelt, in der Moral, Prinzipien und jeglicher Anstand als Irrtümer galten. Meine erste Verurteilung – für Straßenraub – hatte ich mit dreizehn. Je älter ich wurde, desto schwerer wurden meine Vergehen. Gewalt war meine Art, mich im Leben zu behaupten. Mit zwanzig bekam ich lebenslänglich. Weil ich eine Frau umgebracht hatte. Es war eine schreckliche Tat. Dafür gibt es überhaupt keine Entschuldigung. Es tut nichts zur Sache, dass sie eine Prostituierte war, dass ich glaubte, sie zu lieben, dass sie mir mein Geld und meine Drogen gestohlen und mich betrogen hatte. Ich habe sie ermordet.«
Er schwieg einen Moment, und auf dem Bildschirm erschien neben dem heutigen Carl das Bild des zwanzigjährigen Mörders, der zu lebenslänglich verurteilt worden war.
»Ich weiß immer noch nicht genau, warum sie mich für diesen Test von Mannigfalt ausgewählt haben. Es gab sehr viele Freiwillige, weil wir natürlich dachten, dass uns die Teilnahme bei der Begnadigung angerechnet werden würde. Ich glaube, dass sie Männer wollten, die keine Reue zeigten, und glauben Sie mir, in den siebzehn Jahren Gefängnis verspürte ich nicht eine Sekunde Reue oder Schuldgefühle wegen dem, was ich getan hatte. Aus jetziger Sicht kann ich sagen, dass ich mein Verbrechen wohl als eine Art Erfolg ansah. Es bewies, was für ein harter Mann ich war. Im Gefängnis hatte man als Mörder einen ganz anderen Stand. Ich hielt die Ausübung von Gewalt für männlich, für einen Teil der Natur des wahren Mannes. Ich wollte mich nicht ändern. Ich war sozusagen der letzte Mensch, der wollte, dass Mannigfalt wirkt. Ein perfektes Versuchskaninchen für diese Studie.«
Auf dem Bildschirm erschien eine frühere Aufzeichnung von Carl. Zumindest war sie Carl ein wenig ähnlich, ob-

wohl der Gesichtsausdruck, sogar die Gesichtszüge, ganz anders aussahen. Er wirkte kalt, hart, aggressiv und erzählte prahlerisch von seinem Verbrechen. So war er vor der Einnahme von Mannigfalt gewesen.

Caroline lief ein Schauer über den Rücken. Es war einfach nicht möglich, dass dies derselbe Mann war, den sie alle so charmant, sympathisch, sensibel und aufmerksam gefunden hatten!

Die seriöse männliche Stimme erzählte Carls Geschichte weiter, und dazu konnte man auf dem Bildschirm seine Verwandlung verfolgen. Es war unglaublich. Innerhalb weniger Tage nach seiner ersten Einnahme von Mannigfalt war er buchstäblich ein neuer Mensch. Der Kommentator berichtete über seine erstaunlichen akademischen Erfolge, seine bemerkenswerte Rehabilitation und seine neu gewonnene Zufriedenheit.

Als Carls Geschichte vorbei war, kam ein anderer, jüngerer Mann an die Reihe, der eine ähnlich dramatische Lebensgeschichte erzählte. Nicola spulte im Schnelllauf vor bis zur abschließenden Präsentation des Medikaments. Dieselbe Männerstimme erklärte, dass nicht nur eine Sorte Medikament für eine bestimmte Art Mann zur Verfügung stehe, sondern eine ganze Serie von Medikamenten, die das Leben eines jeden Mannes verbessern könnten.

»Männer leiden unter genauso vielen emotionalen, physiologischen und psychischen Problemen wie Frauen. Neue Statistiken zeigen, dass Depressionen, Gewalttätigkeiten und Potenzstörungen bei Männern stark zunehmen. Das Ergebnis ist eine Krise in unserer Gesellschaft. Bis vor kurzem hatte sich keine Pharmagesellschaft dieses Problems angenommen. Doch nun hat die Neumann-Stiftung nichts Geringeres als ein Wunderprodukt entwickelt. Mannigfalt ist ein

herausrragendes Medikament, das den amerikanischen Männern die Möglichkeit bietet, ihre Glücksvorstellungen und Begabungen zu verwirklichen.«
In diesem Moment, als der Kommentar in seinen Versprechungen mit jeder Sekunde verheißungsvoller klang, schaltete Nicola den Fernseher aus und sah ihre Freundinnen erwartungsvoll an.
»Na, was meint ihr?«
»Ich weiß nicht so recht«, erwiderte Caroline. »Das klingt ein bisschen wie ein Mittel gegen männliche Menstruationsbeschwerden.«
»Nein, es steckt viel mehr dahinter. Es geht nicht nur um Testosteron, es ist viel komplexer, obwohl anfangs natürlich viel Energie in das Problem von hormonbedingter Aggression bei jungen Männern gesteckt wurde – was dann, wie ihr gesehen habt, in den Gefängnissen ausprobiert wurde. Aber unsere Medikamente sind nicht nur ein Hormonersatz oder eine Therapie zur Hormonsteuerung, sondern helfen dabei, dass Männer auch alle anderen Verhaltensstörungen überwinden. Die männliche Psyche war ein weitgehend unerforschtes Gebiet. Die Forschung hat sich immer damit beschäftigt, Frauen stabiler und berechenbarer zu machen, nicht aber, männliches Verhalten auf chemischem Wege günstig zu beeinflussen. Ich hatte mehrere Gründe, euch das Videoband zu zeigen. Zunächst wollte ich, dass ihr, meine allerbesten Freundinnen auf der Welt, über Carl Bescheid wisst, und dann wollte ich, dass ihr erkennt, wie ungeheuer bedeutungsvoll die Arbeit ist, die ich geleistet habe. Sie ist einfach revolutionär.« Nicola lächelte.
»Aber Darling, wie kannst du sicher sein, dass dein Carl … na ja, dass er ganz und gar verwandelt ist?«, fragte Georgia vorsichtig.

»Mein Gott, wenn ihr Carl gesehen hättet, als ich ihn kennen lernte, würdet ihr das nicht fragen. Der Text, den wir seinen Bildern auf dem Video unterlegt haben, ist ja noch harmlos gegenüber einigen anderen Sitzungen, die wir mit ihm erlebten. Er war ein Tier. Seltsamerweise jedoch wusste ich immer, dass mehr in ihm steckte. Ich muss sicher nicht extra betonen, dass mein ursprüngliches Interesse an ihm rein wissenschaftlicher Natur war. Wie er selbst sagte, war er die größte Herausforderung. Und zu sehen, wie nach der Behandlung mit Mannigfalt der wahre Mensch zum Vorschein kam, war die überwältigendste Erfahrung meines ganzen Lebens. Ich kam mir vor wie ein weiblicher Professor Higgins, der ein männliches Pendant zur Eliza aus ›My Fair Lady‹ erschafft. Ich machte diesen Mann, der kaum Schulbildung besaß, der als Kind schwer misshandelt worden war und als Jugendlicher dann andere misshandelte, zum Mann meiner Träume.«

»Zu deinem perfekten Ehemann …«, murmelte Juliet nachdenklich.

»Ja, wir werden tatsächlich heiraten, sobald das Produkt auf dem Markt ist. Irgendwann kurz vor Weihnachten. Carl hat meinen Ring selbst entworfen und angefertigt. Wie er sagte: mit wahrer Liebesmüh.« Nicola streckte ihre Hand aus und stellte einen schmalen und außergewöhnlich gearbeiteten Verlobungsring zur Schau.

»Aber woher weißt du, dass er nicht wieder rückfällig wird? Ruft das Medikament denn bleibende Veränderungen hervor?«, wollte Caroline wissen.

»Nein, Carl wird seine Kapseln vermutlich eine Weile lang einnehmen müssen. Aber wir reduzieren die Dosis ganz allmählich, ohne bisher Anzeichen eines Rückfalls zu entdecken.«

»Das ist einfach unglaublich, Nicola. Ich meine, wenn man die Aggression der Männer ohne jegliche Nebenwirkungen beseitigen kann, dann gäbe es auf lange Sicht gesehen vielleicht auch keine Kriege mehr.«

»Das ist möglich, aber unwahrscheinlich. Es wäre natürlich eine schöne Vorstellung, etwas Mannigfalt 1 in die Wasserversorgung des Balkans oder Mittleren Ostens zu schmuggeln, aber ich bezweifle, dass es je geschehen wird. In Amerika zieht man allerdings ernsthaft in Erwägung, auf diesem Weg die Kriminalität der Jugendlichen in den Großstädten einzudämmen. Wir hoffen, dass es fester Bestandteil des Rehabilitationsprogramms innerhalb des amerikanischen Strafsystems wird. Und nein, es gibt wirklich keine Nebenwirkungen. Männer, die Mannigfalt nehmen, bekommen nicht etwa einen Busen ... Allerdings könnte es sein, dass es Kahlköpfigkeit verhindert, was sicher ein großer Anreiz für ältere Männer wäre. Die einzigen weiteren Nebenwirkungen sind neu erwachtes Interesse am Leben, Wohlgefühl und Zufriedenheit«, sagte Nicola mit einem warmen Lächeln.

»Aber ist es nicht so was wie das Sterilisieren eines Katers? Das chemische Äquivalent zum Sack-ab-Verfahren?«, meinte Amanda.

»O nein, denn es beeinflusst die Sexualität in keiner Weise, es sei denn positiv. Mannigfalt 3 wurde speziell für Männer entwickelt, die unter Unfruchtbarkeit oder Impotenz leiden.«

»Darling, du wirst Millionen an dieser Sache verdienen. Ich glaube nicht, dass ich auch nur einen Mann kenne – einschließlich unserer eigenen –, der nicht einen kleinen hormonellen Arschtritt vertragen könnte«, kicherte Georgia.

»Tja, ich glaube, ich kann jetzt ganz ehrlich zu euch sein«, sagte Nicola. »Denn das ist der dritte Grund, warum ich euch das Video gezeigt habe. Ich will, dass ihr das bekommt, was ich habe. Das Geld, das ich damit verdienen werde, ist schön und gut, aber die ganze Sache war vielmehr eine Mission als eine Maßnahme, um ein Vermögen zu verdienen. Ich kann euch gar nicht sagen, wie schrecklich es für mich war, euch alle in solch schwierigen Beziehungen gefangen zu sehen. Ihr seid wunderbare und außergewöhnliche Frauen, aber nicht eine von euch ist wirklich glücklich. Nicht eine von euch hat den Mann, den sie verdient. Nicht eine von euch hat den perfekten Ehemann.«

»Oh, Richard könnte noch weitaus schlimmer sein«, entgegnete Georgia schnell. »Ich meine, er ist zwar nicht treu, aber er liebt mich und die Kinder, ja, das glaube ich wirklich. Und er hat für uns gesorgt.«

»Wir spielen heute Abend das Wahrheitsspiel«, sagte Nicola. »Und so sehr du es auch leugnen magst, Georgia-Darling, dein Richard ist kein netter Mann. Im Moment benimmt er sich einigermaßen, weil die Wahlen bevorstehen. Aber im Grunde ist er ein unsensibler, fantasieloser, emotional verkrüppelter und selbstsüchtiger Mensch.«

»Nicola, das ertrage ich einfach nicht. Ich finde, du drehst jetzt ein bisschen durch. Carl ist bestimmt ganz wunderbar, und was du für ihn getan hast, ist toll, aber Richard ist doch um Himmels willen kein Mörder! Er ist nicht einmal aggressiv, und dennoch scheinst du sagen zu wollen, dass er ein großes Quantum dieses lächerlichen Medikaments nötig hat, das du da entwickelt hast. Ehrlich gesagt reicht es mir für heute.« Georgia stand abrupt auf und sah sich nach ihrer Handtasche um.

»Setz dich hin, Georgia. Ich will keineswegs behaupten, Richard wäre ein potenzieller Krimineller, der die Art von

Behandlung braucht, die Carl durchgemacht hat. Ich sage einfach nur, wenn er eine Woche lang Mannigfalt 2 nehmen würde, dass er sich dann wieder in den Mann verwandeln würde, den du geheiratet hast. Ich biete dir eine Zukunft an, von der ich dachte, dass du sie dir wünschst«, sagte Nicola und überreichte Georgia das eingewickelte Geschenkpäckchen, das hinter ihrem Teller gelegen hatte.

»Richard ist wirklich nicht so schlimm«, sagte Georgia, während ihr die Tränen über das Gesicht liefen.

»Da wir hier das Wahrheitsspiel spielen«, unterbrach Juliet plötzlich, »finde ich, dass du wissen solltest, dass Richard ein noch größerer Schweinehund ist als alle hier denken. Er hat sogar mit mir gevögelt, als du wegen Toms Geburt im Krankenhaus lagst.«

Georgia setzte sich wieder hin und stützte den Kopf in die Hände. Der Abend hatte auf einmal eine schreckliche Wendung genommen.

»Ich will das nicht hören, Juliet«, schrie sie.

»Und warum, glaubst du, hat Richard mir so sehr mit meiner Firma geholfen? Das war ganz bestimmt kein Akt der Nächstenliebe oder etwas, um mein Stillschweigen über unsere Affäre zu gewährleisten. Er hat mir geholfen, damit ich ihm helfe, heimlich Sachen für ihn organisiere. In aller Stille eine hübsche kleine Wohnung für die neueste Assistentin bereitstelle. Ihn hin und wieder mit Mädchen bekannt mache. Richard ist korrupt, gemein, hinterlistig und grausam. Und eigentlich ist Harry ganz genauso.«

Es herrschte eine kurze peinliche Stille, ehe Juliet fortfuhr: »In gewisser Weise mache ich Richard dafür verantwortlich, was mit mir geschehen ist. Er hat mich nicht nur gevögelt, er hat mich irgendwie total verkorkst. Ich habe ihn nicht geliebt oder so was, aber ich war wie besessen von ihm, als ich noch deine dürre, unscheinbare kleine Schwester war und du die Debütantin des Jahres. Es kam mir so vor, als ob du alles hättest und ich nichts. Und mit der Zeit merkte Richard, wie ich mich fühlte. Er wartete den richtigen Augenblick ab, flirtete hin und wieder mit mir, um mein Interesse wach zu halten, und hielt jahrelang still, bis der richtige Moment kam. Kurz nachdem meine Ehe gescheitert und ich am verletzlichsten war. Ich weiß, ich hätte es nicht tun dürfen, ich weiß, es war falsch, aber er nutzte meine Unsicherheit aus, und eh ich mich's versah, lag ich mit ihm im Bett. Die Sache dauerte nicht lange, aber sie veränderte mich. Machte mich hart und trieb einen Keil zwischen mich und dich, Georgia. Es tut mir furchtbar Leid, aber du musst es wissen, du musst erkennen, was er wirklich ist.«

Georgia schluchzte leise, den Kopf immer noch in die Hände gestützt.

»Natürlich bin ich bestraft worden«, fuhr Juliet fort, »denn jetzt habe ich meinen eigenen Richard. Einen Mann, der mich benutzt, mit Verachtung straft und mit anderen Frauen loszieht. Und die Sache ist die, Georgia, dass ich Harry liebe und alles tun würde, damit er mich liebt. Immer wieder denke ich an den Abend mit Carl, wie er uns zugehört und mit uns geredet hat und dennoch aufmerksam und hingebungsvoll gegenüber Nicola war.« Sie blickte neugierig auf das eingewickelte Päckchen neben ihrem eigenen Teller.

»Sorg dafür, dass er eine Kapsel pro Woche nimmt«, sagte Nicola, während sie Juliet das Päckchen überreichte. »Als wir mit den Versuchen anfingen, hatten wir solche Schablonen wie bei der Pille, wo ein Pfeil von Wochentag zu Wochentag führt und die freiwilligen Testpersonen sofort sahen, wenn sie eine Einnahme vergessen hatten. Aber das war ihnen dann doch zu kompliziert, also vereinfachten wir die Dinge und entwickelten Mannigfalt mit Wochendosis-Kapseln. Da Harry nicht auf Begnadigung aus ist, wird er das Zeug vermutlich nicht freiwillig nehmen. Ich weiß, das klingt unmoralisch, aber vielleicht ist es doch besser, wenn er davon gar nichts merkt. Wenn die positiven Auswirkungen sich einfach einstellen und ihn zu dem Mann machen, den du willst.«

»Bin ich jetzt dran?«, wollte Amanda wissen.

»Wenn du willst«, meinte Nicola, »oder vielleicht Caroline?«

Caroline hatte während Juliets Enthüllungen still dagesessen und nur ab und zu an dem Päckchen herumgefummelt, das Nicola hinter ihren Teller gelegt hatte.

»Nick und ich haben ganz andere Probleme. Er betrügt mich nicht, er schlägt mich nicht, er ignoriert mich einfach. Ich glaube nicht, dass irgendein Medikament der Welt ihn ändern könnte. Würde ein Medikament es schaffen, dass er seinen Roman fertig schreibt, sich wieder in seine Frau verliebt, seine Verantwortung übernimmt und die Kinder liebt, die wir erwarten?«, fragte sie verzweifelt.

Nicola ging zu ihr hinüber und nahm sie in die Arme.

»Ich kann dir das alles natürlich nicht versprechen, aber Nick ist ein klassischer Fall für Mannigfalt 4. Und was hast du schon zu verlieren, Caroline? Du bist eigentlich diejenige, die am meisten gewinnen kann. Du kannst Nick den Laufpass geben – oder noch eine Chance.«

»Aber es ist so ... hinterhältig. Ich meine, stell dir vor, die Situation wäre umgekehrt und Nick würde mich heimlich mit einem Medikament füttern, das mich in eine hingebungsvolle, aufopfernde Ehefrau verwandelt ...«

»Dazu brauchst du kein Medikament. Du bist zehn Jahre lang ganz freiwillig die hingebungsvolle, aufopfernde Ehefrau gewesen. Aber ich will euch hier um Himmels willen zu nichts überreden. Ich zeige euch nur, dass es möglich ist, eure Männer zu verändern. Das ist alles, was ich tun kann. Es ist absolut sicher, es gibt keine Nebenwirkungen. Entscheidet selbst. Denkt darüber nach, wie euer Leben ist und wie es sich ändern könnte. Denk an deine Babys«, fügte Nicola zu Caroline gewandt hinzu und legte zärtlich eine Hand auf deren dicken Bauch.

»Ich muss dabei ständig an meinen kastrierten Kater denken«, warf Amanda ein. »Ich weiß noch, als ich ein kleines Mädchen war, erklärte mir meine Mutter, dass mein Kater eine kleine Operation haben müsse, die ihn ›glücklicher‹ mache. Und in gewisser Weise war es auch so. Er wurde fett und gefügig, fing nie mehr einen Vogel oder geriet in einen Kampf, schnurrte viel und saß auf meinem Schoß. Aber er war nie mehr so wie vorher, nie mehr so wagemutig, lustig und eigensinnig, wie er vor diesem ›Eingriff‹ gewesen war.«

»Glaubst du wirklich, die Gesundheitsbehörde würde ein Medikament zulassen, das Männer in aufgedunsene, willenlose Eunuchen verwandelt? Das Besondere an Mannigfalt ist ja, dass es alles in die richtige Balance bringt. Es entmannt die Männer nicht, es verbessert sie. Weckt ihre verborgenen Qualitäten. Befähigt sie, ein erfülltes Leben zu führen. Wie läuft es jetzt eigentlich mit dir und Steve?«, hakte Nicola dann plötzlich nach, worauf Amanda unter ihrem dicken Make-up sichtbar errötete.

»Es läuft verdammt noch mal absolut beschissen, danke der Nachfrage, Nicola. Er ist eifersüchtig, herrschsüchtig, gereizt, wirklichkeitsfremd, depressiv und unfähig, mit mir zu schlafen. Stattdessen, wie du an meinem Gesicht sehen kannst – und an meinem Körper, wenn ich ein Kleid angezogen hätte –, lässt er seinen Hass an mir aus. Aber das ist mein Problem, nicht deins. Und ich muss sagen, dass ich es ganz schön überheblich von dir finde, wie du hier mit deinem perfekten Leben angibst und uns deine lächerliche Lösung unserer Probleme aufdrängst. Wie kannst du es nur wagen, Nicola?«

»Ich wollte nur etwas sehr Wichtiges und sehr Schönes mit euch teilen. Ich wollte nicht überheblich wirken. Ich liebe euch. Ich will doch nur, dass ihr glücklich seid.«

»Was weißt du schon über Männer? Vor Carl hattest du nie eine richtige Beziehung«, sagte Amanda. »Du kannst vielleicht ihre genetischen Codes entschlüsseln, ihre Chromosomen oder was weiß ich, aber verstehst du, was in ihnen vorgeht, wie sie wirklich sind? Ist es nicht vielleicht doch gefährlich, einfach so in die natürliche Ordnung der Dinge einzugreifen? Ist es nicht sogar furchterregend? So wie die medizinischen Versuche, die die Nazis in ihren Konzentrationslagern gemacht haben? Lasst uns die Beschaffenheit des Mannes verändern! Lasst uns ihn chemisch neu konstruieren! Machen wir ihn benutzerfreundlicher, gefügiger, so wie meinen armen, dummen Kater damals. Wie kannst du nach nur drei Jahren so sicher sein, dass es nicht irgendwelche katastrophalen Nebenwirkungen geben wird? Himmel, Nicola, diese Neumann-Stiftung mit allem Drum und Dran hört sich für mich an wie feministischer Faschismus.«

Juliet war es zu verdanken, dass es nicht zum Krach kam. Sie öffnete eine weitere Flasche Champagner und trank auf Mannigfalt und Nicola. Dann legte sie fröhlich jeder Freundin das eingepackte Geschenk in die Handtasche und meinte, dass sie es ja am nächsten Morgen wegwerfen könnten, wenn sie wollten.

Um ein Uhr nachts verließen sie das Hotel in einer kleinen Armada von Taxis, die Nicola bestellt hatte. Georgia wollte immer noch nicht mit Juliet reden, Amanda war immer noch wütend und Caroline vollkommen erschöpft. Als Nicola allein war, gestand sie sich ein, dass sie einen Fehler begangen hatte. Sie war tatsächlich arrogant und überheblich gewesen. Aber in der Schule – und auch sonst in ihrem Leben – hatten sie alle doch auch immer alles geteilt. Was war so falsch daran, dass sie nun auch Mannigfalt mit ihnen teilen wollte?

8.

Es dauerte eine ganze Woche, bis Caroline genug Mut aufbrachte, Nick die erste Kapsel von Mannigfalt unterzujubeln. Die ganze Sache ging ihr gegen den Strich, aber Nick hatte es nicht besser verdient. Also betrachtete sie es nun als eine Art der Rache.

In den Wochen seit dem Eingeständnis ihrer Schwangerschaft hatte sie sich gefühlsmäßig meilenweit von ihm entfernt. Seine Reaktion, so vorhersehbar sie auch gewesen war, hatte Abscheu in ihr geweckt. Sie merkte, dass sie innerlich immer mehr Seiten seines Charakters kritisierte, die sie früher bewundert hatte.

Dass er sich so hingebungsvoll seiner »Kunst« widmete, erschien ihr jetzt als Selbsttäuschung, und dass er sie so ausschließlich liebte, als purer Egoismus. Seine Launen sah sie nicht mehr als Beweis seines künstlerischen Temperaments, sondern als Sturheit, Eifersucht und – wenn sie so recht darüber nachdachte – tiefen Groll gegenüber ihrem Erfolg. Sie konnte nicht einmal mehr nachvollziehen, was sie früher körperlich an ihm gereizt hatte. Sein Gesichtsausdruck war ständig finster, seine Haarfarbe schien verblichen zu sein, und er verbreitete einen stechenden und unangenehmen Geruch. Als würde er sich nicht einmal mehr waschen oder die Kleidung wechseln.

Wären da nicht die zwei mittlerweile heftig strampelnden Babys in ihrem Bauch, hätte sie ihn sicher sofort verlassen.

Nicolas Geschenk mit den ausführlichen Anwendungshinweisen kam im Grunde sehr gelegen.

Am Samstagabend kochte sie ihm Chili con Carne, was er besonders gern mochte. Nicola hatte versichert, dass der Inhalt der Kapseln vollkommen geschmacklos war, aber Caroline wollte kein Risiko eingehen. Einen kurzen Augenblick, bevor sie die grellgelbe Kapsel öffnete, regte sich ihr Gewissen und sie war drauf und dran, ihren Plan aufzugeben. Aber als Nick dann vom Sofa aus grunzend nach einem Bier verlangte, schüttete sie kurzentschlossen das Pulver aus der Kapsel auf seinen Teller, vermischte es mit dem Essen und trug alles auf einem Tablett ins Wohnzimmer.

Caroline war fast erleichtert, als er sich nicht bei ihr bedankte. Sie war nicht sicher, wie sie sich gefühlt hätte, wenn er aufgesehen, ihr direkt in die Augen geblickt und gesagt hätte: »Genau, was ich mir heute gewünscht habe.« Weil er nämlich heute das aß, was sie wünschte. Trotz der Hitze futterte er alles auf und rieb den Teller zum Schluss noch mit einem Stück Brot sauber.

In der Nacht hatte sie einen schrecklichen Traum, in dem Nick sich in einen Mummelgreis verwandelte, der die Babys zwar abgöttisch liebte, irgendwie aber vollkommen grotesk war. Sie wachte schweißgebadet auf und dachte schuldbewusst, dass ihm vielleicht schlecht geworden war. Aber als sie ins Wohnzimmer schlich, sah sie ihn wie immer zusammengerollt auf dem Sofa schlafen. Jetzt gab es kein Zurück mehr.

Juliet empfand überhaupt keine Gewissensbisse. Nicola hatte ihr die Möglichkeit geboten, etwas zu erreichen, das ihr noch wichtiger war als Erfolg, wichtiger als das schwarzweiße Ralph Lauren-Kostüm, wichtiger als zwei Zentimeter weniger Oberschenkelumfang. Wichtiger sogar, als die Liebe ihrer Schwester Georgia wiederzuerlangen. Nicola hatte ihr die Möglichkeit gegeben, den größten Traum zu verwirklichen: Kontrolle über Harry!

Das einzige Problem bestand darin, ihn in ihr Haus oder ein Restaurant zu locken und dafür zu sorgen, dass er den Kapselinhalt schluckte. Im Moment war sie sehr streng mit sich und wartete geduldig darauf, dass er sich meldete, ohne ihre übliche Flut von Nachrichten in seinem Büro, auf seinem Anrufbeantworter oder beim Mobilfunkdienst zu hinterlassen. Es fiel ihr nicht leicht, diesen Drang zu bekämpfen, wissen zu wollen, wo er war und wann sie ihn sehen könnte, aber es gelang ihr, weil sie immer daran dachte, wie es nach der Einnahme von Mannigfalt sein würde.

Sie war auf alle Eventualitäten vorbereitet. Der Kühlschrank war randvoll mit Harrys Lieblingssnacks gefüllt, sodass sie ihren Plan verwirklichen konnte, falls er eines Abends unerwartet auftauchte. Und einmal, als Probelauf sozusagen, hatte sie einem potenziellen neuen Kunden beim Geschäftsessen unbemerkt den Inhalt einer Kapsel unters Essen gemischt.

Sie hatte sich eingeredet, dass es dem Mann – einem griesgrämigen und besonders ekelhaften Millionär – nicht schaden, sondern im Gegenteil eher gut tun könnte. Und witzigerweise rief er sie auch zwei Tage später an und übertrug ihr die Buchführung für die weltweiten Mieterträge seiner gesamten Firma. Das war natürlich Zufall, aber trotzdem amüsant.

Am Freitagabend meldete Harry sich endlich. Er sei gleich im Studio fertig und ob sie ihn wohl in einer halben Stunde auf einen schnellen Happen am Kensington Place treffen könne? Sie zitterte ein wenig, als sie den Hörer auflegte, aber nicht vor Nervosität, sondern vor Aufregung. Zehn Minuten später war sie fertig zurechtgemacht, in eine neue hautenge Jeans gestiegen und schon auf dem Weg.

Sie trafen fast gleichzeitig ein, und Harry musterte sie ausnahmsweise einmal anerkennend und küsste sie sogar. Es lief alles nach Plan und war sogar noch einfacher als mit dem Millionär, weil Harry auf die Toilette ging, kurz bevor das Essen kam. Juliet streute mit einer beiläufigen Handbewegung den Inhalt der Kapsel auf seine Nudeln und noch etwas Pfeffer und Parmesankäse darüber.

Der einzige Haken an der Sache war, dass Harry nicht viel Hunger hatte und mindestens die Hälfte seines Essens übrig ließ. Natürlich merkte er sofort, dass sie darüber etwas irritiert war.

»Juliet, ich bin müde, übermüdet sogar, und wenn du jetzt wieder eine deiner Szenen anfängst, gehe ich lieber, und zwar allein.«

Doch sie legte ihm unter dem Tisch rasch die Hand in den Schoß. Es war nicht die Art von Geste, zu der Juliet sich normalerweise in der Öffentlichkeit hinreißen ließ, aber verzweifelte Zeiten bedurften verzweifelter Maßnahmen, und ein zärtlicher Druck ihrer Hand schien zu wirken. Harry lächelte wieder.

Zu Hause schüttete sie ihm den Inhalt einer weiteren Kapsel in den Kaffee, den er bis zum letzten Tropfen austrank. Nun ja, in der Gebrauchsanweisung stand zwar nichts von einem Überschreiten der empfohlenen Dosis, aber da Juliet so ungeduldig auf Harrys Verwandlung wartete, hielt sie diese kleine Überdosis für gerechtfertigt.

Als Georgia endlich ihre Tränen getrocknet und ihre Abwehrhaltung überwunden hatte, machte sie keinerlei Um-

schweife mehr. Sie erklärte Richard, dass er so kurz vor der Wahl unbedingt einen Vitaminschub brauche, und da sie uneingeschränkt über alles in der Küche und im Medizinschränkchens bestimmen durfte, widersprach er nicht. Er machte zwar ein bisschen Theater, als er die große gelbe Kapsel schlucken sollte, aber das machte er ja immer.
»Du wirst in null Komma nichts ein neuer Mensch werden«, verkündete Georgia ohne jegliche Spur von Ironie, als ihr Mann zur nächsten volksnahen Klingeltour aufbrach.
An diesem Tag war sie sehr zufrieden mit sich. Sie hatte es geschafft, sich wieder in ein Paar bereits ausrangierter Jeans aus ihrer Debütantinnenzeit zu zwängen. Während sie anerkennend über ihren festen Po und die erschlankten Oberschenkel strich, fiel ihr ein, dass sie genau diese Jeans getragen hatte, als sie Seiner Königlichen Hoheit vor all den Jahren zum ersten Mal aufgefallen war.
Georgia bezweifelte, dass Mannigfalt irgendeine positive Veränderung in Richards Verhalten hervorrufen würde. Und sie war sich absolut sicher, dass sie, würde er sich in einen perfekten Ehemann verwandeln, ihn verlassen müsste. Aber sie war so wütend und verletzt über seinen Seitensprung mit ihrer eigenen Schwester, dass der Gedanke an seine Verwandlung in einen liebenswerten und gefügigen Ehemann einen gewissen Reiz ausübte. Es wäre wie ein kompletter Rollentausch. Und sie würde es weiß Gott genießen, ihn dann abzuweisen und zu demütigen!

Amanda hatte tatsächlich vorgehabt, ihr eingewickeltes Päckchen Mannigfalt unverzüglich in den Abfalleimer zu werfen. Doch als sie nach jenem außergewöhnlichen Abend bei Nicola nach Hause kam, hatte sie eine solche Szene mit

Nick, dass sie ihr Vorhaben vergaß und das Päckchen in ihrer Handtasche liegen ließ.

Steves Verhalten wurde mit jedem Tag unerträglicher. Sein Besitzdenken grenzte schon fast an Paranoia und beeinträchtigte mittlerweile Amandas Arbeit. Während er früher die Bewunderung genoss, die andere Männer seiner Frau zollten, fühlte er sich jetzt bedroht bei der Vorstellung, dass Amanda – in ihrer üblichen Kleidung mit kurzem Rock und hohen Absätzen – in ihrem Büro von anderen Männern begafft werden könnte. Er bestand darauf, sie jeden Tag zur Arbeit zu bringen und wieder abzuholen. Als er sie einmal mit einem männlichen Kollegen aus der Drehtür des Bürogebäudes kommen sah, ging er mit Fäusten auf den Mann los.

Offensichtlich durchlebte er eine schwere Krise. Amanda vermutete, dass er damit gerechnet hatte, nach seiner Entlassung mit Johnny Brittens Hilfe wenigstens einen Teil des fehlenden Geldes wieder aufzutreiben. Da aber sein wichtigster Finanzberater selbst in einen Betrugsprozess verwickelt war und Steve keine Möglichkeit sah, wie er nun selbst Geld verdienen könnte, war er von Amanda abhängig. Und das konnte er einfach nicht ertragen.

Jeden Abend ging er aus, betrank sich und machte nach seiner Rückkehr sexuelle Annäherungsversuche, um sich mit Amanda zu versöhnen, was jedoch unweigerlich in Gewalttätigkeiten endete.

Am vierten Morgen nach der wundersamen Offenbarung über Carl und das Mannigfalt-Projekt beschloss Amanda, dass auch sie im Grunde nichts zu verlieren und viel zu gewinnen hätte. Steve kam zu ihr in die Küche, während sie gerade Tee kochte, nahm sie in die Arme und sagte, wie Leid es ihm tue. Sie lächelte ihn an.

»Du meine Güte, hab ich Kopfschmerzen«, stöhnte er verschämt.
»Hier«, sagte Amanda und reichte ihm eine gelbe Kapsel und ein Glas Wasser, »nimm das. Ist ein neues Medikament gegen Kopfschmerzen. Nicola meint, es heilt einfach alles.«
Er schluckte die Kapsel, küsste Amanda liebevoll und bedankte sich. Was zum Teufel soll's, dachte sie, Mannigfalt wird ihn schon nicht umbringen. Nahm er's aber nicht und machte so weiter wie bisher, würde sein momentaner Zustand vermutlich sie umbringen.

9.

Nick konnte nicht begreifen, wo dieser Gedanke plötzlich hergekommen war. Er saß wie immer nachmittags an den Recherchen für sein Buch und sah eine Folge von *Coronation Street,* als ihm plötzlich aufging, dass mit der Handlung etwas nicht stimmte. Mavis verhielt sich absolut uncharakteristisch, und es war einfach undenkbar, dass Jack und Vera sich ein so neckisches Streitgefecht lieferten, wie hier gezeigt wurde. Wer zum Teufel hatte für diese Woche das Drehbuch geschrieben? Das hätte er selbst ja besser gekonnt!

Dann war es, als ob in seinem Gehirn ein Schalter umgelegt würde, und er erinnerte sich an einen Freund, der für *Granada Television* arbeitete. Es bedurfte nur eines Telefonanrufs! Endlich konnte er die jahrelange Arbeit an Dialogen im Manchester-Dialekt – die er für noch ungeschriebene Passagen seines großen Meisterwerks geleistet hatte – in etwas Sinnvolles umsetzen. Nick war Rita. Er saß quasi selbst im Laden, verkaufte Zeitschriften und plauderte mit Mavis, als Deirdre vorbeikam, um sich die neueste Ausgabe von *Best* zu holen und über Desmonds neue Freundin zu tratschen. Nick war außer sich vor Freude. Seine Schreibblockade, die ihn seit drei Wochen gelähmt hatte, war aufgehoben, und er konnte die Tasten gar nicht schnell genug drücken. Er stand hinter der Bar des *Rover,* wo Raquel Percy ein Glas Bier einschenkte, während Alma hereinplatzte und schrie, das Café würde brennen. Es war ein wenig zu dramatisch für *Coronation Street*, aber Nick spürte, dass er einen nachhaltigen Eindruck hinterlassen musste, wenn der Produzent auf ihn aufmerksam werden sollte. Teufel noch mal, dachte er, während er das Drehbuch in einen Umschlag steckte und sich am helllichten Tag nach draußen wagte, um ihn einzuwerfen (etwas, das er seit Monaten schon nicht mehr getan hatte), hier hab ich echt mal was geleistet. Den ganzen Heimweg über pfiff er die wunderbare Titelmelodie.

Natürlich war es keine ernsthafte Arbeit. Es war nicht »Der Roman«. Aber vielleicht brachte es ein bisschen Geld ein und nahm ihm dadurch diesen leisen Anflug von Schuldgefühl, den er seit letzter Woche immer empfand, wenn ihm Carolines zunehmender Körperumfang auffiel. Natürlich sagte er ihr nichts davon, obwohl er in der letzten Woche einige Male kurz davor gewesen war, mit ihr zu sprechen. Heute Morgen hatte er sogar den Kopf gehoben und auf Wiedersehen gegrunzt, als sie um Viertel nach acht aus dem Haus geschlichen war.

Vielleicht brüte ich irgendwas aus, dachte er und ging in die Küche, um ein kühles, allheilendes Bier zu holen.

Dann geschah wieder etwas Merkwürdiges. Nick beschloss, sein Bier aus einem Glas zu trinken. Was ungefähr so uncharakteristisch für ihn war wie für Jack und Vera Duckworth, öffentlich im *Rover* herumzuschmusen. Nick trank immer direkt aus der Flasche oder Dose, je nachdem, was Caroline in den Kühlschrank gestellt hatte. Niemals aber aus einem Glas. Und dann geschah das Allermerkwürdigste. Während er nach einem Glas suchte, bemerkte er den Stapel dreckigen Geschirrs in der Spüle, und ehe er sich's versah, hatte er schon heißes Wasser eingelassen, etwas

Spüli hineingespritzt, die Bürste ergriffen und mit dem Abwasch begonnen.

Er trocknete das Geschirr sogar ab und räumte es sorgsam in Schränke und Schubladen. Schließlich polierte er ein hohes Glas, goss vorsichtig das Bier ein und trank es, mit einem großartigen Gefühl des Wohlbefindens, in kleinen Schlucken aus.

All dies geschah im Nu, so überlegte er später. Fast so, als wäre er schlafgewandelt und hätte seinen Körper und Geist nicht ganz unter Kontrolle gehabt. Als um halb sechs die Serie *Neighbours* begann, war er bereits wieder in seinen üblichen Zustand der dämmrigen Depression zurückgesunken. Und als Caroline nach Hause kam, hatte er das Ganze schon wieder vergessen und trank sein Bier aus der Dose. Er brachte nicht einmal sein Begrüßungsgrunzen zustande. Stattdessen rülpste er laut und vernehmlich.

Da war etwas im hintersten Winkel seines Kopfes, an das Harry sich erinnern wollte. Irgendetwas oder irgendjemand, er wusste es nicht mehr. Fast den ganzen Tag über – selbst während er die Fotos von diesem umwerfenden neuen Haferflocken-Model geschossen hatte – war er diesen Gedanken nicht losgeworden. Als sie fertig gewesen waren und sie ihm lachend vorgeschlagen hatte, er könne sie ja jetzt auswickeln und aufessen, hatte er sie angesehen, als käme sie von einem fremden Planeten, und sie schnell mit unverbindlichem Lächeln aus der Tür geschoben. Ganz und gar untypisch für ihn.

Vielleicht hatte jemand Geburtstag, dachte er, oder es war der Jahrestag irgendeines wichtigen Ereignisses. Fast war ihm, als würde er von einem Geist verfolgt. Einem Foto, in Sepiadruck oder Schwarzweiß, von einer Frau. Aber er war nicht sicher, wer sie sein könnte. Seine Mutter? Seine Großmutter? Seine Schwester? Schließlich entschied er, dass es Juliet sein müsse. Denn es war auch nicht das Haferflocken-Model oder das Model von letzter Woche. Oder seine Assistentin. Oder eine der vielen anderen Frauen, die bisher durch sein Leben spaziert waren.

Harry rief Juliet an und schlug vor, dass sie sich am Abend treffen könnten. Er fühlte sich in seltsam romantischer Stimmung. Ganz und gar nicht wie er selbst. Und auf dem Weg zu ihrem Haus kaufte er einen riesigen Strauß blassrosa Rosen und roséfarbenen Champagner. Sie öffnete ihm die Tür in Jeans, einem bedruckten T-Shirt und mit viel Make-up im Gesicht. Vielleicht dachte sie, dass ihm das gefiel. Er nahm sie liebevoll in die Arme, wischte ihr den Lippenstift vom Mund, verwuschelte ihr Haar und bat sie mit einem, wie sie schwören könnte, französischen Akzent, mit ihm nach oben zu gehen. Er hob sie auf die Arme, trug sie in ihr Schlafzimmer und legte sie behutsam aufs Bett. Dann durchsuchte er – da ihm wieder dieses unbestimmte Bild durch den Kopf geisterte – ihren Kleiderschrank, bis er fand, was er wollte. Ein langes, geblümtes, weichfließendes Kleid, das vorne durchgeknöpft war.

Mit sanften Händen entkleidete er sie und zog ihr dann behutsam das Kleid über. Das i-Tüpfelchen seiner Fantasie waren schließlich die Rosen. Er verteilte die Blütenblätter auf dem Bett, stopfte sie ihr vorne ins Kleid und drückte sie gegen ihren Körper. Dann, ganz langsam und ganz vorsichtig, schlief er mit ihr, während der süße Duft der Rosen ihrer beider Sinne betörte.

»Oh, Harry!«, flüsterte Juliet.

»Oh, oh, oh ...!«, stöhnte Harry.

Und da, mitten in seiner Ekstase, erkannte Harry, dass es

nicht Juliets Name war, den er herausschreien wollte. In genau diesem Moment fiel ihm ein, welche Frau es war, die ihn den ganzen Tag über verfolgt hatte: Annabel. Lächerlich, dachte er, ich muss verrückt sein. Annabel war seine Ehefrau. Die Mutter seiner kaum gesehenen (und ziemlich unscheinbaren) Tochter. Eine Frau, an die er in den letzten zwölf Jahren kaum gedacht, geschweige denn sie begehrt hatte. Annabel musste mittlerweile über vierzig sein. Längst über das Alter hinaus, das für Harry interessant war. Und obwohl sie nie geschieden worden waren (Harrys Meisterleistung), konnte er sich beim besten Willen nicht vorstellen, warum er ausgerechnet hier neben der schlafenden Juliet an Annabel dachte. Annabel in einem langen, geblümten Kleid. Annabel, die an ihm vorbeiging und dabei – wie immer – nach frisch zerpflückten Rosen duftete.

Eine Woche, heißt es, ist in der Politik eine lange Zeit. Letzte Woche um diese Zeit war Richard noch Teil der britischen Regierung gewesen. Ein langjähriges Mitglied der Torys. Seit dem heutigen Mittwoch jedoch war er Minister für Soziales im Schattenkabinett. Und seltsamerweise fühlte er sich trotz des Verlusts von Dienstwagen, Status, Privilegien und hohem Gehalt gut dabei.
Er hatte den ganzen Tag im Parlament verbracht und sein Büro ausgeräumt. Jetzt, um sechs Uhr, beschloss er, nach Hause zu fahren. Zu Georgia. Er fühlte sich fast ein wenig übermütig. Vielleicht, so dachte er, werde ich mich erst in ein paar Tagen ganz schrecklich fühlen, weil ich meine Macht, meinen Einfluss, meinen Chauffeur und sehr wahrscheinlich auch meine energische kleine Assistentin verloren habe.
Im Moment aber war ihm das alles piepegal. Und dann, als

er zum Embankment hinüberging, um ein Taxi zu nehmen, geschah etwas Merkwürdiges. Ein verfilzter, stinkender Penner mit einem Einkaufswagen voller Holzscheite und leeren Flaschen kam zu Richard und fragte ihn mit schleppender Stimme: »Hätten Sie für 'nen alten glücklosen Mann 'nen Schilling übrig?« Richard hatte einen Großteil seiner Karriere damit verbracht, über solcherlei Strandgut des Lebens hinwegzustapfen. Er war immer der Überzeugung gewesen, dass man selbst seines Glückes Schmied sei. Dass Menschen, die auf der Straße schliefen, von der Wohlfahrt und von Armenküchen lebten, nur das bekamen, was sie verdienten. Bei der Begegnung mit sozial Unterprivilegierten hatte er die Person entweder ignoriert oder irgendwas gemurmelt wie etwa: »Scher dich zum Teufel!«
Aber dieser Mann hatte irgendetwas an sich, das Richards Aufmerksamkeit erregte. Und irgendwo tief im Innern empfand er ein Gefühl, das er nur als Mitleid identifizieren konnte. Dann merkte er, wie er seine Taschen durchwühlte, um etwas Kleingeld zu finden, und diesem stinkenden Fremden die Münzen in die dreckige Hand legte.
»Bitte sehr, guter Mann«, sagte er.
Der Penner betrachtete die vereinzelten Münzen und wirkte enttäuscht.
»Blöder Bastard«, rief er dem verstörten Richard hinterher.
Während er wiederum etwas sehr Ungewöhnliches tat, indem er zur U-Bahn ging, fiel Richard plötzlich ein, dass er dem armen Mann ja eine Zehn-Pfund-Note hätte geben können. Aber er war durch seine Bitte um einen Schilling verwirrt gewesen. »Gott sei Dank ist jetzt die Labour-Partei an der Regierung«, sagte er zu sich, als er einen Fahrschein löste und zum ersten Mal seit zwanzig Jahren wieder in die

Tiefen der U-Bahn hinunterstieg. »Die kümmern sich darum, dass solche armen Menschen irgendwo wohnen und mit etwas Würde leben können.«
Als er Paddington erreichte und in den Zug Richtung Heimat stieg, hatte er den Zwischenfall bereits wieder vergessen. Als er am Bahnhof ankam und entdeckte, dass Georgia vergessen hatte, ihn abzuholen, war er wieder sein altes, missgelauntes Selbst.

Um zwei Uhr erhob sich Steve aus seinem Fernsehsessel. Wenn er sich beeilte, konnte er die Wohnung noch aufräumen, ehe er Anoushka von der Schule abholte. Er brauchte zehn Minuten, um Amandas Staubsaugerversteck zu finden, und weitere zwanzig, um einmal durch ihre winzige Wohnung zu saugen. Erstaunlicherweise bereitete ihm das Aufräumen so viel Spaß, dass er auch noch die Badewanne und das Waschbecken schrubbte, den Küchenboden aufwischte und sogar die Fenster putzte.
Danach machte er sich auf den Weg zur Schule und kam dabei durch das Geschäftsviertel ihres Stadtteils, dessen Läden man sofort ansah, dass es sich um eine miese Gegend handelte: Vor den Fenstern und Türen hingen metallene Rollläden, und große, gefährlich aussehende Wachhunde saßen davor auf den Gehsteigen. Steve kam auf die Idee, dass er eigentlich doch mal ganz altmodisch Würstchen im Schlafrock zubereiten könnte, wie seine Mutter es immer gemacht hatte. Er kaufte eine Teigmischung, ein paar große Würste, Kartoffeln und als Nachtisch eine frische Sahnetorte. Dann ging er zum Schultor, um auf seine Tochter zu warten.
Aus irgendeinem unerklärlichen Grund fühlte Steve sich heute zur Abwechslung einmal nicht wütend. Es machte

ihm nichts aus, dass er nicht in seinem alten *Mercury* saß und seine Prinzessin von Hill House abholte. Es war ihm egal, dass er zwischen einer Gruppe schäbiger Mamas und Papas stand. Er plauderte sogar mit Debbie von nebenan, und die beiden gingen auf dem Nachhauseweg mit ihren Kindern noch auf einen Spielplatz und setzten sich auf eine Bank, während die Mädchen schaukelten und spielten.
Als Amanda nach Hause kam, hatte er das Essen fertig. Es war ihm nicht ganz so gut gelungen wie seiner Mutter, schmeckte aber trotzdem, wie er fand. Annie – die plötzlich viel mehr eine Annie war als eine Prinzessin Anoushka – deckte den Tisch und die drei setzten sich hin. Zu seiner großen Enttäuschung aß Amanda jedoch nicht besonders viel. Sie schien auch nicht besonders beeindruckt zu sein, dass er die Wohnung aufgeräumt hatte. Sie war blass, irgendwie abwesend und, wie er fand, ein wenig nervös.
»Du musst müde sein, Liebling«, sagte er. »Ich bringe Annie ins Bett und mache uns dann einen schönen Tee.«
Später, als er ins Schlafzimmer ging und Amanda an ihrem Frisiertischchen sitzen sah, stellte er sich hinter sie und bürstete sanft ihr Haar – Teil eines Rituals aus ihrem alten Leben. Amandas wunderbares Haar war für ihn das Erotischste an ihr gewesen. Er hatte es damals sehr genossen, ihr Haar um ihre nackten Schultern zu drapieren. Es war immer ein Signal gewesen, dass er mit ihr schlafen wollte. Steve spürte, wie ihre Anspannung langsam nachließ, nahm sie in die Arme und küsste sie lange und zärtlich auf den Mund.
In dieser Nacht war er aus ihm unerfindlichen Gründen (es sei denn, es lag an ihrem alten erotischen Ritual) im Stande, mit seiner Frau zu schlafen. Es dauerte zwar nicht lange – er kam fast sofort, nachdem er in sie eingedrungen war –,

aber es löste etwas in ihm, und in der intimen, liebevollen Stimmung danach begann er zu reden. Er erzählte ihr von seiner Reue, vom Erkennen seiner Dummheit und gestand ihr sogar, wie sehr er bewunderte, was sie getan hatte. Dass er mittlerweile begriffen habe, warum sie dieses Leben und einen neuen Anfang in dieser Umgebung gewählt hatte.
Tatsächlich konnte er in dieser Nacht gar nicht mehr aufhören zu reden – sehr zu Amandas Leidwesen. Um zwei Uhr, als er ihr gerade von seinem brennenden Wunsch erzählte, etwas Sinnvolles für die Gesellschaft zu tun, merkte er, dass sie eingeschlafen war.

Carl war erleichtert, dass der Tag vorbei war. Mannigfalt war offiziell mit viel Tamtam und Medienrummel in einem riesigen Baseballstadion auf den Markt gebracht worden, komplett mit Cheerleaders und einem Hundert-Mann-Orchester in glitzernden Kostümen mit dem Neumann-Logo. Carl, als eines des wichtigsten Vorführobjekte, war gebeten worden, der Presse über seine wundersame Wandlung durch das Mannigfalt-Programm zu berichten.
Riesige Bildschirme über ihm und zu seinen Seiten zeigten die Vorher-Nachher-Aufnahmen: das »Tier« aus dem Gefängnis gegenüber dem ruhigen, gebildeten, einfühlsamen neuen Carl. Das Ganze wirkte ein wenig wie eines dieser großartigen Wiedergeburtsseminare irgendeiner christlichen Sekte. Nicola und die anderen Mitglieder des hauptsächlich weiblichen Teams, die das Medikament entwickelt, getestet und perfektioniert hatten, wirkten schon sehr missionarisch, dachte Carl sarkastisch, während er sie mit vor Inbrunst leuchtenden Augen predigen hörte.
Als die Pressekonferenz vorüber war, mussten er und ein halbes Dutzend anderer Mannigfalt-Exemplare eine Reihe

Radio- und Fernsehinterviews über sich ergehen lassen. Am Abend sollte ein Festessen mit wichtigen potenziellen Vertriebsfirmen, Politikern und Stars stattfinden. Noch mehr Stress für Carl, den Vorzeigemann von Mannigfalt.

Er legte sich in seinem Hotelzimmer aufs Bett – Nicola und er hatten sich der Form halber für die Einführungskampagne von Mannigfalt in getrennte Zimmer eingeschrieben – und schloss die Augen. Er brauchte jetzt etwas Ruhe und Zeit für sich, sonst würde er, nun ja, er wusste nicht genau, was er sonst tun würde.

Nicola war schuld. Es war ihre Idee gewesen, die Dosis langsam zu reduzieren. Zur Zeit der Höchstdosis von Mannigfalt war er ein glücklicher Mensch gewesen. Ja, glücklicher als je in seinem ganzen Leben. Aber in den letzten Wochen, bei reduzierter Dosis, war dieses Glück, diese tiefe Zufriedenheit langsam geschwunden. Manchmal tagsüber oder auch nachts merkte er, so wie jetzt, dass er sich unsicher und verstört fühlte. Und dann hatte er diese Träume. Schreckliche Rückblicke auf sein früheres Leben, bevor er Nicola kennen lernte. Momente, mitten in der Nacht, wo er aufwachte und dachte, er sei wieder im Gefängnis. Und noch übler war das Gefühl, dass er zwar wieder ein freier Mensch war, aber in eine andere, viel schlimmere Art der Gefangenschaft geraten war.

Genau dieses Gefühl war es gewesen, das ihn veranlasst hatte, die gesamte Idee von Mannigfalt in Frage zu stellen. Er wollte sein eigenes Ich sein und nicht Nicolas Vorstellung eines idealen Mannes. Er wollte ein Gespür für sein altes Selbst wiedererlangen – nicht für den Mörder, Drogenabhängigen oder Dieb, sondern für seine alten Gefühle, Ziele und Bedürfnisse.

Im Moment spielte er das Spiel der Neumann-Stiftung mit.

Aber mit dem Herzen war er nicht mehr dabei – er war sich nicht einmal mehr sicher, dass sein Herz noch Nicola gehörte. Carl erhob sich vom Bett, ging ins Bad, nahm seine Schachtel Mannigfalt, holte eine Kapsel heraus, zog vorsichtig die beiden Teile auseinander und leerte den Inhalt ins Waschbecken. Dann steckte er die zwei Hälften wieder zusammen.

Es war sehr wichtig, dass Nicola noch nichts von der Wirkung der reduzierten Dosis merkte, und deshalb würde er heute Abend nach dem Essen sehr auffällig eine der leeren Kapseln schlucken. Er wollte sich wieder lebendig fühlen, wollte wieder er selbst sein. Er wollte aus diesem verdammten Programm ausscheiden. Carl war sicher, dass er mit den Konsequenzen fertig werden würde. Seine früheren Schwierigkeiten, so dachte er, waren durch die Armut und Unwissenheit entstanden, in der er aufgewachsen war. Der echte Carl, der Carl NACH Mannigfalt, hatte keinen Grund, sich auf diese Weise zu verhalten. Carl war sicher, dass er sich unter Kontrolle haben würde. Dass er nicht wieder so werden würde wie früher. Aber genauso sicher konnte er bei diesem Programm nicht weiter mitmachen. Er würde der echte Carl werden, kein verwässerter, gegängelter Modellmann. Er lächelte sein Spiegelbild an, verließ das Badezimmer und sagte laut: »Würde der echte Carl bitte die Hand heben?« Dann hob er die linke Hand hoch in die Luft und schlug damit, so kräftig er konnte, auf die leere Schachtel von Mannigfalt.

10.

Nick wachte schon früh im großen Doppelbett auf. Die letzten Nächte hatte er stillschweigend sein Domizil auf dem Wohnzimmersofa aufgegeben und war zu Caroline ins Bett gekrochen. Tatsächlich war nun eine merkwürdige Umkehrung in ihrer Beziehung zu bemerken. Denn neuerdings war es immer Nick, der reden und sich mitteilen wollte, und Caroline war immer zu müde, um zuzuhören. Er blickte auf seine schlafende Frau und zog behutsam das Plumeau über ihren dicken Bauch. Dabei vermeinte er plötzlich eine Bewegung unter ihrer Bauchdecke wahrzuehmen. Der Fußtritt eines meiner Babys, dachte er zärtlich. Ein wunderschönes warmes Gefühl durchströmte ihn, und er beugte sich hinüber und berührte vorsichtig Carolines Bauch.
Sie fuhr abrupt zusammen.
»O Nick, du hast mich erschreckt«, sagte sie.
»Du musst ruhig bleiben«, entgegnete er leise, »denn schon vor der Geburt nehmen Babys die Stimmungen und Gefühle ihrer Mutter wahr.«
»Woher hast du das denn?«, fragte sie verschlafen.
»Das habe ich gelesen.«
»Wie meinst du das?«
»Ich habe ein paar Nachforschungen betrieben, bin in die Bücherei gegangen und habe mir ein paar Bücher ausgeliehen. Und Notizen gemacht. Das ist wirklich eine ganz erstaunliche Sache, so eine Schwangerschaft. Wusstest du

zum Beispiel, dass ein fünfundzwanzig Wochen alter menschlicher Fötus auf Musik reagiert, die er von außerhalb des Mutterleibs hört?«
Sie sah ihn misstrauisch an.
»Hör mal, Nick, es ist Samstag und ich würde gern ausschlafen. Meinst du, wir können die Wunder der Schwangerschaft auch ein andermal ausdiskutieren?«, erwiderte sie ein wenig gereizt.
»Aber Caroline, hast du nicht was vergessen?«, fragte er mit seinem neuen, immer währenden strahlenden Lächeln.
»Wir müssen um zehn beim Schwangerschaftskurs im Kreiskrankenhaus sein.«
Sie schnaubte verächtlich, und Nick war beunruhigt, weil sie ihrer beider Schwangerschaft so wenig ernst nahm.
»Nick, ich bekomme die Babys im Portland. Sie werden wahrscheinlich zu früh kommen und vermutlich durch Kaiserschnitt entbunden werden. Hat es tatsächlich irgendeinen Sinn, dass ich mich noch mal durch eine solch schreckliche Stunde quäle?«
»Versteh doch, Caroline, je mehr wir wissen, desto leichter wird es für uns sein, eine natürliche Geburt durchzustehen. Nigel hat mir erzählt, als seine Schwester die Zwillinge bekam, sind sie ganz pünktlich und mit Hilfe eines speziellen Geburtsstuhls zur Welt gekommen, den das Kreiskrankenhaus mit entwickelt hat. Keine Narkose, kein extra Sauerstoff, keine Rückenmarksanästhesie, nichts.«
»Nick, es ist dir vielleicht noch nicht aufgefallen, aber das bist nicht du, der hier irgendeine Art der Geburt durchstehen wird. Das bin ich.«
»Vor ein paar Monaten noch war dir nichts auf der Welt wichtiger, als dass ich mich für unsere Babys interessiere«, entgegnete er mit erneutem strahlenden Lächeln.

Sie erstarrte eine Sekunde, doch dann lächelte auch sie.
»Also gut, eine einzige Stunde noch.«
Er konnte nicht sagen, wann genau es gewesen war, dass er sich mit dem Gedanken angefreundet hatte, Vater zu werden. In den letzten Wochen war er irgendwie nicht ganz bei sich gewesen. Vergesslich, benebelt fast und ziemlich distanziert von dem, was er bisher für die Realität gehalten hatte. Nigel hatte gemeint, er habe vielleicht psychosomatische Schwangerschaftssymptome, die ganz normal waren und oft dazu führten, dass auch der Vater Wehen zu bekommen schien.
Zumindest stimmte es, dass Nick Carolines Schwangerschaft inzwischen auch als seine betrachtete und dass ihn eine Art Aura der Zufriedenheit umgab, die normalerweise werdende Mütter ausstrahlen. Er sprach von »ihrer beider« Schwangerschaft, »ihrer beider« Geburt und »ihrer beider« Symptome. Er hatte sogar keine Kosten gescheut, um einen echt silbernen Rahmen zu kaufen, der nun das für ihn kostbarste Bild der Welt hielt: die etwas eselsohrige erste Ultraschallaufnahme seiner Babys. Und die neue Identifikation mit seiner Vaterrolle war nicht die einzige Veränderung in seinem Leben. Seit er in die Riege der Drehbuchschreiber für *Coronation Street* aufgenommen worden war, legte er eine ungeheure Produktivität an den Tag. Der Produzent gab ihm den groben Verlauf der Handlung vor, und Nick schrieb drum herum das Drehbuch für eine Folge. Manchmal gingen diese Vorschläge gegen seinen Geschmack, aber er hatte gelernt, sich jeglichen Kommentar zu verkneifen und zu tun, was von ihm verlangt wurde. Und bisher waren sie von seiner Arbeit ganz begeistert.
Carolines Reaktion auf diese Neuigkeit hatte ihn jedoch ziemlich gekränkt. Er hatte gedacht, sie würde sich über

seinen Erfolg freuen. Stattdessen war sie fast böse geworden und hatte ihm vorgeworfen, er würde sein Talent »vergeuden«.

»Himmel, Nick, hör auf, in diesem Manchester-Dialekt zu sprechen. Du bist ein Nordlondoner der Mittelschicht und kein verdammter Arbeiter aus Nordengland«, schimpfte sie eines Tages.

»Aber merkst du denn nicht«, erwiderte er, »das ist doch genau das, was du immer gewollt hast. Ich bin bald so weit, dass ich dich und die Babys ernähren kann. Wenn ich einen Vertrag bekomme und noch ein paar Aufträge nebenbei, dann kannst du deine Arbeit aufgeben und eine richtige Mutter sein.«

An Carolines Gesichtsausdruck konnte er ablesen, dass es nicht gerade ihr sehnlichster Wunsch war, eine richtige Mutter zu sein.

»Aber was ist mit deinem Traum, Nick? Deinen ganzen Ideen, wie du die Struktur des modernen Romans verändern wolltest. Kann *Coronation Street* das wirklich wettmachen? Was ich an dir immer bewundert habe, war, dass du so ... na ja, so intellektuell warst. Dass du bei deiner Arbeit immer so strenge Prinzipien hattest. Dass du deine Leser herausfordern wolltest, sich anzustrengen, und sie nicht zur besten Sendezeit auf den kleinsten gemeinsamen Nenner reduzierst», erwiderte sie voller Inbrunst.

»Aber Caroline«, entgegnete er, wobei ihm wieder sein süßliches Lächeln das Gesicht verzerrte, »ich habe entdeckt, dass mir Menschen wichtiger sind als Kunst. Die Tatsache, dass ich dreizehn Millionen Menschen durch meine Charaktere erreichen und ansprechen kann ... mein Gott, das ist einfach unglaublich! Und wenn ich sie dadurch glücklich mache, ist es denn das nicht alles wert?«

Sie murmelte etwas, das er nicht verstehen konnte.
»Darling«, sagte er, »ich denke, du solltest dich noch ein wenig ausruhen. Ich werde heute Abend Essen kochen, und du kannst die Füße hochlegen. Pass auf, ich lass dir jetzt ein schönes heißes Bad ein, während ich in der Küche bin, einverstanden?«
Neuestens sah sie ihn auf eine Art und Weise an, die ihn irgendwie beunruhigte. Als wäre er nicht ganz bei Trost oder so. Oder als wäre er nicht er selbst, Nick, sondern jemand, den sie eigentlich gar nicht richtig kannte oder verstand. Er ging ins Badezimmer, pinkelte in die Toilette und drehte dann die Wasserhähne für ihr Bad auf, in das er ein teures Schwangeren-Badeöl goss, was er extra für sie gekauft hatte.
Einige Minuten später, als er die Zwiebeln für ihre Spaghetti Bolognese hackte (das erste Gericht, das er zu kochen gelernt hatte), hörte er einen markerschütternden Schrei aus dem Badezimmer. Er schrak zusammen? Was war passiert? War sie gestürzt? Ging es den Babys gut?
»Gott im Himmel, Nick«, kreischte sie. »Du hast ja sogar dran gedacht, die Klobrille runterzuklappen. Du hast gepinkelt und dann das Klo wieder zugemacht!«
Das müssen die Hormone sein, dachte er, als er leicht irritiert wieder in die Küche zurücktrabte.

Harrys Besessenheit von Annabel, zumindest von seiner Vision der Annabel von vor zwanzig Jahren, drohte ihn aufzufressen. Er konnte sich nicht mehr auf seine Arbeit konzentrieren, und seine eher eingeschränkte Tätigkeit als Werbefotograf langweilte ihn. Er hatte die Schränke nach alten Aufnahmen seiner Frau durchwühlt und dabei festgestellt, dass er früher mit viel mehr Gefühl an die Arbeit gegangen war und sich mehr von Fotokünstlern wie Cartier-Bresson hatte beeinflussen lassen. Sein Traum – zu Beginn ihrer Ehe – war es gewesen, Aufnahmen zu machen, die technisch brillant waren und gleichzeitig eine engagierte und sozialkritische Aussage über die wahre Welt darstellten. Keine Wodka-Kalender oder Haferflocken-Mädchen des Monats. Beruflicher Erfolg und seine Trennung von Annabel, so erkannte er jetzt, hatten sein Leben ruiniert.

Zuerst ging es ihm gut dabei, so zu tun, als sei Juliet Annabel. Seine Fantasien, die ihr zu gefallen, sie aber auch zu verwirren schienen, wurden immer nostalgischer und präziser. Er hatte eine Reihe leichter, weit schwingender Kleider gekauft, wie sie Annabel immer getragen hatte. Ganz anders als alles, was Juliet bisher angezogen oder ihr gefallen hatte. Er hatte sie dazu gebracht, ihr exklusives Lieblingsparfüm gegen eine simple Mixtur aus zerstampften Rosenblättern zu tauschen. Er hatte sogar ihre Wäscheschublade durchstöbert und alle Calvin-Klein-Bustiers und Slips aussortiert und durch schlichte weiße Unterhöschen ersetzt. Büstenhalter waren verboten.

Annabel hatte damals kleine kecke Brüstchen gehabt, die nie durch irgendwelche stützenden oder künstlich vergrößernden Hilfsmittel eingeengt worden waren. Ihre rosenfarbenen Brustwarzen waren oft unter den dünnen Stoffen der altertümlichen Kleider zu sehen gewesen, die sie getragen hatte.

Seine Abende mit Juliet – fast jeder Abend war jetzt ein »heimeliger« Abend – folgten immer demselben Muster. Sie öffnete ihm die Tür in einem von Harry vorgeschriebenen Kleid, und es gab eine – ebenfalls vorbestellte – Mahlzeit, die sie sich nie im Leben hätte träumen lassen zu essen, geschweige denn zu kochen. Vegetarisches Essen aus

Hülsenfrüchten, organischen Gemüsen und selbst gezogenen Bohnensprossen (Harry hatte ihr sogar eine Keimbox gekauft) oder frisch zubereitete Suppen, Vollkornbrote und Sojakäse.

Nach dem Essen gingen sie dann in das sorgfältig vorbereitete Schlafzimmer. Vom Wohnzimmer die Treppe hinauf bis zur neuen indianischen Bettdecke, die nun den Raum dominierte, lagen Blütenblätter verstreut. Harry schlief mit ihr und war dabei sehr zärtlich und leidenschaftlich, küsste und liebkoste jeden Quadratzentimeter ihres rosenduftenden Körpers und flüsterte auf Französisch etwas, das Juliets Meinung nach zärtliche Koseworte sein mussten.

Doch während diese seltsame Liebesbeziehung für Juliet sehr schön und befriedigend war, war sie für Harry nie ganz ehrlich. Wenn er morgens neben seiner Geliebten erwachte, ertappte er sich dabei, dass er hinüberspähte und erwartete, Annabel zu erblicken.

Eines Tages überwältigte ihn sein Bedürfnis, Annabel zu sehen, so sehr, dass er beschloss, sie aufzuspüren. Er verbrachte eine Woche damit, ihre Spur zu verfolgen und sprach mit alten Freunden und Bekannten, die über ihren Aufenthaltsort Bescheid wissen könnten. Schließlich fand er heraus, dass sie in einem kleinen Dorf in Cornwall lebte und sich kaum verändert habe. Sein Herz schmerzte, als er das hörte. Vielleicht war es noch nicht zu spät, das wiederzubekommen, was sie einmal hatten. Wieder zu dem einfachen Leben zurückzukehren, als sie in der Hippiezeit der siebziger Jahre die freie Liebe genossen hatten.

Neuerdings merkte Richard, dass er seine Georgia in manchen Augenblicken mit neu erwachtem Interesse ansah. Es lag nicht nur daran, dass sie an Gewicht verloren und etwas von ihrem alten Liebreiz wiedergewonnen hatte. Es war mehr als das. Er erkannte, dass er sich glücklich schätzen konnte, eine Frau wie sie und eine solche Familie zu haben. Er konnte weiß Gott nicht verstehen, warum er das nicht schon früher eingesehen hatte.

In der Tat gab es viele Momente, in denen er etwas verspürte, das er nur als nachträgliche Reue bezeichnen konnte. Da er jetzt mehr Zeit hatte, verbrachte er viele Tage bei Georgia zu Hause. Seit der Wahlkampagne war er nicht eine Nacht mehr in seiner Londoner Stadtwohnung gewesen. Und manchmal, wenn er an den kleinen häuslichen Herausforderungen beteiligt war – dem Einkauf von Lebensmitteln zum Beispiel –, dachte er daran, wie schlecht er sich in den letzten verrückten Jahren der Tory-Regierung verhalten hatte.

Mit Louise hatte er schon seit Wochen keinen Kontakt mehr. Sie war sofort nach der Wahl von ihrem Posten zurückgetreten und hatte sich, sehr zu Richards Erleichterung, einem jungen Hoffnungsträger der Torys angeschlossen. Er kam langsam zu der Überzeugung, dass der Mensch, den er am meisten begehrte, tatsächlich Georgia war. Verständlicherweise verhielt sie sich ihm gegenüber immer noch ein wenig abweisend. Schließlich war er abscheulich unhöflich zu ihr gewesen, als sie ihn mit Louise in seinem Büro erwischt hatte. Aber er war zuversichtlich, dass er ihr Vertrauen und ihre Zuneigung zurückgewinnen konnte, auch wenn es etwas Zeit dauern sollte.

Richard machte keinen Versuch, die Trennlinie in ihrem Ehebett zu überqueren. Er wollte nichts erzwingen. Aber er tat kleine liebevolle Dinge für sie, die, wie er nun dachte, vermutlich befriedigender waren als Sex. Er kaufte kleine Geschenke und legte sie ihr unters Kopfkissen. Wohin er auch ging, dachte er an sie und suchte nach etwas, das in gewisser Weise sein früheres schlechtes Verhalten wieder gutmachen könnte. Er brachte ihr Bücher mit, von denen er annahm, dass sie ihr gefallen könnten, er kaufte Blumen, nicht wie früher die halbverwelkten Ministräuße, die es an Tankstellen gab – er ließ auch keinen Bediensteten eine Auftragssendung bestellen –, sondern riesige Rosensträuße oder extrem teure Gardenien oder Kamelien, die er persönlich in exklusiven Blumenläden aussuchte.

Zu ihrem Geburtstag, einem Tag, den er früher vergessen hätte, wäre da nicht seine aufmerksame Sekretärin gewesen, dachte er sich etwas ganz Besonderes aus. Er fuhr mit ihr über Nacht in das Chewton Glen Hotel und überreichte ihr nach einem langen romantischen Abendessen in intimer Atmosphäre einen wunderschönen Ring. Georgia musste weinen.

»Es ist zu spät, Richard«, schluchzte sie unter Tränen, »es ist verdammt noch mal zu spät.«

»Nein, Darling, das ist es nicht!«, entgegnete er. »Es ist nicht zu spät, es ist … nun ja, ein neuer Anfang. Du und ich, wir fangen noch mal von vorne an. Ich habe nie aufgehört, dich zu lieben. Ich habe mich nur zu sehr von der Politik auffressen lassen.«

Als sie kurz darauf im Himmelbett ihrer Suite lagen, war der Moment gekommen, da Georgia ihm gestand, über Juliet Bescheid zu wissen. Mit zitternder Stimme erzählte sie ihm, dass sie an jenem Abend, als sie durch Juliet vom Ausmaß seines Betrugs erfuhr, entschieden habe, dass es mit ihrer Beziehung aus und vorbei sei. Und deshalb, so erklärte sie mit wiederum feuchten Augen, sei der Ring zu spät gekommen.

Sie redeten die ganze Nacht. Für Richard war es fast wie

eine nächtliche Sitzung vor einem wichtigen Gesetzesentwurf. Nur dass dies verdammt noch mal viel wichtiger war als jede politische Sitzung, weil er jetzt an das glaubte, für das er kämpfte – seine Ehe. Und zur Abwechslung war es einmal keine großartige rhetorische Show, die er abzog – er konnte sich in einem trauten Hotelzimmer vor einer einzigen Person kaum in Positur werfen, wie er's im Parlament immer getan hatte. Richard sprach zur Abwechslung einmal die Wahrheit. Selbst Georgia wurde seine große Reue bewusst. Und irgendwann gegen Morgengrauen verzieh sie ihm, und er nahm ihren Ehering ab und steckte ihr stattdessen den Bandring mit Diamanten auf den Finger. Dann liebten sie sich so behutsam und zärtlich und innig, dass sie einander am Ende in den Armen lagen und weinten.
Beruflich war Richard allerdings nicht so erfolgreich. Seinen neuen Posten fand er mittlerweile außerordentlich langweilig und ermüdend. Es wurde ihm immer schwerer, Entscheidungen zu verteidigen, die seine Vorgänger in der ehemaligen Tory-Regierung getroffen hatten. Tatsächlich merkte er, dass er mit den Meinungen und Vorschlägen seines Gegners, des neuen Labour-Ministers für Soziales, immer mehr konform ging. Einige seiner alten Kollegen waren über diesen Sinneswandel höchst erstaunt. Sein früherer Ruf – als überzeugter und streng loyaler Konservativer – hatte sich geändert. Immer öfter wurde er als »Weichei« bezeichnet.
Georgia war sehr verständnisvoll – sie hatte seine frühere Einstellung ohnehin immer gehasst –, hielt seinen Plan, auf die andere Seite zu wechseln und sich als Sozialist zu bekennen, allerdings für keine gute Idee.
»Aber Winston Churchill hat auch die Partei gewechselt, Darling«, verteidigte er sich.
»Richard, du würdest deinen Sitz verlieren. Kannst du dir

vorstellen, dass die hiesige Partei eine solche Umkehr deiner Prinzipien gutheißt?«

Er beschloss, dem Rat seiner Frau zu folgen, noch abzuwarten und inzwischen andere Ventile für seinen neu gewonnenen Altruismus zu suchen.

»Engagier dich für soziale Einrichtungen, Darling«, riet sie ihm.

Und dann, im Zuge seiner Beschäftigung mit der Strafrechtsreform, erinnerte Richard sich plötzlich voller Scham an seinen alten Freund Steve Minter. Würde Minter aus der gleichen Gesellschaftsschicht stammen, dann wäre es nicht so leicht gewesen, ihn fallen zu lassen, als sein Imperium zusammenbrach. Doch da Steve ein Emporkömmling ohne das Sicherheitsnetz an Beziehungen war, das Richard und seine alten Schulfreunde verband, hatte es keinen Grund für Loyalität gegeben, zumindest nicht zur damaligen Zeit.

Jetzt fühlte Richard da anders. Er beschloss, ihn im *Ford-Open*-Gefängnis zu besuchen, wo er allerdings erfuhr, dass Steve auf Bewährung entlassen war und wieder mit Amanda lebte. Also rief er ihn, ein wenig kleinlaut, vom Parlament aus an.

»Steve?«

»Ja?«

»Hier ist Richard James, der Mann von Georgia. Ich hab mich gefragt, ob du wohl Lust hättest, dass wir uns abends mal auf ein Schwätzchen treffen«, sagte er vorsichtig.

Steve war glücklicherweise ganz begeistert und schien keinen Groll gegen ihn zu hegen. Lachend schlug er vor, doch dem Beispiel ihrer Frauen zu folgen und sich abends alle gemeinsam zu treffen.

»Lass uns auch Nick Evans und Harry Bescheid sagen und unseren eigenen ›Frauenabend‹ abhalten«, meinte er.

Richard gefiel die Idee, was ihn selbst verwunderte, denn die vier Männer hatten, abgesehen von der Freundschaft ihrer Frauen, nie viel gemeinsam gehabt. Aber er rief Harry an, der viel redseliger und netter wirkte als früher, und auch Nick, der zu Richards großer Überraschung sofort zustimmte, in der nächsten Woche an einem gemeinsamen Abendessen im Parlamentsgebäude teilzunehmen.

Steve hatte sich außerordentlich gefreut, von Richard zu hören. Nicht weil er diesen Mann besonders gern mochte oder schätzte – auf dem Höhepunkt seines eigenen Erfolges war er sogar ziemlich schockiert über die Korrumpierbarkeit einer scheinbar so mächtigen politischen Figur gewesen –, sondern weil er alle erdenkliche Hilfe gebrauchen konnte, um seinen neuen Plan in die Tat umzusetzen.
Sein Bewährungshelfer war es gewesen, der ihn zum Nachdenken gebracht hatte. In den Monaten seit seiner Entlassung hatte er sich mit David King regelrecht angefreundet. Die beiden saßen oft stundenlang beisammen und redeten über alles und jedes. Und als Steve ihm eines Tages gestanden hatte, dass er das Bedürfnis verspüre, die Verfehlungen seiner Vergangenheit wieder gutzumachen, hatte David ihm vorgeschlagen, sich als Sozialarbeiter ausbilden zu lassen.
»Aber mein Gefängnisaufenthalt wird mir da doch sicher im Wege stehen.«
»Nicht unbedingt. Es gibt viele Bereiche, in denen du arbeiten und anderen durch deine spezielle Erfahrung helfen könntest. Hast du schon mal daran gedacht, als Sozialberater zu arbeiten?«
Binnen weniger Tage hatte Steve einen sechsmonatigen Kurs für Beratung und Stresstherapie ausfindig gemacht, in

den man ihn aufnehmen würde. Er musste seinen Gefängnisaufenthalt nicht angeben und keine besonderen Qualifikationen vorweisen. Alles, was er brauchte, war das Geld für den Kurs, und mit Richards Empfehlung – zusammen mit David Kings Beurteilung – würde er sicher ein Bankdarlehen bekommen. Es war komisch, aber schon vor diesem Kurs war er eine Art Berater für die problembeladenen Menschen aus seiner Nachbarschaft geworden. Viele der Mütter von Annies Schulkameraden hatten angefangen, sich ihm anzuvertrauen, und häufig fand er sich nach dem Abliefern seiner Tochter in einer Gruppe sorgenvoller Frauen wieder, denen er bei einer Tasse Kaffee seinen Rat anbot.

»Die Sache ist die, Steve«, hatte Debbie eines Tages gesagt, »dass ich noch nie einen Mann wie dich kennen gelernt habe. Du verstehst, was ich fühle. Die Typen, die ich sonst kenne, sind alle wie Dean. Sie reden nicht mit Frauen, sie bumsen, schlagen und schwängern sie nur. Das Letzte, was sie tun wollen, ist, Frauen zuzuhören oder ihnen Unterstützung anzubieten. Die einzige Unterstützung, die eine Frau hier kriegt, ist die Sozialhilfe vom Staat. Von unseren Männern kriegen wir nichts. Und im Allgemeinen erwarten wir auch nicht mehr von ihnen. Aber du, du bist nicht wie andere Männer. Als ob du eine ganz andere Spezies wärst ... so was wie, na ja ... der perfekte Mann.« Sie sah ihn über den Küchentisch hinweg mit tränenfeuchten Augen an.

Es war seltsam, wie oft ihm Frauen neuerdings solche Sachen erzählten. Steve hatte gewiss nie den Ruf eines einfühlsamen, fürsorglichen Typen gehabt. Vor allem nicht bei Frauen. Er vermutete, dass sein neues Verhalten durch den Gefängnisaufenthalt hervorgerufen wurde, der offensichtlich einen tiefgreifenderen Einfluss auf seinen Charakter ausübte, als er zuerst angenommen hatte. Denn es stimmte, dass er sich neuerdings um Menschen sorgte. Er wollte ihnen bei ihren Problemen helfen, hatte Mitgefühl mit diesen Frauen und verstand, dass sie an einer schrecklichen Last zu tragen hatten.

Noch vor zwei Jahren oder sogar sechs Monaten hätte er allerdings nicht weiter über sie nachgedacht. Der alte Steve hätte sie alle als minderwertige Schlampen abgestempelt. Mit berufstätigen Frauen konnte er nichts anfangen, und vor Feministinnen grauste ihm ganz besonders. Früher hatte er gedacht, dass Frauen, die eine Gleichberechtigung mit Männern für möglich hielten, irgendwie unnatürlich seien. Nicht einmal Amanda hatte er als gleichberechtigt betrachtet. Er hatte sie wie ein sexuelles Statussymbol vor sich hergetragen, jedoch nie eine richtige Beziehung zu ihr gehabt und sich auch nicht die Mühe gemacht, sie zu verstehen oder ihr gegenüber ehrlich zu sein. Sie war einfach ein weiteres Objekt, das er mit Geld gekauft hatte.

Jetzt aber betrachtete er sie als völlig eigenständiges Wesen. Doch während er sie immer mehr zu schätzen lernte, entfremdete sie sich seltsamerweise immer weiter von ihm. Es war fast eine Ironie des Schicksals, dass sie die einzige Frau war, mit der er nicht reden und die er nicht erreichen konnte. Sie war befördert worden und bekleidete nun einen Posten im unteren Management, der ihr Leben ganz und gar auszufüllen schien.

Steve hatte den Verdacht, dass sie mehr vom Leben wollte als er. Dass eher sie es war, die heimlich den alten Zeiten nachtrauerte, und nicht er. Sie war ehrgeizig und wollte Karriere machen. Wenn sie abends nach Hause kam, wo er und Annie Hausaufgaben machten und Essen kochten, wurde sie mehr und mehr zum Außenseiter ihrer gemeinsamen Welt. Aber er war zuversichtlich, dass er ihre Zuneigung wiedergewinnen könnte. Wenn er erst wieder arbeitete – nach Abschluss dieses Kurses –, würde sie ihn sicher mehr respektieren. Immerhin hatte inzwischen ihr Liebesleben wieder die Bedeutung erlangt, die es früher gehabt hatte. Mehr als alles in der Welt wollte Steve Amanda beweisen, dass er der perfekte Ehemann war.

Carl konnte sich nicht mehr erinnern, wo er das Mädchen aufgegabelt hatte. Wahrscheinlich war sie noch minderjährig, dachte er, als er die Schlafende auf dem dreckigen Bettlaken in diesem dreckigen Zimmer betrachtete. Aber es war nicht ihr Alter gewesen, das ihn angezogen hatte, sondern ihr rotes Haar. Es sah fast aus wie Nicolas.
Und sehr wahrscheinlich war sie auch drogenabhängig, dachte er dann. Ihr blasses Gesicht, die Schatten unter ihren Augen und die Einstiche in den Armen wiesen sie als tragisches Opfer ihrer Zeit aus. Nicht dass er Mitleid mit ihr gehabt hätte, als sie vor einigen Stunden den Preis für die ganze Nacht ausgehandelt hatten! Sie war ihr Geld wert gewesen. Sie zu fesseln, sich vorzustellen, sie sei Nicola, und sie brutal zu vögeln, hatte ihn mit einem Teil von sich selbst in Verbindung gebracht, den er mittlerweile verloren hatte. Es hatte ihr nichts ausgemacht, dass er grob gewesen war, sie war das gewöhnt. Erwartete es vermutlich sogar.
Es war so gut gewesen, wieder einmal die Kontrolle zu haben. Auf jemand anderen mit dieser Art von Verachtung herunterzublicken, die man – sogar nach Mannigfalt – normalerweise ihn hatte spüren lassen.
Sie hatte alles getan, was er verlangt hatte. Ihm das Ausleben jeder schmutzigen Fantasie gestattet, die ihm in den letzten Wochen durch den Kopf geschwirrt war. Wie hatte er sich je einbilden können, dass jemand wie Nicola ihn

voll und ganz befriedigen würde? Ihre stumpfsinnigen Vereinigungen waren nichts gegenüber dem fiesen Fick, den er mit dieser dreckigen Schlampe genossen hatte. Dies war wahrer Sex. Dies war der wahre Carl. Aber die Nacht, für die er bezahlt hatte, war noch nicht vorbei. Er drehte die Hure um, sodass sie mit dem Gesicht nach unten lag, und drang in ihren After ein. Sie reagierte nicht und bewegte sich auch nicht, als er hinein- und herausglitt. Alle Verachtung, die er inzwischen für Nicola empfand, lebte er an dem schlaffen Körper dieser traurigen Fremden aus. Er schämte sich nicht. Dies war es, wozu Frauen schließlich da waren. Nicht, um zu denken und Wege zu suchen oder zu finden, wie sie Männer kontrollieren könnten. Sie waren dazu da, gefickt zu werden.

Sein ganzes Leben lang hatten ihm Frauen im Weg gestanden, hatten Frauen ihn davon abgehalten, das zu sein, was er wollte. Sein ganzes Leben lang hatten Frauen versucht, ihn zu beherrschen und zu kontrollieren, wo doch alles, wozu sie gut waren, nur das Ficken war.

»Ich scheiß auf dich, Nicola!«, schrie er, als er kam und seine Finger sich um den Hals des Mädchens schlossen. »Ich scheiß auf Mannigfalt.«

Es tat so gut, wieder die Kontrolle zu haben. So gut, wieder ein Mann zu sein.

Erst jetzt wunderte er sich über die merkwürdige Apathie der Frau unter sich. Er drehte sie auf den Rücken und sah, dass sie sich auf das Kissen übergeben hatte und nicht nur schlief, sondern eher bewusstlos war. Das einzige Lebenszeichen war ihr stoßweiser rasselnder Atem. An ihrem Hals leuchteten rote Flecken auf, wo er sie während des Akts gepackt hatte.

Er begann, sie zu schütteln.

»Komm schon, du dumme Schlampe, wach auf!«
Doch sie regte sich nicht. Irgendwann in der Nacht hatten sie zusammen etwas eingeworfen. Sie war schon high gewesen, als er sie getroffen hatte, und es sah so aus, als hätte sie eine Überdosis erwischt. Die Flecken an ihrem Hals hatten nichts zu bedeuten. Es war ja nicht seine Schuld, wenn sie bei ihrer nächtlichen Arbeit beschloss, sich das Leben zu nehmen.
Trotzdem bekam er es mit der Angst zu tun und verbrachte eine Stunde damit, all seine Spuren zu verwischen. Er spülte die benutzten Kondome die Toilette hinunter, wischte über alle Oberflächen, die er berührt haben könnte, einschließlich ihres Körpers, zog die Laken vom Bett, stopfte sie in eine alte Einkaufstüte und schlich leise aus dem Zimmer die dunkle Treppe hinunter und hinaus auf die schmutzige Nebenstraße. Niemand sah ihn. Mehrere Blocks von der Wohnung des Mädchens entfernt warf er die Tüte in einen Müllschacht. Dann ging er nach Hause, um noch etwas zu schlafen, ehe Nicola aus Chicago zurückkehrte und er wieder den perfekten Mann spielen musste.

11.

Richard traf seine Gäste in der Eingangshalle des House of Commons und führte sie in die Parlamentarierbar mit Ausblick auf die Themse. Das Eintreffen von Steve Minter verursachte einigen Aufruhr. Vielen der Torys war sein Gesicht wohl bekannt – im Gegensatz zu den Kreisen, in denen er sich jetzt bewegte –, und die Tatsache, dass Richard mit ihm zu Abend aß, war ein weiterer Beweis dafür, dass mit dem ehemaligen Minister für Soziales etwas ganz Gravierendes geschehen war.

Eigenartigerweise verstanden sich alle auf Anhieb sehr gut. Richard war entspannt und zeigte sich seinen Gästen gegenüber großzügig. Als sie schließlich in den Speisesaal der Parlamentsmitglieder hinüberwechselten, glichen sie in vieler Hinsicht ihren weiblichen Gegenstücken auf deren abendlichen Treffen. Nick war hocherfreut, dass sich alle nach dem Befinden seiner schwangeren Frau erkundigten (und damit beinahe mehr Interesse zeigten als die Schwangere selbst, wie er dachte).

»Es ist komisch, aber am Anfang war ich von der Vorstellung, Vater zu werden, ganz und gar nicht begeistert«, erzählte er. »Ich habe immer gesagt, ich will keine Kinder. Aber als ich die Bewegungen meiner Babys mit eigenen Händen gespürt und das Ultraschallbild gesehen habe, war ich einfach überwältigt. Ihr haltet mich wahrscheinlich für übergeschnappt, aber ich habe tatsächlich geweint. Ich war

ganz und gar aus dem Häuschen. Die Großartigkeit dieses menschlichen Schöpfungsprozesses hat mich überwältigt. Zum ersten Mal in meinem Leben fühlte ich mich ... na ja, irgendwie erfüllt. Inzwischen denke ich, dass ich den täglichen Fortschritt der Babys viel aufmerksamer verfolge als Caroline.« Ein breites Lächeln erhellte sein Gesicht.
»Kinder«, sagte Richard, »sind ein Geschenk Gottes. Das Beste daran, dass ich meinen alten Job verloren habe, ist wahrscheinlich, dass ich jetzt mehr Zeit für meine Kinder habe. Letzte Woche waren Tom und ich für ein paar Tage beim Angeln, und es war toll, einmal richtig mit ihm reden zu können. Es gibt nichts Schöneres, als deine Kinder zu glücklichen, gesunden und selbstbewussten kleinen Menschen heranwachsen zu sehen.«
»Mein Gott, ich beneide dich, Nick«, sagte Steve. »Ich würde alles dafür geben, um noch ein zweites Kind zu haben. Aber Zwillinge – das ist einfach toll! Leider glaube ich, dass Amanda da nicht so denkt wie ich. Während ich mich nur zu gern in einen glücklichen Hausmann mit vielen Kindern verwandeln würde, wird sie plötzlich vom Ehrgeiz gepackt. Kinder sind das kostbarste Geschenk. Und eins könnt ihr mir glauben: In den letzten Jahren habe ich sehr wohl gelernt, was im Leben kostbar ist.«
»Tut mir schrecklich Leid, dass ich dir in den schweren Zeiten nicht mehr geholfen habe, alter Kumpel«, murmelte Richard zerknirscht.
»So wie ich immer dachte, dass der Mensch seines eigenen Glückes Schmied ist, denke ich nun, dass ich auch selbst mein eigenes Unglück geschmiedet habe«, entgegnete Steve. »Natürlich hat es wehgetan, dass sich so viele Leute, die in den guten Zeiten meine Freunde waren, in den schlechten Zeiten nicht mehr haben blicken lassen, aber

ich kann ihnen das eigentlich nicht vorwerfen. Ich bin überzeugt, dass ich damals genauso gehandelt hätte, wenn einer meiner Freunde in ähnlichen Schwierigkeiten gewesen wäre. Ich war nur an Erfolg und erfolgreichen Leuten interessiert.« Er sah zu Richard hinüber und grinste ihn freundschaftlich an.

»Also keine Trauer, kein Zorn?«, wollte Harry wissen.

»Na ja, ich gebe zu, dass ich verdammt sauer auf Johnny Britten war, als ich rauskam. Und wütend, weil er sich nicht um Amanda und Annie gekümmert hatte. Aber jetzt denke ich, dass das nur gut war. Wir brauchten einen neuen Anfang. Dieses alte Leben will ich nicht mehr.«

»Und was ist mit den sagenumwobenen Minter-Millionen?«, hakte Harry nach.

»Wenn ich wüsste, wo sie sind«, verkündete Steve lächelnd, »würde ich sie verschenken.«

»Es ist schon komisch«, meinte Harry nachdenklich, »wie sich die Ziele und Werte im Leben verändern können. In letzter Zeit habe ich viel über mein eigenes Leben nachgedacht, und alles, was mir früher etwas bedeutet hat – mein großes Auto, meine Antiquitäten, mein Ruf als Schnappschuss-Jäger, meine Model-Freundinnen –, erscheint mir plötzlich nicht mehr wichtig. Zumindest nicht in dem Leben, das ich jetzt leben will.« Er hielt einen Moment lang inne, blickte in die Runde und fuhr fort: »Und das alles ohne den ernüchternden Effekt von drei Jahren Gefängnis.«

»Glaubt ihr, dass unser Wertewandel etwas mit dem Regierungswechsel und den daraus resultierenden Veränderungen in unserem Land zu tun haben könnte?«, fragte Nick ganz ernst.

»Es ist so, dass ich mich jetzt sehr zufrieden fühle«, sagte

Richard, »während ich vorher immer nach etwas gesucht habe, das mir – wie ich dachte – Zufriedenheit verschafft: eine neue Geliebte, eine neue Arbeit, ein neues Ziel. Jetzt habe ich entdeckt, dass alles, was ich je brauchte, schon immer da war. Ich konnte es nur nicht sehen. Ich hatte den Blick dafür verloren, was wirklich wichtig für mich war. Meine Frau, meine Kinder, mein Zuhause.«

»Himmel, Richard, du sprichst mir aus der Seele«, rief Harry. »Ich komme mir vor, als hätten die letzten Jahre meines Lebens absolut keine Bedeutung gehabt. Klingt es blöd, wenn ich sage, dass alles, was ich jetzt will, das einfache Leben ist, das ich vor so vielen Jahren abgelehnt habe?«

»Es klingt nicht blöd«, meinte Steve, »aber ich kann mir vorstellen, dass es sehr schwierig ist.«

»Soll ich euch was verraten, Freunde?«, fragte Harry pathetisch.

»Natürlich«, antworteten alle im Chor.

»Ich habe beschlossen, zu meiner Frau zurückzukehren. Zu Annabel. Noch vor einem Monat hätte ich keinen einzigen Gedanken an sie verschwendet. Aber dann fiel mir plötzlich ein, wie unser gemeinsames Leben war, wie natürlich sie war, wie einfach und zufrieden wir lebten. Ich habe mich von meinem Erfolgswahn und meiner unersättlichen Gier nach anderen Frauen in die Irre leiten lassen«, erklärte er mit reumütigem Lachen.

»Und was ist mit Juliet?«, fragte Richard besorgt.

»Könnt ihr euch allen Ernstes vorstellen, dass Juliet ein einfaches Leben führen will? Außerdem ist es nicht nur eine nostalgische Fantasie, die mich zu Annabel zurücktreibt, es ist meine Treue. Ich habe mich plötzlich daran erinnert, dass ich versprochen hatte, für immer bei ihr zu bleiben, in guten und in schlechten Zeiten, bis dass der Tod uns scheidet. Mein Gott, ihr haltet mich wahrscheinlich alle für verrückt!«, sagte er und sah sie an.

»Ganz und gar nicht, Harry«, erwiderte Richard. »Was du sagst, kann ich sehr gut nachempfinden. Wisst ihr was? All die Jahre, in denen ich über ›Familienwerte‹ predigte, wusste ich überhaupt nicht, wovon ich eigentlich rede. Es war einfach so ein politisches Konzept, um Wählerstimmen einzufangen. Ich hab's nie auf mein eigenes Leben angewandt. Wusstest du, Harry, dass ich zur gleichen Zeit, wie ich diese Familienwerte predigte, sogar Juliet gevögelt habe, meine eigene Schwägerin? Was für Werte hatte ich, hm? Obwohl man natürlich sagen könnte, dass es in der Familie blieb. Wenn ich zurückdenke, möchte ich vor Scham in den Boden versinken.«

»Ich bin sicher, was die Scham angeht, kann ich dir das Wasser reichen«, meinte Steve jovial. »In den letzten Tagen des Minter-Imperiums war es nicht ungewöhnlich, dass ich mich mit drei oder vier Callgirls und einer Ladung Kokain irgendwohin zurückzog. An Amanda oder Annie habe ich dabei nie gedacht. Ich dachte nur an Selbstbelohnung und Selbstbeweihräucherung. Es hatte nichts zu bedeuten, aber eigentlich hatte gar nichts etwas zu bedeuten. Und der Wendepunkt war im Grunde nicht das Gefängnis. Als ich rauskam, war ich wie besessen. Ich dachte, ich hätte alles verloren, nicht nur mein Vermögen, sondern auch meine Würde. Ich habe sogar Amanda geschlagen. Ich war ... wie ein Tier. Und jetzt ist der Gedanke, Amanda oder Annie zu verletzen, eine Horrorvorstellung, egal ob körperlich oder gefühlsmäßig. Sie bedeuten mir weitaus mehr als diese Minter-Millionen.«

»Ich glaube, was körperliche Exzesse und schlechtes Verhalten angeht, kann ich nicht ganz mithalten, Jungs. Aber wenn ich zurückblicke, dann stehe ich euch in puncto Zügellosigkeit in nichts nach«, bekannte Nick und schüttelte reumütig den Kopf. »Ich war so sehr von mir selbst eingenommen. Mein Talent, mein Potenzial, ich, ich, ich, ich. Ich habe Caroline nie betrogen, aber ich war weiß Gott ein gemeines, streitsüchtiges Arschloch. Ich machte alles nieder, was sie tat. Ich weigerte mich, mit ihr zu kommunizieren, ich nahm das Geld, das sie verdiente, und gab ihr nichts dafür zurück. Nichts auf der Welt war so wichtig wie mein verdammtes Talent. Und wenn ich nun tatsächlich diesen großartigen Roman geschrieben hätte? Hätte das irgendein Leben verändert? Hätte es irgendjemandem außer mir – und wenn ich Glück gehabt hätte, vielleicht ein paar wichtigtuerischen Kritikern – etwas bedeutet? Wenn ich daran denke, wie ich jetzt die Macht und die Mittel habe, so viele Millionen von Menschen zu erreichen und vielleicht in ihrem Denken zu beeinflussen, dann bin ich geradezu überwältigt von Demut. Talent? Ist es denn kein Talent, den Menschen zu geben, was sie sich wünschen, sie aus ihrem Leben herauszureißen und in das Leben anderer hineinzuversetzen? Es tut mir Leid, wenn ich hier wie ein gefühlsduseliger Prediger die populäre Kunst in den Himmel hebe, aber es bedeutet mir im Moment einfach so viel. Menschen sind so wichtig. Fast so wichtig wie meine Familie, meine Babys.« In Nicks Augen traten Tränen.

Wie Richard später sagte, war es ein außergewöhnliches Zusammentreffen gewesen. Durch irgendeinen merkwürdigen Zufall – vielleicht göttliche Eingebung? – waren alle vier Männer zur selben Zeit zu etwa denselben Erkenntnissen über das Leben gelangt. Harry hatte seinen Glauben an die Treue wiedergefunden und vielleicht sogar bald seine Frau. Richard hatte sein Mitgefühl für unterprivilegierte

Menschen entdeckt, sich wieder in Georgia verliebt und seinen übertriebenen politischen Ehrgeiz aufgegeben. Steve hatte sein Vermögen verloren, aber ein neues Leben, ein neues Ziel und die Liebe zu seiner Familie gewonnen. Nick hatte seinen selbstsüchtigen Traum von künstlerischer Perfektion aufgegeben und dabei neben der privaten Erfüllung durch bevorstehende Vaterschaft auch beruflichen Erfolg erlangt.

Und es gab noch andere auffällige Parallelen zwischen den Männern. Menschen, die sie schon länger kannten, bemerkten nicht nur ihren moralischen Wandel, sondern auch eine sichtbare äußere Veränderung. Ihre Augen leuchteten, ihre Mimik war lebhaft, und das Auffälligste war ihr fast ständig präsentes Lächeln.

Sie fühlten sich miteinander so wohl und so unbeschwert, dass sie sich fast vorkamen wie Verwandte, wie eine Familie. Auf einen Fremden hätten sie wie Brüder wirken können, obwohl sie ganz verschieden aussahen. Nick meinte scherzhaft, sie könnten so etwas wie geistige Klone sein.

Gegen Ende ihres Abendessens, als sie vom Alkohol ein wenig angeheitert waren (obwohl sie viel weniger tranken, als sie es bei einem normaleren Männerabend getan hätten), beschrieb jeder von ihnen seine perfekte Frau.

»Sie ist sanft und süß und zärtlich und fraulich«, sagte Richard. »Sie ist gut und hübsch – lieber Himmel, ich hatte ganz vergessen, wie hübsch – und liebt und unterstützt mich.« Er hielt inne und lächelte. »Wie Georgia.«

»Selbst als ich fremdging, war Amanda meine perfekte Frau«, sagte Steve. »Ich liebte sie für ihre Stärke, ihre Schönheit, ihr tolles Haar, ihren sinnlichen Körper. Ich weiß nicht, ob ich ihr perfekter Mann bin oder es jemals war. Aber sie ist meine Idealfrau, auch wenn es ein Leben lang dauern wird, ihr Vertrauen und ihre Liebe zurückzugewinnen.«

»Ich habe nie an Caroline gezweifelt, aber ich habe ihr das Leben so schwer gemacht, war so verschlossen und missmutig, dass sie jetzt wahrscheinlich an mir zweifelt. Nie hat es eine andere Frau für mich gegeben. Und das wird es auch nicht«, sagte Nick. »Ich glaube, die größte Herausforderung für mich ist jetzt, nicht nur der beste Vater, sondern auch der beste Ehemann zu sein.«

»Du meine Güte, wenn mir vor einem Jahr jemand gesagt hätte, dass ich mal irgendwann mit einer Gruppe von Männern zusammensitze und mich zur Monogamie bekenne, hätte ich ihn für verrückt gehalten«, sagte Harry. »Aber das war damals, und jetzt ist heute. Wir alle kennen Georgia und Caroline und Amanda, aber keiner von euch kennt Annabel. Sie ist hübsch und zierlich. Sie hat viele kleine Sommersprossen, die gut zu ihrem langen, gewellten, haselnussbraunen Haar passen. Schlanke Beine und kleine, feste Brüste. Für mich ist sie ungemein weiblich. Süß, scheu, jungfräulich … falls man die Mutter seines Kindes als jungfräulich bezeichnen kann«, fügte er ernst hinzu.

Es folgte der erste schweigsame Moment des Abends. Jeder Mann dachte still und mit liebevollem Lächeln an seine jeweilige erwählte Partnerin.

»Mein Gott, habe ich mich heute wohl gefühlt«, sagte Richard kurze Zeit später, als das Licht im Speisesaal gedimmt wurde und die vier Männer, die inzwischen die Letzten waren, vom Tisch aufstanden. »Warum haben wir so was nicht schon früher gemacht?«

Ja, es war so ganz anders gewesen als die Abende, die sie sonst unter Männern erlebt hatten. Harry und Richard waren schon mehrmals zusammen essen gewesen, hatten sich dabei aber nie richtig unterhalten. Sie hatten anzügliche Witze gerissen und sich gegenseitig ein paar Affären gestanden, hatten aber nie ihre Gedanken ausgetauscht. Sie hatten sich betrunken und wie wahre Machos aufgeführt, denn so benahmen sich Männer eben, wenn sie zusammen ausgingen. Aber nie hatten sie GEREDET.

Auch Steve hatte schon Männerabende erlebt, die total entgleisten, was er jetzt vollkommen ablehnte. Aufrissabende mit Huren, weißem Pulver und Pornofilmen. Und Nick hatte in seiner Studentenzeit verrauchte Kneipentouren mit betrunken grölenden Studienkollegen mitgemacht. Doch keiner von ihnen hatte auch nur annähernd solche Vertrautheit und Tiefe in Gesprächen erlebt wie heute Abend. Beim Verlassen des Parlamentsgebäudes überlegte Steve, ob ihre Frauen sich wohl auch jedes Mal so frei und beschwingt fühlten, wenn sie sich trafen.

Alle waren sich einig, dass sie das mindestens einmal im Monat wiederholen müssten, und Nick bot an, das nächste Mal bei sich zu Hause Spaghetti zu kochen. Zum Abschied umarmten sie sich und gaben einander auf ganz natürliche und freundschaftliche Weise einen Kuss auf jede Wange.

12.

Nick saß mit einem Kissen unter dem Hemd auf dem Parkettboden und machte Atemübungen.
»Eins, zwei, drei, vier, fünf, ausatmen. Eins, zwei, drei, vier, fünf, ausatmen«, wiederholte er einige Male im Singsang, legte dann ein paar Runden Hecheln ein und fuhr mit dem Kinderlied fort, das er sich für ihre Wehenarbeit ausgesucht hatte. »Jack und Jill gingen rauf zu Bill, um Wa-hasser zu ho-holen – und eins, zwei, drei, vier, fünf, ausatmen – Jack fiel hin und brach sich das Kinn – und eins, zwei, drei, vier, fünf, ausatmen – und Jill fiel hinterher.«
»Bravo, Nick«, lobte Denise, die Kursleiterin. »Ich hoffe nur, dass Caroline das ebenso gut kann wie Sie. Wird sie es denn zur nächsten Stunde schaffen?«
»Na ja, im Moment ist es wirklich schwierig für sie«, log Nick betreten.

Es war ein wenig deprimierend, in diesem Schwangerschaftskurs des Kreiskrankenhauses der Einzige ohne Partner zu sein. Noch dazu der einzige werdende Vater ohne Partnerin. Aber er hatte hier viel gelernt und war sicher, dass er die Wehen mit so wenig Einmischung des Krankenhauspersonals wie möglich bewältigen konnte. Dass er eine natürliche Geburt durchziehen konnte, bei der im allerschlimmsten Fall höchstens etwas Lachgas und Sauerstoff gegeben wurden. Sein größter Wunsch war, Caroline von der Bedeutung einer natürlichen Geburt überzeugen zu können. Doch sie hielt nach wie vor nichts davon.

Auf dem Heimweg ging er noch in den Öko-Supermarkt, um gut und günstig einzukaufen. In letzter Zeit war er ein wählerischer Kunde geworden. Er mied alle Lebensmittel, die mit Geschmacksverstärkern, Konservierungsmitteln, Pflanzenschutzmitteln und auf sonstige dubiose Weise bearbeitet worden waren, damit die Babys keinen Schaden litten.

Er füllte den Einkaufswagen mit einer Auswahl an frischem Obst und Gemüse aus biologischem Anbau, Eiern und Fleisch von freilaufenden Hühnern sowie mit diversen Kräutertees. Er war auch dabei, die Babys – nun ja: Caroline – von Koffein zu entwöhnen, und hatte heimlich alle Teedosen mit teinfreien Tees und die Kaffeedose mit entkoffeiniertem Kaffee gefüllt. Bis jetzt hatte sie noch nichts gemerkt. Als er nach Hause kam, packte er die Einkaufstaschen aus, räumte die Sachen weg und bemerkte dabei, dass die Küche eine radikale Umstrukturierung und einen gründlichen Frühjahrsputz vertragen konnte.

Zwei Stunden später setzte er sich an den Tisch, verspeiste ein Sandwich und trank ein Glas Mineralwasser mit natürlicher Kohlensäure. Dann, ehe er sich an sein neuestes Drehbuch setzte, wollte er noch einmal sein »Geheimversteck« durchsehen.

In der Schublade unter ihrem großen Doppelbett hatte er alles verstaut, was er bisher für die Babys zusammengetragen hatte: ein Dutzend weiße Babybodys, zwei Dutzend Stoffwindeln (wenn er es verhindern konnte, sollten seine Babys nicht diese umweltbelastenden Plastikwindeln bekommen), einige Strampelanzüge in neutralen Farben (Hellgelb und Pfefferminzgrün), zwölf Paar bunte Socken, fünf Baumwolldecken und eine Reihe kleiner Mützchen (Babys können neunzig Prozent ihrer Körperwärme über den Kopf abgeben, hatte er gelesen).

All diese Sachen durchzusehen, vorsichtig wieder zusammenzufalten und in die Schublade zu legen bereitete ihm große Freude. Die Geburt konnte stattfinden – er war bereit. Im Kaufhaus hatte er einen Doppelkinderwagen, zwei Hochstühle, zwei Babykörbe und eine Babybadewanne bestellt, wollte sie aber aus Aberglauben erst abholen, wenn die Zwillinge da wären.

Durch einen wunderbaren Zufall hatte die Drehbuchvorgabe zur *Coronation Street* vor kurzem eine Schwangerschaft und Geburt beinhaltet, sodass er all sein neues Wissen und seine Aufregung über die bevorstehende Vaterschaft einarbeiten konnte. Er verbrachte den Nachmittag mit fröhlichem Schreiben und verfiel dabei – wie immer, wenn er ganz in seiner Arbeit aufging – in seinen antrainierten Manchester-Dialekt.

Als Caroline um sieben nach Hause kam, saß er noch immer an seinem Computer.

»Hattest du einen guten Tag, Liebling?«, fragte er sie mit heiterem Lächeln.

»Ging so«, murmelte sie düster.

»Ich habe uns einen leckeren Auflauf gekocht. Warum setzt du dich nicht hin und entspannst dich, und ich bringe dir etwas auf dem Tablett?«

Es hatte ganz den Anschein, als ob Caroline die Zwillinge termingerecht bekommen würde. Die Anstrengung, die ihr schwerer Bauch ihr verursachte, machte sich allmählich in ihrem Gesicht und ihren Bewegungen bemerkbar. Ende der Woche würde ihr letzter Arbeitstag sein, und obwohl das eine Erleichterung für sie sein sollte, merkte Nick, dass sie anscheinend nur ungern den ganzen Tag zu Hause verbringen wollte.

»Nur noch vier Tage, Darling, dann kannst du dich vor der Geburt noch einmal richtig ausruhen«, sagte er, stellte das Tablett auf den Couchtisch und schaltete den Fernseher ein. »Heute spielen sie mein Drehbuch«, verkündete er aufgeregt, als die Titelmelodie von *Coronation Street* ertönte.

Er setzte sich mit seinem Teller neben sie und verbrachte die nächste halbe Stunde damit, alle Dialoge mit verstellter Stimme mitzusprechen.

»Darling«, sagte er, als der Abspann gelaufen war und die Werbung begann, »du hast ja gar nicht aufgegessen. Hat es dir nicht geschmeckt?«

»Es war köstlich, Nick. Aber im Moment habe ich einfach kaum noch Appetit«, antwortete sie und zwang sich zu einem müden Lächeln. »Wenn du nichts dagegen hast, werde ich jetzt ein Bad nehmen und mich ins Bett legen. Die Energiereserven schonen, du weißt schon.«

»Verminderter Appetit ist in diesem Stadium ganz normal«, verkündete Nick wissend, »und natürlich bist du müde. Geh nur, meine Liebe, und nimm ein Bad.«

Während er die Küche aufräumte, meinte er, sie rufen zu hören. Er ging zur Badezimmertür, doch ehe er anklopfen und sie fragen konnte, ob sie etwas brauche, merkte er, dass sie mit sich selbst sprach. Sie lachte hysterisch, schluchzte ein bisschen, lachte wieder und dann hörte er sie unbegreiflicherweise ganz deutlich sagen: »Gott bewahre mich vor dem perfekten Ehemann.«

Die Kluft zwischen Richards neuen privaten Überzeugungen und seiner politischen Position wurde mit jedem Tag größer. Nach all den Jahren an der Macht fiel es der Partei schwer, sich an ihre neue Rolle als Opposition zu gewöhnen. Manche Torys glaubten, der Weg nach vorne – und zurück an die Macht – liege in einem Schwenk nach rechts. Premierminister Blairs rücksichtslose Erneuerung seiner Partei war erfolgreich gewesen und hatte die Wählerschaft sicher beeindruckt, aber gewisse Teile der Bevölkerung begannen sich nun Sorgen zu machen, inwieweit die Labour-Regierung ihr Leben verändern könnte.

Viele von Richards Kollegen – die Konservativen, mit denen er sich früher voll und ganz identifiziert hatte – glaubten, dass der Weg nach vorne darin liege, die neue Regierung in ihren Bemühungen um eine Förderung und Ausweitung der Sozialpolitik aufs Heftigste zu kritisieren. Was bedeutete, dass Richard – als Minister für Soziales im Schattenkabinett – sich streng der Parteilinie unterwerfen und in der Fragestunde des Premierministers die »Staatsschmarotzer« anklagen musste.

Natürlich war Richard nicht dadurch an die Spitze gelangt, dass er seinen eigenen Prinzipien treu geblieben war, nicht einmal in den Tagen, als er noch welche besaß. Aber jetzt war es anders. Er hatte eine Rede vorgelegt bekommen, die dieser grässliche Hoffnungsträger der Torys verfasst hatte, für den Louise jetzt arbeitete, und die alle Bürger, die auf die Hilfe des Staates angewiesen waren, so scharf angriff, dass einem angst und bange wurde. Wie um alles in der Welt sollte er sich hinstellen und voller Überzeugung diese Rede halten, wo er doch mittlerweile fast das Gegenteil von dem dachte und fühlte, was er vorher vertreten hatte?

Richard war als guter Redner bekannt und als einer der wenigen Mitglieder der Partei, der einen Haufen Klischees so verkaufen konnte, als seien sie von neuen Ideen inspiriert.

Nun aber, als er nervös vor dem erwartungsvollen und gut besetzten Parlament stand, war kaum eines seiner Worte zu hören, geschweige denn zu verstehen. Richard verstümmelte die Rede zu blankem Unsinn, ließ die raffiniertesten rhetorischen Konstruktionen einfach weg und ersetzte sie durch für ihn ungewöhnliche Pausen und unhörbare Randbemerkungen. Die Verlegenheit seiner Parteikollegen (die sich untereinander besorgte Kommentare über Richards Gesundheits- und Geisteszustand zuraunten) war so groß, dass Schweigen die einzige Reaktion auf seine Worte war. Es kamen keine Zwischenfragen und nicht einmal eine höhnische Bemerkung von Dennis Skinner.
»Verzeihen Sie«, sagte der Sozialminister nach Richards unzusammenhängender Rede, »aber ich bin nicht sicher, was unser ehrenwertes Mitglied damit sagen wollte. Könnte es sein, dass einige Angehörige der Tory-Opposition so beschämt über die Resultate ihrer siebzehnjährigen Regierung sind, dass sie nicht mehr die Courage haben, zu ihren ehemaligen Überzeugungen zu stehen?«
Die Hinterbänkler der Labour-Partei johlten und klatschten so begeistert, dass Richard puterrot anlief, vor den laufenden Fernsehkameras aufstand und den Saal verließ. Die ganze Szene samt Richards vorzeitigem Abgang wurde in den Frühnachrichten, den Abendnachrichten, den Spätnachrichten und den nächtlichen Schlagzeilen wiederholt. Zudem bot sie Anlass für unzählige Leitartikel in den Zeitungen des folgenden Tages, wo nicht nur das Verhalten des ehemaligen Ministers für Soziales, sondern das gesamte Schattenkabinett in Frage gestellt wurde.
Richard wusste, dass dies höchstwahrscheinlich das Ende seiner politischen Karriere bedeutete. Doch das kümmerte ihn kaum. Georgia war da, weinte mit ihm, als er am Abend

nach Hause kam, und sagte, sie würde zu ihm halten, was immer er auch täte.
Er trat nicht zurück und wurde auch nicht seines Amtes enthoben. Stattdessen folgte eine Abkühlungsphase, in der er gebeten wurde, eine Pause zu machen und sich irgendeine Rechtfertigung für sein sonderbares Verhalten im Parlament auszudenken.
Einige Zeit lang hatte Richard den Rat seiner Frau tatsächlich befolgt und sich an diversen karitativen Aktivitäten beteiligt. Er hatte beschlossen, dass es nicht genügte, nur in Komitees zu sitzen oder seinen Namen auf den Briefköpfen anerkannter Wohltätigkeitsorganisationen zu lesen, sondern dass er an der Basis beteiligt sein wollte. Sich die Hände schmutzig machen wollte, sozusagen. Und wie er schnell merkte, war es sehr viel befriedigender, etwas zu tun, das den sozial Benachteiligten direkt half, als sich mit zielferner Verwaltungsarbeit oder Geldbeschaffungsmaßnahmen abzumühen.
Zwei Abende pro Woche arbeitete er als freiwilliger Helfer in einer Suppenküche für Obdachlose, die von einer kleinen Gruppe junger Leute betrieben wurde. Er hatte sie zufällig eines Abends auf dem Nachhauseweg entdeckt. Richard war von ihrem selbstlosen Einsatz so beeindruckt gewesen, dass er dort vorgesprochen und seine Hilfe angeboten hatte. Gott sei Dank erkannten sie ihn nicht, und bestimmt rührte ein Teil seiner Arbeitsfreude auch aus seiner Anonymität.
In seinen alten Gartenjeans, einem weiten Sweatshirt und farbbekleckstem Anorak setzte er sich mit in den Lieferwagen, der jede Nacht dieselbe Strecke abfuhr. Zuerst war er über das, was er sah, schockiert gewesen. Da waren junge Leute, Menschen mittleren Alters und alte Menschen –

und durchaus nicht nur Männer, wie er früher immer gedacht hatte. Viele von ihnen waren Frauen und Mädchen, von denen einige, wie er traurig feststellen musste, nicht viel älter als Emily oder Tamsin waren. Mit ihnen zu reden erweiterte seinen Horizont. Und ihnen zu helfen stellte eine Möglichkeit dar, seine Schuld, die er wegen seiner früheren arroganten und unsensiblen Verhaltensweise gegenüber diesen Menschen empfand, wieder gutzumachen.
Doch schließlich war es wohl unvermeidbar, dass gerade diese Arbeit ihn politisch ruinierte. Ein Reporter des *Daily Mirror* erhielt den Tipp, dass ein langjähriges Tory-Mitglied für die Obdachlosen arbeitete. Kurz darauf erschien ein schockierendes Foto von Richard in seinen schlampigen Klamotten neben einem drogenabhängigen jungen Mädchen auf der Titelseite mit der Überschrift »Tory teilt an Obdachlose aus«.
Nach einem langen Gespräch mit dem Oppositionsführer (Richard konnte gar nicht mehr verstehen, was er einst in ihm gesehen hatte) erklärte er sich bereit, von seinem Posten zurückzutreten und öffentlich zu verkünden, dass er aus dem Parlament ausscheide. Als er sein Rücktrittsgesuch unterschrieb, lächelte er noch breiter als sonst. Zum ersten Mal in seinem Leben hielt er sich für einen glücklichen Menschen.

Harry hatte beschlossen, Annabel seinen Besuch in dem kleinen Dorf Boscastle nicht anzukündigen. Er hielt es für das Beste, einfach vor ihrer Tür aufzukreuzen und sie um Verzeihung zu bitten. Vor lauter Aufregung konnte er die letzten Meilen seiner Reise kaum noch das Lenkrad halten. Während der fünfstündigen Fahrt nach Cornwall hatte er ständig erinnerungsträchtige Kassetten mit Aufnahmen von ihren Lieblingsbands im Autoradio abgespielt und so Erinnerungen an ihre gemeinsame Jugendzeit heraufbeschworen.

Er war ein bisschen enttäuscht von dem öden öffentlichen Parkplatz und den Scharen hässlicher Touristen, die durch das Dorf wanderten. Doch seine Vorstellung von dem Haus, das Annabel sich für ihr perfektes Leben auserwählt hatte, stimmte vollkommen mit der Realität überein. Es war ein kleines, hübsches Häuschen mit Schieferdach, von dem aus die Klippen und das Meer zu sehen waren. Der Garten war auf romantische Weise verwildert und die Haustür in einem hübschen Blau gestrichen.

Ihm war klar, dass sie sich verändert haben musste. Er erwartete nicht, dass sie genauso aussah wie auf den vielen Fotos in seinem Studio oder den Bildern in seinem Kopf. Vorsichtig klopfte er an und stand wie verzaubert, als eine junge Frau mit langem, gewelltem Haar öffnete und ihn anstarrte. Das konnte nicht Annabel sein, dafür war sie zu jung und zu groß. Es dauerte einen Augenblick, bis er erkannte, dass dies seine Tochter sein musste, Amber, die nach der besonderen Haarfarbe benannt war, die auch ihre Mutter hatte.

»Ja, bitte?«, fragte sie kühl.

»Ist Ann…, ich meine, ist deine Mutter zu Hause?«, stammelte er.

»Wer will das wissen?«, gab Amber schnippisch zurück.

»Sag ihr, Harry ist da.«

»Harry wer?«, fragte sie, da sie anscheinend keinen blassen Schimmer hatte, wer er war.

»Amber, ich bin dein Vater.«

Daraufhin ließ sie ihn ins Haus, wobei sich ihr abweisender Gesichtsausdruck nicht im Mindesten veränderte, und

führte ihn in ein schmuddeliges, lila gestrichenes Wohnzimmer, das mit Sternen und Monden dekoriert und mit vielen staubigen viktorianischen Möbeln ausgestattet war. In der Dunkelheit konnte er zunächst nur den Rücken einer kleinen Frau mit langem Haar erkennen. Du meine Güte, dachte er, während sein Herz einen Satz machte, sie trägt ihr Haar immer noch wie früher, und vor allem riecht sie noch immer ganz deutlich nach zerstoßenen Rosenblättern.
»Annabel«, sagte er.
Als sie sich umdrehte, konnte er die Veränderungen erkennen, die die Zeit ihr zugefügt hatte. Ihr Haar leuchtete nicht mehr so wie früher und war von grauen Strähnen durchzogen, ihr Körper war plumper und ihre Brüste schlaffer geworden. Doch seltsamerweise dämpfte das Aussehen der älteren Annabel in keiner Weise seine Wiedersehensfreude. Er sehnte sich geradezu danach, sie in die Arme zu nehmen und zu beschützen.
Sie schwieg eine ganze Weile und sah ihn einfach nur an.
»Ich vermute, du bist schließlich doch zu der Überzeugung gekommen, dass wir uns scheiden lassen sollten«, sagte sie dann und blickte an ihm vorbei zu Amber, die sich langsam zurückzog.
»Nein«, erwiderte er.
»Nun, für die Einführung des Besuchsrechts ist es jetzt ein bisschen spät. Amber ist neunzehn«, fuhr sie mit einem bitteren Lachen fort.
»Nein, ich bin gekommen, um dich zu sehen, Annabel. Ich meine, natürlich wollte ich auch Amber sehen, mit ihr reden und sie kennen lernen. Aber das Letzte, was ich von dir will, ist die Scheidung. Sieh mal, ich habe ein paar Fotos mitgebracht.« Er legte einen Stapel Fotos auf den runden Tisch mit lila Tischtuch zwischen ihnen.

Sie sah sie an, und musste zum ersten Mal lächeln. Es dauerte fast den ganzen Tag, bis Harry sie überzeugt hatte, dass er es ehrlich meinte. Vielleicht hätte er es nicht geschafft, wenn Amber dageblieben wäre. Aber sie war nur zu Besuch, da sie an der Universität von Exeter studierte. Ihre Ablehnung ihm gegenüber war deutlich zu spüren. Sie musterte ihn wie einen monströsen Außerirdischen. Doch sie mischte sich nicht weiter ein und fuhr nach ungefähr einer Stunde in ihrer Ente nach Exeter zurück.

Harry war sehr vorsichtig. Er wollte nichts überstürzen. Als sie allein waren, machte Annabel etwas zu essen, und sie setzten sich hin und redeten und sahen einander an. Harry konnte sein Glück kaum fassen. Er hatte gewusst, dass Annabel mit niemandem zusammenlebte, aber nicht, ob sie einen Freund hatte. Da seien ein paar Männer gewesen, erzählte sie ihm im Laufe des Abends mit sanfter Stimme, aber Amber sei ihr immer das Wichtigste gewesen. »Und Amber hat nie einen Mann gemocht«, fügte sie mit ihrem eigenartigen Madonnenlächeln hinzu.

Annabel lebte von ihrer Arbeit als Illustratorin. Eines der Zimmer hatte sie als Studio eingerichtet, wo sie ihre wunderschönen Bilder von Blumen und Tieren anfertigte. Sie verdiente gerade genug Geld, um so zu leben, wie sie wollte. Erst jetzt, als die Uhr auf dem Kamin zehn schlug, fragte er sie, wo er die Nacht über unterkommen könnte.

»Du kannst hier schlafen, Harry«, antwortete sie, und in dem weichen Licht der Kerzen war sie so hübsch und bezaubernd wie in ihrer Hochzeitsnacht.

Sie führte ihn nach oben in ihr Schlafzimmer, wo das große Mahagonibett stand, in dem sie zu Beginn ihrer Ehe geschlafen hatten. Ja, sie hatte sogar noch die indianische Bettdecke, auf der sie so oft gelegen und sich geliebt hatten.

Auf dem Nachtschränkchen stand eine Schüssel mit Rosenblättern. Sie sah zu ihm auf und öffnete ihr langes, weichfließendes Kleid. Er achtete nicht auf ihren Körper. Es spielte keine Rolle, dass ihre Brüste und die Haut über ihrem Bauch erschlafft waren. Er blickte nur in ihr Gesicht und verlor sich in ihren Augen. Sie liebten sich fast die ganze Nacht. Annabel zeigte eine Energie und Wildheit, an die er sich nicht erinnerte. Sie war erfahren und ebenso geschickt mit ihren Händen und der Zunge wie jede andere der Frauen, die er nach ihr gehabt hatte. Aber er dachte nicht weiter über ihre Liebeskünste nach. Er dachte überhaupt nicht nach, sondern ließ sich vom Duft der Rosen betören und spürte, als er schließlich in einen tiefen und befriedigten Schlaf fiel, dass er endlich nach Hause gekommen war.

Steve schloss die Augen und fasste die Menschen rechts und links von ihm im Kreis fest an der Hand. »Ich fühle, ich sorge, ich helfe«, sang er mit den anderen im Chor. Dieses Wochenendseminar der Gruppe war der Höhepunkt seines Beratungskurses und für ihn so etwas wie eine Offenbarung. Als er die Augen wieder öffnete und die Menschen im Kreis anblickte, dachte er, dass er fast genauso viel über sich selbst gelernt hatte wie über das Helfen anderer. Heute Abend würde er das Zertifikat des Vereins für Sozialberatung und -hilfe erhalten, das seine Zukunft sichern sollte. Mit Richards Hilfe und David Kings Unterstützung hatte er es geschafft, eine Stelle in der Praxis eines Arztes für Allgemeinmedizin zu bekommen. Dort würde er mit Menschen arbeiten, die alle möglichen Arten von Problemen hatten – Depressionen, Drogenabhängigkeit, Geistesstörungen. Und trotz der großen Verantwortung, die er dabei auf sich nahm – und der relativen Kürze seiner Ausbildungszeit – fühlte er sich der Aufgabe gewachsen. Wie sein Kursleiter einmal gesagt hatte: Er war ein Naturtalent. Die Leute redeten gern mit ihm. Zu Hause in ihrem Wohnblock war er derjenige, an den sich jeder Ratsuchende wandte. Seine Vorschläge, sein Einfühlungsvermögen, seine Ehrlichkeit und Integrität hatten ihn zu einem Mann gemacht, zu dem man aufblickte.

Natürlich war es für Amanda oder die Leute, die ihn von früher kannten, schwer, seinen Wandel zu akzeptieren. Jetzt erkannte er, dass er als Mann mit Macht und Geld ein wahres Monster gewesen war. Er hatte alle Menschen in seinem Leben mit heimlicher Verachtung betrachtet. Und in seinem verzweifelten Bestreben, die gesellschaftliche Leiter emporzuklettern, hatte er seine eigene Familie vernachlässigt (zwar hatte er seiner Mutter einen hübschen kleinen Bungalow in Southend gekauft, sie dort aber nie besucht, und der Schock über seine Inhaftierung hatte den Herzanfall ausgelöst, an dem sie dann wenige Wochen nach dem Zusammenbruch seines Imperiums starb).

Er war der typische Mann der Achtziger gewesen, der überzeugt war, alles und jedes habe seinen Preis. Selbst Frau und Kind hatte er nur als Waren angesehen. Jetzt aber war er ein neuer Mensch. Er war nicht mehr der gerissene und korrupte Steve Minter. Er war Steve Minter, Mitglied des Vereins für Sozialberatung und -hilfe.

Er musste sich eine Träne abwischen, als er sein Zertifikat erhielt, auch wenn er etwas erstaunt war, dass manche der Anwesenden – von denen er einige insgeheim als gestört und unsozial einstufte – ebenfalls die Abschlussprüfung bestanden hatten.

Während der Heimfahrt träumte er von der Zukunft. Dass er wieder der Ernährer der Familie sein würde, dass Amanda ihre Arbeit aufgeben und eine richtige Ehefrau und Mutter sein könnte, dass Annie von einem normaleren Familienleben profitierte. Und dass sie ihre Familie schließlich sogar vergrößern und in eines der kleinen Häuschen am anderen Ende der Wohnsiedlung ziehen könnten. Doch Amanda schien seinen Enthusiasmus nicht zu teilen, geschweige denn seine Träume. Sie musterte sein Zertifikat mit skeptischem Gesicht.

»Warum kannst du dich nicht für mich freuen? Warum kannst du nicht akzeptieren, dass ich mich verändert habe?«, fragte er, nachdem Annie ins Bett gegangen war.

»Oh, Steve, ich sehe ja, dass du dich verändert hast«, erwiderte sie. »Aber ich glaube, du weißt nicht, warum du dich verändert hast. Und ob diese Veränderung wirklich etwas Positives ist ...«

»Was meinst du damit? Zum ersten Mal in meinem Leben fühle ich mich ... nun ja: zufrieden. Ich bin dabei, etwas Positives für andere Menschen zu tun. Ich liebe dich, ich liebe unsere Tochter. Was willst du mehr? Was könntest du noch mehr wollen?«

»Was ist mit deiner Abenteuerlust passiert, Steve? Was ist mit dem Teil von dir passiert, der gerne Risiken einging? Wie kannst du, Steve Minter, dich mit so wenig zufrieden geben?«

Er war durch ihren Ausbruch verletzt und verstand nicht, warum sie sich nicht für ihn, mit ihm freuen konnte.

»Darling, Amanda, bitte freu dich doch für mich. Bitte sei mit mir glücklich«, flehte er und ging zu ihrem Schminktisch, um mit dem Ritual des Haarebürstens zu beginnen.

Tränen standen in ihren Augen, als er sie zum Bett trug und anfing, sie zu liebkosen. Er wusste, dass er sich in sexueller Hinsicht nicht verändert hatte, es sei denn zum Besseren,

und als sie den Höhepunkt erreichten, bat er sie erneut: »Bitte sei glücklich für mich, bitte sei glücklich mit mir.«
»Oh, Steve«, stöhnte sie, »ich wünschte, ich könnte es.«

Carl wurde ein nahezu perfekter Schauspieler. In Nicolas Gegenwart war er genau der Mann, den sie sich wünschte. Das, was der grässliche englische Politiker als »neu gezüchtetes niedliches Haustier« bezeichnet hatte. Natürlich hatte Carl damals, als der Mann das sagte, nicht verstanden, was er damit meinte. Aber jetzt, endlich ohne die Mannigfalt-Kapseln, konnte er erkennen, was Nicola aus ihm gemacht hatte. Schlimmer noch, er merkte, dass Nicola und ihre Kolleginnen sich nicht damit zufrieden gaben, einige wenige Männer in menschliche Pudel zu verwandeln. Sie wollten eine Nation, nein, eine ganze Welt voller perfekt abgerichteter Männer.
Er war überzeugt, dass er und nur er allein die Hoffnung und Rettung der Menschheit war. Gott allein wusste, wie lange es dauern würde, bis sie aus Mannigfalt ein so beliebtes und weit verbreitetes Medikament machten wie Penicillin oder Aspirin. Bis dahin musste er sein Spiel mit Nicola weitertreiben. Sie durfte nichts ahnen. Zu diesem Zweck brachte er ihr heute Morgen das Frühstück – komplett mit roter Rose in einer Silbervase – ans Bett. Und als sie ihr Croissant gegessen und ihren Kaffee getrunken hatte, legte er sich neben sie und schlief so mit ihr, wie sie es gerne mochte (und nicht so, wie er es in letzter Zeit bevorzugte). Später, nachdem sie geduscht und sich angezogen hatte, fuhr er sie zur Arbeit.
»Was machst du heute, Schatz?«, fragte sie und streichelte ihm in einer Art und Weise über den Hinterkopf, dass er ihr am liebsten die Hand abgebissen hätte.

»Ach, ich dachte, ich arbeite ein bisschen für mein Examen und schicke ein paar Bewerbungen an interessante Stellen los«, antwortete Carl mit strahlendem Lächeln.
Bevor sie ausstieg, küsste sie ihn auf den Mund, und er konnte sich nur durch schnelles Wegfahren daran hindern, sie anzuspucken. Carl hatte keinerlei Absicht, für sein Examen zu lernen oder sich um irgendwelche Stellen zu bewerben. Er wollte mehr über Mannigfalt und die Neumann-Stiftung herausfinden und beschloss, nach Hause zu fahren und Nicolas private Korrespondenz zu durchstöbern.
Nicola hatte immer streng darauf geachtet, dass ihr Arbeitszimmer verschlossen war. Nicht ein einziges Mal in den Jahren, die sie nun schon zusammen waren, hatte sie ihm erlaubt, in ihr Heiligtum einzudringen. Carl musste laut lachen, als er darin eine weitere Verbindung zu seinem Dasein als »neu gezüchtetes niedliches Haustier« entdeckte. Er stellte sich vor, wie sie ihren Kolleginnen erzählte: »Natürlich lasse ich Carl nicht in mein Büro, aber den Rest der Wohnung darf er nach Belieben betreten.«
Als Erstes bestellte er einen Schlosser. Es war leicht, den Kerl davon zu überzeugen, dass er unglücklicherweise den einzigen Schlüssel zu diesem gottverdammten Büro verlegt hatte. Eine halbe Stunde und sechzig Dollar später war Carl drin und ging methodisch Nicolas Akten durch. Natürlich würde sie nichts streng Vertrauliches oder Wichtiges in ihrer Privatwohnung aufbewahren. Aber es gab viele Hinweise darauf, in welchem Ausmaß Mannigfalt weltweit vertrieben werden sollte.
Das Beängstigende an dem ganzen Konzept war, wie er erst kürzlich erkannt hatte, dass es an die Eitelkeit der meisten Männer appellierte. All dieser Blödsinn über gesteigerte Potenz und Karrierefähigkeit! Und sobald die Männer es

einmal ausprobiert hatten, wären sie in der Falle, weil sie glaubten, tatsächlich glücklich zu sein. Als er die Fotos aus der frühen Phase des Programms betrachtete, war er über die leeren, lächelnden Gesichter von sich und den anderen Freiwilligen schockiert. Er erschauerte bei dem Gedanken, dass eine Million Männer – Zigmillionen Männer – sich ihren Weg durch das Mannigfalt-Programm lächeln würden. Er musste etwas unternehmen. Er musste einen Plan entwerfen, der Mannigfalt als das entlarvte, was es war: die obskure Verschwörung einer Gruppe hysterischer Feministinnen, alle Männer der Welt zu kontrollieren. Was ihn aber am meisten schockierte und motivierte, war der Brief einer von Nicolas Freundinnen aus England.

Liebste Nicola!

Es tut mir Leid, dass ich an unserem letzten Abend so überreagiert habe. Ich habe einfach alles geleugnet. Ich wollte nicht erkennen, was aus Richard geworden war. Und ich konnte nicht erkennen, was du mir zu bieten hattest. Aber ein paar Tage nach deiner Abreise gab ich ihm – wohl aus Ärger – die erste Kapsel. (Ich erklärte ihm, es sei ein neuer Vitaminmix!)
Es genügt zu sagen, dass er jetzt, nach sechs Wochen, wirklich zum perfekten Ehemann geworden ist. Er ist nicht nur der Mann, den ich früher geliebt habe, er ist mehr. Eben perfekt. Letzte Woche zu meinem Geburtstag schenkte er mir einen wunderschönen neuen Ehering, und wir schliefen zum ersten Mal seit Urzeiten wieder richtig miteinander. Ich kann kaum glauben, wie einfühlsam und zärtlich und ... na ja STRAHLEND *er in so kurzer Zeit geworden ist. Neulich hat er sogar eingekauft und für mich gekocht!*

Aber es hat sich nicht nur seine Einstellung zu mir und der Familie verändert, sondern seine Einstellung der gesamten Welt gegenüber. Er will die Politik aufgeben, er hasst, was aus ihm geworden ist, und er zeigt großes Mitgefühl und Freundlichkeit gegenüber jedem Menschen, dem er begegnet. Es klingt vielleicht blöd, aber er ist jetzt ein Mann, der denkt wie eine Frau (ist das möglicherweise das Ziel von Mannigfalt?).
Danke, Nicola, danke, danke, danke. Ich glaube, wir sind jetzt beide glücklicher als je zuvor in unserem Leben.
Viele liebe Grüße, Georgia.

PS: Könntest du mir bitte, bitte Nachschub schicken – ich könnte es nicht ertragen, wenn mir Mannigfalt ausgeht!
PPS: Ich habe sogar Juliet verziehen!
PPPS: Das Lustigste ist, dass unsere Männer jetzt beste Freunde geworden sind und sich regelmäßig treffen, wie wir Frauen! Kannst du dir Richard, Steve, Harry und Nick (der nur noch über Babys redet) vorstellen, wie sie sich stundenlang unterhalten und telefonieren?

Obwohl ihn der Gedanke amüsierte, dass dieser grässliche Politiker selbst in ein »neu gezüchtetes niedliches Haustier« verwandelt worden war, machte er ihm auch Angst. Denn der skrupellose Vorsatz, Männer ohne ihr Wissen oder ihre Zustimmung mit Mannigfalt zu behandeln, gab Nicolas Arbeit eine völlig neue Dimension. Nach dem Lesen des Briefes machte Carl sich also an den Entwurf eines umfangreichen Plans. Es würde eine ganze Weile dauern, bis er alle Details ausgearbeitet hätte, aber wenn er und Nicola in ein paar Monaten zur Einführung von Mannigfalt auf dem europäischen Markt wieder nach England reisten, würde alles bereit sein.

Den Rest des Tages verbrachte er damit, die vermeintlich wichtigsten Unterlagen als Beweisstücke zu fotokopieren und dann sorgfältig wieder an ihren Platz zurückzulegen. Die nächsten Monate über musste er auf jeden Fall Nicolas maßgeschneiderter perfekter Mann bleiben. Als sie nach Hause kam, schenkte er ihr das übliche breite Lächeln, das ihm zu Beginn des Programms so leicht gefallen war, das er jetzt allerdings nur noch mit Mühe zustande brachte.

13.

Nicks Wehen kamen im Abstand von viereinhalb Minuten. Er gab sich sehr viel Mühe, richtig zu atmen, sang seinen Rhythmus und hechelte so laut, wie er sich traute, aber es half nichts. Es kam ihm vor, als müsse sein Körper vom Druck der Schmerzen aufplatzen. Aus irgendeinem Grund brachte Caroline seine Symptome in keiner Weise mit ihren eigenen in Verbindung. Eigentlich hatte sie ihn in den letzten paar Stunden nur angeschrien und verflucht und nach Schmerzmitteln verlangt, Periduralanästhesie, irgendetwas, um ihr die Qualen der Kontraktionen zu ersparen.

Doch Nick blieb hart. Wenn er es ertragen konnte, dann sie auch.

»Jack und Jill gingen rauf zu Bill – eins, zwei, drei, vier, fünf, ausatmen«, sang er sie an. »Nun komm schon, Darling, es hilft wirklich.«

»Nichts kann mir helfen, Nick, nichts«, stöhnte sie, »höchstens der Tod.«

Obwohl er sich inzwischen kaum noch aufrecht halten konnte, wollte Nick nicht aufgeben, auch wenn er Caroline leicht widerstrebend zugestand, etwas Lachgas und Sauerstoff einzuatmen.

»Komm schon, Darling, du schaffst es – denk dran, einatmen, Luft anhalten, eins, zwei, drei, vier, fünf, ausatmen«, drängte er sie.

»Blöder Jack und dämliche Jill gingen rauf zum bescheuerten Bill ... Oh, nein, nein, nein, ich halt das nicht mehr aus. Hol die Schwester, Nick, hol die Schwester!«, kreischte Caroline, während in der Zimmerecke die Alarmglocke irgendeines Gerätes schrillte.

Dann ging alles sehr schnell. Ein Mann im grünen Kittel kam und sprach beruhigend auf Caroline ein, ein Anästhesist wurde gerufen, ein Schutzschirm aufgestellt und nach zwanzig Minuten waren alle saubergeschrubbt und bereit für den Kaiserschnitt. Das heißt: alle außer Nick.

»Aber ich hab Ihnen doch gesagt, ich will eine natürliche Geburt«, brüllte er den Chirurgen an. »Wollen Sie, was das Beste für die Babys ist?«, fragte der Mann mit sanfter, aber autoritärer Stimme zurück.

»Natürlich will ich das«, erwiderte Nick.

»Dann schlage ich vor, dass Sie draußen warten.«

Aber Nick ließ sich nicht so leicht von seiner eigenen Geburt verjagen. Drei Minuten später kehrte er mit Kittel und Mundschutz in den Kreißsaal zurück. Doch als der Chirurg das Skalpell ansetzte, um den diskreten Bikinischnitt zu machen, gab es erneut Aufregung.

»Halt! Halt! Warten Sie!«, rief Nick. »Ich hab die Kamera vergessen.«

Es gelang ihm, mit seinem brandneuen Zoom-Camcorder die bewegendsten Momente festzuhalten: das Erscheinen des ersten mit Blut- und Käseschmiere überzogenen Babys – ein Mädchen – und drei Minuten später das des nächsten, nur geringfügig kleineren – ein Junge.

»Jack und Jill«, rief Nick aufgeregt.

Die Kamera, ein Modell nach dem neuesten Stand der Technik, die extra zu diesem Anlass gekauft worden war, hielt auch die Sticheleien des Krankenhauspersonals fest, die noch nie einen Mann erlebt hatten, der von einer Geburt so besessen war. Während der Chirurg den Schnitt vernähte (was weitaus länger dauerte als die Geburt), zeichnete die Kamera auch Carolines leises Stöhnen auf, da sie durch die Wirkung der Rückenmarksbetäubung – die die Körpertemperatur senkte – und den Blutverlust fröstelte und von dem ganzen Ereignis emotional überwältigt war.

Der Kinderarzt, der während der gesamten Operation dabei gewesen war, hatte die Babys untersucht und gewogen und für gesund befunden. Jill wog 2466 Gramm und Jack 2296. Nick weinte hemmungslos, als man ihm nacheinander seine Kinder überreichte. Die Tränen, die ihm über das Gesicht rannen, wurden von einer hilfsbereiten Schwester, die die Kamera hielt, für die Nachwelt festgehalten.

Caroline schlief den Rest der Nacht durch, aber Nick saß hellwach neben den beiden plexiglasverkleideten Krippen und passte auf seine Kinder auf. Jedes Mal, wenn eines der beiden leicht quäkte, sich bewegte oder schrie, griff er nach der Kamera und zeichnete das Ereignis auf.

Am Morgen, als die Schwester kam, um die Babys an Carolines Brust zu legen, saß er immer noch da. Er hielt Jack an Carolines linke Brust und die Schwester hob Jill an die rechte. Caroline selbst war noch zu erschöpft, um ihre kleinen Lieblinge selbst zu halten.

»Warum fahren Sie nicht nach Hause, schlafen ein wenig und benachrichtigen dann alle Verwandten?«, schlug die Schwester vor.

Doch Nick wollte die Babys unter keinen Umständen verlassen. Er erledigte die Anrufe von einem tragbaren Telefon aus, das man ihm ins Zimmer brachte, und schwärmte den Omas, Opas, Onkeln und Tanten und natürlich Georgia, Juliet und Amanda von seinem Nachwuchs vor. Georgia freute sich ganz besonders und reichte den Hörer an Richard weiter.

»Meinen Glückwunsch, Nick!«, rief der. »Da müssen wir Jungs uns ja bald treffen und drauf anstoßen.«

Am späten Vormittag, als Caroline es endlich schaffte, aufzustehen und zur Toilette zu wanken, schlief Nick dann doch ein – aufrecht im Stuhl neben ihrem Bett sitzend, mit einer Hand in der Krippe seiner Tochter, der anderen in der Krippe seines Sohnes und einem tief zufriedenen Ausdruck im Gesicht, auf dem selbst im Schlaf sein immer währendes Lächeln lag.

»Was habe ich nur angerichtet«, murmelte Caroline, als sie sich an ihm vorbei wieder in ihr Bett schlich.

Richard genoss seine Arbeitslosigkeit. Und obwohl er natürlich so schnell noch keine Geldprobleme bekommen würde, äußerte Georgia sich doch besorgt darüber, wie sie in Zukunft ihren Lebensstil ohne sein Einkommen aufrechterhalten sollten.

»Aber Georgia, Darling«, sagte er sanft, »warum um alles in der Welt sollen wir DIESEN Lebensstil aufrechterhalten wollen? Ich habe mir überlegt, dass wir unsere Ausgaben auf verschiedenste Weise einschränken können. Ich meine, warum brauchen wir überhaupt ein Kindermädchen?«

Es stimmte, sie brauchten Sandy nicht unbedingt. Richard hatte die Fahrten zur und von der Schule übernommen und war auf einem Elternabend von Toms Klasse zum Vertrauensmann gewählt worden. Jeden Tag nach der Schule half er den Kindern bei ihren Hausaufgaben und organisierte Freizeitaktivitäten.

»Und dann glaube ich, dass wir auch auf die Hendersons verzichten können. Na ja, Mrs. Henderson könnte viel-

leicht jeden Tag zum Putzen vorbeikommen, aber als Festangestellte sind die beiden nicht mehr vonnöten.«
Auch das stimmte. Richard war schrecklich häuslich geworden. Er hatte die große alte Küche neu organisiert und aus eigener Initiative einen zweiwöchigen Speiseplan entworfen, der hauptsächlich aus Gerichten bestand, die er mittlerweile selbst kochen konnte: Aufläufe und einfache Nudelgerichte. Und er gefährdete sogar den Lebensunterhalt ihres alten Gärtners Bob, weil er einen ausgedehnten Gemüsegarten geplant hatte, den er selbst anlegen wollte.
»Darling, wir könnten uns teilweise selbst versorgen. Ich habe vor, unsere eigenen Kartoffeln anzubauen, Kürbisse, Rosenkohl, Brokkoli und Spinat, und außerdem würde ich gern ein paar Hühner halten. Und vielleicht ein oder zwei Ziegen.«
Tatsächlich gab es Augenblicke, in denen sogar Georgia sich ein wenig überflüssig fühlte.
»Aber Richard, wir sind hier nicht in ›Das herrliche Landleben‹. Selbst mit deinen Einsparungen müssen wir irgendeine Art von Einkommen haben. Und außerdem wird es dir sicher bald langweilig sein, Unkraut zu jäten und Hühner zu füttern. Gibt es nichts anderes, was du tun könntest? Irgendeinen Direktorenposten oder einen lohnenden Teilzeitjob in der Stadt? Das machen doch alle Ex-Minister.«
»Tja, mein Schatz, ich bin aber nicht wie alle Ex-Minister. Ich kann mir nichts Schlimmeres vorstellen, als meinen Namen auf dem Briefpapier einer Handelsbank oder großen Firma stehen zu sehen. Ich will von all dem wegkommen. Wenn ich jetzt etwas arbeite, dann etwas ganz anderes. Weißt du, was mir Spaß machen würde? Unterrichten«, sagte Richard.

»Na ja, vielleicht könntest du Dozent in Oxford werden oder so etwas. Oder dir in einer internationalen Vorlesungsreihe selbst einen Namen machen. Oder deine Memoiren schreiben. Lady T. hat damit ein Vermögen verdient.«
Das war's! Richard wusste sofort, dass er allein in der Lage war, die ersten ganz und gar ehrlichen politischen Memoiren zu verfassen. Natürlich hatte er in den wichtigsten Jahren Tagebuch geführt, und mit seinem jetzigen Hintergrundwissen (und vor allem seinem Sinneswandel) könnte er ein Aufsehen erregendes Buch schreiben. Jede Minute, die er nicht im Garten arbeitete, kochte, sich um die Kinder kümmerte oder mit einem seiner neuen Freunde telefonierte, verbrachte er mit dem Diktieren seiner Memoiren in ein Diktiergerät. Georgia war bei dem Gedanken an einen dicken Verlagsvorschuss sehr erleichtert, während Richard zur Abwechslung einmal nicht durch Geld motiviert war, sondern durch das Bedürfnis, seine alte Partei auf ihren Platz zu verweisen – in die Vergangenheit.

Harry konnte sich nicht erinnern, jemals so verzweifelt gewesen zu sein wie in den Tagen nach seinem Treffen mit Annabel. Am Morgen nach ihrer ersten wunderbaren Nacht war er früh aufgestanden und nach unten geschlichen, um ihr Frühstück zu machen (was er zu Beginn ihrer Ehe auch hin und wieder getan hatte). Als er aber mit dem kleinen Tablett ins Schlafzimmer zurückkam, reagierte sie keinesfalls so, wie er es sich vorgestellt hatte.
»Du meine Güte, Harry, bist du immer noch hier?«, fragte sie erstaunt, als sie unter der ziemlich schmuddeligen Bettwäsche (wie er erst jetzt bemerkte) hervorkroch. Im grellen Morgenlicht sah sie deutlich älter aus als gestern.
»Natürlich bin ich immer noch hier. Ich werde bis in alle

Ewigkeit hier bleiben, Darling«, erwiderte Harry mit Nachdruck und voller Gefühl.

»Was?«, meinte sie und machte ein Gesicht, als hätte sie bei ihrem Erwachen einen Fremden in ihrem Bett vorgefunden.

»Ich bin zurückgekommen, Darling. Ich bin wieder dein Ehemann. Ich hätte nie aufhören sollen, dein Ehemann zu sein. Und ich verspreche, dass ich dich nie, nie wieder verlassen werde.«

»Was redest du da, Harry?«, entgegnete sie dermaßen aggressiv, dass er zusammenschrak.

»Ich rede von uns, Annabel, von unserer gemeinsamen Zukunft«, erklärte Harry verzweifelt.

»Welcher Zukunft?«, wollte sie wissen.

»Unserer Zukunft«, beharrte er.

»Ich kann dir was über meine Zukunft sagen, Harry, aber ich will wirklich nichts von deiner. Ich glaube, du hast das mit letzter Nacht missverstanden.«

»Du meinst, es hat dir überhaupt nichts bedeutet?«

»Es war einfach ein Fick, und noch dazu kein besonders guter«, antwortete sie mit einer Härte, die ihn entsetzte.

»Für dich war es offensichtlich etwas anderes.«

»Aber du hättest mich doch sicher nicht in dein Bett gelassen, wenn du dir nicht – so wie ich – wünschen würdest, dass wir wieder zusammenkommen, oder?«

»Tatsächlich lasse ich ziemlich oft Männer in mein Bett – und bessere als dich, Harry –, mit denen ich bestimmt nicht länger zusammen sein will, als bis ich gekommen bin. Was manchmal ein paar Sekunden dauert und manchmal eben die ganze Nacht.« Annabel hielt einen Moment lang inne. »Letzte Nacht ist es überhaupt nicht passiert, aber ich denke nicht, dass dir das aufgefallen ist. Und jetzt, Harry ... Ich muss heute viel arbeiten und möchte mit meinem Leben weitermachen – nicht mit deinem.«

»Aber letzte Nacht hast du gesagt, dass da niemand anders ist. Letzte Nacht hast du mich glauben lassen, wir hätten eine gemeinsame Zukunft«, protestierte er, während ihm Tränen in die Augen stiegen.

»Letzte Nacht, Harry, war ich total betrunken. Offensichtlich habe ich einen Fehler gemacht. Und du bist ganz offensichtlich sehr durcheinander. Warum solltest du nach all dieser Zeit plötzlich wieder eine Zukunft mit mir wollen? Harry, wir hatten zusammen kaum eine Vergangenheit, warum sollten wir eine Zukunft haben?«

Er weinte jetzt offen und schlug die Hände vors Gesicht. Er konnte nicht glauben, dass diese Frau – eine Frau, die er normalerweise kein zweites Mal angesehen hätte – ihn so grausam abwies.

»Harry, ich bin die letzten Gott weiß wie vielen Jahre gut allein zurechtgekommen, warum also sollte ich jetzt mit dir zusammenleben wollen? Es war mir ganz Recht, als du mich verlassen hast. Du warst ein Langweiler. Ein eingebildeter Langweiler. Dein Ego war hundertmal größer als dein Talent, und das Leben mit dir hat mich wahnsinnig gemacht. Ich wollte nie die kleine Hausfrau sein. Ich war eine glückliche Mutter, aber zur Ehefrau war ich nicht geschaffen. Es war mir sehr recht, all die Jahre offiziell mit dir verheiratet, aber Hunderte von Meilen von dir getrennt zu sein. Und es wäre mir jetzt sehr recht, wenn du dich hier rausscheren und nach London zurückfahren würdest, wo du hingehörst«, fuhr sie ihn an.

»Gibt es keinen Weg, dich umzustimmen?«, brachte er unter Schluchzen hervor.

»Nein«, erwiderte sie kurz. »Und jetzt verschwinde.«

Er ging nach unten und konnte einfach nicht fassen, was sie da gesagt hatte. All seine Pläne, all seine Träume vom einfachen Leben mit seiner geliebten Ehefrau waren in tausend Scherben zersprungen. Er setzte sich auf einen Küchenstuhl und fühlte sich vollkommen zerstört.

Als sie runterkam, gekleidet in eine unschmeichelhaft schlabbrige Hose und einen Pullover, unter dem sich ihre Hängebrüste abzeichneten, wurde sie wütend. Durch seine Tränen hindurch konnte er jetzt erkennen, dass sie nicht die Frau war, an die er sich erinnert hatte. Sie war älter, dicker, gröber und ganz und gar anders als die Vision, die seit Wochen in seinem Kopf herumgespukt hatte.

»Harry, würdest du dich bitte verpissen«, sagte sie scharf und schob sich an ihm vorbei, um Teewasser aufzusetzen. Ein Hauch ihres abgestandenen Atems traf ihn, und er erschauerte.

»Ich gehe«, erwiderte er leise.

Das Letzte, was er von ihr sah, war ihr breites Hinterteil, als sie sich bückte und die Milchflaschen vor der Tür aufhob.

Wie in Trance fuhr er nach London zurück. Siebenmal rief er Annabel vom Autotelefon aus an, und siebenmal knallte sie den Hörer nach einem kurzen, aber von Herzen kommenden »Verpiss dich, Harry«, wieder auf die Gabel.

Steve hatte einige Schwierigkeiten mit seinem neuen Job. Zwar machte es ihm kein Problem, die Leute zum Reden zu bringen, dafür aber umso mehr, sie wieder zum Aufhören zu bewegen. Eigentlich sollte er jede Anhörung zeitlich strikt begrenzen, sollte die Person nach genau einer Stunde wegschicken und einen neuen Termin für die folgende Woche vereinbaren. Aber bei einigen seiner Klienten fiel ihm das schrecklich schwer, und nach so manchem harten Tag nahm Steve seine Arbeit wortwörtlich mit nach Hause.

Da war Joyce, die unter postnatalen Depressionen litt, obwohl ihr jüngstes Kind mittlerweile bereits acht war. Da war Mavis, der Platzangst hatte, und Linda, die süchtig nach der Fernsehserie *Nachtschwester* war. Dann waren da Charlie, der unter einer Wurmphobie litt; George, der Probleme mit seiner Sexualität hatte (und einmal auch mit Steves); und Maria mit ihrem Religionswahn (sie hatte ein Stigma an der linken Hand).

So saßen an manchen Abenden vier oder fünf von Steves Klienten in der winzigen Wohnung der Minters mit beim Abendessen. Es war fast so, als lebten sie mitten in einer Sozialberatungsstelle, wie Amanda einmal völlig entnervt bemerkte.

»Es ist nur eine Frage der Zeit«, schrie sie Steve an, »bis einer von denen mal total ausflippt und uns alle umbringt!«

Und Steve, der mit seinen überaus anhänglichen Klienten eigentlich ganz gut zurechtkam, hatte immer mehr Probleme mit seiner überaus unabhängigen Frau. Amanda war erneut befördert worden und erhielt eine beachtliche Gehaltserhöhung. Sie hatte kaum noch etwas anderes im Kopf, als aus dem heruntergekommenen Sozialbau auszuziehen, dem Ort, der – zumindest für Steve – mittlerweile zu einem richtigen Zuhause geworden war.

Sie fand ein ziemlich verwohntes georgianisches Haus in Stockwell, das sie kaufen und renovieren wollte. Steve hatte es mit ihr angesehen und zugestimmt, dass man etwas daraus machen könnte. Doch es kam ihm vor wie eine Rückkehr in ihr altes Leben. Das Leben, nach dem er sich so gar nicht mehr zurücksehnte. Dies war ein weiteres Zeichen für die wachsenden Schwierigkeiten zwischen ihm und Amanda.

Sie strebte jetzt ganz aktiv – und oft auch aggressiv – nach oben, während er mit seinem Schicksal sehr zufrieden war: seiner Wohngegend, seinen neuen Freunden und seinen Hilfe suchenden Klienten. Außerdem wollte er Annie, die sich so gut in ihre neue Umgebung eingefügt hatte, nicht schon wieder entwurzeln. Und wie wollte Amanda die Raten für solch ein großes Haus abbezahlen?

»Ganz einfach, Steve«, meinte sie dazu verächtlich. »Ich verdiene jetzt eine Menge mehr, und zusammen mit meinen Prämien und Provisionen werde ich keine Probleme haben, die Raten allein zu zahlen. Wenn Steve Minter natürlich glücklicher damit ist, in einem dreckigen und heruntergekommenen Viertel zu leben, in dem Nichtsnutze und Verbrecher herumlungern, na schön! Dann ziehe ich eben allein um.«

»Aber Amanda, verstehst du denn nicht? Ich bin jetzt glücklich. Ich bin vollkommen zufrieden. Früher war ich nie zufrieden. Nichts hat mich befriedigt. Je mehr ich erreichte, je reicher ich wurde, je größer das Haus, je imposanter die Yacht, je mehr Koks ich mir in die Nase stopfte, desto unglücklicher wurde ich. Ich wollte immer mehr und mehr und mehr. Und jetzt, wo ich endlich das Bedürfnis nach all diesem Schwachsinn verloren und endlich entdeckt habe, was im Leben wichtig ist, da willst du mich in diese alte Welt zurückstoßen. Ein georgianisches Haus, ein neues Auto, und dann was? Was? Ich bin glücklich, wo ich bin. Es ist vielleicht nicht viel. Es gibt mir vielleicht nicht den Status, nach dem ich früher gestrebt habe, oder das Geld oder die Macht. Aber es ist alles, was ich will.«

Sie sah ihn einige Zeit lang verwundert an.

»Weißt du, an wen du mich langsam erinnerst?«, fragte sie dann.

»Nein, an wen erinnere ich dich?«

»An Tigger. Meinen alten Kater mit dem von seinen Kämpfen zerfransten Ohr. An meinen armen alten Tigger, dessen Abenteuerlust und Freiheitsdrang meiner Mutter schließlich zu viel wurden. Du erinnerst mich an meinen alten Kater Tigger – nachdem er kastriert wurde.«

Jetzt war es an ihm, sie verwundert anzusehen.

»Was um alles in der Welt meinst du damit, Amanda? Willst du etwa sagen, weil ich glücklich bin, weil ich mein neues Leben liebe und nicht mit jeder Frau bumse, die mir über den Weg läuft, so wie früher, dass ich deshalb irgendwie unmännlich geworden bin? Haben wir nicht letzte Nacht zusammen geschlafen? Und hast du nicht geweint, als du gekommen bist?«

»O Gott, es tut mir Leid, Steve, es tut mir so Leid. Ich weiß nicht, was ich gemeint habe. Natürlich will ich nicht, dass du wieder so wirst wie früher. Ich will nur, dass wir auch wieder vorwärts kommen. Die Gegend hier war gut für uns. Sie hat mir und auch dir geholfen. Aber wir können nicht für immer hier bleiben.«

Sie rückte näher an ihn heran, schlang die Arme um seinen Nacken, und er hielt sie eine Weile lang fest.

»Gib mir einfach ein bisschen mehr Zeit«, sagte er und lächelte sie an, »und wir werden es zusammen tun. Wir werden gemeinsam vorwärts gehen.«

»Ich will den alten Steve nicht, wirklich nicht!«, wiederholte sie, während sie den Kopf an seine Schulter lehnte. Dann sah sie zu ihm auf und fügte leise hinzu: »Es ist nur so, dass ich vor dem neuen Steve ein wenig Angst habe.«

Carl hatte das Gefühl, er würde vom vielen Grinsen bald eine Maulsperre bekommen. Er hatte den ganzen Tag in der

Neumann-Stiftung verbracht, wo eine Besprechung für den Vertrieb auf dem europäischen Markt abgehalten wurde und ihm so ein perfektes Alibi für eine Inspektion des Gebäudes bot.

Sein Plan war recht einfach: Nach der Besprechung würde er sich irgendwo verstecken, bis das Personal am Abend das Gebäude verlassen hatte. Dann, mit dem Zweitschlüssel zu Nicolas Büro (den er am Wochenende heimlich hatte anfertigen lassen) und ihrem Computercode, den er in ihrem privaten Büro entdeckt hatte, würde er auch an die wichtigsten Daten von Mannigfalt herankommen und sie kopieren können. Nicola hatte er erzählt, dass er an diesem Nachmittag zu einem Bewerbungsgespräch nach Seattle fliegen wolle. Sie erwartete ihn nicht vor morgen Abend zurück. Es war nicht schwer gewesen, sich zu verstecken. Schließlich kannte Carl das Gebäude ziemlich gut und wusste, dass bei den etwa achtundneunzig Prozent weiblichen Angestellten seine Chance auf Entdeckung in der Herrentoilette im ersten Stock am geringsten sein würde. Ja, selbst die Sicherheitsbeamten der Stiftung waren weiblich. Die Toilette wäre der letzte Ort, an dem sie suchen würden.

Er wartete bis 23 Uhr, bevor er sich auf den Weg in die Bürosuite im fünften Stock machte. Es war unwahrscheinlich, dass hier jetzt noch jemand arbeitete, und er wusste genau, dass das Reinigungspersonal erst um fünf Uhr früh anfing.

Er brauchte zwei Stunden, bis er alle Dateien kopiert hatte, die er auf Nicolas Computer fand. Und weitere zwei Stunden, um das restliche System durchzuchecken, ob er vielleicht etwas übersehen hatte. Was er fand, jagte ihm gehörige Angst ein. Die Neumann-Stiftung wuchs viel schneller, als er gedacht hatte. Seit der Zustimmung der Gesundheitsbehörde – die seiner Meinung nach sicher nur durch unlautere Mittel erreicht worden war – hatte man in über fünfzig Ländern weitere Schritte zur Verbreitung des Medikaments unternommen. Europa war schon gewonnen. Australien stand kurz davor. Innerhalb eines Jahres, rechnete Carl, würden die meisten männlichen Bewohner der zivilisierten Welt grinsen und Mannigfalt-abhängige Modellmänner werden.

Um 3 Uhr 30 verließ er das Büro und schlich wieder hinunter zur Herrentoilette im ersten Stock. Vom Fenster der Behindertentoilette aus waren es etwa dreieinhalb Meter bis zum Boden. Carl sah sich vorsichtig um und sprang dann auf den weichen Untergrund auf der Rückseite des Gebäudes. Sein linkes Bein tat ein bisschen weh und seine rechte Hand – mit der er sich abgestützt hatte – war leicht aufgeschürft, aber sonst blieb er unverletzt. Und alles, was er brauchte, hatte er sicher in der ledernen englischen Aktentasche verstaut, die Nicola ihm zum Geburtstag geschenkt hatte. Es war geschafft.

Sein Herz klopfte so laut, dass er es in den Ohren hörte, und plötzlich war er ganz aufgeregt. Er würde diese miesen Weiber übers Ohr hauen, und wenn es das Letzte wäre, was er in seinem Leben tat. Jetzt aber, so entschied er, hatte er sich eine Belohnung verdient. Zwei Blocks weiter stieg er in ein Taxi und ließ sich in den Bezirk fahren, der ihm die Art von Belohnung bieten würde, die er suchte. Nach einer halben Stunde hatte er sie gefunden: eine Rothaarige wie Nicola. Sie war jung – er liebte sie jung – und zierlich. Er liebte Frauen, auf die er in jeder Hinsicht herabsehen konnte, und diese war perfekt.

Die ganze Nacht, so beharrte er, und zu seinen Bedingungen, nicht ihren. Sie war am Ende, das sah er, und dem Angebot

von so viel Geld konnte sie nicht widerstehen. Ein Ort, an dem niemand ihn sehen würde.
Diesmal war er vorsichtiger. Er trug hauchdünne Gummihandschuhe, und obwohl er sie fesselte und schlug, machte er keinen Fehler. Er knebelte sie, damit sie nicht mehr schrie, als er sie richtig hart rannahm. Es war, als würde er sich an allen verdammten Frauen dieser Welt rächen. Er hasste sie. Er hasste es, dass er sie brauchte. Vor allem hasste er es, dass manche Frauen sich einbildeten, sie könnten Männer kontrollieren, genau wie Nicola dachte, dass sie ihn kontrollierte.
Nicolas größter Fehler hatte darin bestanden, Carl für das Programm auszuwählen. Was sie damals als »Chemie« empfunden hatte, war in Wirklichkeit sein Hass auf Frauen gewesen, der ihm aus jeder Pore drang. Frauen waren für Carl schon immer ein Problem gewesen. So weit zurück er sich erinnern konnte, hatten sie ihn ausgenutzt, verarscht und betrogen. Es hatte eine Zeit gegeben, im ersten Jahr des Programms, als er Frauen anders gesehen hatte. Aber jetzt begriff er, dass dies ein chemisch hervorgerufener Wahn gewesen war. Frauen waren immer schon der Feind gewesen. Frauen sollten wissen, wo ihr Platz war. Nämlich unter einem Mann, der auch das letzte bisschen Verstand aus ihnen herausfickte. Oder wie in diesem Fall: das letzte bisschen Leben aus dieser billigen Schlampe.
Gegen Mittag, nachdem er sich aus dem Zimmer der Hure geschlichen hatte, suchte er sich ein billiges Hotel, duschte und schlief ein paar Stunden. Dann ging er in einen Computerladen, ließ alles kopieren, was er gespeichert hatte, verstaute die Originale sicher in einem gepolsterten Umschlag und die Kopien in einem anderen. Die Originale brachte er in seinen Banksafe. Die Kopien schickte er per

Einschreiben an Richard in England, zusammen mit einem diskret formulierten Brief.

Lieber Richard!

Sei vorsichtig mit dem Inhalt dieses Briefs. Es ist sehr wichtig, dass du die Disketten an einem sicheren Ort verwahrst. Tu nichts, bis ich wieder Kontakt mit dir aufnehme. Und kein Wort zu deiner Frau. Bitte vertrau mir.

Carl Burton.

14.

Nick musste nicht allzu lange überredet werden, das Portland Hospital für einen Herrenabend zu verlassen. Zuerst hatte er sich ein wenig gesträubt, die Zwillinge allein zu lassen – na ja, Caroline schien sich wirklich nicht genug um sie zu kümmern –, aber der Gedanke, den anderen das Video von der Geburt zeigen und alle Einzelheiten berichten zu können, reizte ihn dann doch, und schließlich lud er sie zum Essen zu sich nach Hause ein. Babys hin oder her, er war ja wirklich an der Reihe.
Er kochte Nudeln mit Hühnerbrust, was er sich selbst ausgedacht hatte, und servierte sie am wackligen Küchentisch. Dazu gab es ein paar Flaschen des italienischen Weines, den er und Caroline in Umbrien entdeckt hatten.
»Nick, das schmeckt köstlich«, schwärmte Richard. »Was genau ist das?«
»In Stückchen geschnittene Hühnerbrust, eine große gehackte Zwiebel, sechs dünn geschnittene Pilze. Das alles mit ein paar Gewürzen in der Pfanne anbraten. Dann tust du 500 ml Crème fraîche dazu, etwas Parmesan und ein Päckchen frische Bandnudeln. Das Rezept habe ich selbst erfunden.«
»Wunderbar, ich werde es in unseren Speiseplan aufnehmen«, sagte Richard. »Von deinem letzten Rezept waren die Kinder ganz begeistert.«
»Ich habe ein tolles Rezept für Moussaka«, warf Steve

ein. »In zwanzig Minuten fertig. Ich geb's dir, wenn du willst.«

Harry war der Einzige, der sich an diesem Abend nicht für den Austausch von Rezepten interessierte. Langsam machten die anderen sich richtig Sorgen um ihn, denn obwohl er lächelte, wenn jemand ihn ansah, umgab ihn doch eine Traurigkeit, die nicht zu ignorieren war.

»Harry, du hast ja kaum was gegessen«, meinte Nick freundlich. »Hast du Kummer?«

»Mit Annabel, das hat nicht geklappt«, antwortete Harry und musste entsetzt feststellen, dass die bloße Erwähnung ihres Namens ihm die Tränen in die Augen trieb. »Der Traum ist ausgeträumt.«

»Harry, das war doch alles schon sehr lange her. Ist doch klar, dass sie sich geändert hat«, sagte Richard tröstend.

»Als ich bei ihr ankam, war es, als ob ich nach Hause komme. Sie schien mir genauso wie damals. Na gut, ihr Haar war ein bisschen grau, und sie hatte Lachfalten um die Augen und war nicht mehr so schlank, wie ich sie in Erinnerung hatte. Aber sie schien dieselben Werte zu haben, denselben Lebensstil, den auch ich wieder führen wollte«, erklärte Harry.

»Hatte sie dann doch einen anderen?«, wollte Steve wissen.

»Nein, das war es nicht. Obwohl sie natürlich andere Männer gehabt hatte. Nein, die schreckliche Wahrheit ist, dass sie mich nicht mehr wollte, außer für eine Nacht in ihrem Bett. Sie wollte keine gemeinsame Zukunft mit mir«, sagte Harry mit weinerlicher Stimme.

»Weißt du was?«, meinte Nick. »Diese verdammte Welt ist eine Welt der Frauen.«

»Ja, Frauen«, bekräftigte Richard. »Sie werden mir immer ein Rätsel bleiben. Versteht mich nicht falsch. Ich liebe

Georgia. Aber in so vielen kleinen Dingen merke ich, dass sie nicht dasselbe will wie ich. Sie hört mir gar nicht richtig zu. Sie scheint nicht in dem Maße über alles reden zu müssen wie ich.«
»Mit Amanda ist das ähnlich«, klagte Steve. »Ich meine, ich komme nach Hause und will ihr von meinem Tag erzählen, ihr mitteilen, was so alles passiert ist, mich hinsetzen und richtig mit ihr reden. Aber sie ist entweder zu müde oder zu zerstreut oder will die Nachrichten sehen oder irgend so eine dämliche Reportage oder was weiß ich.«
Tatsächlich waren Frauen, insbesondere ihre eigenen Frauen, das Hauptthema dieses Abends. Das war im Grunde sehr ungewöhnlich, denn früher hatten sie nur in Form von zweideutigen Bemerkungen oder ironischen Andeutungen über ihre »Frauchen«, »besseren Hälften« oder »Alten« gesprochen. Doch das war ihnen nicht bewusst. Früher hätten sie sich in ausschließlich männlicher Gesellschaft auch nur über Politik, Sport, ihre Arbeit oder die Lage der Nation unterhalten. Ihre Beziehungen waren nie ein Thema gewesen. Heute aber hatten sie das Bedürfnis, ihre speziellen Probleme bei den Freunden abzuladen.
Doch zuerst, gleich nach dem Verspeisen der leckeren Nudeln, bekamen sie Nicks Geburtsvideo vorgeführt. Richard war eigenartigerweise ganz gerührt. Sein jüngstes Kind Tom war auch durch Kaiserschnitt geboren worden, aber er konnte sich an kaum etwas erinnern. Höchstens, dass er viel Zeit am Münztelefon draußen auf dem Korridor verbracht hatte, um mit stolzgeschwellter Brust alle zu benachrichtigen, dass er es schließlich doch geschafft und einen Sohn gezeugt hatte.
»Mein Gott«, sagte er, als er Jill auf dem Video auftauchen sah, »das ist schon ein verdammtes Naturwunder, oder?«

»Sie schrie, als sie rausgeholt wurde, und zwei Minuten später kam dann ihr Bruder«, erklärte Nick.
Harry konnte es kaum ertragen zuzusehen. Anstelle der nostalgischen Liebe, die er für Annabel gehegt hatte, empfand er jetzt eine schreckliche Schuld. In der Nacht, als Amber geboren wurde, war er nicht einmal im Krankenhaus gewesen, sondern hatte mit irgendeinem Model gebumst, das er an jenem Nachmittag fotografiert hatte. Über vierundzwanzig Stunden lang hatte ihn niemand erreichen können. Vielleicht ist das der Grund, weshalb ich nie richtigen Kontakt zu meiner Tochter bekommen habe, dachte er nun. Vielleicht war es das, was schief gelaufen ist. Wenn ich doch nur da gewesen wäre, dachte er traurig, als er Nick mit seinen Babys in die Kamera grinsen sah.
Kinder hatten Harry nie besonders fasziniert. Für Amber hatte er nicht das Geringste empfunden, und Juliets Sohn Sam gegenüber war er sogar offen feindselig gewesen. Auch das tat ihm jetzt Leid, ebenso wie die Trennung von Juliet. In den langen Kleidern hatte sie fast ebenso gewirkt wie Annabel in jungen Jahren (vor allem, wenn sie nach Rosen duftete). Er beschloss, Sam besser kennen zu lernen, um wieder eine Brücke zu Juliet zu schlagen. In letzter Zeit spürte er immer stärker das seltsame Bedürfnis, Teil eines Paares zu sein, vielleicht sogar einer Familie.
Steve war ebenfalls ganz in das Video und Nicks Kommentare vertieft. Anoushkas Geburt hatte ihn abgestoßen. Obwohl er da gewesen war und überwältigte Gefühle geheuchelt hatte, hatte ihn das ganze Ereignis kalt gelassen. Und er war fast ein ganzes Jahr lang nicht mehr in der Lage gewesen, mit seiner Frau zu schlafen (obwohl er das, wie er sich jetzt erinnerte, mit den Ehefrauen anderer Männer sehr wohl gekonnt und getan hatte).

Nach dem Video zeigte Nick ihnen die kleine Kammer, die das Kinderzimmer werden sollte. Er hatte alles selbst dekoriert. Jedes Detail war perfekt. Seine Freunde staunten über die Ansammlung babygerechter Spielsachen, die winzigen Kleider und die hübschen Mobiles, die über den Bettchen hingen.

Harry, Steve und Richard hatten auch jeder ein Geschenk für die Babys mitgebracht. Richard war in Henley einkaufen gewesen und hatte einen sehr teuren rosa Strampler für Jill und einen blauen für Jack gekauft. Harry hatte für die Zwillinge zwei Teddybären mitgebracht, einen mit einer geblümten Schleife um den Hals, den anderen mit einem blauweißen, verknoteten Taschentuch. Steve, der ja nicht so viel Geld verdiente, schenkte zwei winzige Baby-Turnhosen, die Nick »ganz süüüss« fand.

»Wisst ihr was?«, meinte Nick, als sie schließlich gemütlich im Wohnzimmer saßen und die dritte Flasche Wein tranken. »Während der Geburt bin ich richtig eifersüchtig gewesen. Ich wollte diese Babys bekommen. Klingt das verrückt? Ich habe sogar fast alle Wehen mitgespürt – alle paar Minuten schreckliche Kontraktionen. Als ich vorhin sagte, es sei eine Welt der Frauen, da war es das, was ich meinte. All die Jahre, in denen ich dachte, die einzige wirkliche Leistung im Leben sei die Erschaffung eines großen Kunstwerks, habe ich mich geirrt. Die größte Leistung im Leben ist es, ein Kind zu erschaffen.«

»Ich glaube, ich weiß, wie du dich gefühlt hast«, sagte Harry. »Es wäre wunderbar, mit einem anderen Lebewesen eins zu sein – wie eine Mutter mit ihrem Baby. Vaterschaft ist jedenfalls nicht dasselbe.«

»Meint ihr denn«, ereiferte sich Steve, »dass wir unter dem Gegensatz zum Penisleid leiden? Vaginaneid?«

Richard lachte laut auf, obwohl er seit kurzem tief im Innern fast dasselbe empfand.
»Nick, du hast Recht. Es ist eine Welt der Frauen. Sie merken das nur nicht«, fuhr Steve fort. »Alles, was ich jetzt im Leben will, ist, Amanda und Annie glücklich zu machen, und vielleicht meine Vergangenheit ein bisschen wieder gutzumachen, indem ich etwas Positives für die Zukunft tue. Aber Amanda kann nicht akzeptieren, dass ich damit glücklich bin. Dass alles, was ich brauche, hier in meiner Nähe ist. Sie drängt mich zu mehr, und ich kann ihr nicht klar machen, dass eine Rückkehr zu meiner alten Lebensweise – ein großes Haus, Verantwortung für ein Unternehmen und so weiter – bedeutet, dass ich dann verloren bin.«
Richard sah zu seinem Freund hinüber und schenkte ihm ein mitfühlendes Lächeln.
»Georgia ist genauso. Macht sich um die denkbar unwichtigsten Dinge Sorgen – Geld, Hypothekenraten, Schulgebühren – und sieht überhaupt nicht, was mir jetzt wirklich wichtig ist. Menschen, Familie, Freunde«, sagte er.
Dann erzählte Harry noch einmal von seinem Kummer über das unglückselige Wiedersehen mit Annabel.
»Wisst ihr, ich kann immer noch nicht glauben, dass sie mich abgelehnt hat. Ich glaube, mich hat vorher noch nie eine Frau abgelehnt. Mein Gott, hat das wehgetan! Und das Komische ist, dass ich jetzt genau darunter leide, was ich den Frauen früher alles angetan habe. Und nicht nur Annabel. Ich habe ein schrecklich schlechtes Gewissen wegen Juliet. Richard, hast du sie vor kurzem gesehen?«
»Ja, sie war letztes Wochenende da, mit dem armen kleinen Sam. Ein bisschen blass sah sie aus, und mager. Ganz und gar nicht wie ihr aufgestyltes Selbst. Sie trug ein komisches

geblümtes Kleid – so wie es meine Mutter hätte tragen können – und kaum Make-up.«
»Sah sie sehr unglücklich aus?«, erkundigte sich Harry.
»Na ja, sie ist nie besonders glücklich, wenn sie den armen kleinen Sam im Schlepptau hat. Der arme Kerl hat die ganzen Sommerferien bei seinen Großeltern verbracht, und Juliet hat ihn kaum gesehen. Und dann hatten sie und Georgia natürlich einiges zu bereden, nachdem Juliet ihr von unserer Affäre erzählt hatte. Es war das reinste Seelenerforschungs-Wochenende, das kann ich euch sagen. Aber am Ende konnte ich wohl beide überzeugen, wie sehr ich mich für mein früheres Verhalten schäme. Die Sache mit dir hat Juliet übrigens ziemlich mitgenommen.«
Diese Neuigkeit munterte Harry auf. Er hatte die bemerkenswerte Fähigkeit, seine Träume und Fantasien nach Bedarf schnell umschreiben zu können. So spukte ihm neuerdings ein neues Bild im Kopf herum: Juliet, die halb bekleidet mit einem langen, weich fließenden Kleid auf ihrem Bett lag.
»Ich glaube, ich besuche sie mal und versuche einen neuen Anfang«, sagte er. »Es ist höchste Zeit, dass ich mich von Annabel scheiden lasse und Nägel mit Köpfen mache.« Er sah mit hoffnungsvollem Lächeln in die Runde.
»Gute Idee«, pflichteten ihm seine Freunde bei.
»Ach, da fällt mir ein«, sagte Richard plötzlich mit ernstem Gesicht, »dass neulich etwas ganz Komisches passiert ist. Da kam ein Päckchen mit Computerdisketten aus den Staaten bei mir an. Nichts, was auf meinem alten Amstrad laufen wollte. Und ein Brief von diesem Carl Burton. Erst konnte ich ihn gar nicht einordnen, aber dann fiel mir ein, dass er Nicolas Freund ist. Den ich damals überhaupt nicht mochte. Er schrieb etwas ganz Seltsames. Dass ich den In-

halt des Päckchens sicher und geheim verwahren solle. Anscheinend kommen er und Nicola im nächsten Monat her, um dieses neue Medikament auch hier einzuführen.«

»Wisst ihr, im Nachhinein denke ich, dass er gar nicht so schrecklich war«, meinte Harry. »Na ja, er war nicht der klassische Mann, der Freude am Jagen, Schießen und Fischen hatte, aber er hat sich bemüht.«

»Vielleicht hast du Recht«, sagte Richard. »Ehrlich gesagt war ich ziemlich unhöflich zu ihm. Er schien mir ein wenig, na ja … feminin, oder was meint ihr?«

Was sie wieder auf ihr endlos faszinierendes Gesprächsthema zurückbrachte: Frauen.

»Wisst ihr, ich hab Nicola immer als eine Art alte Jungfer betrachtet«, gestand Nick. »Ich war überzeugt, dass sie Männer nicht mag. Damit meine ich nicht, dass ich dachte, sie mag Frauen oder so. Ich hatte nur manchmal dieses Gefühl, dass sie mich verabscheut.«

»In meinem Fall war das nicht nur ein Gefühl«, sagte Richard, »sondern eine Tatsache. Ich hab einen Brief von ihr an Georgia gefunden, und da hat sie sich ziemlich klar ausgedrückt. Ich glaube, dass sie keinen von uns für gut genug für ihre Freundinnen hielt.«

»Wahrscheinlich hatte sie Recht«, meinte Steve. »Ich habe mich Amanda gegenüber wie ein Schwein verhalten. Aber das ist jetzt vorbei. Ja, ich würde sogar so weit gehen zu sagen, dass Nicola uns heute auch akzeptieren würde. Mein Gott, ist das nicht komisch, wie sehr wir uns verändert haben? Wir könnten beinahe die Männer sein, die Nicola eigenhändig für ihre Freundinnen ausgesucht hat.«

Es kam ihnen nicht in den Sinn, dass sie alle zu Carl-Klonen geworden waren. Dass ihre neue Auseinandersetzung mit Beziehungen, Gefühlen, Babys, Rezepten und Gesellschaftsklatsch in jeder Hinsicht merkwürdig und geradezu unheimlich war.

»Ich denke, ich lade die beiden für ein Wochenende ins Gallows Tree House ein, wenn sie hier sind. Dann kann Nicola selbst sehen, was für nette und einfühlsame Kerle wir doch sind«, sagte Richard, küsste Nick auf beide Wangen und machte sich glücklich auf in die Nacht, um den letzten Zug Richtung Heimat zu erwischen.

Harry bot Steve an, ihn mit dem Taxi bis nach Lambeth mitzunehmen.

»Liegt das nicht vollkommen entgegengesetzt zu deiner Richtung?«, fragte Steve nervös.

»Ach was. Ist mir ein Vergnügen.«

»Ich kann dir gar nicht sagen, wie wichtig mir diese gemeinsamen Abende geworden sind«, sagte Steve dann, als er sich von Harry verabschiedete.

»Mir auch«, entgegnete Harry und umarmte den Freund. Das Taxi fuhr wieder an, und eine Gruppe Jugendlicher, die zwischen den hässlichen Wohnblocks herumlungerte, die Nicks Zuhause geworden waren, grölte hinter ihm her.

15.

Nick hatte im Kreiskrankenhaus eine Milchpumpe ausgeliehen, damit Caroline zu Hause abpumpen und er die Zwillinge auch füttern konnte. Doch bisher sah es nicht so aus, als könne sie überhaupt genug Milch produzieren.
»Nick, ich glaube, es wäre wirklich besser, wenn ich ihnen noch extra Babynahrung gäbe«, meinte sie eines Tages verzweifelt, nachdem sie eineinhalb Stunden lang versucht hatte, den ungeduldigen, hungrigen Jack zu stillen.
»Muttermilch ist das Beste, Caroline«, erwiderte Nick zuversichtlich. Er mochte ihr im Kreißsaal nachgegeben und sich so um eine natürliche Geburt gebracht haben (er wusste bis heute noch nicht, warum das Krankenhaus einen Kaiserschnitt durchgeführt hatte), aber hier würde er nicht nachgeben. »Es ist ganz furchtbar wichtig, dass die Babys Muttermilch bekommen. Nicht nur, weil sie dadurch vorerst deinen Immunschutz gegen Krankheiten haben, sondern auch weil statistisch erwiesen ist, dass Kinder, die die Brust bekommen haben, intelligenter, ausgeglichener und gesünder sind. Gestillte Babys sind im Leben erfolgreicher und neigen seltener zu Allergien. Nicht zu vergessen das Risiko des plötzlichen Kindstodes, das dadurch verringert wird«, erklärte er bestimmt und fügte noch hinzu: »Du musst es nur weiter versuchen, Darling. Trink mehr. Iss mehr. Arbeite daran, Milch zu produzieren.«
Ihm war aufgefallen, dass er mit den Babys viel ruhiger

umging als seine Frau. Und auch die Zwillinge wurden schneller ruhig, wenn Nick sie mit der abgepumpten Milch fütterte, als wenn sie an die Brust gelegt wurden. Dies gab ihm ein seltsames Gefühl der Befriedigung. Er liebte es, sie zu füttern. Dabei setzte er sich gemütlich auf einen Stuhl und genoss den Augenkontakt mit seinen kleinen Lieblingen.

Aber es war nicht nur das Füttern der Babys, was in erster Linie Nick erledigte. Er wechselte ihre Windeln, badete sie, ließ sie ihr Bäuerchen machen und beruhigte sie. Und der erste große Meilenstein in ihrer Entwicklung – der Augenblick, in dem sie ihr Gegenüber bewusst anlächelten – wurde nach fünfeinhalb Wochen von Nick beobachtet, nicht von Caroline. Es bestand kein Zweifel, dass er derjenige war, der in Carolines Babybuch (in dem er oft stundenlang blätterte) als der »Hauptversorger« der Zwillinge beschrieben wurde.

Caroline war mit den beiden ungeschickt und nervös. Zudem war sie abgelenkt und oft schlechter Stimmung. Sicher der Anflug postnataler Depression, dachte Nick, der dagegen selbst so etwas wie postnatale Verzückung erlebte. Noch nie in seinem Leben hatte er sich zufriedener und glücklicher gefühlt.

Er versuchte, sich jeden Tag ein paar Stunden zum Schreiben hinzusetzen, aber Caroline war so sehr von seiner Hilfe abhängig, dass er nicht viel schaffte. Sie lag fast den ganzen Tag im Bett, war unendlich müde und hatte sich seit ihrer Rückkehr nach Hause noch nicht ein einziges Mal richtig angezogen. Nick dagegen kochte, wusch die Wäsche, machte sauber und kümmerte sich um die Babys. Er durfte nur für kurze Zeit das Haus verlassen – wenn er einkaufen musste. Einmal war er erst nach einer halben Stunde wieder zurückgekommen, und da saß Caroline schluchzend im abgesperrten Badezimmer, während die Zwillinge in ihren Bettchen lagen und hysterisch schrien.

»Um Himmels willen, Darling, was hast du dir nur gedacht?«, schalt er sie freundlich, wärmte für Jack ein Fläschchen abgepumpte Milch auf und legte Jill seiner Frau an die Brust.

»Ich war wie erstarrt. Ich wusste nicht, was ich tun sollte, und dieses Geschrei! Ich dachte, das Geschrei macht mich gleich verrückt. Ich wollte … ich wollte, dass sie aufhören«, sagte sie, während ihr die Tränen über das Gesicht liefen und auf die nackten Brüste tropften.

»Reiß dich zusammen, Caroline«, entgegnete Nick streng. »Salz ist sehr schlecht für Babys. Deine Tränen laufen Jill ja in den Mund.«

Nick hatte geglaubt, die Geburt der Babys würde ihn und Caroline näher zusammenbringen. Aber offensichtlich trug sie nur dazu bei, die Unterschiede zwischen ihnen zu vertiefen.

Für ihn kamen die Babys an erster Stelle. Natürlich liebte und verehrte er seine Frau noch immer, aber die Zwillinge hatten Priorität. Der Rest der Welt – abgesehen von seinen neuen engen Freunden und ein oder zwei nahen Familienmitgliedern – existierte einfach nicht mehr. All seine Energie und Aufmerksamkeit waren auf Jack und Jill gerichtet. Was letztlich auch ganz natürlich war. So, wie es bei Eltern normalerweise eben passierte. Nur Caroline schien sich ganz auf sich selbst zu konzentrieren und in einer ganz eigenen Welt zu leben. Natürlich sprach sie mit Nick nicht darüber. Sie war jetzt genauso wenig mitteilsam wie früher, bevor er die Bedeutung von Kindern und Familie erkannt hatte. Es war fast so, dachte er, als sei sie eifersüchtig darauf, dass er den Kindern so viel Aufmerksamkeit schenkte.

Manchmal lachte er leise vor sich ihn, wenn er an die Zeit dachte, als er voller Überzeugung behauptet hatte, er wolle keine Kinder. Er hatte sogar eine »keine Kinder«-Klausel in ihre Version des Ehegelübdes eingearbeitet (damals war es sehr modern gewesen, seine eigenen Ehe- und Treuegelöbnisse zu formulieren, und jetzt fiel ihm ein, dass ironischerweise all ihre Freunde, die das ebenfalls gemacht hatten, mittlerweile geschieden waren). Aber jemand hatte mal gesagt – war es Harry gewesen oder Richard? –, dass alle neu Bekehrten überaus eifrig waren. Und er war weiß Gott ein Bekehrter!

Tatsächlich fühlte er sich in seiner neuen Vaterrolle so wohl, dass er eigentlich nichts dagegen hatte, als Caroline vorschlug – nur vierzehn Wochen nach der Entbindung –, dass sie doch wieder zur Arbeit gehen könne. Die heutigen Frauen, so dachte Nick bei sich, wissen nicht, was sie wollen. War Caroline zuerst nicht verrückt nach diesen Babys gewesen? Und jetzt, wo sie endlich hatte, was sie damals als das Wichtigste in der Welt angesehen hatte – ihre Babys und Nick als hingebungsvollen Vater und Ehemann –, was wollte sie jetzt? Arbeiten!

Am Abend kochte Nick ein einfaches, aber köstliches Soufflé und brachte es ihr auf einem Tablett ans Bett. Er hatte verzweifelt versucht, ihre Milchproduktion anzuregen, indem er die Vorschläge aus dem Babybuch befolgte. Aber es wurde langsam offensichtlich, dass Caroline nicht mehr, sondern immer weniger Milch produzierte.

»Darling, wenn du es für das Beste hältst, dann solltest du vielleicht wirklich wieder zur Arbeit gehen«, sagte er, setzte sich neben sie aufs Bett und sah ihr beim Essen zu (wenn er sie allein ließ, würde sie womöglich alles stehen lassen und damit das Milchproblem verstärken).

»Ich glaube, ich muss ein wenig rauskommen, Nick, und ich wäre bestimmt glücklicher, wenn ich wieder arbeiten könnte«, sagte sie und lächelte schwach. »Außerdem brauchen wir das Geld. Ich meine, für dich ist es jetzt ja nicht so leicht, zu Hause zu arbeiten, wo du dich um die Babys kümmerst, oder?«

»Ich finde nicht, dass Geld der ausschlaggebende Faktor sein sollte, Darling. Sicher kann ich immer mal wieder was machen, wenn die beiden schlafen. Bisher bin ich mit den Drehbüchern noch nicht im Verzug, und das wird auch so bleiben! Deshalb musst du also nicht wieder arbeiten gehen. Wenn du es natürlich gerne möchtest, dann solltest du es auch tun«, sagte er in einem Tonfall, der – zumindest seiner Meinung nach – Missbilligung ausdrückte.

Nachdem Caroline sich entschieden hatte, merkte sie, dass ihre Stimmung sich stetig verbesserte. An manchen Tagen schaffte sie es sogar, sich anzuziehen. Das einzige Problem war nur, dass sie nicht denselben Posten bekam wie vorher. Sie fuhr zu einem Gespräch mit dem Leiter der Kreativabteilung in die Firma und kam etwas ernüchtert nach Hause, weil sie wieder als Texterin arbeiten sollte. »Wenigstens zahlen sie das gleiche Gehalt«, war ihr einziger Trost.

Nick war insgeheim sehr erleichtert, als Caroline an ihren Arbeitsplatz zurückkehrte. Jetzt hatte er die Kinder für sich allein. Er hatte auch die Küche für sich allein, und die häusliche Ordnung oblag ganz allein seiner Verantwortung. Das gefiel ihm.

Die Babys entwickelten sich prächtig, und er ebenfalls. Einzig und allein Caroline schien über das neue Arrangement nicht ganz glücklich zu sein. Über die Tatsache, dass ihr in häuslichen Dingen vormals total unqualifizierter Partner – wie durch Magie – in den perfekten Ehe- und Hausmann verwandelt worden war.

Als die Neuigkeit über Richards Buch an die Öffentlichkeit drang – sein Agent war nicht besonders diskret –, wurde er umgehend zu einer Besprechung ins Parlament zitiert. Dort, umgeben von Männern, die er einst nicht nur als Kollegen, sondern auch als Freunde bezeichnet hatte, wurde ihm unumwunden mitgeteilt, dass er niemals einen Verleger für diese Art von Buch finden werde, das er zu schreiben gedenke.

»Sie werden sehen«, sagte sein Nachfolger im Schattenkabinett, »dass das Establishment immer noch loyal zu uns steht. Ihre Vorstellung, irgendeinen Verleger zu finden, der diesen Unsinn veröffentlicht, ist vollkommen unrealistisch.«

»Dann verlege ich es verdammt noch mal eben selbst!«, konterte Richard lächelnd.

»Hören Sie, Richard«, meinte der Oppositionsführer, »ich denke, wir sollten einen kleinen Deal machen. Etwas, von dem wir alle profitieren. Ich bin mir nicht sicher, ob wir Sie bei Ihrem Ausscheiden anständig genug behandelt haben. Wir schätzen Sie nämlich. Sie sind ein wertvoller Diener unseres Staates.«

»Das würde ich gern sein«, erwiderte Richard, »und das ist einer der Gründe, weshalb ich dieses Buch schreiben möchte.«

»Richard, Ihre Freunde und Ihre Familie sorgen sich um Sie. Man befürchtet, dass Ihr plötzliches Ausscheiden aus dem politischen Leben Ihrer Gesundheit und Ihrem geistigen Wohlbefinden nicht gut bekommen ist.«

»Aber Michael«, unterbrach Richard ihn mit gewinnendem

Lächeln, »ich war in meinem Leben nie glücklicher als jetzt.«

»Ich kann einfach nicht glauben, dass ein Mann Ihres Kalibers und mit Ihren ehemaligen Ambitionen glücklich damit ist, seinen Gemüsegarten umzugraben und mit seinen Kindern zu spielen. Ich will Sie hier im Oberhaus. Es wäre ohnehin irgendwann geschehen, aber da nun eine gewisse Dringlichkeit besteht, habe ich heute einen entsprechenden Antrag gestellt. Der Premierminister war ganz und gar meiner Meinung, dass Ihre Verdienste um unser Land durch eine Peerschaft gewürdigt werden sollten«, verkündete der Oppositionsführer.

»Ach wirklich?«, fragte Richard plötzlich interessiert. »War er wirklich dieser Meinung?«

»Ja«, kam die knappe Antwort.

Es war nie Richards Absicht gewesen, sich dieses Buch ausreden zu lassen. Aber der Gedanke an eine Mitgliedschaft im House of Lords war ziemlich verlockend. Dort könnte er in stiller Weise das tun, was er wollte. Und es würde Georgia glücklich machen. Sie hatte schon immer den heimlichen Wunsch nach einem Titel gehegt.

»Tja, das wäre dann ja wohl das Beste«, sagte Richard und lächelte die Männer an, die er jetzt eher als Feinde denn als Freunde betrachtete.

Bevor er das Parlament verließ, rief er Georgia an.

»Hallo?«, sagte sie.

»Ist dort Lady Georgia James of Peppard?«, fragte er.

»Oh, Darling, bist du das?«

»Ja, hier ist Lord Richard James of Peppard. Stell eine Flasche Champagner in den Kühlschrank. Ich bin in eineinhalb Stunden zum Feiern zu Hause.«

Als er bei ihr ankam, war die Nachricht von seiner Er-

nennung ins Oberhaus bereits im Fernsehen gebracht worden – wenn auch nur als kleine Mitteilung am Ende der Nachrichten. Georgia strahlte vor Freude und Stolz. Richard öffnete die Flasche und gab auch jedem seiner Kinder ein kleines Glas.
»Auf uns«, sagte er.
»Ja, auf uns, Daddy«, rief Tamsin.
Es tat ihm so wohl, diese große Ehre – obwohl er seinen politischen Ehrgeiz verloren und seine Prinzipien radikal geändert hatte, sah er es in gewisser Hinsicht doch noch als Ehre an – mit den Menschen zu teilen, die ihm auf der Welt am wichtigsten waren. Jeden Erfolg in seinem bisherigen Leben hatte er allein oder mit irgendeiner Sekretärin, Assistentin oder einem belanglosen politischen Gönner gefeiert, nie jedoch mit seiner Frau und seinen Kindern. Während des Abendessens – er hatte das Nudelgericht nach Nicks Rezept zubereitet –, war er richtiggehend gerührt, und er und Lady Georgia zogen sich früh in ihr gemütliches, bequemes Ehebett zurück.
Aber es würde ihn in keiner Weise verändern, dachte er am nächsten Tag, als er die Erde seines neu erweiterten Gemüsegartens umgrub. Er würde nicht wieder in seine alten Gewohnheiten verfallen. Später am Tag, als er sein Büro aufräumte und nach Ideen für seine Antrittsrede im Oberhaus suchte (irgendetwas durch und durch Schockierendes und Sozialistisches, dachte er), fiel ihm wieder das Päckchen von Carl Burton aus Amerika in die Hände. Er wurde neugierig, und als er nach Reading fuhr, um Dünger für den Garten zu holen, ging er in einen dieser Computerläden und fragte, ob sie die Disketten irgendwo einlesen könnten.
Richard selbst hatte von Computern so gut wie keine Ah-

nung. Er hatte es noch nicht einmal geschafft, den kleinen Word Processor, den er zu Hause hatte, in Betrieb zu nehmen. Aber einer der Angestellten setzte sich mit ihm hin, schob die Disketten nacheinander in das Laufwerk eines Computers und versuchte, etwas Sinnvolles aus dem Durcheinander von Zahlen, Statistiken und Geschäftsplänen herauszulesen, die anscheinend zu einer Firma gehörten, die Neumann-Stiftung hieß.

Er verstand absolut nichts, und der Computerfreak neben ihm auch nicht viel mehr.

»Was heißt das alles?«, wollte Richard wissen.

»Na ja, das scheinen eine Menge wissenschaftlicher und medizinischer Daten über ein Medikament zu sein. Ein Medikament, das mit Sicherheit ein großes Marktpotenzial besitzt«, erwiderte der Mann.

»Was für ein Medikament? Etwas Gefährliches oder eine revolutionäre Heilmethode ... was weiß ich – gegen Aids?«

»Ich bin kein Wissenschaftler, Sir, aber ich glaube, es geht um eine Art bewusstseinsveränderndes Medikament. Klingt ein bisschen wie Prozac.«

Richard war nun zwar nicht schlauer, aber ziemlich beunruhigt. Es musste einen Grund geben, warum Carl Burton ihm dieses Material mit der Bitte um Geheimhaltung geschickt hatte. Um sich abzusichern und auch um Carl zu schützen, ließ er von allen Dateien Sicherungskopien anfertigen.

Auf dem Nachhauseweg überlegte er, ob das Ganze wohl etwas mit diesem Medikament zu tun haben könnte, an dem Nicola Appleton gearbeitet hatte. Für das sie vor kurzem die Genehmigung der Gesundheitsbehörde bekommen hatte. Aber warum sollte dann Carl, ihr hingebungsvoller Freund, eine so geheimnisvolle Sache aufziehen? War er etwa in irgendeine Industriespionage verwickelt? Egal, dachte Richard, als er den Wagen zum Seiteneingang am Gemüsegarten fuhr, in ein paar Wochen konnte Carl ihm das alles selbst erklären. Nicola und er waren übers Wochenende eingeladen, um die Einführung des Medikaments in Europa, Richards Adelstitel und die Geburt der Evans-Zwillinge zu feiern. Hoffentlich sind der Brokkoli und der Spinat bis dahin erntereif, dachte er, während er sorgsam Dünger auf seinen Beeten verteilte.

Der Umzug aus der Sozialwohnung in das baufällige georgianische Haus in Stockwell setzte mehr in Bewegung als nur die Familie Minter. Irgendein Oberschlaumeier bei der Maklerfirma erkannte Steve, und bereits einen Tag nach ihrem Einzug erschien ein Foto ihres neuen Heimes – das von außen recht imposant aussah – unter feindseligen Schlagzeilen in allen lokalen Zeitungen. Steve wurde als »Betrüger«, »Hochstapler«, »überführter Krimineller« und »entehrter Finanzier« beschimpft.
Steve dachte, dass er wohl Glück gehabt hatte, so lange von den Medien verschont geblieben zu sein. Aber vielleicht hätte er in der Sozialwohnung ein Leben ohne Furcht vor der Presse weiterführen können.
Auf seiner Arbeitsstelle gab es ein fürchterliches Durcheinander. Ständig belagerten Journalisten die Praxis, sodass Steve, mit leichtem Widerstreben, schließlich von seiner Stelle entlassen wurde. Das Schlimmste daran war, dass einige seiner Klienten – die seinen Rat und seine Hilfe dringend benötigten – durch seinen Weggang traumatische Rückfälle erlebten.
Natürlich war das alles ein gefundenes Fressen für die Presse. Wie war es möglich, fragten die Herausgeber in ihren

Leitartikeln, dass ein Mann mit einer Vorstrafe wegen Betrugs und Diebstahls vom Staatlichen Gesundheitsdienst als Krisenberater und Therapeut eingesetzt wurde? Wie konnte ein Mann, der brave Bürger um ihre Ersparnisse gebracht hatte, auf Kosten der Steuerzahler gestörte und problembeladene Menschen beraten?

Annie nahm alles einigermaßen ruhig auf, obwohl es ihr den Wechsel an die neue Schule sehr erschwerte. Und Amanda tat die ganze Sache natürlich furchtbar Leid.

»Aber Darling, jetzt hast du zumindest Zeit, dich um die Arbeiten am Haus zu kümmern. Und Joyce, Mavis und George kommen nicht jeden Abend zum Essen«, meinte sie fröhlich, als sie von seiner Entlassung hörte.

Amanda verstand ihn wirklich nicht. Sie hatte keine Ahnung, wie wichtig dieser »kleine Job« (wie sie es immer genannt hatte) für ihn war. Und nun bestand keinerlei Aussicht mehr, jemals wieder einen solchen »kleinen Job« zu bekommen. Eine der Zeitungen hatte groß und breit über den »Beratungsschwindel« geschrieben und sich besorgt darüber geäußert, dass Steves Qualifikationsbescheinigung vermutlich nicht das Papier wert sei, auf dem sie gedruckt wurde. Ein unqualifizierter Therapeut sei eminent gefährlich für schwache und verletzliche Menschen. Die Zeitung brachte sogar ein Bild von Marias Stigma und eine detaillierte Beschreibung ihres Falls, die sogar Steve, der ja nun die Hintergründe kannte, einen Schauer über den Rücken jagte.

Doch niemand war Steve Minter gegenüber kritischer als er selbst. Während ihn in der Vergangenheit sein Ego und sein Optimismus davor bewahrt hatten, zu viel reumütige Selbstanalyse zu betreiben, wurde er jetzt von Selbstzweifeln zerfressen. Wenn er auf das zurückblickte, was er einmal

gewesen war, packte ihn Entsetzen. Ein Artikel in der *Sun* hatte eine Zusammenfassung seiner unerfreulichsten Exzesse geliefert: die »wahre Geschichte« des Seite-drei-Mädchens, mit dem er über ein Jahr lang ein Affäre gehabt hatte, und, schlimmer noch, die zensierten Fotos von ihm – auf der Höhe seines Ruhms und Reichtums – und zwei in schwarzes Gummi gekleideten Huren. Jetzt sah er ein, dass er damals durch Drogen und die gleichermaßen betäubende Wirkung von Geld und Macht vollkommen durchgedreht hatte. Gott allein wusste, warum Amanda bei ihm geblieben war. Und immer noch blieb.
Einige Tage nach der Veröffentlichung seiner Geschichte tauchte plötzlich eine Frau bei ihm auf. Zuerst hatte er keine Ahnung, wer sie war, obwohl sie eindeutig die Art von Frau war, mit der er sich in seinem früheren Leben herumgetrieben hatte.
»Stevie-Darling«, sagte sie und schob sich an ihm vorbei in das glücklicherweise noch ziemlich leere Haus.
»Es tut mir furchtbar Leid«, erwiderte er zögernd, »aber ich erinnere mich wirklich nicht …«
»Du erinnerst dich nicht an deine Sadie?«, fragte sie, während sie sich neugierig umsah.
Traurigerweise erinnerte er sich plötzlich sehr wohl an Sadie M. (als die sie weitläufig bekannt war). Sie war eines der Mädchen gewesen, mit denen er sich etwa ein Jahr vor seinem Untergang regelmäßig getroffen hatte. Eine professionelle oder zumindest halb professionelle Nutte, die sich darum gekümmert hatte, Steve nicht nur weitere Frauen für seine begehrten Dreier zu besorgen, sondern auch die illegalen Drogen, die damals einen Teil seines Lebens darstellten.
Sie ging zu ihm und legte ihm die Arme um den Hals.

»Sadie hat ein kleines Geschenk für dich, Stevie«, sagte sie und ließ sich den Mantel von den Schultern gleiten, unter dem sie ein kurzes, enges Stretchkleid trug – offenbar ohne Unterwäsche. »Um der alten Zeiten willen und vielleicht auch der Zeiten, die da kommen werden.«
Steve wandte sich angewidert ab. Nicht, dass sie hässlich war. Sie war schlank, jung und blond. Aber sie hatte eine Aura der Verruchtheit, die ihn anekelte. Sadie wirkte auf ihn wie die Personifizierung des Lebens, das er einmal geführt hatte. Er begriff, dass sie nicht »um alter Zeiten willen« gekommen war. Sie war hier, weil sie einen finanziellen Gewinn erhoffte, witterte. Oder vielleicht war sie von einem seiner Halbwelt-Kontakte geschickt worden, um mit ihm anzubandeln und wieder mit alten Gewohnheiten vertraut zu machen. Und ganz besonders mit einer Gewohnheit, dachte er, als sie in ihre Handtasche griff und ein kleines Döschen hervorholte.
»Nein, Sadie, ich habe damit aufgehört«, sagte er und wehrte ihr Angebot ab, wobei er etwas von dem weißen Pulver auf den Boden verschüttete.
»Gott im Himmel, sei doch vorsichtig!«, kreischte sie entsetzt, fing sich aber gleich wieder. »Wenn du willst, kann ich noch eine Freundin holen. Kathy zum Beispiel. Du hast Kathy immer gern gemocht ...«
»Nein, ich will wirklich nicht. Versteh mich doch, Sadie, ich hab das alles hinter mir gelassen. Ich bin ein neuer Mensch geworden«, erklärte er und wich weiter vor ihr zurück.
»Hast du Gott gefunden oder so was?«, wollte sie wissen und zog ein misstrauisches Gesicht.
»Nein, ich habe mich selbst gefunden, Sadie. Ich war verrückt, vollkommen irre, als du mich kennen gelernt hast.

Und außerdem habe ich auch kein Geld mehr. Selbst wenn ich wollte, könnte ich mir nicht mehr leisten, was du mir anbietest.«
»Da draußen hört man was ganz anderes.«
»Aber es stimmt. Ich habe all mein Geld verloren, und es ist nichts mehr übrig. Allerdings habe ich etwas entdeckt, das viel mehr bedeutet, das viel mehr wert ist als Geld.«
»Ach ja? Und was soll das sein?«, fragte Sadie sarkastisch.
»Das Einzige, was mir jetzt wichtig ist und was weitaus mehr zählt als mein verlorenes Vermögen und Ansehen, das ist meine Familie, die ich über alles liebe.«
Er war nicht sicher, ob sie ihm glaubte oder nicht, aber schließlich verschwand sie – mürrisch und verwirrt – aus seinem Haus. Es war also nicht nur die Presse, die ihn seine Vergangenheit nicht vergessen ließ. Und es war nicht nur die Presse, die nicht glauben konnte, dass er sich grundlegend geändert hatte. Sicher gab es noch andere Leute wie Sadie, die versuchen würden, ihn wieder zurück in die Gosse zu ziehen.
Da man offensichtlich nicht zuließ, dass er seine Fehler in Form von sozialer Hilfestellung wieder gutmachte, beschloss er, dass er ebenso gut auch an sich denken könnte, und machte sich an die Arbeit an seinem neuen Haus.
Damals hatte es genauso angefangen. Steve hatte heruntergekommene Anwesen gekauft, sie renoviert und neu verkauft. Seltsamerweise schien es wieder möglich – zumindest hier in Stockwell – durch den Kauf und Verkauf von Immobilien Gewinn zu machen. Doch diesmal war es für ihn anders. Es war nicht der Gewinn, der ihn motivierte, sondern eine Art ästhetisches Bedürfnis, das verfallene Haus in ein schönes Heim zu verwandeln. Die Renovierungen hatten anscheinend einen Drang nach Kreativität in ihm geweckt.

Er fing an, Zeitschriften wie *Heim und Garten* und *Schöner Wohnen* zu kaufen, um sich inspirieren zu lassen. Die Befriedigung, die er aus einfachen – wenn auch mühevollen – Arbeiten erlangte, wie etwa dem Freilegen des Wohnzimmerkamins, unter dessen zehn Schichten Farbe er blanken Marmor fand, war umso vieles größer als die flüchtigen und ordinären Vergnügungen seiner Vergangenheit. Und noch dazu viel lohnender, denn das Ergebnis seiner Mühen konnte er mit seiner Ehefrau und Tochter teilen und genießen.

Inzwischen musste Carl eine ganze Menge Willenskraft aufbringen, um mit Nicola zu schlafen. Sein Abscheu vor ihr – vor allen Frauen – machte es ihm besonders schwer, die Dinge zu tun, von denen er wusste, dass sie ihr gefielen. Noch dazu mit diesem ewigen gewinnenden Lächeln auf dem Gesicht!
»Carl«, sagte sie eines Nachts, nachdem der Sex ziemlich unbefriedigend gewesen war, »stimmt irgendetwas nicht? Gibt es eine andere?«
»Darling, wie kannst du so etwas denken?«, erwiderte er, lächelte zärtlich und zog sie näher zu sich. »Es ist nur so, dass ich im Moment etwas abgelenkt bin. Ich will den richtigen Job am richtigen Ort bekommen.«
»Machst du dir Sorgen wegen Seattle? Du weißt, dass ich dir nicht im Weg stehen würde, Carl. Das wollte ich niemals. Wenn du den Job willst, musst du ihn nehmen«, sagte sie besorgt.
»Nein, das ist es nicht. Ich könnte keine Stelle annehmen, bei der ich dich verlassen muss«, antwortete er betont liebevoll.
»Was ist es dann, Darling? Ich spüre doch, dass du nicht ...

na ja, dass du nicht mehr so zufrieden bist wie früher. Woher kommt das?«
Carl bekam langsam Panik, und Schweißtropfen traten ihm auf die Stirn. Sie durfte nicht eine Sekunde lang den Verdacht hegen, dass mit ihrem Prototyp des perfekten Mannes etwas nicht in Ordnung war. Er musste blitzschnell nachdenken, um ihr eine plausible Erklärung für seinen offensichtlichen Mangel an lächelnder Mannigfalt-Zufriedenheit zu liefern.
»Sei bitte nicht böse auf mich, Darling«, sagte er also verschämt. »Es ist nur so, dass du in letzter Zeit so viel gearbeitet hast, dass ich mich irgendwie ausgeschlossen fühlte. Ich komme kaum mehr an dich ran. Ich dachte ... ich dachte ...« – er machte eine dramatische Pause –, »dass du mich vielleicht nicht mehr willst. Dass ich langsam ausgedient habe.« Die Angst davor, durchschaut zu werden, verhalf ihm zu einer überzeugenden Menge an Tränen, und Nicola glaubte ihm jedes Wort.
»O Darling, Darling, du bist mir wichtiger als alles andere. Sogar wichtiger als Mannigfalt. Das glaubst du mir doch, oder?«
»Lass uns sofort heiraten, Nicola. Nicht erst nächstes Jahr, sondern jetzt, diese Woche noch oder nächste. Heimlich, bevor wir nach Europa fliegen, ja?«, fragte er mit perfekt gespielter Ernsthaftigkeit.
»Ja, Carl, ja, ja, ja«, sagte sie und fiel ihm um den Hals. »Aber eine Sache wäre da noch«, fuhr sie fort. »Ich möchte deine Dosis erhöhen, nur ein kleines bisschen. Du wirst dich dann besser fühlen, sicherer. Ich kann den Gedanken nicht ertragen, dass du unglücklich bist. Unsicherheit, emotionaler Rückzug – dies sind Signale dafür, dass die reduzierte Dosis eine ungünstige Wirkung auf dich hat.«

Sie ging ins Badezimmer und holte ein neues Päckchen Mannigfalt mit einmaliger Wochendosierung. Dann füllte sie ein Glas mit Wasser und gab ihm eine der großen gelben Kapseln.

»Du hast sicher Recht«, sagte er, lächelte sie an und nahm die Kapsel in die Hand. »Ich werde eine Weile wieder die alte Dosis einnehmen. Dann wird alles gut.«

Er behielt die Kapsel in der Backentasche und schluckte unter viel Theater das halbe Glas Wasser. Als Nicola aufstand und das Glas wieder ins Bad brachte, spuckte er das Ding aus und schob es in die Tasche seiner herumliegenden Jeans. Zum Glück hatte sich die Kapsel noch nicht aufgelöst. Später, als Nicola schlief, stand er auf und leerte vorsichtig den Inhalt aller Kapseln aus der neuen Packung ins Waschbecken. Dann schlich er zurück ins Bett und versuchte zu schlafen. Schließlich fiel er in einen unruhigen Schlaf voller Albträume über eine Welt, in der rothaarige Frauen über ständig lächelnde, sklavenhafte und unterwürfige Männer herrschten.

16.

Nick hatte mehrere Gründe, sich auf das Wochenende im Gallows Tree House zu freuen. Zunächst konnte er es kaum erwarten, mit den Zwillingen anzugeben – die inzwischen vier Monate alt und in seinen Augen absolut hinreißend waren. Dann freute er sich darauf, eine Zeit mit Richard, Steve und Harry (mittlerweile wieder glücklich mit Juliet vereint) verbringen zu können, und außerdem konnte Caroline ein bisschen Abwechslung gut vertragen.

Ihre schlechte Verfassung machte ihm mehr als nur Sorgen. Ihr knabenhafter Körper war vollkommen ausgezehrt und ihr zartes Gesicht wirkte gespenstisch – mit hohlen Wangen und großen Augen. Schlimmer noch war die Tatsache, dass sie keinerlei Interesse an den Kindern zeigte. Tatsächlich war sie ihnen gegenüber fast scheu, wenn sie von der Arbeit nach Hause kam. Und es war offensichtlich, dass sie sich außerhalb der Wohnung viel wohler fühlte.

Nick hingegen war das blühende Leben. Er hatte nun einen Halbjahresvertrag mit *Granada Television* und sollte eine feste Anzahl Drehbücher gegen ein angemessenes Honorar abliefern. Dies bedeutete, dass er seine Schreiberei immer dann erledigen musste, wenn die Zwillinge gerade mal schliefen, aber aus irgendeinem Grund hatte er eine grenzenlose Energie. Ohne strikte Arbeitseinteilung würde er das natürlich nicht hinbekommen. Also hatte er in der Küche einen großen Plan an die Wand gehängt, auf dem er alle täglichen Aktivitäten genauestes auflistete. Bereits in ihrem zarten Alter nahmen die Zwillinge an mehreren Lernprogrammen teil – Kullerpurzelstunden, Blubberschwimmstunden, Lalaliederstunden und Superschlaustunden (eine revolutionäre Methode mit Bildtafeln für Kinder unter einem Jahr). Dann waren da die Teestunden seines Schwangerschaftskurses – nun, eigentlich war es Carolines Kurs gewesen, aber sie war ja nie hingegangen – einmal die Woche, reihum bei einer Mutter zu Hause.

An diesem Nachmittag war Nick der Gastgeber. Während Jack und Jillie ihr Mittagsschläfchen hielten, hatte er einen Kuchen gebacken (nach einem ganz einfachen Rezept mit Biskuitteig, das Richard gefunden hatte) und einmal schnell durch die Wohnung gesaugt. Er versuchte, den Wettbewerbsdrang zu unterdrücken, der ihn immer überfiel, wenn er sich mit den anderen »Hauptversorgern« (die Hälfte von ihnen waren Mütter, die andere Hälfte Kindermädchen) traf und die Fortschritte der anderen Babys mit seinen Zwillingen verglich.

»Was macht Archies Stuhlgang?«, fragte er dann oder: »Kann Daisy schon den Kopf anheben?«

Insgeheim war er überzeugt, dass seine Kinder intelligenter und körperlich weiter entwickelt waren als die anderen. Vor allem, wenn man bedachte, dass sie bei ihrer Geburt ja umso vieles kleiner gewesen waren als die einzeln geborenen Babys der Gruppe. Natürlich behielt er diese Überzeugung für sich. Tatsächlich war Nick bei den Damen sehr beliebt und hatte den schmeichelhaften Spitznamen »Dynamo-Dad« erhalten.

»Gibt es irgendetwas, das du nicht kannst, Nick?«, fragte

ihn Sally, Daisys Mutter. »Ich wette, du kannst sogar dein Brot selber backen«, fügte sie hinzu und griff nach einem Stück Kuchen.

»Ja, ich hab tatsächlich dran gedacht, es mal zu versuchen«, sagte Nick und lächelte seine neuen Freundinnen zuversichtlich an.

»Ach, du meinst, wenn du nicht gerade Drehbücher schreibst, die Wäsche machst, bügelst, einkaufst, kochst und die Kinder großziehst«, meinte Sally und stieß einen neidvollen Seufzer aus.

In Wahrheit genoss Nick diese Teenachmittage aber nicht nur, weil ihn der Fortschritt seiner Babys mit Stolz erfüllte, sondern auch, weil er seinen Tagesablauf mit Gleichgesinnten besprechen konnte.

Natürlich hatte er bald gemerkt, dass Caroline sich zu Tode langweilte, wenn er von all den kleinen täglichen Erlebnissen mit den Babys berichtete. Und manchmal reagierten sogar die Jungs (Harry, Steve und Richard) leicht irritiert, wenn er über die Probleme seiner Zwillinge beim Zahnen schwadronierte (oder über Gewichtszunahmen, Impfungen, Konsistenz des Stuhlgangs, Weizenallergien und so weiter).

Gegen fünf, als die Runde sich langsam auflöste, kam Caroline nach Hause und warf einen entsetzten Blick auf die versammelten Mütter, Kindermädchen und Babys.

»Oh! Wir wollten gerade gehen«, sagte Sally und schlüpfte schnell mit Daisy unter einem Arm und dem Buggy unter dem anderen an Caroline vorbei zur Wohnungstür.

»Meinetwegen müssen Sie aber nicht gehen«, erwiderte Caroline kühl.

»Nein, nein, wir machen immer um fünf Schluss«, sagte Sally.

Als alle weg waren und Nick seiner Frau eine Tasse frischen Tee gebracht hatte, versuchte er, sie zum Reden zu bringen.
»Ich habe dich so früh nicht erwartet«, sagte er. »Wie schade, dass du sie alle nicht richtig kennen lernen konntest. Es sind sehr liebe Leute«, fügte er fröhlich hinzu.
»Nick«, begann sie vorsichtig, »bist du sicher, dass du aufrichtig glücklich mit alledem hier bist?«
»Glücklicher als je zuvor in meinem Leben, aber wenn du mir das vor einem Jahr gesagt hättest, hätte ich dich wahrscheinlich für verrückt erklärt«, erwiderte er fidel.
»Ich meine, du hättest dir dieses Leben doch aber nicht ausgesucht, oder?«, hakte sie nach.
»Na ja, das nicht gerade, aber dann hätte ich so wahnsinnig viel versäumt. Ich hatte keine Ahnung, dass Kinder einem so viel Freude bereiten«, sagte er und fügte mit Blick auf seinen leicht gerundeten Bauch hinzu: »Man könnte sagen, dass ich hineingewachsen bin.«
»Was ich meine, ist Folgendes: Wenn du wieder so sein könntest wie vor meiner Schwangerschaft, noch bevor ich schwanger war, würdest du das wollen?«
»Ich verstehe nicht, was du sagen willst, Caroline. Was soll das?«
»Ich meine, wenn du feststellen würdest, dass ich dich auf irgendeine Weise in all dies hineingezwungen hätte, würdest du mich dafür hassen?«
»Na ja, in gewisser Hinsicht hast du mich da tatsächlich hineingezwungen, aber nein, ich würde dich nicht dafür hassen. Wenn du nicht schwanger geworden wärst, hätte ich nie erfahren, welche Bedeutung das Wort ›Zufriedenheit‹ eigentlich hat. Was ist los, Caroline? Macht dir irgendetwas Sorgen? Weißt du, manchmal habe ich den Eindruck,

dass du, wenn du die Uhr zurückdrehen könntest, niemals hättest schwanger werden wollen.«
»O nein, Nick, so denke ich überhaupt nicht. Aber ich glaube, dass wir auf merkwürdige Weise die Rollen vertauscht haben. Ich weiß nicht mehr, was ich will, und ich sehe keinen Weg in die Zukunft.« Sie brach verzweifelt ab, und er nahm sie tröstend in die Arme.
»Mach dir nichts draus«, sagte er zärtlich. »Es wird alles gut werden, und wir haben dieses Wochenende bei Georgia, auf das wir uns freuen können. Das wird dich wieder aufmuntern.« Er lächelte sie zuversichtlich an, auch wenn er beim Anblick ihres müden Gesichtchens bezweifelte, dass irgendetwas sie je aufmuntern könnte.

Richard und Georgia hatten den ersten Streit seit ihrem Geburtstag, an dem er ihr den Ring geschenkt hatte. Soweit er das beurteilen konnte, war das Einzige, was sie aufgebracht haben könnte, seine effiziente Planung des bevorstehenden Wochenendes. Er hatte alles durchorganisiert – die Sitzordnung, die Mahlzeiten, die Zimmereinteilung, die Freizeitgestaltung. Und Georgia gefiel das nicht. Sie war am Nachmittag zu ihm in den Gemüsegarten gekommen und hatte seine sorgfältig ausgearbeiteten Pläne kritisiert.
»Es ist nicht gut, wenn wir Carl und Nicola in das blaue Zimmer stecken. Da müssen sie sich das Badezimmer mit Nick, Caroline und den Zwillingen teilen«, sagte sie. »Und ich sehe es auch nicht besonders gern, wenn Juliet und Harry auf demselben Stockwerk herumspazieren wie Emily und Tamsin.«
»Ich finde es schön, dass sie so verliebt sind. Aber vermutlich bist du nur eifersüchtig.«, entgegnete Richard.

»Noch nie im Leben bin ich eifersüchtig auf meine Schwester gewesen.« Georgia merkte plötzlich, was sie gesagt hatte, und fügte erklärend hinzu: »Ich habe sie zutiefst dafür gehasst, dass sie mit dir ins Bett gestiegen ist. Aber ich kann nicht sagen, dass ich eifersüchtig auf sie war.«

»Ich dachte, wir wollten über diese Sache NIE WIEDER reden«, sagte Richard in leicht verletztem Tonfall.

»Das haben wir aber gerade«, sagte Georgia. »Und noch etwas: Ich finde wirklich, das Menü für Samstagabend ist viel zu pompös.«

»Wie bitte? Du findest also, mein Kochen ist zu pompös, oder was?«

»Ich ... na ja ... das stimmt. Ich meine, ich finde es prima, dass du einen Hackfleisch-Kartoffel-Auflauf kochen kannst und Spaghetti Bolognese, aber ein paar der Sachen, die du seit dem Kauf dieses Marco-Pierre-White-Kochbuchs aufgetischt hast, sind einfach lächerlich.«

»Harry fand meinen *Ris de veau rôti aux amandes* sensationell.« Richard war ernsthaft beleidigt.

»Harry ist mittlerweile genauso albern wie du.«

»Was soll denn das bitte heißen?«

»Na ja, du telefonierst ständig mit ihm oder Nick oder Steve. Und diese blödsinnigen Essen, die ihr immer veranstaltet. Über was um alles in der Welt unterhaltet ihr euch bloß?«, wollte sie wissen.

»Den Sinn des Lebens, Beziehungen, Essen, Kinder, uns selbst – was dachtet du denn, worüber wir uns unterhalten, Georgia? Sex und Fußball?«

»Also, ich finde das unnatürlich. Tatsächlich denke ich, die ganze Sache geht jetzt zu weit«, sagte sie und bekam vor Ärger einen hochroten Kopf.

»Welche Sache geht zu weit?«, fragte Richard nach.

»Richard, du läufst ständig um mich herum«, erwiderte sie gereizt. »Und, Richard, du gehst mir auf die Nerven. Und, Richard, du bist eine lächerliche Kopie des Neuen Mannes geworden. Pingelig, kleinlich, langweilig, geschwätzig, überempfindlich und dumm. Es ist wirklich komisch, wie du von einer Form der Drecksarbeit – im House of Commons – zur nächsten gewechselt hast – bis zu den Ohren im Dung deines Gemüsegartens steckend. Himmel, du solltest nicht Lord James of Peppard heißen, sondern Lord Schweinigel im Dreck. Und das Schlimmste ist, Richard, dass du so verdammt glücklich dabei bist und ständig dieses dämliche Grinsen im Gesicht trägst!«
»Aber ist es nicht das, was du immer wolltest?«, schrie er. »Dass wir glücklich bis an unser Lebensende zusammen sind? Dass ich öfter zu Hause bin?«
»Tja, ich dachte, das wäre es, aber langsam fange ich an zu glauben, dass ich mich geirrt habe«, schrie sie zurück, beugte sich hinunter, griff nach einem Kürbis und bewarf Richard damit.
»Bleib bloß weg aus meinem Gemüsegarten«, brüllte er ihr nach, während sie zurück ins Haus ging. »Bleib bloß weg aus meiner Küche«, keifte sie zurück und schlug die Tür krachend hinter sich zu.
Richard kämpfte mit den Tränen. Es war lächerlich, wie sehr sie ihn in letzter Zeit kränken konnte. Früher – vielleicht, weil er ihr nie richtig zugehört hatte – waren die giftigsten Bemerkungen einfach an ihm abgeprallt. Jetzt aber endeten sie mit Tränen, die über sein Gesicht liefen. Was war nur mit ihm los? Warum war er in letzter Zeit so verdammt EMOTIONAL? Er konnte es einfach nicht ertragen, wenn Georgia ihm böse war. Schon fühlte er sich schuldig, dass er mit ihr gestritten hatte. Schon überlegte

er, wie er den Schaden wieder gutmachen und die Kluft schließen könnte, die sich zwischen ihnen aufgetan hatte. Zum Glück kam ihm eine gute Idee. Er nahm den flachen Korb und suchte eine hübsche Auswahl seiner besten Gemüse zusammen. Das Ganze sah wie ein gesunder, bunter Geschenkkorb aus.

Etwas scheu machte er sich auf den Weg zur Hintertür, klopfte zaghaft an und ging hinein. Georgia stand mit dem Rücken zu ihm und telefonierte, vermutlich mit Amanda.

»Ich ertrage das nicht länger, wirklich nicht. Ich wünschte, ich hätte es nie getan«, sagte sie in den Hörer und schwieg, da vermutlich am anderen Ende der Leitung gesprochen wurde. »Du meinst, du hast auch deine Zweifel?« Sie drehte sich um und erblickte Richard, der sie entschuldigend anlächelte. »Hör zu, wir unterhalten uns am Wochenende darüber. Wie es vorher war, habe ich es gehasst, aber ich bin nicht sicher, dass ich es jetzt besser finde. Jedenfalls sehe ich dich am Wochenende und erzähle dir dann alles Weitere. Richard ist gerade gekommen. Mach's gut.« Sie legte auf.

»Wer war das, Darling? Und worüber habt ihr geredet?«, fragte Richard ruhig und friedlich.

»Das war Amanda. Und das, worüber wir redeten, hat nichts mit dir zu tun«, antwortete sie bestimmt. »Na ja, es hat zwar mit dir zu tun, aber auch wieder nicht. Womit ich meine, dass es für alle Beteiligten besser ist, wenn du nicht weißt, worüber wir gesprochen haben.«

Er überreichte ihr den Gemüsekorb.

»Wozu ist der?«

»Ich finde, das sieht doch richtig schick aus und würde eine wunderbare Potage für heute Abend abgeben. Oder vielleicht eine Tischdekoration fürs Wochenende?«, meinte er fröhlich, um ihre Anerkennung zurückzugewinnen. »Du meine Güte, es ist ja schon spät. Ich mache mich lieber auf den Weg, sonst komme ich nicht rechtzeitig zur Schule.«

Er schnappte sich die Autoschlüssel, gab ihr einen Kuss auf die Wange und ging zur Tür. Als er sich durch das Fenster nach ihr umsah, hätte er schwören können, dass sie gerade einer seiner wunderschönen Zucchini den Kopf abbiss, bevor sie den gesamten Inhalt des Gemüsekorbs in den Abfalleimer warf.

Als Harry in seinem verzweifelten Zustand aus Cornwall zurückgekehrt war, hatte er sich zunächst gescheut, Juliet anzurufen. Aber die Jungs – nun ja, vor allem Richard – hatten ihn davon überzeugt, dass sie ihn mit offenen Armen wieder aufnehmen würde. Und das hatte sie anfangs auch getan. Sie hatte sogar von sich aus eines ihrer neuen flatternden Kleider angezogen und sich mit dem betörenden Rosenduft parfümiert. Sie waren sofort ins Bett gegangen. Tatsächlich verbrachten sie die meiste Zeit »nach Annabel« nun im Bett, was Harry, ehrlich gesagt, langsam zu viel wurde.

Eine Weile schien es, als ob Juliet ihm seine seltsame Untreue vergeben hätte. (»Stell dir vor«, hatte sie Stella erzählt, »Harry rennt zu einer Frau, die dick, abgetakelt und zehn Jahre älter ist als ich!«) Sie redete einfach nicht darüber. Und immer, wenn Harry ein ernsthaftes Gespräch über die Gegenwart und ihre mögliche gemeinsame Zukunft mit ihr anfangen wollte, provozierte sie einfach Sex.

»Das Leben besteht aus mehr als nur Sex, Juliet«, meinte er eines Tages leicht gereizt.

»Darling«, erwiderte sie mit kehligem Lachen, »das war früher aber nicht so. Zumindest nicht für dich.«
»Ich möchte dir mitteilen, dass ich vorhabe, mich von Annabel scheiden zu lassen«, begann er vorsichtig.
»Nun, das kann dauern, Harry.«
»Und obwohl ich momentan nicht in einer Position bin, dich offiziell zu fragen, so hoffe ich doch sehr, dass du möglichst bald meine Frau wirst.«
»Harry, o Darling, du willst mich heiraten?«, fragte sie eifrig.
»Ich will eine Familie, Juliet. Ich will sesshaft werden und der Mann sein, der ich all die Jahre mit Annabel nicht war. Und noch etwas: Ich finde, ich sollte Sam ein wenig besser kennen lernen. Wann können wir ihn besuchen?«
»Na ja, ich denke, wir könnten am Samstag zu seiner Schule fahren und ihn zum Mittagessen einladen. Um ehrlich zu sein, Harry, glaube ich allerdings, dass es für ihn ziemlich verwirrend ist, wenn wir ihn mitten im Schuljahr aufsuchen. Aber wenn du wirklich willst ...«
»Ja, ich will. Wenn wir eine Familie werden wollen, dann ist es wichtig, dass er damit einverstanden ist und sich als Teil dieser Familie fühlt.«
Ihr Besuch war nicht sonderlich erfolgreich. Sam war, wie Juliet schon oft erwähnt hatte, ein schwieriger und recht unansehnlicher Bursche (»Da kommt das Burrowsche in ihm durch«, verteidigte sie sich Georgia gegenüber immer) und hatte Harry nie besonders gemocht (und seine eigene Mutter vermutlich auch nicht, wie Harry bei sich dachte).
In letzter Zeit hatte es viele Fälle erbitterter Kämpfe um das Sorgerecht für Kinder zwischen entfremdeten Ehepartnern gegeben. Fälle, in denen ein Elternteil dem anderen aus lauter Liebe das Kind wegnahm. Bei Sam war eher das Ge-

genteil der Fall. Keiner seiner Eltern schien sich mit ihm abgeben zu wollen. Den ganzen Sommer hatte er bei seinen steifen und strengen Großeltern väterlicherseits verbracht und die meisten freien Wochenenden für sich allein in der Schule. Seine Tante Georgia hatte ihn einmal eingeladen, aber selbst dieses Angebot, so dachte er, verdankte er eher dem Mitleid als der Zuneigung. Noch dazu schikanierten seine Cousins und seine Cousine ihn bis aufs Blut, sobald ihre Eltern außer Sichtweite waren.

Aus diesen Gründen war er über das plötzliche Interesse von Harry und Juliet (die sich offensichtlich bemühte, in diesem langen, schlaff herunterhängenden, geblümten Kleid »mütterlicher« zu erscheinen) einigermaßen verwirrt. Wie Sam bald feststellen musste, bemühte Juliet sich nicht nur, mehr wie eine Mutter auszusehen. Sie gab ihm sogar einen Kuss, als er in den Wagen stieg.

»Bäh«, sagte er, »du stinkst ja schrecklich.«

Harry hatte auf diese blöde Art und Weise gelacht, wie Erwachsene es immer tun, wenn sie sich bei einem Kind einschmeicheln wollen. Sam empfand das ganze Getue als ziemlich albern. Sie aßen in einem Restaurant des nächsten Ortes zu Mittag. Die Konversation war reichlich mühsam.

»Nun, Sam, bist du gut im Sport?«, fragte Harry und lächelte ihn freundschaftlich an.

»Nein.«

»Dann bist du wohl mehr ein Intellektueller, wie?«, bohrte Harry weiter.

»Nein.«

»Aber worin bist du denn gut? Jeder Junge hat irgendetwas, bei dem er gut ist oder das er mag. Lokomotiven, Briefmarken, Autos ...?«

»Insekten«, sagte Sam.
»Insekten? Sammelst du die?«
»Ich sammle sie und stecke sie entweder auf Nadeln fest oder lege sie in ein Konservierungsmittel. Ich habe hundert verschiedene Arten von Hausspinnen.« Sams Gesicht spiegelte zum ersten Mal Interesse und keine Langeweile wider.
»Tja, dann können wir doch mal zusammen in das Naturkundemuseum gehen«, schlug Harry eifrig vor.
»Okay«, sagte Sam, war sich aber nicht ganz sicher, ob Harrys Interesse echt oder nur geheuchelt war.
»Ja, falls du Samstags hier rausdarfst, könnte ich dich nächste Woche abholen und mit dir dorthin fahren. Wie fändest du das?«
»Geht nicht, Harry«, unterbrach ihn Juliet schnell. »Wir sind nächstes Wochenende doch bei Georgia und Richard.«
»Na ja, dann kann Sam doch mitkommen. Glaubst du, dein Schuldirektor lässt dich außer der Reihe für ein ganzes Wochenende gehen?«
Juliet warf Harry einen warnenden Blick zu, aber er ignorierte ihn einfach.
»Ich hab noch nie gefragt«, sagte Sam und wurde ein bisschen rot, »aber vielleicht, wenn Mutter einen Brief schreibt … Ich weiß, dass andere Jungs auch mal übers Wochenende wegdürfen, wenn kein Ausgang ist«, erklärte er ein wenig kläglich.
»Na, dann ist ja alles geregelt. Juliet, du schreibst einen Brief, und wir können vor der Fahrt nach Henley einen kleinen Umweg machen und Sam abholen. Das wird ein richtiges Familienwochenende«, sagte Harry und lächelte Juliet und ihrem Sohn milde zu.

Als sie Sam wieder in der Schule abgeliefert hatten und auf der Heimfahrt waren, fing Juliet zu schmollen an.

»Weißt du, Harry, das nächste Wochenende wäre ohne Sam viel einfacher geworden, denn er versteht sich nicht mit seinen Cousins. Ich habe so selten die Gelegenheit, Nicola zu sehen, und wirklich keine Lust, die ganze Zeit meinen Sohn zu verhätscheln.«

»Aber Juliet, du hast deinen Sohn noch nie in seinem Leben verhätschelt. Vielleicht wird es langsam Zeit, dass du das mal tust. Der arme Tropf ist schon nahe dran, einer dieser absonderlichen, einzelgängerischen Typen zu werden, die am Ende das psychologische Profil eines Serienkillers haben«, sagte Harry.

»Wie kannst du es wagen, so zu reden, Harry? Du hast keine Ahnung, wie schwer es für mich war, als meine Ehe zerbrach und ich mit dem Jungen allein war. Außerdem ist er nicht in Gefahr, psychologische Probleme zu bekommen, denn er hat bereits einen Psychotherapeuten.«

»Er hat was?«

»Sam geht zu einem Therapeuten, seit er sechs ist. Er ist geistig wirklich völlig normal. Ich werde nicht zulassen, dass du mir wegen Sam einen Schuldkomplex einredest. Ich habe mein Bestes getan. Seine Probleme haben überhaupt nichts mit mir zu tun.«

»Darling, Darling«, meinte Harry beschwichtigend, »ich gebe dir doch nicht die Schuld an seinen Problemen. Ich sage nur, dass er in seinem Leben eine Vaterfigur braucht und ein wenig mehr Aufmerksamkeit. Himmel, wahrscheinlich ist es mein Fehler, dass er so isoliert ist. Ich weiß, dass ich mich in der Vergangenheit überhaupt nicht um ihn gekümmert habe.«

»Ja, tatsächlich warst du es, der vorgeschlagen hat, ihn auf ein Internat zu schicken«, sagte Juliet. »Wenn ich mich recht erinnere, sagtest du damals – und das war in den ersten idyllischen Monaten unserer Affäre –, dass es einen richtigen Mann aus ihm machen würde. Dass Jungen nicht so übermäßig auf ihre Mutter fixiert sein sollten.«

»O Gott, habe ich das gesagt? Wie schrecklich«, meinte Harry und machte ein besorgtes Gesicht. »Die Sache ist die, dass ich nie besonders über Kinder nachgedacht habe. Doch als ich sah, dass Amber mir gegenüber so gleichgültig war, so erwachsen und weit weg von mir, da merkte ich plötzlich, wie verantwortungslos ich mein ganzes Leben lang gewesen war. Ich will es an Sam wieder gutmachen. Und ich will, dass wir weitere Kinder haben, Darling. Himmel, du solltest Nick mit seinen Zwillingen sehen. Er ist wunderbar, er ist so sehr mit diesen Babys verbunden, dass einem ganz anders wird. Ich habe mich geändert, Juliet. Ich will Verpflichtungen eingehen, ich will Wurzeln schlagen, ich will ein guter Vater und ein liebevoller Ehemann sein.«

Juliet wurde ganz still. Harry dachte, dass sie durch seinen Gefühlsausbruch erstaunt und bewegt war. Er sah sie lächelnd an.

»Habe ich dich schockiert, Darling?«

»Nein, nein«, sagte sie und fing sich allmählich wieder.

»Ich finde, wir sollten zusammen wohnen. Ich werde meine Wohnung verkaufen und bei dir einziehen, bis wir etwas anderes finden. Auf dem Land, oder was meinst du? Kinder sollten auf dem Land aufwachsen.«

Juliet schwieg noch immer. Sie saß neben ihm und drehte nervös die Ringe an ihren Fingern.

»Was ist los, Darling? Stimmt was nicht? Ist es nicht das, was du immer wolltest?«

»Es kommt nur ein bisschen plötzlich, Harry. Ich meine,

vor ein paar Monaten noch hattest du Schwierigkeiten, über Nacht zu bleiben, und auf einmal willst du mit mir glücklich leben bis an unser Ende. Einfach so.«

»Na, wer hat jetzt Angst vor Verpflichtungen?«, fragte er lächelnd.

»Das ist es nicht, Harry, natürlich nicht«, entgegnete sie. »Es ist nur so viel Neues auf einmal. Du drängst mich. Und ich bin nicht sicher, ob ich wirklich ein Typ fürs Land bin.«

»Ach, Darling, du hast schon viel zu lange in der Stadt gelebt. Und wegen diesem blöden Mark Burrows hast du verlernt, einem Mann zu vertrauen. Aber jetzt kannst du dich auf mich verlassen. Ich werde immer für dich da sein. Ich werde dich in jeder Hinsicht unterstützen, finanziell und gefühlsmäßig.«

»Aber du kennst mich, Harry, ich bin eine im Grunde sehr unabhängige Frau«, sagte Juliet und lachte nervös. »Ich glaube nicht, dass ich mich je voll und ganz auf einen Mann verlassen will.«

»Aber doch nicht auf irgendeinen Mann, sondern auf deinen Ehemann«, protestierte er, während er vor seiner Londoner Wohnung parkte. »Kein Moment ist besser als dieser. Komm mit mir nach oben und hilf mir, alles einzupacken, was ich brauche, dann ziehe ich noch heute Nacht ganz und gar zu dir.«

»Darling, du weißt, dass ich morgen früh aufstehen muss. Am Montag kommen die Wirtschaftsprüfer, und ich muss vorher noch alle Papiere zusammensuchen. Gib mir ein paar Tage Zeit, um Platz in den Schränken zu machen, und dann komm nach dem Wochenende bei Georgia zu mir. Wie wäre das?«

Sein Lächeln verblasste für einen Moment.

»Ich will einen neuen Anfang, Juliet – jetzt gleich!«
»Sieh mal, Harry, es passt heute Abend einfach nicht. Ich werde mir ein Taxi nach Hause nehmen. Du fängst an, deine Sachen zusammenzupacken, und ich ruf dich morgen an.« Sie gab ihm einen Kuss auf die Wange und stieg aus dem Wagen, ehe er sie zurückhalten konnte.
Es war ja wirklich albern, aber er hatte Tränen in den Augen, als er beobachtete, wie sie ein Taxi rief und dann in die Nacht entschwand.
»Mach dich nicht lächerlich«, schalt er sich selbst, während er nach oben ging. »Wir haben den Rest unseres Lebens vor uns. Eine Nacht macht da auch keinen Unterschied mehr.«
In der Wohnung rief er sie sofort an und hinterließ eine liebevolle Nachricht auf ihrem Anrufbeantworter und eine beim Mobilfunkdienst. Als er eine halbe Stunde später immer noch nichts von ihr gehört hatte, rief er erneut an, da er Angst hatte, es könnte ihr etwas zugestoßen sein. Als er sie dann um 23 Uhr endlich erreichte, war er schon fast hysterisch.
»Juliet! Wo bist du gewesen?«, schrie er in den Hörer, sobald er merkte, dass er mit der echten Juliet sprach.
»Harry, was um alles in der Welt ist mit dir los?«, entgegnete Juliet gereizt. »Ich habe gerade meine Nachrichten abgehört, und sie sind alle von dir. Himmel, ich bin doch erst vor ein paar Stunden von dir weggefahren! Was willst du?«
»Es war nur, dass ich mir plötzlich Sorgen machte, als du nicht geantwortet hast. Mir sind die schrecklichsten Sachen durch den Kopf geschossen. Und ich habe mich gefragt, ob du mit jemand anderem zusammen bist«, fügte er beinahe schluchzend hinzu.

»Harry, ich war nur im Büro, um die Akten zu holen, genau wie ich es dir gesagt habe. Mein Gott, ich bin nicht sicher, ob ich deinem Grad an Aufmerksamkeit gewachsen bin.«

»Aber du hast gesagt, du fährst mit dem Taxi nach Hause. Und du hast gesagt, es würde dir nicht passen, wenn ich heute Nacht einziehe. Du sagst mir nicht die Wahrheit, Juliet.«

»Harry, ich bin müde, ich muss über einiges nachdenken. Wenn du nichts dagegen hast, werde ich jetzt ein Bad nehmen und dann ins Bett gehen. Allein, Harry. Um die Wahrheit zu sagen, lerne ich es langsam schätzen, allein zu schlafen.«

»Ich kann nicht glauben, dass du das gesagt hast, Juliet. Meinst du damit, ich soll nicht bei dir einziehen?«

»Hör zu, Harry, wie ich bereits sagte, bin ich müde. Ich will jetzt keine ausführliche Diskussion über den Rest unseres Lebens, nicht jetzt. Ich will schlafen. Okay?«

»Nein, das ist nicht okay. Du kannst nicht so etwas sagen und dann erwarten, dass ich es okay finde. Die einzigen Momente, wo du in letzter Zeit wirklich auf mich eingehst, sind, beim Sex. Nie willst du über den Rest unseres Lebens REDEN«, klagte er.

»Harry, du machst dich langsam lächerlich. Ich werde jetzt auflegen und ein Bad nehmen und ins Bett gehen. Okay?«

»Nein, ich sagte, es ist nicht okay. Ich will über unsere Beziehung sprechen. Jetzt.«

»Und ich will schlafen. Gute Nacht, Harry«, sagte sie und legte auf.

Harry rief sie umgehend zurück.

»Ich sagte gute Nacht, Harry«, wiederholte sie und knallte den Hörer auf die Gabel.

Er rief wieder an und bekam diesmal nur den Anrufbeantworter zu hören: »Tut mit Leid, ich kann gerade nicht ans Telefon, aber wenn Sie Ihren Namen und die Telefonnummer hinterlassen, werde ich Sie so bald wie möglich zurückrufen.« Selbst ihr Handy hatte sie ausgeschaltet.

Er war dumm, dumm, dumm. Warum musste er nur alles ruinieren? Warum war er diesen einen Schritt zu weit gegangen? Was war los mit ihm, warum brauchte er ständig Juliets Bestätigung? Warum war er so sehr auf eine feste Beziehung aus? Warum erschien ihm sein früheres Leben jetzt als trübselig, einsam und vollkommen sinnlos? Harry ging in die Küche, machte den Kühlschrank auf, holte ein Paket Eiscreme-Schokoriegel heraus und aß einen nach dem anderen auf. Er hatte keinen Hunger, er war nie ein Mensch gewesen, der Trost im Essen suchte, aber im Augenblick schien es das einzig Richtige zu sein, um seine Depression und die nagenden Selbstzweifel zu lindern.

Viel war nicht im Kühlschrank. Harry war nicht wie die anderen vom Kochwahn befallen worden. Er aß immer noch meistens auswärts, deshalb gab es keinen Grund, zu Hause Vorräte anzulegen. Und er hatte noch nie gern Süßes gemocht, sodass jetzt wenig vorhanden war, um dieses seltsame neue Gelüst nach zuckerreichen Kalorienbomben zu stillen.

Hinten im Eisfach fand er noch zwei Schachteln amerikanische Eiscreme, die wohl schon einige Jahre da drin lagen (Überreste eines sexy Fototermins, bei dem er ein Model – er konnte sich nicht mehr an den Namen erinnern – in diesem Zeug regelrecht gebadet hatte). Als er sie gegessen hatte, futterte er die Überreste einer alten Schokolade auf, die er im Schrank fand, und noch ein halbes Paket Schokolinsen. Schließlich, mit einem Gefühl schrecklicher Übelkeit, fiel er ins Bett und in einen unruhigen Schlaf.

Obwohl Steve das Leben in den Wohnblocks und seine Arbeit noch immer heimlich vermisste, arbeitete er nun mit Feuereifer an der Umwandlung seines neuen Hauses. Er hatte schon ein kleines Wunder vollbracht und war unendlich stolz darauf, »echte Basisarbeit« zu leisten, wie er es nannte, indem er eine neue Isolierschicht angebracht, neue Kabel verlegt, die Heizung modernisiert und schließlich Decken und Wände neu gestrichen und tapeziert hatte (er bevorzugte helle Pfirsichtöne und pastellfarbene Designertapeten). Er hatte sogar einen Polsterkurs belegt und so einen alten Lehnstuhl gerettet und raffiniert drapierte Vorhänge gezaubert.

Natürlich hatte Steve schon immer einen »künstlerischen Touch« gehabt, wie seine Mutter gern erzählte, hatte dieses Talent aber nie genutzt. Seine neue Kreativität bereitete ihm jedenfalls große Freude. Und er liebte es, Annie so häufig zu sehen. Er hatte sich sogar mit ein paar Müttern aus ihrer Schule angefreundet, auch wenn sie nicht ganz an die Frauen aus dem Sozialviertel herankamen. Ihre Probleme waren eher mittelschichtspezifisch, und sie waren nicht so erpicht darauf, sich ihm bei einer Tasse Kaffee anzuvertrauen.

Auch über die Reaktion seiner Freunde hatte er sich sehr gefreut. Harry hatte ihm bereits zugesagt, er könne das Haus »machen«, das er und Juliet sich kaufen wollten. Und selbst Amanda hatte ihm zu seiner Begabung für Inneneinrichtung gratuliert. Seine einzige Sorge war, dass sein neuentdecktes Talent und der mögliche finanzielle Erfolg ihn wieder in seine alte Bahn zurückwerfen könnten. Wenn er jetzt dranbliebe, wenn er dieses Haus fertig stellte, es mit Gewinn verkaufte und dann das nächste renovierungsbedürftige Anwesen kaufte, könnte er wahrscheinlich viel Geld verdienen. Natürlich nicht so viel wie während des Immobilienbooms der Achtziger, natürlich, aber es gab Möglichkeiten – und wenn Steve eines konnte, dann war es, Möglichkeiten zu erkennen.

Es gab noch einen weiteren Trost dafür, dass er seine Sozialarbeit aufgegeben hatte und stattdessen ihr Heim verschönerte. Es machte Amanda und Annie glücklich. Die eigene Familie sollte doch an erster Stelle stehen. Und auch wenn er den armen Menschen nicht mehr half, so war er doch ein verantwortungsbewusster Ehemann, ein hingebungsvoller Vater und auch ein ideenreicher Hausmann geworden.

Eines Tages, als er Annies Zimmer sorgfältig mit einer Druckbordüre verzierte (die Druckvorlage aus Märchenschlössern hatte er selbst angefertigt), klingelte das Telefon. Die einzigen Leute, die ihn regelmäßig anriefen, waren Harry, Richard oder Nick, und so war er einigermaßen erstaunt, als er eine fremde, aber dennoch vertraute Stimme am anderen Ende vernahm.

»Steve Minter!«, sagte der Mann, der anscheinend damit rechnete, dass Steve ihn sofort erkannte.

»Ja«, erwiderte Steve vorsichtig. »Wer ist da?«

»Ich bin es – Johnny Britten.«

»Johnny? Wo bist du?«

»Ich bin draußen, Steve. Seit heute Nachmittag. Und ich gebe eine kleine Feier. Willst du nicht auch kommen?«

Steve wusste nicht, ob er lachen oder weinen sollte. Vor seiner Entlassung aus dem *Ford-Open*-Gefängnis hatte er sich nichts sehnlicher gewünscht, als von diesem Mann zu hören. Aber jetzt war er nicht mehr so sicher, ob er noch Kontakt mit ihm wollte.

»Ich bin unten im *Mezzo*. Alle sind hier, Steve. Komm doch auch dazu, wie in den alten Tagen.«

»Ich kann jetzt im Moment schlecht, Johnny, aber vielleicht können wir uns ein andermal treffen«, entgegnete er steif.

»Okay, Kumpel. Wir haben noch Geschäfte ausstehen. Es ist alles bereit. Du musst nur ein Wort sagen.«

»Ach, tatsächlich, Johnny? Diesen Eindruck hatte ich aber nicht, als ich aus dem Gefängnis kam und sah, dass du dein Wort nicht gehalten und dich nicht um Amanda gekümmert hattest«, sagte Steve kühl. »All die Jahre habe ich dich mitgezogen, und du hattest nicht genug Anstand, um ihr und Annie unter die Arme zu greifen.«

»Ich hab's versucht, Steve, ich hab's wirklich versucht. Aber sie wollte nicht auf mich hören. Amanda hat meine Anrufe nicht erwidert. Sie wollte alles auf ihre Weise machen und schließlich gab ich nach. Hör mal, wir müssen das aber nicht am Telefon besprechen. Wollen wir uns nicht morgen zum Mittagessen treffen?«

Sie verabredeten sich in einem von Johnnys Lieblingslokalen. Steve war vollkommen verwirrt und wusste nicht, was er wollte. Den Rest des Tages verbrachte er an seiner Petit-Point-Stickerei, die er als Überraschung für Amanda anfertigte, und dachte dabei über sein bisheriges Leben nach.

Er erzählte niemandem – nicht einmal seiner Frau – von Johnnys Anruf, weil er nicht sicher war, was er tun sollte. An dem Geld, das Johnny für ihn beiseite geschafft hatte, war er eigentlich nicht mehr interessiert. Es würde ihm zwar wieder mehr Kontrolle über sein Leben geben, aber ihm war unwohl bei dem Gedanken, auf welche Weise dieses Geld zustande gekommen war. Und er hatte schreckliche Angst davor, wieder in die Dekadenz seines früheren Lebens zurückzufallen. Außerdem: Wie würde das für den Rest der Welt aussehen? Er dachte an die Schlagzeilen. An all die Menschen, die ihre lebenslangen Ersparnisse in *Minter Investments* gesteckt hatten. All die Menschen, die ihr Geld wegen seiner Verantwortungslosigkeit und Habgier verloren hatten. Und wenn er das Geld nahm, würde er vermutlich sein Leben im Ausland verbringen müssen und Amanda und Annie verlieren, was er keinesfalls ertragen könnte.

Doch er traf sich am nächsten Tag mit Johnny und unterzeichnete die notwendigen Dokumente, die das schmutzige Geld auf ein Bankkonto im Ausland transferierten. Es war nicht wahnsinnig viel Geld, aber doch mehr, als die meisten Menschen sich in ihren wildesten Träumen vorstellen würden.

Natürlich hatte Steve nicht die Absicht, irgendetwas zu unternehmen, ehe er nicht mit Amanda gesprochen hätte, und er brauchte einige Wochen, um dazu genügend Mut aufzubringen. Er befürchtete, dass eine Erwähnung der berühmten Minter-Millionen sie wütend machen und möglicherweise gegen ihn einnehmen könnte.

»Amanda?«, begann er schließlich zaghaft eines Nachts nach einem besonders schönen Liebesspiel (das der Enthüllung seiner hübschen und antik gerahmten Petit-Point-Stickerei gefolgt war, die nun zu seinem Stolz in der Eingangshalle hing).

»Ja, Darling?«

»Angenommen, ich würde plötzlich viel Geld bekommen. In der Lotterie gewinnen oder so etwas. Was würdest du tun?«

»Tja, vor noch gar nicht langer Zeit wäre das die Antwort auf meine Wunschträume gewesen. Als du damals im Gefängnis warst und ich darum kämpfte, unseren Lebensunterhalt zu verdienen und mich um Annie zu kümmern, da hätte ich den Scheck genommen und vor Freude aufgeheult«, erwiderte sie und sah ihn prüfend an.
»Aber jetzt nicht?«, fragte er nach.
»Nun, ich habe mich daran gewöhnt, mein eigenes Geld zu verdienen, und seien wir mal ehrlich, Darling: Ich hatte damals keine Ahnung, was Geld eigentlich ist. Ich glaube, ich würde viel von meiner Lebensfreude verlieren, wenn ich jetzt plötzlich wieder reich wäre. Mir gefällt der Gedanke, dass ich in ein paar Wochen genug Geld verdient habe, damit wir uns den schönen Sessel kaufen können, den wir am Wochenende gesehen haben. Mir gefallen diese grässlichen Mittelklasse-Werte, die ich mir anscheinend zugelegt habe. Jetzt weiß ich, was Arbeitsmoral bedeutet. Es ist ungemein befriedigend, insbesondere für eine Frau wie mich, die immer nur eine nutzlose Vorzeigefrau war. Die Tatsache, dass ich Geld verdienen kann, während du dich um das Haus kümmerst, ist einfach wunderbar.« Sie lachte leise. »Und da ist noch ein Grund, warum ich das Geld nicht haben möchte – den Lotteriegewinn oder die Minter-Millionen, ganz egal. Ich hätte Angst, dich zu verlieren – meinen Vorzeigeehemann – und ich denke nicht, dass ich das ertragen könnte«, fügte sie hinzu und vermied seinen Blick.
»Für dich gibt es also kein Zurück?«, fragte er und küsste ihr glänzendes Haar.
»Nein, für mich nicht. Aber was ist mit dir? Würdest du denn zurückwollen?«
»Ich? Na ja, ich muss gestehen, dass ich mit deinen Mittelklasse-Werten nicht gar so viel anfangen kann, aber ich bin

mir meiner alten Arbeiterklasse-Werte bewusst geworden, die ich in dieser verrückten Zeit damals ganz verloren hatte. Ich glaube auch, dass ich das Geld weggeben würde. Irgendeinen Wohltätigkeitsfonds einrichten und es verteilen«, sagte er und lächelte.

Sie sahen einander lange Zeit an.

»Aber das wäre nicht legal, Steve«, meinte sie dann leise.

»Du meinst, als ehemaliger Straftäter dürfte ich keinen Wohltätigkeitsfonds einrichten?«

»Nein, Steve, das meine ich nicht. Ich meine, dass du das Geld nicht weggeben kannst, weil es nicht dir gehört. Es gehört den Leuten, denen du es weggenommen hast.«

Er hatte Amanda schon immer unterschätzt. Natürlich hatte sie von Johnny Brittens Entlassung gehört und geahnt, dass das Geld, von dem er sprach, nicht irgendein imaginärer Lottogewinn war, sondern schreckliche und bedrückende Realität.

»Was sollen wir tun?«, wollte er wissen.

»Wir geben es zurück. Du gehst zur Presse – zu jemandem, der Verständnis hat – und erzählst ihm die Geschichte.«

»Meinst du wirklich?«

»Ja.«

»Und was dann?«

»Und dann, Steve, machen wir mit dem Rest unseres Lebens weiter.«

»Aber was soll ich tun?«

»Nach so einer Veröffentlichung kannst du alles tun. Das heißt alles, außer wieder der alte Steve Minter zu werden. Du könntest deine Memoiren schreiben, du könntest auf die Kunstakademie gehen, du könntest deine Begabung für Innendekoration weiter ausbauen.«

»Glaubst du das wirklich?«

»Ich weiß es«, sagte sie und küsste ihn. »Mein Gott, Steve, wir sind jetzt soviel reicher als wir es jemals waren.«

»Ich habe mir heute überlegt«, sagte er, als sie eng umschlungen dalagen, »dass ich gern einen von diesen traditionellen amerikanischen Quilts für unser Bett machen würde. Mit viel Rot und Rosa und vielleicht hie und da einem kleinen bisschen Gelb.«

Carl war jetzt, wie er selbst vermutete, eine gespaltene Persönlichkeit. Mit Nicola war er der lächelnde, nette, einfühlsame Mannigfalt-Mann, doch wenn er allein durch die schmutzigen Straßen strich und nach Beute Ausschau hielt, war er in allem das genaue Gegenteil von dem, was Nicola liebte. Natürlich war das alles ihre Schuld. Hätte sie ihm nicht dieses verdammte Medikament verabreicht und dadurch seine Psyche verändert, hätte er diese Sache mit den Mädchen niemals angefangen. Er erkannte jetzt, dass Nicola genau das gemeint hatte, als sie ihn zu Beginn des Programms als »Tier« bezeichnete. Denn er war genau wie diese armen, dummen Tiere behandelt worden, die für die kosmetische oder medizinische Forschung herhalten mussten. Er war wie einer dieser Schimpansen, den sie ins All geschickt hatten – ein Versuchstier.

Zwar hatte Nicola es geschafft, ihn abzurichten – ihn zu Richards »neu herangezüchtetem niedlichen Haustier« zu machen –, doch im Grunde sah sie in ihm nichts anderes als ein Tier. Himmel, sie sah alle Männer als Tiere an! Das ganze Konzept von Mannigfalt war, dieses »Tier im Mann« in ein kontrolliertes und friedfertiges Wesen zu verwandeln. So leidenschaftlich sie in ihrer Beziehung auch wirkte, diese Mission war der eigentliche Antrieb für Nicolas Handeln: eine Welt voller Mannigfalt-Männer zu erschaffen.

Sie hielt sich dieser Kreatur, die sie zu ihrem perfekten Partner umgemodelt hatte, gegenüber für so clever, für so überlegen! Aber sie hatte einen großen Fehler begangen. Sie hatte ihr Tier – ihr zahmes kleines Tierchen – aus dem Käfig gelassen. Und wenn man einem Tier den Schlüssel für seinen Käfig gab, dann musste man mit Schwierigkeiten rechnen.

Carl hielt sich mittlerweile an ein bestimmtes Muster. In den letzten Monaten hatte er mindestens alle vierzehn Tage ein Mädchen aufgegabelt. Immer rothaarig, immer jung und immer eine Hure.

Es erstaunte ihn, wie lange Polizei und Presse gebraucht hatten, um dieses Muster zu erkennen. Inzwischen aber hatte er, ganz im Stil der klassischen Serienmörder, einen Spitznamen. Man nannte ihn den »Roten Rächer«. Er war äußerst vorsichtig. Das musste er auch. Dies war nun sein letzter Coup vor ihrer Reise nach Europa, vielleicht sogar der letzte überhaupt, und er durfte keinen Fehler machen. Diesmal war das Mädchen eigentlich keine Rothaarige, obwohl sie genauso sommersprossig war wie diese rothaarigen Frauentypen. Vielleicht, so dachte er, während er die Bedingungen aushandelte, hatte sie ihr Haar gefärbt, um dem »Roten Rächer« zu entgehen.

Auf seinen Vorschlag hin gingen sie getrennt in das Zimmer, das sie gemietet hatte. Er kostete den Moment nicht aus. Er nahm sich nicht mehr – wie am Anfang – die ganze Nacht Zeit, um zu seinem besonderen Höhepunkt zu gelangen. Tatsächlich war es inzwischen so, dass das Vögeln zweitrangig war. Er brauchte nur etwa eine Stunde vom Anfang bis zum Ende. Niemand hatte ihn kommen sehen, und niemand sah ihn gehen.

Nicola schlief, als er nach Hause kam. Ihr rotes Haar ergoss sich über das Kopfkissen. Er weckte sie vorsichtig auf und drang heftig in sie ein. Die einzige Zeit, in der er sie ohne besondere Mühe bumsen konnte, war jetzt nur noch direkt nach seinen Ausflügen zu den Straßenmädchen. Das geheime Wissen über die eben begangene Tat – darüber, wozu ihr Mannigfalt-Vorzeigemann imstande war – verschaffte ihm den nötigen sexuellen Kick, um Nicola das zu geben, was sie wollte.

»O Carl«, schrie sie auf, als sie kam. »Carl!«

17.

Nach ihrem Streit feierten Richard und Georgia am Abend vor dem Besucherwochenende eine leidenschaftliche Versöhnung. Sie liebten sich die ganze Nacht, was Richard allerdings ein wenig ungelegen kam, denn er hatte am nächsten Tag noch so viel zu tun und würde abgespannt und müde sein. Was jedoch nicht hieß, dass er es bedauerte! Er hatte die Versöhnung sogar sorgsam und gefühlvoll inszeniert: ein leckeres Abendessen gekocht (etwas Einfaches und überhaupt nicht Lächerliches), Georgia viele Komplimente gemacht und ihr ein hübsches kleines Geschenk überreicht, um die richtige Stimmung für ein ausgiebiges und klärendes Gespräch zu schaffen. Ihre Versöhnung kam durch die sorgsame Aufteilung der Arbeit im Haus und am kommenden Wochenende zustande. Richard war für das Erdgeschoss verantwortlich – Blumenarrangements, Sitzordnungen und so weiter, während Georgia sich um den ersten Stock kümmerte – Zimmerzuteilungen und so weiter. Richard sollte die Organisation und das Kochen für Samstag, Georgia für Sonntag übernehmen. Das Abendessen am Freitag – wenn die Evans' und Minters kamen – würden sie gemeinsam zubereiten. Nicola und Carl und Juliet und Harry wollten am frühen Samstagmorgen eintreffen.

Richard schämte sich ein wenig, als er merkte, dass er sich immer mehr als Konkurrent seiner Frau fühlte. Mit den

Blumen hatte er sich besondere Mühe gegeben und eine, wie er fand, höchst originelle Tischdekoration aus seinen Gartengemüsen gezaubert. Und seine Vorspeise für Freitagabend war viel eindrucksvoller und komplizierter als Georgias Hauptgericht.

Vor lauter Aufregung, seine engsten Freunde und ihre Partnerinnen in seinem Haus zu haben, war Richard ziemlich nervös. Nick und Steve – die Gastgeber der letzten beiden »Herrenabende« – hatten hohe Maßstäbe gesetzt. Richard gab sich sogar besondere Mühe mit seiner Kleidung. Seit einiger Zeit verspürte er das Bedürfnis, seine neue Persönlichkeit durch neue Kleider zu unterstreichen. Er hatte so viele Jahre in dunklen Anzügen und schlichten weißen Hemden zugebracht, dass sein neuer Look – Polohemden, Jeans und Timberland-Schuhe – herrlich befreiend wirkte.

Er hatte auch sein Haar wachsen lassen. Es war seltsam, aber er hätte schwören können, dass sein sich vormals lichtendes Haar (das alle sechs Wochen geschnitten worden war) dichter und kräftiger wurde. Der kleine kahle Fleck, den er seit fünf Jahren zu verstecken suchte, schien von einer neuen Lage gesunder Haare überdeckt zu sein. Er hatte sich schon immer heimlich gewünscht, längere Haare zu haben, war aber immer ein so konservativer Mensch gewesen, dass er diesem Wunsch nie nachgegeben hatte. Harry hatte er darum beneidet, dass in dessen Beruf lange Haare und legere Kleidung akzeptiert wurden. Und nun, da ihm seine eigenen, von leichtem Grau durchzogenen Locken auf den Kragen fielen, hatte es einen erfrischenden Reiz, den Kopf zurückzuwerfen und die Haare flattern zu spüren. Er hatte sogar mit dem Gedanken an einen Pferdeschwanz gespielt, ihn dann aber doch wieder verworfen, weil es zu sehr nach dem Oberklassen-Gehabe eines Mannes im mittleren Alter aussehen würde – vor allem seit seiner Ernennung in das House of Lords (er wollte nicht wie der arme Marquis of Bath aussehen oder wie eine alberne Kopie Harrys).

Nicht, dass Richard je ein eitler Mensch gewesen wäre oder nun geworden war. Es war nur so, dass er sich jetzt mehr um sein Äußeres kümmerte und daher eine Reihe Kosmetika für Männer angeschafft hatte, die er vormals als … nun ja, als feminin abgetan hätte. Mittlerweile besaß er ein komplettes Pflegeset für Haar und Haut sowie mehrere Flaschen Aftershave, und abgesehen von der Vitaminpille (Georgia gab ihm immer noch eine gelbe Kapsel pro Woche) schluckte er diverse Tabletten mit Mineralien, Spurenelementen und sonstigen Dingen, da er sich in jeder Hinsicht verbessern wollte.

Georgia hatte gelacht und gewitzelt, dass sein Badezimmerschrank mittlerweile ebenso viele Fläschchen und Tiegelchen enthielt wie ihrer. Doch sein neuer Look schien ihr zu gefallen. Vor allem das Haar. Es sei wie ein Schritt zurück in ihre Jugend, meinte sie. Lange Haare hatten für sie beide immer so etwas wie Rebellion bedeutet, die keiner von ihnen je gewagt hatte. Auch sein Körper gefiel ihr. Zu seinem Geburtstag hatte sie ihm ein Jahresabonnement für das Fitnesscenter in Henley geschenkt – wo auch sie ihre Figur bereits erfolgreich modelliert hatte –, damit er sich fit halten konnte.

Oft gingen sie vormittags gemeinsam dorthin und bewunderten verstohlen die neue Straffheit, die sie aneinander entdeckten, während sie sich durch die Geräte schwitzten. Und so hatte Richard, trotz seiner wachsenden Vorliebe für gutes Essen, eine wunderbar knackige Figur bekommen.

Nun aber war er erleichtert, als die ersten Gäste eintrafen –

Nick, Caroline und die Zwillinge in ihrem neuen Kombi mit eingebauten Babysitzen und hochmoderner Sicherheitsausstattung. Es dauerte fast eine halbe Stunde, bis sie alle Babysachen und sonstiges Gepäck in ihr Zimmer gebracht hatten. Nick hatte sogar ausreichend selbst gemachte biologische Babynahrung für das ganze Wochenende in eine spezielle Kühltasche gepackt.

Außerdem waren da die Wickelmatten, zwei Wippstühle, zwei Reisebettchen, eine Auswahl von pädagogisch wertvollem Spielzeug, ein Baby-Alarm, der Doppelbuggy sowie ein riesiges Paket Wegwerfwindeln (aber nur, weil sie außer Haus waren – ansonsten blieb Nick seinem umweltfreundlichen Prinzip der altmodischen Baumwollwindeln treu). All die Sachen nahmen so viel Raum ein, dass kaum Platz für die drei Koffer blieb (zwei für die Babys und ein kleiner für die Eltern).

Caroline und Georgia zogen sich auf ein Schwätzchen in das kleine Wohnzimmer im Erdgeschoss zurück (Georgias »Salon«, wie Richard es nannte), während Richard und Nick alles auspackten und von Jack und Jillie schwärmten.

»Caroline konnte es kaum erwarten, Georgia zu sehen«, meinte Nick, um ihr schnelles Weglaufen von den Kindern zu erklären.

»Natürlich«, sagte Richard verständnisvoll. »Aber wenn sie sich erst mal ein bisschen entspannt hat, kümmert sie sich bestimmt mehr um die Babys«, fügte er aufmunternd hinzu.

Nick hatte Richard mehr als einmal dieses Problem geschildert. Tatsächlich bekamen alle »Jungs« (wie sie sich mittlerweile immer nannten) mit, wie sehr Nick sich abmühte, Caroline für den Alltag der Zwillinge zu erwärmen.

»Manchmal«, sagte Nick verzweifelt, während er Jacks

Windel wechselte, »komme ich mir vor wie ein allein Erziehender. Caroline denkt nur an Arbeit, Arbeit, Arbeit. Es ist fast so, als würden wir gar nicht existieren.«

»Na, du weißt doch, dass manche Eltern eben länger brauchen als andere, um sich an die ganze Sache zu gewöhnen. Ich kenne Leute, die keine Beziehung zu ihren Kindern aufbauen konnten, bis diese drei Jahre alt waren. Teufel noch mal, ich bin selbst einer, der keine Beziehung zu seinen Kindern hatte – und das, bis sie schon viel älter waren. Erst seit diesem Jahr sehe ich mir meine eigenen Kinder richtig an.«

»Für einen Mann mag das ja ganz normal sein – vor allem für einen Mann mit dem Haufen Arbeit, den du immer zu erledigen hattest –, aber für eine Frau ist das unnatürlich. Außerdem sind es nicht nur die Zwillinge, zu denen sie keine Beziehung aufbaut – sondern mir geht's genauso.«

»Was meinst du damit?«

»Himmel, Richard, seit die Babys geboren wurden, haben wir nicht ein einziges Mal miteinander geschlafen!«

»Tja, dazu muss ich sagen, dass das bei einer Frau ganz normal sein kann. Bei einer Mutter, meine ich. Ich weiß noch, dass Georgia sich nach Toms Geburt nicht im Mindesten für Sex interessierte«, sagte Richard nachdenklich. »Obwohl das natürlich auch an meinem Verhalten ihr gegenüber lag«, fügte er hinzu und spürte einen Anfall von Reue, als er an seine Affäre mit Juliet dachte.

»Aber vor der Geburt hatten wir auch keinen Sex. Abgesehen von ein paar ganz seltenen Malen. Wie bei der Zeugung – obwohl ich mich daran nicht einmal mehr erinnern kann. Ich bin kein außergewöhnlich fordernder Mann, Richard, versteh mich nicht falsch«, sagte Nick ernst. »Ich werde nicht krank vor sexueller Frustration, ich will keinen

Dreier machen oder spreche fremde Frauen im Stadtpark an. Ich will nur begehrt werden. Von Caroline. Klingt das blöd?«

Richard murmelte ein paar aufmunternde Worte.

»Ich habe einfach dieses Gefühl, dass sie mich nicht mehr als sexuelles Wesen sieht, sondern nur noch als den Vater ihrer Kinder. Und, na ja, vielleicht bin ich auch ein bisschen träge geworden. Vielleicht habe ich den alten Nick aus den Augen verloren. Den Nick, der es liebte, vor dem Badezimmerspiegel zu bumsen. Ich weiß, dass ich zugelegt habe – ich wiege zwölf Kilo mehr als vor der Geburt –, und manchmal wache ich nachts auf und überlege, ob sie vielleicht jemand anderen gefunden hat. Ob sie im Büro einen Mann kennen gelernt hat, der dynamischer und attraktiver ist als ich«, sagte Nick ein wenig traurig.

Es stimmte schon, dass Nick aufgedunsen und erschöpft aussah, dachte Richard. Nicht, dass er sich je besonders herausgeputzt hätte. Aber momentan sah er doch ziemlich verwahrlost aus. Sein Haar war ungepflegt, er schien sich seit ein paar Tagen nicht mehr rasiert zu haben, und an seinen Kleidern hing der unverwechselbare Geruch von Erbrochenem. Obwohl die Zwillinge makellos aussahen – sie trugen Strampler in Rosa und Hellblau –, wirkte ihr Vater ein wenig heruntergekommen. Was nicht weiter verwunderte, dachte Richard, wenn Nick sich ganz allein um zwei Babys kümmerte und noch dazu sein übliches Pensum an Drehbüchern ablieferte.

»Das Leben ist zu kurz, um lange darüber zu weinen«, meinte Richard jovial. »Was du brauchst, ist ein bisschen freie Zeit für dich – ohne die Zwillinge. Du solltest mit Caroline übers Wochenende wegfahren und dich anstrengen, wieder der alte Nick zu werden. Versuche, nostalgische Gefühle in

ihr zu wecken. Zieh dich toll an. Du weißt schon. Die Briefkastentanten raten das doch auch immer, oder nicht? Entfache die alten sexuellen Fantasien aufs Neue.«
»Aber ich kann mich nicht mehr erinnern, was unsere alten sexuellen Fantasien waren. Abgesehen vom Badezimmerspiegel. Und ich könnte es bestimmt nicht ertragen, die Zwillinge übers Wochenende allein zu lassen. Ich meine, sie brauchen mich jetzt doch so sehr. Eine Trennung in diesem Stadium steht außer Frage.«
»Nun, warum packst du nicht die Gelegenheit beim Schopf und versuchst es dieses Wochenende. Ihr habt hier einen großen Spiegel in eurem Badezimmer«, schlug Richard fröhlich vor.
»Aber darin würde ich jetzt schrecklich aussehen«, sagte Nick und schielte auf seinen vorgewölbten Bauch und die gepolsterten Hüften. »O Gott, es tut mir Leid, Richard, ich bin eine alte Heulsuse«, fügte er schnell hinzu und versuchte sein altbewährtes Lächeln. »Wie geht's euch denn hier? Seid ihr zwei glücklich?«
»Wie alle Paare haben wir unsere Hochs und Tiefs.« Richard nahm Jillie und wiegte sie zärtlich in seinen Armen. »Um genau zu sein, stellt dieses Wochenende im wahrsten Sinne des Wortes eines unserer Hochs und Tiefs dar. Georgia ist für den ersten Stock zuständig und ich für das Erdgeschoss. Ihr scheint meine Einmischung in die Hausangelegenheiten zu missfallen. Ich vermute, dass sie meine neue Wandlung zur Häuslichkeit zwar genießt, es aber gleichzeitig nicht erträgt, dass ich in ihr Territorium eindringe. Himmel, dieses Baby ist noch süßer, als ich es in Erinnerung hatte«, sagte er, als Jillie ihn strahlend anlächelte.
»Warum schafft ihr zwei euch nicht noch ein Kind an?«, fragte Nick.

»Vielleicht, vielleicht. Es wäre schön, genauso beteiligt zu sein, wie du es warst. Wirklich von Anfang an für ein Kind da zu sein. Aber ich bin nicht sicher, ob Georgia das auch möchte.«

Eher widerstrebend und jeder mit einem Baby auf dem Arm machten sie sich auf den Weg nach unten zu ihren Frauen.

»Caroline«, sagte Nick mit einschmeichelnder Stimme, »die Zwillinge müssen essen. Warum kommst du nicht mit und hilfst mir beim Füttern?«

»O Nick, Darling, du weißt doch, dass du das viel besser kannst als ich. Ich bin so schrecklich ungeschickt, und Georgia und ich unterhalten uns gerade so angeregt.«

Ja, Nick«, fügte Georgia hinzu. »Richard würde dir sicher liebend gern helfen, nicht wahr, Richard? Vielleicht mögen die Babys ja etwas von deiner Vorspeise – dieser schlichten kleinen *Moussette de saumon fumé*«, sagte sie und warf Caroline einen viel sagenden Blick zu.

»Oh nein, ich habe die ganze Babynahrung mitgebracht. Sie essen nur streng biologisches Gemüse, ohne Salz, Zucker oder Zusatzstoffe. Nur die reine Natur«, sagte Nick mit seligem Lächeln.

»Nun ja, Nick, ich bin sicher, dass Richard dir auch dabei helfen kann. Er zieht jetzt sein eigenes Gemüse. Ihr zwei müsst euch in letzter Zeit wahrhaftig viel zu erzählen haben – über Kürbisse, Zucchini, Stangenbohnen und den Sinn des Lebens«, meinte Georgia und lachte belustigt. »Caroline und ich machen derweil eine schöne Flasche Champagner auf.«

Als die Minters etwa eine halbe Stunde später eintrafen, wurden sie von einer hysterischen und leicht beschwipsten Georgia begrüßt, die Annie und Steve nach oben schickte,

»um die Jungs zu suchen«, und Amanda in den Salon zerrte.

»Richard und Nick baden die Babys, Steve«, sagte sie. »Und ich bin sicher, dass sie dabei noch ein Paar starke Männerhände gebrauchen können. Tamsin, Emily und Tom sind in ihrem Spielzimmer, Annie-Darling. Sie freuen sich schon so sehr darauf, dich zu sehen.«

Steve war leicht schockiert über die Art und Weise, mit der Georgia ihn abschob, aber er brachte Annie in das Kinderzimmer im ersten Stock und fand schließlich, nach dem Öffnen vieler Zimmertüren, auch seine Freunde. Richard gab Jillie gerade die Flasche, und Nick fütterte Jack. Die Zwillinge rochen süß nach Babyseife und Puder. Nick hob einen Finger an den Mund und bedeutete Steve, sich leise aufs Bett zu setzen, bis die Babys ihre Fläschchen getrunken hatten. Dann, nachdem ihnen ihr Bäuerchen entlockt und sie in ihre Bettchen gelegt worden waren, gingen die Männer nach unten.

»Wo soll ich den Baby-Alarm aufstellen?«, fragte Nick besorgt. »Irgendwo, wo ich ihn hören kann, falls sie aufwachen und mich brauchen.«

Schließlich entschieden sie sich für die Küche, da Georgia mittlerweile so betrunken war – die drei Frauen hatten die zweite Flasche bereits halb geleert –, dass es ganz so aussah, als müsste Richard das gesamte Abendessen kochen und nicht nur seine komplizierte Vorspeise.

Tatsächlich bestand die Gefahr – zumindest aus Richards Sicht –, dass das ganze Wochenende in einem Durcheinander endet. Georgia hatte offenbar nicht an die Kinder gedacht, und er musste vor dem Essen für die Erwachsenen erst mal eine schnelle Portion Spaghetti Bolognese für Tamsin, Emily, Tom und Annie kochen. Steve und Nick halfen

ihm natürlich dabei und konnten über Mixern, Schüsseln und Warmhalteplatten ein paar Neuigkeiten austauschen.
»Ich stehe mehr oder weniger an einem Scheideweg«, sagte Steve ein wenig verschämt. »Wie ihr wahrscheinlich gelesen habt, ist Johnny Britten wieder auf freiem Fuß, und mein Schicksal hat sich sozusagen gewendet.«
»Du meinst, Johnny hat dir ein Angebot gemacht?«, fragte Richard mit besorgtem Strinrunzeln.
»Ja, obwohl ich natürlich in keiner Weise mehr in diese Geschäfte verwickelt sein möchte«, erklärte Steve hastig. »Amanda und ich haben diese Woche der *Sunday Times* ein Interview gegeben. Ich habe reinen Tisch gemacht und den Journalisten Details über alle ausländischen Bankkonten gegeben. Das Geld bekommen die Leute zurück, die es verloren haben.«
»Prima Sache.« Richard lächelte aufmunternd.
»Hoffentlich wird es keinen Einfluss auf unser Wochenende haben, dass sie das Interview diesen Sonntag bringen. Wir waren uns einig, dass es das Beste ist, und ich hoffe sehr, dass es nach dieser Enthüllung keine weiteren Anschuldigungen mehr geben wird. Allerdings wird Johnny Britten sicher eine Prämie auf meinen Kopf aussetzen ...«
»Na und? Jeder weiß doch, dass er ein Halunke ist. Und schon immer war. Lange bevor er sich um *Minter Investments* gekümmert hat«, sagte Richard.
»Ja, aber selbst wenn die Leiterin der Anklagebehörde sich entschließt, meinen Fall nicht weiter zu verfolgen, wird sie sich garantiert Johnny vorknöpfen. Und das wird ihm gar nicht gefallen.« Steve klang nervös.
»Aber du hast das Richtige getan«, bekräftigte Richard. »Jetzt haben du und Amanda und Annie wirklich die Chance, neu anzufangen. Lasst uns ein Glas Champagner

trinken, um das zu feiern – das heißt, falls die Damen uns etwas übrig gelassen haben.«

Es war schon fast zehn Uhr, als die sechs sich endlich an den Tisch im kleinen Esszimmer setzten. Georgia, Amanda und Caroline waren bester Laune. Sie machten geheimnisvolle Witze, kicherten und ließen spitze Bemerkungen vom Stapel, während die Männer das Essen servierten.
»Georgia-Darling«, sagte Caroline, »ich habe noch nie solch eine ... solch eine ... ORIGINELLE ... Blumendekoration gesehen. Wie gewagt, wilde Blumen mit etwas zu mischen, das wie biologisches Gemüse aussieht!«
»Das ist Richards Dekoration«, sagte Georgia und trug damit offenbar sehr zum Amüsement ihrer Freundinnen bei, denn die drei Frauen brachen in Gelächter aus, während Richard versuchte, möglichst würdevoll seine sorgsam zubereitete *Moussette de saumon fumé* (mit warmem Melba-Toast als Beilage) zu verteilen. Erwartungsvoll sah er Nick und Steve an, als sie den ersten Löffel seiner Kreation kosteten. Es lag Spannung in der Luft, während Richard ungeduldig auf ihre Reaktion wartete.
»Hm, lass mich überlegen«, meinte Nick bedächtig. »Ein Hauch Koriander und vielleicht ein kleines bisschen Basilikum?«
Richard nickte ernst.
»Marco Pierre White?«, fragte Steve.
»Nein, Raymond Blanc«, erwiderte Richard.
»Köstlich«, sagte Nick, »leicht, geschmackvoll, genau die richtige Menge Gewürze und eine perfekte Konsistenz.«
Richard strahlte vor Freude, was die Frauen noch mehr erheiterte.
»Nick ist genauso«, sagte Caroline kichernd. »Wenn er

nicht die Zwillinge füttert oder wickelt, steht er in der Küche und kocht Rouladen und Ragouts.«

»Und Steve auch!«, sagte Amanda, »Wenn er nicht an seiner Stickerei oder seiner Patchworkdecke arbeitet, kreiert er in seiner perfekt designten Küche kulinarische Meisterwerke.«

»Kaum zu glauben«, meinte Georgia nachdenklich, »dass Richard vor weniger als einem Jahr inbrünstig um die Rückkehr zu den traditionellen Geschlechterrollen betete.«

Diesmal lachten Caroline und Amanda nicht. Es herrschte eine Weile Schweigen, das nur vom gelegentlichen Schluckauf der Gastgeberin unterbrochen wurde.

»Tja«, sagte Caroline dann, »seit damals fand ein nationaler Sinneswandel statt. Vielleicht lässt uns die Labour-Regierung noch mal überdenken, wie wir zu diesen traditionellen Familienwerten zurückkehren sollen. Vielleicht denkt sie genau entgegengesetzt zu Richards alten Vorstellungen, dass eher die Männer im Haus bleiben sollten – oder sollte ich sagen: in der Küche«, fügte sie kichernd hinzu, als die drei Männer mit dampfenden Schüsseln an den Tisch zurückkehrten.

Richard hatte weiß Gott das Beste aus Georgias Bauernauflauf gemacht. Er hatte ein paar Kräuter hinzugefügt, das Gemüse gewürzt und den Salat aus selbst gezogenem Senfkohl und Radicchio mit einer milden Essigsoße angerichtet. Allerdings passte es ganz und gar nicht zu seiner Moussette, und er fühlte sich schrecklich verraten durch Georgias oberflächliche Vorbereitung einer Mahlzeit, die doch für alle ein erinnerungswürdiges Ereignis werden sollte.

An diesem Abend gab es eine merkliche Trennung zwischen den Männern und Frauen. Während die Frauen kicherten und lachten und unbeschwerte, witzige Konversation zu betreiben suchten, redeten die Männer ernsthaft über Themen, die vor ein paar Monaten nur die Gespräche ihrer Frauen beherrscht hatten. Richard machte sich Sorgen über Tamsins Leistungen in der Schule, Steve erzählte Anekdoten vom letzten Elternabend, und Nick lauschte ständig angespannt, ob er etwa die Babys über den Baby-Alarm in der Küche schreien hörte. Schließlich schlugen Steve und Richard vor, dass die »Jungs« sich zum Aufräumen in die Küche zurückzögen, während die Frauen im großen Wohnzimmer Weiterkichern und ihren Champagner süffeln könnten.

»Sind es nicht sonst immer die Frauen, die sich in die Küche zurückziehen?«, fragte Georgia lallend, als die Männer verschwanden. »Und die Männer, die den Portwein trinken und anzügliche Witze reißen?«

»Mein Gott«, stöhnte Amanda. »Was haben wir nur getan?«

18.

Richard war sauer. Er war enttäuscht über Georgias Verhalten am Abend zuvor und hatte beschlossen, sich nicht so leicht wieder versöhnen zu lassen. Er hatte mächtig viel Arbeit am Hals. Da er mit Steves und Nicks Hilfe alles vom Vorabend aufgeräumt hatte, war ihm kaum Zeit geblieben, das Mittag- und Abendessen für den Samstag vorzubereiten.

Er stand noch vor sieben Uhr auf – und ließ Georgia weiterschnarchen –, um das Frühstück herzurichten. Die Kinder waren bereits wach, und er machte ihnen als besonderen Festschmaus leckere Pfannkuchen. Dann begann er, alles für das Frühstück der Erwachsenen bereitzustellen: röstete stapelweise Toast, schlug Eier in eine Schüssel für Rührei und grillte den Speck schon knusprig vor, sodass er ihn nur im Ofen warm halten musste. Nick und die Babys tauchten erst nach acht Uhr auf. Richard half beim Zubereiten der Fläschchen und Breichen und fütterte die beiden dann in ihre hungrig aufgerissenen Münder.

»Gute Nacht gehabt, Nick?«, fragte er vorsichtig.

»In welcher Hinsicht?«, fragte Nick düster zurück.

»In der Hinsicht, wie wir es gestern besprochen hatten. Du weißt schon, der Badezimmerspiegel ...«

»Nichts hätte uns ferner liegen können. Jillie kam um zwei Uhr und Jack um vier. Selbst wenn Caroline und ich uns nicht gestritten hätten, wäre ich viel zu müde für irgendetwas anderem außer schlafen gewesen.«

»Die Frauen waren komisch letzte Nacht, oder? Glaubst du, es passt ihnen nicht, dass wir – Steve, du und ich – uns angefreundet haben? Ich habe mir überlegt, ob Georgia sich darüber aufregt, dass wir uns jetzt alle so gut verstehen. Als würden wir irgendwie in ihr Territorium eindringen.«

In diesem Moment kam Georgia in die Küche und machte nacheinander alle Schränke und Schubladen auf, als suche sie etwas.

»Das Alka Seltzer ist im obersten Regal«, sagte Richard kühl.

»Da war es sonst aber nicht. Es war sonst immer rechts in der dritten Schublade«, erwiderte Georgia gereizt.

»Ja, wo die Kinder drankommen konnten«, meinte Richard.

»Ich habe umgeräumt. Mit Arzneimitteln kann man nicht vorsichtig genug sein. Frühstück ist in zehn Minuten fertig.«

»Ich esse nichts. Mir wird beim bloßen Gedanken daran schon übel.«

»Nun, vielleicht kannst du uns dennoch mit deiner Anwesenheit beehren, auch wenn es nur für eine Tasse Kaffee und ein paar Alka Seltzer ist«, entgegnete Richard spitz.

Beim Frühstück herrschte eine noch ungemütlichere Stimmung als am Abend zuvor. Caroline, Georgia und Amanda hatten alle einen Kater und ignorierten Richards Frühstücksbemühungen.

»Um Gottes willen, Richard, nun schau doch nicht so pikiert!«, schalt Georgia. »Wir machen an diesem Wochenende alle, was wir wollen, und nicht, was du willst.«

Daraufhin stand Richard auf und verließ das Esszimmer.

»Das war ziemlich unsensibel bei all der Arbeit, die er sich gemacht hat«, sagte Nick, stand ebenfalls auf und folgte Richard nach draußen.

»Wann kommen denn die anderen?«, fragte Steve, um die Stimmung ein wenig aufzulockern.

»Bald«, meinte Georgia. »Juliet und Harry wollten Sam um neun abholen und in etwa einer halben Stunde hier sein. Nicola und Carl können auch jeden Moment kommen. Wenn ihr mich bitte entschuldigen wollt, ich glaube, ich gehe besser zu Richard und versöhne mich wieder mit ihm, sonst müssen wir alle das ganze Wochenende darunter leiden.«

Sie fand ihn, wie erwartet, in seinem Gemüsegarten, wo er wütend die Erde umgrub.

»Richard, es tut mir Leid«, sagte sie schwach.

Er antwortete nicht.

»Ich sagte, es tut mir Leid, Richard. Ich habe mich gestern Abend wahrscheinlich ziemlich danebenbenommen. Es ist schon so lange her, seit ich Amanda und Caroline gesehen habe. Ich war so egoistisch, mich ausschließlich um sie zu kümmern.«

»Und mich die Scherben aufsammeln zu lassen«, fügte er seufzend hinzu.

»Na ja, es ist ja nun nicht so, dass ich mich ständig danebenbenehme«, sagte sie schmollend.

»Ich glaube, du machst dir gar nicht klar, wie sehr du mich gestern Abend im Stich gelassen hast. Ich habe nicht nur Nick mit den Babys geholfen – du und Caroline, ihr habt euch ja nicht im Geringsten für die beiden interessiert –, ich musste auch Essen für die Kinder kochen und dann aus deiner vagen Idee für ein Hauptgericht eine vernünftige Mahlzeit für alle zaubern. Ehrlich gesagt, Georgia, ich bin wirklich ziemlich sauer.«

»Wenn ich mich recht erinnere, wolltest du ursprünglich das gesamte Wochenende organisieren. Jetzt siehst du vielleicht ein, wie viel Arbeit das wirklich bedeutet. Vor allem jetzt, wo wir weder die Hendersons noch unser Kindermädchen haben.«

»Schon gut, schon gut, streiten wir nicht mehr«, sagte Richard, dem plötzlich mehr an einer Versöhnung zu liegen schien als ihr. »Ich möchte so sehr, dass dieses Wochenende schön wird. Lass uns vor unseren Freunden keine Szene machen. Okay?«

»Also gut«, stimmte sie zu.

»Oje, ich hör einen Wagen in der Auffahrt. Geh du hin und begrüße, wer auch immer da gekommen ist, während ich mich schnell zurechtmache. Ich muss ja fürchterlich aussehen.«

Es waren Nicola und Carl, die in einer reichlich imposanten Limousine mit Chauffeur angefahren kamen. Georgia winkte ihnen überschwänglich zu, bis sie anhielten, Carl ausstieg und Nicola kavaliersmäßig die Tür öffnete.

»Hi, Georgia«, sagte er, grinste bis über beide Ohren, und gab ihr ein Küsschen auf jede Wange.

»Darlings«, sagte Georgia, während sie ihre Freunde umarmte, »vielleicht könnte euer Chauffeur das Gepäck ins blaue Zimmer bringen? Dann trinken wir etwas Kaffee im kleinen Esszimmer – die anderen sitzen immer noch beim Frühstück.«

»Geht ihr zwei nur vor«, sagte Carl und zeigte seine blendend weißen Zähne in einer Art und Weise, die Georgia direkt ein bisschen Herzklopfen verursachte. »Ich bringe die Koffer nach oben und komme gleich nach. Ich weiß noch, wo's langgeht.«

Caroline und Amanda freuten sich sehr, Nicola wiederzusehen. Sie sah noch strahlender und glücklicher aus als bei ihrem letzten Besuch, falls das überhaupt möglich war. Das muss am Erfolg liegen, dachte Amanda, die an sich selbst merkte, wie sie durch ihre beruflichen Fortschritte noch schöner geworden war.

»Du siehst wunderbar aus, Nicola«, sagte Caroline.

»Ich fühle mich auch wunderbar. Alles läuft so gut. Mit Mannigfalt und natürlich auch mit Carl«, sagte sie, als Carl ins Zimmer trat und die Frauen begrüßte.

»Oh, Carl«, sagte Amanda, »du hast nie meinen Mann Steve kennen gelernt. Carl – Steve – Steve – Carl.«

»Hi, Steve«, sagte Carl.

»Warum ziehen wir nicht los und suchen die anderen Männer?«, schlug Steve vor, lächelte breit und nahm Carl mit, um Nick und Richard aufzuspüren.

Die beiden saßen am Küchentisch, jeder mit einem Baby auf dem Arm. Richard war ein wenig verlegen, als er Carl erblickte. Die Erinnerung an das letzte Mal, als er ihn so unhöflich behandelt hatte, ließ ihm die Schamesröte ins Gesicht steigen. Er stand auf, legte Jillie vorsichtig zurück in ihr Wippstühlchen, schüttelte Carl die Hand und bot ihm Kaffee an.

»Wäre es sehr unhöflich, wenn ich mir noch etwas von eurem Frühstück nehme? Von diesem traditionellen englischen Essen kann ich gar nicht genug kriegen«, sagte Carl zu Richards offensichtlicher Freude.

»Natürlich, alter Junge. Ich hasse Verschwendung und hatte schon befürchtet, den Rest wegwerfen zu müssen«, erwiderte Richard und schaufelte fröhlich einen Berg Rührei, fünf Scheiben Speck, ein paar Pilze und Toastscheiben auf einen Teller.

»Du meinst, du hast das Frühstück selbst zubereitet,

Richard?«, fragte Carl mit gespieltem Erstaunen. »Das letzte Mal, als wir hier waren, hast du die uralte Tradition gerühmt, Frauen in die Küche zu schicken und Männer zur Arbeit. Was kann denn da nur passiert sein?«, fügte er mit einem leichten Hauch Ironie hinzu.

»Das ist eine lange Geschichte, Carl«, sagte Richard und lachte. »Sagen wir einfach mal, mein Leben hat sich vollkommen verändert. Wir haben die Wahl verloren, ich habe meinen Sitz im Parlament aufgegeben – ja, ich habe sogar meine Geliebte aufgegeben –, dann habe ich einen Adelstitel verliehen bekommen und entdeckt, was ich in all den Jahren immer vermisst hatte. Du siehst jetzt einen sehr viel glücklicheren Mann vor dir als bei deinem letzten Besuch.« Er klopfte Carl kameradschaftlich auf den Rücken.

»Einen glücklicheren Mann, hm?«, meinte Carl und setzte sich an den Tisch. »Oder einen ganz und gar veränderten Mann? Einen kontrollierten Mann?«

»Na ja, ich finde, ich habe mein Leben jetzt mehr unter Kontrolle«, erwiderte Richard fröhlich. »Ich meine, als ich noch Minister und verantwortlich für die Festlegung des Existenzminimums für Arbeitslose war, wusste ich noch nicht einmal, was ein Laib Brot kostet. Jetzt weiß ich es. Und auch sonst weiß ich so viel mehr über mein Leben. Ich ziehe mein eigenes Gemüse, ich koche mein eigenes Essen, trainiere jeden Morgen. Ich kümmere mich um meinen Körper, ich habe Verantwortung für meine Kinder und ich liebe meine Frau von ganzem Herzen und voller Leidenschaft. Nun ja, meistens.«

»Du meine Güte, das ist ja eine Wendung um hundertachtzig Grad«, kommentierte Carl mit gewinnendem Lächeln. In diesem Moment kam Harry in die Küche gestürzt, um

seine Freunde zu begrüßen. Zuerst küsste er Richard auf beide Wangen, dann Nick und schließlich Steve.
»Oh, Carl«, sagte er und schenkte Nicolas Freund ein warmes Lächeln, »wie schön, dich zu sehen!«
Richard war über Harrys Auftritt einigermaßen erstaunt. Der Pferdeschwanz war verschwunden, die zerrissenen Jeans waren durch Bundfalten-Cordhosen ersetzt worden und der Ledermantel durch ein Tweedjackett. Was für ein Wandel! Ebenso radikal wie sein eigener neuer Ralph-Lauren-und-Slippers-Look. Auch Carl bemerkte diesen Unterschied.
»Harry, du bist ja wie ausgewechselt«, sagte er.
»Weißt du, Carl, es ist schon komisch, dass wir alle zur selben Zeit angefangen haben, unser Leben aus einer neuen Perspektive zu sehen. Richard und ich scheinen gleichzeitig unsere Midlife-Crisis durchgemacht zu haben, und auch Nick und Steve haben sich sehr verändert.«
»Zum Besseren?«, fragte Carl.
»Absolut«, gaben die vier einstimmig zurück.
»Ist das nicht ein außergewöhnlicher Zufall?«, meinte Carl.

Das Mittagessen war kein besonders großer Erfolg. Richard war wieder einmal übermäßig ehrgeizig gewesen, und seine Idee, die Kinder – Tamsin, Emily, Tom, Annie und den armen kleinen Sam – zu beteiligen, ging voll daneben. Er hatte eine »herzhafte Landsuppe« serviert, gefolgt von gebratener Wildtaube mit Knollenselleriepüree, Gemüsesülze (von seinem eigenen Gemüse) und Chicorée.
»Igitt«, hatte der arme kleine Sam erklärt, als er seine Taube bekam. »Was soll denn das sein, Onkel Richard? Sieht ja aus, als ob die Katze es reingebracht hätte.«
Zum ersten Mal fanden die anderen Kinder eine Bemer-

kung von ihm witzig. Vermutlich deshalb, weil der arme kleine Sam zum ersten Mal etwas sagte, das darauf schließen ließ, dass er seine Umgebung überhaupt wahrnahm. Die Katze brachte tatsächlich häufig geköpfte Opfergaben aus dem Garten, die dem Tellerinhalt ziemlich ähnlich sahen.

»Aber es schmeckt ganz und gar köstlich«, versuchte Carl die Kinder zu versöhnen. »Probiert es mal.«

Richard konnte Kritik in letzter Zeit nur schwer vertragen, selbst wenn sie von einem kleinen Jungen mit unterentwickeltem Geschmackssinn stammte. Früher, zu Zeiten der Tory-Regierung, war er täglich von den Medien angegriffen worden und hatte sich, wie Georgia immer zu sagen pflegte, ein dickes Fell zugelegt. Nun aber fühlte er sich verletzt und tief beschämt durch den Vorwurf eines Siebenjährigen.

»Vielleicht hätte ich doch lieber Hamburger machen sollen«, sagte er tapfer, obwohl ihm zum Heulen zu Mute war.

»Nein, Darling, es schmeckt wunderbar«, sagte Georgia freundlich. »Und es wird höchste Zeit, dass die Kinder lernen, andere Dinge zu essen als Würstchen, Pommes frites und Ketchup. Gebratene Taube, Sam, ist wirklich etwas ganz Leckeres.«

»Taube?«, rief Sam entsetzt aus.

Schließlich wurde Georgia böse auf die Kinder und schickte sie in die Küche, damit sie sich selbst etwas anderes zubereiteten, während die Erwachsenen Richards Essen genossen (obwohl die Taube, wie Nick fand, etwas zu wenig durchgebraten war).

»Also, wann ist denn nun der Termin für den offiziellen Start eures Medikaments in Europa?«, fragte Steve Nicola.

»Kommenden Donnerstag. In den USA hatten wir eine großartige Feier in einem riesigen Baseballstadion, und hier veranstalten wir eine etwas kleinere Version in eurer Albert Hall.«

»Was meinst du mit ›eurer Albert Hall‹?«, wollte Amanda wissen. »Himmel, Nicola, du redest schon wie eine Amerikanerin!«

»Ich nehme an, dass ich in gewisser Weise auch schon Amerikanerin bin«, sagte Nicola und lächelte zu Carl hinüber, »und wenn wir heiraten, bin ich das ganz offiziell.«

»Wann wollt ihr denn heiraten?«, erkundigte sich Caroline.

»Sobald Mannigfalt hier auf dem Markt ist. Vielleicht sogar hier in London«, antwortete Nicola.

»Mannigfalt?«, fragte Richard. »Diesen Namen hab ich schon mal irgendwo gehört – ich weiß nur nicht wo. Was ist das?«

Es herrschte einen Moment Schweigen, ehe Carl erklärte: »Das ist der Name des Medikaments, das Nicolas Firma entwickelt hat. Ein revolutionäres Produkt, das wahre Wunder vollbringt und gewalttätige Kriminelle in zahme Schmusekatzen verwandelt.« Er grinste breit.

Nicola errötete sichtbar, und die anderen Frauen rutschten unruhig auf ihren Stühlen herum.

»Soll ich jetzt die Teller abräumen?«, fragte Georgia nervös.

»Und wie geht es Stella?«, fragte Nicola fast gleichzeitig. »Ich habe sie von früher noch sehr gut in Erinnerung. Ist ihre Scheidung von eurem Vater schon durch?«

»Nein, noch nicht«, sagte Juliet. »Aber sie will sowieso nie wieder heiraten. Nach den vielen Jahren mit einem autoritären und schwierigen Mann hat sie beschlossen, dass es ihr reicht. Sie will allein sein, eine unabhängige Frau. Und ich kann gut verstehen, wie sie sich fühlt.«

»Oh, Darling, das klingt aber sehr hart«, sagte Harry. »Fast so, als wäre eine Ehe nichts weiter als die erzwungene Versklavung der Frauen.«

»Aber das kann sie tatsächlich sein, Harry«, sagte Georgia. »Für mich war sie das früher. Obwohl sich das ja, Gott sei Dank, geändert hat.«

»Es ist interessant zu sehen, dass es mittlerweile die Frauen sind, und nicht die Männer, die sich für ein Leben als Single entscheiden oder für eine Scheidung. Vor zwanzig Jahren noch dachte eine Frau, die nicht verheiratet war, sie sei keine richtige, keine erfüllte Frau. Heutzutage denkt sie, sie kann keine richtige und erfüllte Frau werden, wenn sie heiratet«, meinte Caroline nachdenklich.

»Das kannst du laut sagen«, verkündete Nick, der gerade von seinem Kontrollgang zu den Zwillingen zurückgekehrt war. »Mir scheint es, dass viele Frauen heutzutage überhaupt nicht mehr auf traditionelle Weise ›erfüllt‹ sein wollen. Alles, was sie wollen, sind Karriere und Erfolg.«

»Meint ihr, das hat etwas mit den Männern zu tun?«, fragte Richard. »Ich meine, wenn ich zurückdenke, kann ich gut verstehen, dass Georgia die Ehe mit mir nicht unbedingt genossen hat. Vielleicht sind es die Männer, die sich ändern müssen.«

»Und wenn Nicola ihren Willen durchsetzt, dann ändern sich die Männer ja vielleicht auch«, sagte Carl und lächelte die Frauen an, die er insgeheim verabscheute. »Dann werden noch mehr Männer begreifen, was Richard, Nick, Steve und Harry inzwischen begriffen haben.«

»Oh, Carl, lass uns jetzt nicht über Mannigfalt sprechen«, sagte Nicola und gab ihm immer wieder Zeichen, das Thema zu wechseln.

»Gut, Darling«, erwiderte Carl. »Wir werden heute Abend über Mannigfalt sprechen.«

Carl hatte ohnehin vorgehabt, die Dinge an diesem Abend auf ihren Höhepunkt zu treiben. Er brauchte Verbündete in seinem Kampf gegen das groteske Produkt der Neumann-Stiftung, und die im Gallows Tree House versammelten Männer, die man gezwungenermaßen in Nicolas Schema des »perfekten Mannes« gepresst hatte, waren dazu wie geschaffen – sobald sie erfuhren, was man mit ihnen gemacht hatte.
Natürlich würde die Enthüllung des Geheimnisses nicht leicht werden. Carl konnte sich noch gut erinnern, wie fantastisch er sich in der Anfangsphase des Programms gefühlt hatte. Das Lächeln, zu dem er sich jetzt zwingen musste, war ständig von selbst da gewesen – so wie bei den vier Engländern hier. Und er war zu Beginn davon begeistert gewesen, sein »gesamtes Potenzial« ausschöpfen zu können. Sein Fehler war allerdings gewesen, so dachte er nun, seine Fortschritte einzig und allein Nicolas Medikament zuzuschreiben. Als sie ihn damals aus seiner Gefängniszelle geholt hatte, war sein Selbstwertgefühl so gering gewesen, dass er sich buchstäblich für zu wertlos, dumm und unfähig gehalten hatte, um irgendetwas im Leben zu erreichen.
Nachdem er aber sein Wissen erweitert und eine neue Identität aufgebaut hatte, war er davon überzeugt gewesen, nur das Medikament habe ihn in den neuen Carl Burton verwandelt. Doch alles, was Mannigfalt für ihn getan hatte, war, sein Verhalten in den schlechten Zeiten zu kontrollieren und somit zu ermöglichen, dass der echte Carl Burton zum Vorschein kam.
Tatsächlich sah er immer noch einen Sinn darin, Mannigfalt in Gefängnissen einzusetzen. Er fand, dass es – im richtigen Maß angewendet – durchaus positive Wirkungen haben könnte. Was er nicht akzeptieren und auch nie verstehen würde, war jedoch, dass die Grundidee von Mannigfalt

erweitert und auf alle Männer übertragen worden war. Auf Männer wie Richard und Harry, die vielleicht nicht ganz aufrichtig, ehrenhaft und konsequent in ihren Ansichten waren, niemals aber eine Gefahr für die Gesellschaft darstellen würden. Natürlich könnte Nicola behaupten, dass Richard mit seinen vormals übermäßig konservativen Ansichten und seiner Unfähigkeit zur Ehrlichkeit, sowohl in der Politik als auch privat, sehr wohl eine Gefahr für die Gesellschaft dargestellt habe. Was sie aber nicht zu verstehen schien, war, dass es die Richards dieser Welt waren – das heißt: die »alten« Richards –, die alles in Gang hielten. In den Hormonhaushalt von Männern wie Richard einzugreifen, war gefährlich. Nicola hatte eine einflussreiche politische Figur in biologisches Gemüse verwandelt. Und Nick erst! Ein Kerl, der, wie Carl es sah, einst vom brennenden Ehrgeiz besessen war, ein Kunstwerk zu erschaffen, und der jetzt als langweiliger Hausmann nur noch an Windeln, Fläschchen und das Verbreiten anspruchsloser Unterhaltung im Fernsehen dachte.

Es war nicht so, dass Carl diese Männer besonders mochte – weder früher noch jetzt. Aber er konnte es nicht ertragen, dass man sie ohne ihr Wissen beeinflusst und verändert hatte – durch ein Medikament, das an Mördern getestet worden war.

An Harry war ihm letztes Jahr besonders aufgefallen, dass dieser Mann ein Freigeist war, ein Mann, der sich an nichts und niemanden hatte binden lassen. Nun aber sprach er nur noch von Fürsorglichkeit, einem Zuhause und Familie. Wie lange würde es dauern, bis auch er merkte, dass diese Bedürfnisse ihn in ein Gemüse verwandelten? Und der Typ, der den ganzen Nachmittag an seiner Stickarbeit saß? Steve, der Mann, der ein Vermögen verdient und verloren hatte?

Was würde mit ihm geschehen, wenn das Medikament, von dessen Einnahme er gar nicht wusste, ihn weiter beeinflusste und sein Verhalten steuerte?

Das Problem, dem Carl sich gegenübersah, war, die Männer in ihrem augenblicklichen Zustand der Verzückung (obwohl er hie und da bereits ein paar Schwachstellen entdeckt hatte) zu überzeugen, dass Mannigfalt der Menschheit nicht helfen, sondern sie ersticken würde. Natürlich hatte er Beweise. Aber er würde gegen die schärfste und fanatischste Gegnerin kämpfen müssen, die er je kennen gelernt hatte – Nicola. Allerdings hatte er ihr gegenüber einen kleinen Vorteil. Sie hatte keine Ahnung, dass er nicht mehr unter dem Einfluss von Mannigfalt stand. Sie wusste nicht, dass sein Lächeln gekünstelt war. Sie wusste nichts von den Nebenwirkungen, die sie in ihrem zukünftigen Ehemann ausgelöst hatte. Ihrem »perfekten Ehemann«, dachte Carl und erinnerte sich an Georgias Brief, der heute Abend ein wichtiges Dokument seines Plädoyers gegen Mannigfalt werden sollte.

Bald aber würde sie es wissen. Bald würde Nicola erkennen, wie und wer der echte Carl Burton war …

19.

Die Atmosphäre im Gallows Tree House hatte sich bis zum Samstagabend entspannt. Georgia hatte sich bereit erklärt, Richard beim Mittagessen zu helfen, und sie schienen ausnahmsweise einmal gut zusammenzuarbeiten. Es blieb ihnen, nachdem sie die Kinder verköstigt und dann in ihre Betten verfrachtet hatten, sogar noch Zeit, eine halbe Stunde allein miteinander zu verbringen. Hinter der verschlossenen Tür von Richards Badezimmer gelang es Georgia, den am Nachmittag geschlossenen Frieden noch zu bekräftigen. Sie stellte sich hinter ihn, während er sich die Zähne mit Zahnseide reinigte (für Richard eher untypisch, dachte sie bei sich), umschlang seinen nackten Oberkörper und wanderte mit den Händen langsam nach unten, wo sie deutlich seine wachsende Erregung spürte.

»Richard«, sagte sie kokett, »was für eine beeindruckende Zucchini!«

»Eine biologische Superzucchini«, erwiderte er, »die ich ganz allein und mit ein klein bisschen Hilfe von dir großgezüchtet habe.«

Er schob sie vor den hohen Spiegel, drang in sie ein und beobachtete ihre Bewegungen, während er langsam hinein- und herausglitt.

»Sieh hin, sieh hin«, drängte er, schlang ihre Beine um seine Hüfte und drehte sich seitwärts, sodass auch sie alles genau verfolgen konnte.

»O Richard«, keuchte sie, während er immer heftiger zustieß und ihre Erregung dem Höhepunkt zutrieb.
Aber Richard war noch nicht fertig. Er legte sie auf den Fußboden und bumste sie so lange, dass sie, als er schließlich kam, fast um Gnade flehte. Sie blieben eine Weile auf den kalten Steinfliesen liegen, bis Richard plötzlich aufsprang und rief: »Meine *Bouchée* aus Pilzen und Schalotten – ich habe meine *Bouchée* vergessen –, sie wird inzwischen angebrannt sein!«
»Richard«, meinte Georgia begütigend, griff nach seiner Hand und zog ihn wieder nach unten, »sieh mal in den Spiegel. Das Leben ist zu kurz, um die wichtigsten Dinge anbrennen zu lassen.«
»Stimmt«, sagte Richard, »soll ich noch einmal löschen?«

Man hätte fast meinen können, Richard habe mittags irgendetwas unter die Tauben gemixt. Denn ungefähr zur selben Zeit und in ungefähr derselben Stellung vollzogen Nick und Caroline die erste sexuelle Vereinigung seit über einem Jahr. Sie hatte gerade vor dem Spiegel neues Make-up aufgelegt, als er ins Badezimmer kam, um Wasser in die Wanne einlaufen zu lassen. Die Zwillinge waren unten bei Steve, der sich als Babysitter angeboten hatte, damit Nick und Caroline ein wenig zur Ruhe kommen könnten. Es gab also nicht das Geringste – außer seiner Aufregung –, was Nick davon abhalten konnte, seine Frau zu verführen.
»Caroline«, flüsterte er zärtlich, »ich liebe dich, Caroline.«
Dann küsste er sie ganz flüchtig auf den Hals. Sie zuckte bei der Berührung zusammen, weil sie so angespannt war. Aber als sie Nicks liebevollen Gesichtsausdruck sah, entspannte sie sich, umarmte ihn, und sie küssten einander ungestüm und leidenschaftlich – das erste Mal seit über einem Jahr.

Nick war außer sich vor Erregung. Jedoch nicht so sehr, dass er es riskierte, den besonderen Moment durch die Entblößung seines (vernachlässigten und dicklichen) Körpers vor dem Spiegel zu ruinieren. Also hob er Caroline hoch und trug sie unter Küssen ins Schlafzimmer, das durch das Kinderschlaflicht romantisch beleuchtet war.

»O Nick, o Nick, wenn du wüsstest, wie lange ich mir das gewünscht habe«, stöhnte Caroline leise.

»Ja, wenn ich nur gewusst hätte, wie lange du dir das gewünscht hast«, bestätigte Nick, während er in sie eindrang und sie mit solcher Kraft und Energie liebte, wie er sie sich gar nicht mehr zugetraut hätte. Es war in wenigen Minuten vorbei, aber trotz der Kürze nicht minder bedeutungsvoll.

»Oh, Nick, Nick!«, rief Caroline. »Ich dachte, du begehrst mich nicht mehr. Ich dachte, alles, was du willst, sind nur noch die Babys.«

»Und ich dachte, du hättest jegliches Interesse an mir verloren«, sagte Nick. »Ich dachte, ich wäre ein so langweiliger Hausmann geworden, dass du mich nicht mehr interessant findest. Sexuell und auch sonst.«

»O nein, das tue ich«, erwiderte sie eifrig. »Es ist nur so, dass uns so viel im Weg zu stehen schien. Die Babys, meine Arbeit ... und neben dir fühle ich mich zu Hause so unfähig. Als ob ich da gar nicht mehr hingehörte. Als ob ich der langweilige Störenfried in deiner heimeligen Idylle wäre.«

Mittlerweile war Nick wieder erregt, und sie liebten sich ein zweites Mal, weniger heftig, aber dafür mit mehr Gefühl. Und es dauerte länger, als jeder von ihnen es für vorstellbar gehalten hätte.

»O Darling!«, sagte Nick. »Wir müssen uns anstrengen, dass wir das nicht mehr verlieren. Wir müssen es wieder tun.«

»Ja, nächstes Jahr«, sagte Caroline schmunzelnd.
»Heute Nacht«, entgegnete Nick, »heute nach dem Abendessen werde ich tapfer genug sein, dich vor dem Badezimmerspiegel zu bumsen. Sofern du beim Anblick meines nackten Körpers nicht so laut schreist, dass du die Babys aufweckst.«

Als Nick runterging, um Steve die Babys abzunehmen und ihnen ihren Tee zu geben, strahlte er zusätzlich zu seinem ewigen Lächeln einen neuen Glanz aus.
»Nick, du siehst wunderbar erholt aus«, sagte Steve.
»Erholt und erleichtert«, entgegnete Nick und knuddelte Jillie und Jack, als hätte er sie tagelang nicht mehr gesehen.
»Tja, dann werde ich mal raufgehen und auch ein Bad nehmen«, meinte Steve. »Wir sollen alle um sieben zum Champagner unten sein.«
Als er in ihr Zimmer kam, lag Amanda schlafend im Bett. Steve nahm die Haarbürste und fing ganz behutsam an, ihr wunderschönes Haar zu bürsten. Amanda wachte auf, stöhnte genussvoll und zog Steve neben sich.
»Du bist die schönste Frau, die ich kenne«, sagte er.
»Warum hast du mir das früher nie gesagt – damals, als wir so reich waren?«, fragte sie und sah zu ihm auf.
»Weil ich früher den Wert der Dinge nicht erkannt habe«, antwortete er, während er sie kräftiger bürstete.
»Und jetzt kennst du den Wert von allem?«, neckte sie.
»Ich kenne deinen Wert und Annies. Ich weiß, dass ihr beide unbezahlbar seid. Viel, viel mehr wert als der alte Steve Minter.«
»Der neue Steve Minter ist aber auch unbezahlbar«, sagte Amanda, küsste ihn und knöpfte seine Hose auf, sodass sie

sich auf ihn setzen konnte. So mochte er es am liebsten – wenn sie nackt auf ihm saß und ihr langes Haar wie ein glänzender Vorhang über ihre nackten Brüste fiel.

»Ja, reite mich, Amanda, reite mich«, rief er, als sie sich auf ihn schob und ihr Haar bei den Bewegungen auf und ab tanzte.

Dann, als sie fertig waren und Amanda gebadet und sich parfümiert hatte, setzten sie sich zusammen auf das Bett, und er bürstete ihr Haar, bis es wieder glänzte, während sie ihm mehrere Male beteuerte, wie sehr sie ihn liebe.

Harry war am Nachmittag in den Ort gefahren, um Juliet ein besonderes Geschenk zu kaufen. Eigentlich hatte er vorgehabt, es ihr erst am nächsten Tag zu überreichen, aber als er aus Henley zurückkehrte und sie in ihrem Schlafzimmer entdeckte, ergab sich alles ganz anders. Sie saß gerade an der Frisierkommode und blickte abwesend in den Spiegel, als er zu ihr trat und die Hände auf ihre Schultern legte.

»Hast du gut geschlafen, Darling?«, fragte er.

Sie trug einen langen blassrosa Morgenmantel aus Baumwolle mit Gürtel. Durch das dünne Material zeichneten sich schwach ihre Brustwarzen und der dunkle Schimmer ihrer Schamhaare ab. Harry kniete sich neben sie, legte den Kopf in ihren Schoß und sog genussvoll den süßen Duft ihres Teerosenparfüms ein. Juliet war ihm gegenüber an diesem Wochenende recht kühl gewesen – Harry vermutete, dass sie Schwierigkeiten hatte, sich gleichzeitig als Mutter und als Geliebte zu fühlen –, und zum ersten Mal seit ihrer Ankunft schien sie nun lockerer zu sein.

»Ach, Harry«, sagte sie und strich liebevoll durch sein kurz geschnittenes Haar, das sie viel attraktiver fand als den albernen Pferdeschwanz.

Er beugte sich tiefer und begann, warme Luft durch den Stoff zu blasen, während er langsam mit der Hand an ihrem Schenkel nach oben glitt. Sie lehnte sich zurück, und er schob ihren Mantel auseinander und liebkoste sie mit der Zunge, sodass sie vor Lust aufstöhnte.

»Ja, Harry, ja«, sagte sie, während er sie dem Höhepunkt zutrieb und sie danach auf den Boden legte, um in sie einzudringen. »O Harry, ja, ja, ja«, keuchte sie im Rhythmus ihrer Bewegungen, die sie aus den verschiedensten Winkeln im dreiteiligen Frisierspiegel verfolgen konnten.

Bestimmt eine halbe Stunde verbrachten sie mit ihrem Liebesspiel, wechselten die Stellungen und manövrierten ihre erhitzten Körper wild und begierig durch das ganze Zimmer. Als sie schließlich auf das Bett sanken, waren beide so erschöpft und so durch und durch zufrieden, dass Juliet endlich die Worte hervorbrachte, die ihr schon seit geraumer Zeit sozusagen in der Kehle steckten.

»O Gott, Harry, Ich liebe Dich«, rief sie, während sie ihren x-ten Orgasmus erreichte.

»Tust du das? Tust du das wirklich, Darling?«, fragte er und merkte, dass er zum ersten Mal in seinem Leben wirklich wollte, dass eine Frau ihn liebte.

An diesem Abend gelang es Juliet endlich, seine alten Erinnerungen an Annabel auszulöschen. Der Sex mit ihr war, nun ja: phänomenal gewesen. Und er war von ihrer Liebeserklärung so gerührt, dass er augenblicklich die herumliegenden Kleider durchwühlte, um das kostbarste Geschenk zu suchen, das er je für eine Frau gekauft hatte (Harry war eigentlich immer ziemlich geizig gewesen). Dann ließ er Juliet die Augen schließen und bis zehn zählen, ehe sie sie wieder öffnen durfte.

Sie erblickte Harry, der splitterfasernackt neben ihr knie-

te und ein kleines braunes Lederkästchen in den Händen hielt. Darin lag ein fünfkarätiger Diamantring. Er steckte ihn ihr an den Finger – er sah aus, als sei er eigens für ihre langen schmalen Finger mit den perfekt manikürten Nägeln angefertigt worden – und bat sie um ihre Hand.
»Ich kann innerhalb von sechs Wochen geschieden sein – Annabel und ich leben ja schon so lange getrennt –, und dann können wir in ein paar Monaten heiraten.«
»Ja, Harry«, antwortete sie und betrachtete voller Bewunderung den Ring. »Ja.«
»Also haben wir heute Abend wirklich was zu feiern«, sagte er. »Zieh doch bitte dein hellrosa Voilékleid an, ja? Und kein Höschen ...«

Es schien fast so, als sei selbst Carl durch irgendetwas in Richards Wildtaubenessen beeinflusst worden. Denn auch er fühlte sich angeregt, in der einen Stunde, die ihm und Nicola vor dem Abendessen in trauter Zweisamkeit blieb, mit ihr zu schlafen. Was ihn diesmal anspornte, waren jedoch nicht der Gedanke an rothaarige Huren oder die letzten Auswirkungen des Wundermedikaments (das, wie die vier Engländer gerade entdeckten, einen außerordentlich positiven Einfluss auf die männliche Potenz hatte), sondern der Gedanke, dass er am Ende dieses Abends wieder sein eigener Herr sein würde. Denn dann würde Nicola einsehen müssen, dass sie die Kontrolle über ihn verloren hatte – und damit auch die Aussicht auf Verwirklichung ihres Vorhabens, alle Männer der Welt durch Mannigfalt zu kontrollieren.
Zuerst massierte er sie mit Lavendelöl, um sie zu entspannen. Und als sie bereit war – er liebte es, sie hinzuhalten und vor Erregung ganz wild zu machen, während er sie ruhig

und gelassen weitermassierte –, drehte er sie auf den Rücken und drang in sie ein. Mit bewusst langsamen, aber kraftvollen Bewegungen trieb er sie schier in den Wahnsinn, sodass sie sich herausgefordert fühlte, ihn ihrerseits anzustacheln, indem sie sich von ihm löste, seinen Penis in den Mund nahm und ihn mit der Zunge so stimulierte, wie es ihm – ihrer Meinung nach – gefiel.

Er tat nicht, was er am liebsten getan hätte. Das wollte er sich für später aufheben. Für die Nacht nach dem Essen. Im Augenblick gab er sich mit einem ruhigen und entspannten Fick zufrieden, wie sie es am schönsten fand. Über sie gebeugt und mit diesem breiten Grinsen im Gesicht, sodass sie ja nichts ahnte.

»Carl, ich bin so glücklich«, sagte sie, als sie sich nach ihrem Liebesakt zusammenkuschelten. »Ich kann mir nichts vorstellen, das mich glücklicher machen könnte. Kannst du dir etwas vorstellen, das dich mehr befriedigen würde als das hier?«

Das konnte er, aber er zog es vor zu schweigen. Er lächelte milde und erinnerte sie daran, dass sie nur noch zwanzig Minuten Zeit hatten, sich für das Abendessen zurechtzumachen.

20.

An diesem Abend lag etwas ganz Besonderes in der Luft, wie Richard fand. Als sie sich im großen Wohnzimmer trafen, um vor dem Essen ein Glas Champagner zu trinken, schien jeder Einzelne von ihnen Glück und Zufriedenheit auszustrahlen.

Nick und Caroline hatten es sich auf dem Zweisitzer bequem gemacht und flüsterten kichernd miteinander wie zwei Teenager. Steve und Amanda standen vor der Terrassentür und hielten Händchen. Juliet und Harry saßen dicht nebeneinander auf dem Sofa, sie schon leicht angeheitert vom Alkohol und er mit dem sicheren Gefühl, dass das, was er im Leben wollte, schließlich und endlich in Reichweite lag (mit einer Hand drehte er spielerisch den blitzenden Ring an Juliets linkem Ringfinger).

Georgia sah absolut umwerfend aus. Sie trug ein tief ausgeschnittenes dunkelgrünes Samtkleid, das ihre wiedergewonnene schlanke Figur zur Geltung brachte. In dem sanft beleuchteten Raum kam Richard ihre helle weiche Haut so unwiderstehlich vor, dass er sich nur mit Mühe davon abhalten konnte, zu ihr zu gehen und ihr Dekolleté mit Küssen zu bedecken. Sogar Nicola, die Richard immer für eher asexuell gehalten hatte, schien diesen Abend einen sinnlichen Glanz auszustrahlen. Sie trug ein enges kurzes Kleid in grellem Pink, das sich eigentlich fürchterlich mit ihrem Haar hätte beißen müssen, es aber auf atemberaubende Weise akzentuierte.

Carl war der Letzte, der ins Zimmer kam. Mit einem entschuldigenden Lächeln ging er zu Nicola hinüber und küsste sie zärtlich. Nachdem Richard alle Gläser neu gefüllt hatte, erhob Harry sich vom Sofa und hustete vernehmlich.
»Juliet und ich möchten etwas bekannt geben«, sagte er, wandte sich um und zog sie ebenfalls hoch. »Wir haben beschlossen zu heiraten und wollen diese Neuigkeit gern mit euch feiern. Ich habe noch ein paar Flaschen auf Eis gelegt, Richard.«
Alle brachen in begeisterten Beifall aus, umarmten das glückliche Paar und gratulierten.
»Na ja, meine Scheidung wird zwar erst in ein paar Wochen durch sein, aber wir hoffen, dass wir trotzdem schon in wenigen Monaten heiraten können«, sagte Harry.
»Juliet, ich freue mich ja so für dich«, sagte Georgia und meinte es ihrer Schwester gegenüber so ehrlich wie nie zuvor. »Ich hoffe, ihr werdet zusammen glücklich.«
»Hoffst du das wirklich?«, fragte Juliet und sah Georgia prüfend an. »Hasst du mich nicht mehr für das, was ich dir angetan habe? Verstehst du, dass es eine schreckliche Zeit in meinem Leben war, und natürlich ein furchtbarer Fehler? Außerdem war Richard damals ein ganz anderer Mann als heute.«
»Natürlich war er das«, sagte Georgia. »Tja, das waren sie wohl alle, oder nicht? Harry – du meine Güte, wie hat er sich verändert! Und Steve und sogar Nick. Wer hätte je gedacht, dass wir uns alle einmal so gut verstehen wie jetzt? Wer hätte gedacht, dass wir uns einmal so ... na ja: so gut in unser Schicksal fügen würden?«
»Und das alles verdanken wir nur Nicola«, unterbrach Amanda die beiden. »Gott weiß, wie es uns jetzt ergehen

würde oder wo wir überhaupt wären, wenn sie nicht die Initiative ergriffen hätte.«

»Ja«, sagte Carl und trat zu ihnen, »ich weiß jedenfalls, dass ich mein jetziges Leben allein Nicola zu verdanken habe.«

»Wie wir alle«, lachte Caroline.

Sie waren so entspannt und vergnügt, dass sie schon vor dem Essen neun Flaschen Champagner leerten. Als sie sich schließlich um den von Richard aufwendig dekorierten Tisch setzten, waren alle schon ziemlich beschwipst. Das heißt: alle außer Carl, der es irgendwie geschafft hatte, in den fast eineinhalb Stunden an einem einzigen Glas zu nippen. Tatsächlich war Richard einigermaßen erleichtert, dass seine Gäste nicht mehr ganz nüchtern waren, weil sie dann weniger darauf achten würden, was sie aßen. Das Mittagessen war solch ein Reinfall gewesen, dass Richard vor lauter Besorgnis sogar auf Georgias Rat gehört – eine Seltenheit! – und seine geplante Vorspeise, *Soufflé Suissesse*, durch schlichten geräucherten schottischen Lachs ersetzt hatte. Harry versuchte, Carl in ein Gespräch über die Ehe zu verwickeln.

»Es kommt eine Zeit, wo du dir denkst: Was soll das alles? Mein Leben, lieber Carl, war so schrecklich leer geworden. Meine Arbeit war so langweilig, dass sie mich nicht mehr interessierte, meine Wohnung war einfach nur ein Ort, in dem ich schlief, wenn ich nirgendwo sonst unterkam, und mein Seelenleben – das ist das Interessanteste dabei – ... so etwas wie ein Seelenleben hatte ich gar nicht. Mein Gott, wenn ich daran zurückdenke, dann war ich nicht anders als der Hamster oben im Kinderzimmer – in einem Laufrad, ständig in Bewegung, aber ohne je irgendwo anzukommen. Ich hatte keine Beziehungen – ich habe nur eine Frau nach der anderen gevögelt. Ich führte keine Gespräche – ich habe nur Klischees ausgetauscht. Ich bin immer auf der Stelle getreten und wusste nicht, wie ich von diesem verdammten Rad runterkommen sollte«, erzählte er ein wenig lallend.

»Und jetzt?«, fragte Carl.

»Und jetzt bin ich da runter. Habe das wahre Glück gefunden. Ich werde die Frau heiraten, die ich liebe, und meinem Leben wieder Bedeutung verleihen. Ich werde aufs Land ziehen, Kinder haben, Wurzeln schlagen. Jetzt, Carl, jetzt bin ich mein eigener Herr.«

Carl pirschte sich an einen Mann nach dem anderen heran und entlockte jedem ein ähnliches Geständnis über Glück und vollkommene Zufriedenheit, das zweifellos auch dadurch inspiriert wurde, dass jeder vor dem Abendessen sexuelle Befriedigung gefunden hatte. Es war, so dachte Carl, ein bisschen wie auf einem Treffen der Anonymen Alkoholiker, bei dem jeder Mann sein bisheriges Leben im schlimmstmöglichen Licht darstellte, um seine neugefundene Nüchternheit umso großartiger präsentieren zu können. Nur dass Harry, Richard, Nick und Steve eher auf ein Treffen der Anonymen »Alle Männer sind Scheusale« gepasst hätten, weil sie so entschlossen ihre, wie Carl fand, männlichen Eigenschaften verdammten.

Tatsächlich musste er regelrecht ein Schmunzeln unterdrücken bei der Vorstellung, dass die vier Männer bei so einem »AMSS«-Treffen auf ungefähr folgende Weise bekennen könnten: »Mein Name ist Richard James, ich bin ein Scheusal. Vierzig Jahre lang habe ich den niedrigsten männlichen Instinkten nachgegeben, meine Frau betrogen, meine Mitmenschen gepiesackt und meine Kinder vernachlässigt …« Ähnlich fanatisch wie trockene Alkoholiker oder wiedergeborene Christen stellten diese künstlich erschaffenen Modellmänner, diese perfekten Ehemänner, ihr neues Selbst zur Schau und verachteten ihr vorheriges Leben.

Die Frauen waren sogar noch interessanter. Carl stellte fest, dass sie – obwohl sie bestimmt erfahren hatten, dass er Nicolas perfekter und immer noch durch schwache Dosis kontrollierter Modellmann war – nicht im Mindesten damit rechneten, dass er wusste, was sie wussten. Er ging davon aus, dass zu Nicolas Überredungstaktik die Enthüllung seiner Vergangenheit gehört hatte. Dennoch verrieten sie durch nichts, weder durch Blicke noch Bemerkungen, dass sie es wussten. Als er und Nicola beim Mittagessen Mannigfalt erwähnten, hatte keine von ihnen eine Reaktion gezeigt, hatten sie sich sogar dumm gestellt, als Richard den Namen wiederholt und Steve nach dem Start auf dem europäischen Markt gefragt hatte. Natürlich waren sie jetzt ein Teil der Verschwörung und auf ihre Weise ebenso schuldig wie Nicola. Sie waren die Wächter der Männer geworden. Sie hatten die Kontrolle. Falls sie irgendwelche Vorbehalte oder Schuldgefühle gehegt hatten, ihre Partner heimlich mit Mannigfalt zu füttern – aus Georgias Brief war hervorgegangen, dass sie am Anfang gezögert hatten –, so waren diese längst verflogen.

Allerdings machten sie keinen so glücklichen und zufriedenen Eindruck wie ihre Männer. Amanda wirkte wie eine Frau, die nicht sicher wusste, was sie eigentlich wollte: Erfolg oder privates Glück. Caroline hatte vor diesem letzten Abend ziemlich schlecht ausgesehen und keinen rechten Draht zu ihrem Ehemann und ihren Zwillingen gehabt, während Georgias Rolle als Mutter und Hausfrau durch ihren gezähmten und nun übermäßig häuslichen Ehemann stark eingeschränkt war. Und Juliet, ja, Juliet würde sich ganz bestimmt niemals ernsthaft auf einen Mann wie diesen neu geborenen Harry einlassen, nicht einmal für diesen fünfkarätigen Diamantring an ihrem Finger. Carl überlegte, ob sie vielleicht dachten, dass sie in der Falle hockten – dass sie sich einerseits durch diese weibischen Witzfiguren von Männern abgestoßen fühlten, andererseits aber auch die Rückkehr zum früheren Zustand fürchteten.

Er beschloss, mit Juliet anzufangen. Sie zu bearbeiten, so wie jemand den Diamanten bearbeitet hatte, den sie immer wieder stolz begutachtete. Außer Hörweite der Männer fragte er sie nach der bevorstehenden Hochzeit.

»Habt ihr schon ein Haus gefunden? Harry sagt, ihr wollt nach der Heirat ein ländliches Leben führen. Mit vielen Babys, Kühen oder Schafen und dem schlichten Charme der eigenen Scholle.«

»Na ja, das ist natürlich in erster Linie Harrys Vorstellung, Carl. Die Realität, denke ich, wird da ein bisschen anders aussehen.«

»Und wie ich höre, will er Sam aus dem Internat holen und seine jetzige Arbeit aufgeben. Allen Glamour hinter sich lassen und sich Heim und Herd widmen. Das klingt alles so … so beschaulich«, sagte Carl.

»Und ihr, Carl«, entgegnete Juliet scharf, »plant ihr, Nicola und du, eine ähnlich beschauliche Zukunft?«

»Du meinst wie du und Harry, Richard und Georgia, Nick und Caroline oder Steve und Amanda? Nein, ich glaube nicht, dass ich der, nun ja, der Hausmann-Typ bin.«

»Aber das letzte Mal, als du hier warst, schienst du haargenau der Hausmann-Typ zu sein, wenn auch eine Art ›akademischer Hausmann‹-Typ. Du hast, auf uns zumindest, wie der liebevolle und einfühlsame Mann gewirkt, von dem wir alle immer geträumt hatten.«

»Findest du es eigentlich nicht seltsam, Juliet, wie sehr Richard, Harry, Nick und Steve sich ähneln, seit wir uns das letzte Mal getroffen haben? Ich meine, sieh sie dir doch an! Sie sehen sogar gleich aus. Dieselben grinsenden Gesichter, dieselben strahlenden Augen, dasselbe dichte, glänzende Haar, dieselben grässlichen Plattitüden über Familienwerte und Häuslichkeit. Vor neun Monaten jedoch hätten sie nicht verschiedener sein können, oder?«

Nicola, die Carls Ausführungen mit steigender Besorgnis anhörte, war erleichtert, als Richard in diesem Augenblick das Hauptgericht servierte – Perlhuhnragout mit einer Soße aus Pilzen und Schalotten (oder besser: einer angebrannten Soße aus Pilzen und Schalotten), neuen Kartoffeln und diversen selbst gezogenen Gemüsesorten.

Wäre es essbar gewesen (und dem Wildtaubengericht vom Mittag nicht so erschreckend ähnlich), hätte das Essen sie ein wenig nüchterner machen können. Doch der gute Wein, mit dem Richard großzügig die Gläser füllte, trug eher noch zu ihrer Trunkenheit bei. Carl fragte sich bereits, ob die Männer später überhaupt begreifen würden, was er ihnen zu enthüllen hatte.

Unterdessen wagte er einen Vorstoß bei Amanda. Er spürte, dass sie von den vier Frauen diejenige mit den meisten moralischen Bedenken ob ihres Verrats an den Männern war. Sie plauderten über ihre Arbeit, ihre Beförderung und darüber, wie das alles ihr Leben verändert hatte.

»Die Sache ist die, dass ich immer nur so etwas wie ein Aushängeschild meines Mannes war. Ich meine, ich habe nie irgendwas getan, bevor ich Steve kennen lernte, und in all den Jahren des Reichtums auch nicht, und erst als alles weg war und Steve im Gefängnis saß, ist mir eingefallen, dass ich ja meinen Lebensunterhalt verdienen könnte. Und

jetzt finde ich das richtig toll. Ich meine, ich begreife jetzt überhaupt erst den Wert des Geldes.«
»Und den Wert menschlicher Beziehungen?«
»Den natürlich auch. Ich meine, ich KANNTE meine Tochter eigentlich gar nicht, ehe wir alles verloren. Sie war von Kindermädchen großgezogen worden. Ich hatte keinerlei Beziehung zu ihr. Ich gab ihr einen Gutenachtkuss, wenn ich zu Hause war, aber so oft kam das auch nicht vor.«
»Und Steve, hast du ihn gekannt?«
Sie schwieg eine Weile.
»Natürlich kannte ich ihn.« Sie hielt inne. »Aber er war damals anders. Das Gefängnis hat ihn sehr verändert.«
»Das Gefängnis hat aus dem rücksichtslosen Mann, den Nicola mir beschrieben hat, diesen netten, gefügigen Kerl gemacht, den ich heute kennen gelernt habe? Ihn in einen Mann verwandelt, der mir eine Stunde lang einen Vortrag über die Kunst des Gobelinstickens hielt und der, als wir heute Nachmittag spazieren gingen, eineinhalb Stunden mit Georgia über Farbzusammenstellungen diskutierte?«
»Na ja ...«
»Denn, Amanda, wie du zweifellos wissen wirst, hat das Gefängnis auch mich verändert. Nur nicht die Zeit, die ich hinter Gittern verbrachte. Die hatte überhaupt keine Auswirkung gehabt. Nein, was mich veränderte, war etwas, das mir im Gefängnis verabreicht wurde. Und die Auswirkungen waren seltsamerweise denen ähnlich, die ich an Steve beobachten kann. Und an Harry und Richard und Nick ... Obwohl ich zugeben muss, dass ich mich nie mit Stickereien, Babypflege oder Nouvelle Cuisine abgegeben habe.«
»CARL«, sagte Nicola scharf, »das reicht jetzt. Ich glaube

nicht, dass Amanda hören möchte, was vor so vielen Jahren mit dir passiert ist.«
»Vielleicht möchte Amanda nicht hören, was mit mir passiert ist, aber ich glaube, dass es Richard, Nick, Harry und Steve sehr interessieren könnte.«
»Carl«, rief Nicola laut, »Ich verbiete Dir, auch nur ein weiteres Wort darüber zu erzählen.«
»Soso, du verbietest mir also, mehr zu erzählen, Nicola?«, fragte Carl. »Nun, ich fürchte aber, dass ich heute Abend nicht gehorchen werde.«
Am Tisch breitete sich ein ungutes Schweigen aus. Den Frauen war bewusst, was jetzt geschehen könnte, aber die Männer, benebelt vom Alkohol und ohne Kenntnis der Zusammenhänge, dachten nur, dies sei nichts weiter als ein kleiner privater Streit zwischen Carl und Nicola.
»Amanda«, sagte Carl, »ich finde, du solltest in die Küche gehen und einen starken Kaffee kochen. Was ich heute Abend zu sagen habe, ist von großer Bedeutung. Und es ist sehr wichtig, dass alle es verstehen.«
»Hör mal, Kumpel«, sagte Richard, »ich will ja nicht unhöflich sein, aber wenn du dich mit Nicola streiten willst, dann solltest du das vielleicht oben in eurem Zimmer tun. Denn wir amüsieren uns gerade sehr gut.«
»Ja«, echoten Harry, Nick und Steve.
»Ist euch Männern denn niemals die Frage gekommen, warum ihr euch so amüsiert? Warum ihr in den letzten Monaten so wunderbar häusliche, friedfertige, bescheidene, glückliche, fürsorgliche und aufopfernde Ehemänner geworden seid? Ist euch jemals der Gedanke gekommen, dass eure nahezu gleichzeitige Verwandlung sehr, sehr eigenartig ist?«
»Genug, Carl!«, schrie Nicola. »Ich will nicht, dass du

dich im Haus meiner Freunde derart aufführst. Wie kannst du es wagen, so unhöflich zu sein?«

»Nun aber langsam, meine Liebe. Ich finde nicht, dass er unhöflich ist«, sagte Richard. »Er versucht vermutlich nur, sich für die unverzeihlichen Dinge zu revanchieren, die ich letztes Mal an diesem Tisch zu ihm gesagt habe.«

»Nein, Richard«, entgegnete Carl, »ich versuche nicht, mich zu revanchieren, sondern versuche gewissermaßen, den echten Richard zu erreichen und nicht diese Witzfigur von einem Mann, mit der ich jetzt rede.«

»Wie kannst du es wagen, Carl, wie kannst du es WAGEN?«, schrie Nicola. »Nach allem, was ich für dich getan habe. Nachdem ich dich aus der Gosse gezogen und dir die Möglichkeit gegeben habe, ein anständiger, zivilisierter Mensch zu werden. Wie kannst du mich nur auf diese Weise verraten?«

»Nicola, wenn wir schon von Verrat sprechen, dann finde ich nicht, dass du das nur auf mich beziehen solltest – nicht in dieser Gesellschaft«, gab Carl spitz zurück.

Georgia hatte angefangen zu weinen. Tränen liefen ihr über das Gesicht, während sie Carl zuhörte.

»RICHARD!«, rief Carl. »Du musst mir sehr genau zuhören. Erinnerst du dich noch, was du an jenem Abend zu mir gesagt hast? Was du jetzt für so unverzeihlich hältst? Falls du es vergessen hast: Du hast gesagt, ich sei nicht das, was du als einen ›richtigen‹ Mann bezeichnen würdest. Ich glaube, du nanntest mich Nicolas ›neu herangezüchtetes niedliches Haustier‹. Trifft diese Beschreibung jetzt vielleicht in irgendeiner Weise auf dich zu – oder auf Harry, Steve oder Nick?«

Nicola stützte den Kopf in die Hände und schluchzte während Carls Ansprache andauernd »nein, nein, nein«. Aber sie konnte ihn nicht mehr aufhalten. Sie hatte die Kontrolle verloren – über ihn, über sich und, wenn er auf das hinauswollte, was sie befürchtete, vermutlich ihr ganzes Leben.

»Ich verstehe dich nicht, Carl«, sagte Richard. »Ich weiß nicht, worauf du hinauswillst.«

»Was ich sagen will, ist: Meint ihr, es könnte einen bestimmten Grund geben, warum der einzige Bereich, in dem du noch was zu sagen hast, dein Gemüsegarten ist – warum Steve von Patchwork-Quilts und Stickerei wie besessen ist – warum Harry heiraten und Kinder haben will –, warum Nick sich mehr für Windeln und Kinderlieder interessiert als für sein großes Kunstwerk?«

»Was für einen Grund könnte es da geben?«, fragte Richard.

»Hiermit präsentiere ich euch« – Carl zog ein zerknittertes Papier aus der Tasche – »Beweisstück A. Einen Brief von Georgia James an Nicola Appleton, geschrieben im Oktober 1996. ›Liebste Nicola‹, heißt es da, ›Es tut mir Leid, dass ich an unserem letzten Abend so überreagiert habe. Ich habe einfach alles geleugnet. Ich konnte nicht erkennen, was aus Richard geworden war. Und ich konnte schon gar nicht erkennen, was du mir zu bieten hattest.‹ Dämmert es dir langsam, Richard? Siehst du allmählich die Verbindung zwischen dir und mir, dem Zustand deiner Freunde und der Arbeit von Nicola Appleton?«

Amanda kam mit dem Kaffee zurück und verteilte große Becher an die Männer. Georgia weinte noch immer, und Nicola murmelte leise vor sich hin.

»Ich werde euch allen nachher eine Kopie des Briefes geben, doch fürs Erste lese ich mal die wichtigsten Sachen vor. ›Aber ein paar Tage nach deiner Abreise gab ich ihm

– wohl aus Ärger – die erste Kapsel. (Ich erklärte ihm, es sei ein neuer Vitaminmix!)‹ Dämmert es dir jetzt, Richard?«
»Richard, Richard-Darling, du musst verstehen, dass ich verzweifelt war«, rief Georgia unter Schluchzen. »Ich hatte gerade von dir und Juliet erfahren. Ich habe dich gehasst, ich wollte Rache. Nie hätte ich gedacht, dass ich mich wieder in dich verlieben würde.«
»Hör auf, Georgia«, sagte Amanda. »Ich glaube, wir können Carl genauso gut zu Ende reden lassen. Und uns dann hinterher rechtfertigen.«
»Danke, Amanda, ich dachte gleich, dass du die Einzige bist, die wegen dieses Betrugs ein schlechtes Gewissen hat«, sagte Carl, ehe er sich wieder dem Brief zuwandte. »Georgia schreibt weiter: ›Es genügt zu sagen, dass er jetzt, nach sechs Wochen, wirklich zum perfekten Ehemann geworden ist. Er ist nicht nur der Mann, den ich früher geliebt habe, er ist mehr. Eben perfekt.‹ Dann schreibt sie etwas über ein Geburtstagsgeschenk und einen Liebesakt und dann, wie ›einfühlsam und zärtlich und STRAHLEND er in so kurzer Zeit geworden ist‹.«
Richard hörte Carl aufmerksam zu. Sein Lächeln war einem Ausdruck der Verwirrung gewichen.
»Georgia berichtet Nicola von Richards politischem Sinneswandel und seinem neuen Mitgefühl. ›Es klingt vielleicht blöd‹, schreibt sie, ›aber er ist jetzt ein Mann, der denkt wie eine Frau (ist das möglicherweise das Ziel von Mannigfalt?). Danke, Nicola, danke, danke, danke‹, fährt sie fort, ehe sie Nicola anfleht, ihr doch bitte, bitte mehr Nachschub zu schicken. ›Ich könnte es nicht ertragen, wenn mir Mannigfalt ausgeht!‹« Er hielt einen Moment inne und blickte in die Runde, um die Reaktion auf seine Worte zu prüfen. Es gab Tränen, Kopfschütteln und Schluch-

zer bei den Frauen, jedoch wenig Reaktion bei den Männern.

»Doch der vielleicht grauenvollste Absatz, meine Herren, ist der letzte: ›Das Lustigste von allem ist, dass unsere vier Männer jetzt beste Freunde geworden sind und sich sogar regelmäßig treffen wie wir Frauen! Kannst du dir Richard, Steve, Harry und Nick (der wirklich nur noch über Babys redet) vorstellen, wie sie sich stundenlang unterhalten und jeden zweiten Tag telefonieren?‹ Und? Sind die Dinge jetzt vielleicht ein bisschen klarer?«

»Gehe ich recht in der Annahme, dass Mannigfalt«, begann Richard langsam, »das Medikament ist, das Nicola entwickelt hat? Das in den Staaten schon auf dem Markt ist und ab nächster Woche auch hier vertrieben wird?«

»Ja, Richard«, erwiderte Carl. »Ein Medikament, das in amerikanischen Gefängnissen an Mördern wie mir ausprobiert wurde.«

»An Mördern wie dir?«, fragte Steve verständnislos.

»Ja. Ich saß gerade lebenslänglich ab, als ich mich freiwillig für den Test von Mannigfalt an Menschen meldete. Allerdings war ich kein Mensch. Ich war, um es mit Nicolas Worten zu sagen, ein ›Tier‹. Das Mittel half mir, ein zivilisierter Mensch zu werden, Selbstachtung zu gewinnen, eine neue Art zu leben zu entdecken. Mir war jedoch nicht klar, dass die Schöpfer von Mannigfalt große Zukunftspläne hegten. Dass es binnen eines Jahres – also von jetzt an in wenigen Monaten – ein so verbreitetes Medikament wie Penicillin oder Aspirin werden soll. Dass es als Allheilmittel für Männer eingesetzt werden soll – gegen jegliche psychische Unausgeglichenheit, gegen Depression, Unsicherheit, Verhaltensstörungen, ja sogar gegen Potenzstörungen. Mir war nicht bewusst, dass Mannigfalt eine hinterhältige feministische Verschwörung zur Unterdrückung und Kontrolle der kreativsten und natürlichsten Eigenschaften der Männer sein sollte.« Er warf den schniefenden Frauen einen bedeutungsvollen Blick zu.

»Diese Disketten, die du mir geschickt hast«, fiel Richard plötzlich ein, »die waren voller Statistiken und Pläne für Mannigfalt von der ... ach ja, von der Neumann-Stiftung.«

»Ja, Richard. Wir sind alle Versuchskaninchen. Wobei ich mich allerdings freiwillig meldete, weshalb ich mich eigentlich nicht beklagen darf. Ihr aber – ihr vier – wusstet nicht, was da für chemische Veränderungen in euch stattfanden. Und nach ein paar Wochen wart ihr, laut Georgias Brief, natürlich alle so glücklich und strahlend, dass ihr nicht auf die Idee kamt zu hinterfragen, was da mit euch geschieht. Und warum solltet ihr auch? Ihr habt euren Frauen ja alle vertraut, oder?«

Die vier Männer mussten sich anstrengen, um trotz des Alkohols zu begreifen, was ihnen da eröffnet worden war. Sie zweifelten keine Sekunde daran, dass Carl die Wahrheit sagte. An der Reaktion der Frauen konnten sie ablesen, dass es nur allzu wahr war. Doch keiner von ihnen konnte die Konsequenz aus dem Gesagten ziehen. Keiner von ihnen konnte die Frau anklagen, die er noch vor wenigen Stunden für perfekt gehalten hatte.

»Nick, ich weiß, das klingt alles fürchterlich«, sagte Caroline, »aber ich sah keinen anderen Ausweg. Mir blieb nur das, was ich getan habe, oder eine Trennung. Erinnerst du dich nicht mehr an unser Abkommen, keine Kinder zu haben? Und wie du mich beschuldigt hast, dich betrogen zu haben, als ich schwanger wurde? Wenn du denkst, dass ich dich wieder betrogen habe, indem ich dir Mannigfalt gab,

dann hast du vielleicht Recht. Aber ich habe es nicht für mich getan, sondern für dich. Würdest du jetzt ohne die Babys leben wollen?«
Nick sah sie an und schüttelte den Kopf.
»Ich würde nicht ohne die Babys sein wollen. Aber Gott im Himmel, ich weiß nicht, wer ich jetzt BIN ...«
Amanda stand auf und ging zu Steve hinüber.
»Ich habe die ganze Idee von Anfang an verabscheut. Du hast keine Vorstellung davon, wie Nicola uns das verkauft hat. Mit einem Abendessen und einer Video-Präsentation und einem Wahrheitsspiel, in dessen Verlauf Juliet Georgia alles über Richard erzählte. Ich sagte damals, dass ich es für eine chemische Methode der Kastration halte. Ich glaube, ich nannte es sogar feministischen Faschismus. Ich sagte, es sei gefährlich, in die Natur der Dinge einzugreifen, und dass ich es nicht gut fände, was Nicola da tut. Aber es war so, dass du angefangen hattest, mich zu schlagen, Steve. Du erinnerst dich jetzt vielleicht nicht mehr daran, aber du kamst in einem solch schrecklichen Zustand der Depression und Erniedrigung aus dem Gefängnis, dass du nichts anderes tun konntest, als die Menschen zu schlagen, die du zu lieben glaubtest. Es gibt keine Entschuldigung für das, was wir getan haben. Aber denk bitte daran, dass die letzten Monate mit dir für mich die Schönsten in meinem ganzen Leben waren. Vorher habe ich dich nicht geliebt, aber jetzt tue ich es«, sagte sie, beugte sich hinunter und gab ihm einen Kuss auf die Stirn, ehe sie das Zimmer verließ.
Juliet war die einzige der Frauen, die ungerührt blieb.
»Harry, noch nie in meinem Leben habe ich einen Mann kennen gelernt, der mich dazu brachte, all die Dinge zu tun, die ich tat, um dich zu halten. Ich musste mich regelmäßig selbst erniedrigen, und dafür hast auch du mich erniedrigt

und emotional ausgenutzt. Ich dachte, alles, was ich will, bist du. Ich wollte, dass du dich fest an mich bindest. Mit mir zusammenlebst. Ich wollte kein Happy End auf dem Land, mit Kindern und Kühen. Nur, dass du bei mir einziehst. Du warst der einzige Mensch auf der Welt, den ich nicht kontrollieren konnte, und Nicola bot mir die Chance, dies zu ändern. Aber jetzt bin ich nicht sicher, dass mir gefällt, was ich bekommen habe. Ich glaube langsam, dass der einzige Grund, warum ich dich wollte, der war, dass ich dich nicht haben konnte. Doch während des ganzen letzten Monats, da HATTE ich dich. Und das hat mir für den Rest meines Lebens gereicht.« Sie hielt inne, zog den Ring vom Finger und legte ihn Harry auf den Teller. »Tut mir Leid wegen des Rings, aber wir wären niemals glücklich geworden«, fügte sie hinzu und verließ das Zimmer.

Caroline wandte sich an Nicola, die nur dasaß und auf den Fußboden starrte.

»Was passiert jetzt, Nicola? Was geschieht mit ihnen, wenn sie Mannigfalt absetzen? Werden sie dann wieder zu den Männern, die sie waren? Wir müssen das wissen.«

Nicola sah zu Caroline und Georgia, die noch immer leise weinte, und dann über den Tisch zu Carl. »Ich vermute, da müsst ihr Carl fragen. Wie es scheint, nimmt er es ja schon eine Weile nicht mehr. Er hat sich heute Abend wie ein Wilder aufgeführt. Aber vielleicht war es ein zu optimistischer Gedanke, dass Carl jemals etwas anderes sein würde als ein Tier.«

Nicola wollte sagen, dass es ihr Leid tat. Aber das tat es eigentlich gar nicht. Sie war immer noch der Überzeugung, dass ihr Eingriff in das Leben ihrer Freundinnen zum Besten gewesen war.

»Ich werde nicht zulassen, dass dies einen Einfluss auf Mannigfalt hat«, sagte sie zu Carl gewandt. »Du versuchst uns einzureden, das Medikament sei irgendein gigantischer Plan der Frauen gegen die Männer. Aber du irrst dich. Mannigfalt ist der größte medizinische Fortschritt, der in der zweiten Hälfte des zwanzigsten Jahrhunderts erreicht wurde. Und ich werde nicht zulassen, dass ein Stück Dreck wie du diesen Erfolg zunichte macht. Allerdings fühle ich mich im Moment nicht in der Lage, meine Arbeit zu verteidigen. Wenn es euch also nichts ausmacht, gehe ich jetzt ins Bett, und wir können morgen früh darüber reden.« Sie stand auf, gab Georgia einen Kuss und verließ den Raum.

Georgia stand ebenfalls auf, ging zu Richard und umarmte ihn. Er hielt sie fest und küsste sie und sagte ihr leise, dass er sie noch liebe.

»Obwohl ich das vielleicht nicht mehr tun werde, wenn die Wirkung nachlässt und ich mich wieder in den Bastard verwandle, mit dem du vorher verheiratet warst«, sagte er, fasste sie an der Hand und zog sie – ungeachtet der verstörten Gäste und des unaufgeräumten Esstisches – aus dem Zimmer.

Dann ging Nick zu Caroline, streckte ihr seine Hand entgegen und führte sie aus dem Esszimmer nach oben in ihr Schlafzimmer. Steve folgte ihnen kurze Zeit später. Blieben also noch Harry und Carl. Oder eher: nur Carl, da Harry in einen tiefen und offensichtlich zufriedenen Schlaf gesunken war. Sein Kopf ruhte neben dem noch unberührten Teller mit Perlhuhnragout und Pilzsoße, aus der eine Ecke des blitzenden Diamants hervorlugte.

Carl erkannte jetzt, dass er einen besseren Augenblick hätte wählen müssen. Dass es ein Fehler gewesen war, die Sache heute Abend anzugehen. Die Bedeutung seiner Enthüllung hatte ihren durch Alkohol benebelten Verstand nicht erreicht. Aber er erkannte auch, dass sie selbst in nüchternem Zustand die Ausmaße des Mannigfalt-Konzepts nicht hätten erfassen können. Sie waren immer noch zu sehr von dem Medikament beeinflusst. Ihre Handlungen, Gefühle und Denkweisen waren so sehr von den Auswirkungen der kleinen gelben Kapseln beherrscht, dass sie nicht fähig waren zu begreifen, was mit ihnen geschah. Es würde Monate dauern, ehe sie wie er erkannten, welch verheerende Auswirkungen auf die Menschheit dieses Medikament barg.

Sein Plan war gescheitert. Nun gut, er hatte die Frauen beschämt und zum Weinen gebracht, aber er hatte es nicht geschafft, die Männer auf die Bosheit dieser Verschwörung aufmerksam zu machen. Er war der Meinung gewesen, dass Richard, sobald er erfuhr, was geschehen war, ihm helfen würde, gegen die Neumann-Stiftung ins Feld zu ziehen. Dass Harry, sobald sein freiheitlicher Geist wieder erweckt worden wäre, die Menschheit vor den Gefahren von Mannigfalt warnen wollen würde. Dass Steve Minter und Nick Evans ihre Frauen so verabscheuen und vor Nicolas Vorhaben so viel Angst haben würden, dass auch sie bei dem Kampf gegen dieses monströse chemische Gemisch mitmachen würden. Aber jetzt sah er ein, dass nur er allein etwas gegen die furchterregende und unvermeidliche Manipulation der männlichen Bevölkerung der zivilisierten Welt durch Mannigfalt unternehmen konnte.

Er blickte auf Harry, der in sein Essen schnarchte, und spürte eine schreckliche Wut in sich aufsteigen. Wenn diese Männer ihm nicht helfen wollten, dann musste er einen anderen Weg finden, um Nicola aufzuhalten. Dann musste er eben wieder der alte Carl Burton werden, um die Welt von Mannigfalt zu befreien.

Er ging nach oben in das Gästezimmer, das er mit Nicola bewohnte. Es war ihr nicht in den Sinn gekommen, die Tür vor dem Mann zu verschließen, den sie einst geliebt hatte, der nun aber ihr Feind war. Sie lag auf der Seite, ihr rotes Haar über das Gesicht ausgebreitet, und atmete schwer in ihrem tiefen und alkoholisierten Schlaf. Carl schloss die Zimmertür ab und ging ins Badezimmer, um zu holen, was er brauchte. Dann kehrte er ins Zimmer zurück und stopfte ihr vorsichtig einen ihrer schwarzen Nylonstrümpfe in den Mund. Nicola wehrte sich nicht. Sie bewegte sich eigentlich überhaupt nicht, abgesehen von einem Auge, das sich einmal kurz öffnete. Dann zog er sie hoch und band ihr mit dem Gürtel seines Morgenrocks die Hände auf dem Rücken zusammen.

Es sollte so aussehen wie seine anderen Morde. Es sollte als der letzte Akt des »Roten Rächers« zu erkennen sein. Es sollte sie zu Mannigfalt führen. Die Verbindung zwischen den brutalen Morden und dem Medikament war, wie er nun dachte, die schnellste und wirkungsvollste Methode, um die Welt auf den heimtückischen Plan der Frauen aufmerksam zu machen, Männer in Mäuse zu verwandeln. Er drückte Nicolas Gesicht ins Kissen und drang in sie ein, so wie er in die anderen Frauen eingedrungen war. Er spürte einen leichten Widerstand, ein ersticktes Stöhnen, aber er war jetzt so wütend, dass es nur dazu beitrug, ihn weiter anzutreiben. Er fickte Nicola, wie er sie noch nie gefickt hatte, und schloss seine Hände um ihren Hals, während er kam. Der einzige Unterschied zwischen dieser Hure und den anderen war nur, dass er diesmal kein Kondom und keine Handschuhe trug. Diesmal wollte er Spuren hinterlassen. Er stand auf, ging wieder ins Bad, zog eine Schachtel mit gelben Kapseln aus dem Schränkchen und legte sie neben die Leiche. Mannigfalt hatte Nicola getötet, so wie es all die anderen Frauen getötet hatte und letztlich sicher auch ihn, Carl, töten würde.

Epilog

Caroline war die Erste, die in dem überfüllten Restaurant eintraf. Sie bestätigte die Reservierung, die Georgia getroffen hatte, damit sie einen guten Platz bekamen, und saß ein wenig unsicher am Tisch und studierte die Speisekarte, während sie auf ihre Freundinnen wartete.

Amanda kam wenige Minuten später, prunkvoll herausgeputzt mit Stilettos und einer neumodischen, breitschultrigen, rosaroten Jacke im Stil der Achtziger. Ihr Haar, üppig und glänzend wie immer, umrahmte ihr Gesicht, und auf ihren Lippen – ebenso rot wie die Jacke – lag ein so strahlendes Lächeln, wie es die Männer in der Zeit vor Nicolas Tod ständig zur Schau getragen hatten. Trotz ihres ganz unterschiedlichen Stils – Caroline trug noch immer ihre weißblonde Kurzhaarfrisur, maskuline Anzüge und flache Schuhe – kamen sie wunderbar miteinander aus und freuten sich sehr über das Wiedersehen.

Die regelmäßigen Treffen der vier Frauen, die seit dem Schulabschluss Teil ihres Lebens geworden waren, hatten sie nach den dramatischen Ereignissen im Gallows Tree House eingestellt. Es war Juliets Idee gewesen, wieder damit anzufangen, und das Treffen heute Abend – auf neutralem Boden – entbehrte nicht einer gewissen Bitterkeit. Obwohl auf Juliets Anweisung hin keine von ihnen Schwarz tragen sollte.

»Gott, wie schön, dich zu sehen, Caroline«, sagte Amanda,

hängte ihre Jacke über die Stuhllehne und setzte sich ihrer Freundin gegenüber. »Du siehst großartig aus. Wie geht's den Zwillingen?«
»Frag mich lieber nicht, sonst erzähl ich's dir noch. Ich habe sogar ein paar Fotos mitgebracht, obwohl ich damit warte, bis Georgia kommt. Aber erzähl du: Wie geht es Steve?«
»Die Leiterin der Anklagebehörde hat eingewilligt, die Sache auf sich beruhen zu lassen. Vermutlich wird Johnny Britten untergehen und versuchen, Steve mitzuziehen. Aber wir glauben, dass wir sicher sind. Es geht uns immer noch gut.«
In diesem Moment betrat Georgia das Restaurant und bahnte sich würdevoll ihren Weg zum Tisch.
»Darlings«, zwitscherte sie, während ein Ober ihr den Stuhl zurechtrückte und sie es sich mit ihrem dicken Bauch bequem machte. »Ich kann euch gar nicht sagen, wie schön es ist, euch wiederzusehen und die Vergangenheit endlich hinter uns zu lassen.«
»Es sieht aber eher so aus, als ob du die Vergangenheit vor dir herträgst, Georgia«, sagte Amanda lächelnd.
Georgia errötete leicht und legte eine Hand auf den Bauch.
»Na ja, wisst ihr, ich glaube, das ist es, wozu ich im Grunde auf der Welt bin. Babys! Es ist das Einzige, was ich wirklich gut kann. Und es ist vermutlich das einzig Gute, das bei dieser schrecklichen Geschichte herausgekommen ist.«
Es herrschte einen Moment lang Schweigen, als alle ihren eigenen Gedanken nachhingen.
»Und Richard? Wie sieht er das bevorstehende frohe Ereignis?«, fragte Amanda.
»Nun, ihr kennt ja Richard. Damals wollte er es wirklich«, sagte Georgia mit leisem Kichern, »aber jetzt steckt er wieder bis zum Hals in der Politik und ist so oft im Parlament,

dass er wahrscheinlich gar nicht mehr weiß, was zu Hause los ist. Selbst sein toller Gemüsegarten ist vollkommen überwuchert.«
»Aber seid ihr denn glücklich?«, wollte Caroline wissen.
»Ich weiß nicht, Caroline, ich weiß es einfach nicht. Was ich weiß, ist, dass er mich als Gemüsegärtner fast in den Wahnsinn getrieben hat. Und, wie er immer sagte, hat die traditionelle Rollenverteilung von Mann und Frau ja auch etwas für sich. Man weiß, woran man ist. Vor Mannigfalt hatte ich keine Identitätsprobleme – ich war die Hausfrau und er der große Politiker. Doch dann verschwammen die Konturen, und ich war mir nicht mehr sicher, wer ich war, und vor allem, wer zum Teufel er war. Aber jetzt habe ich mein Territorium zurück. Man könnte sagen, ich habe gewonnen und verloren. Keine Marco-Pierre-White-Rezepte mehr, dem Himmel sei Dank! Aber dafür auch sehr wenig selbst gezüchtete biologische Superzucchini«, fügte sie mit hintergründigem Lächeln hinzu.
»Und wie geht's Stella?«, erkundigte sich Caroline.
»Stellt euch vor: Sie ist verliebt«, sagte Georgia fröhlich. »Sie hat irgendeinen Mann kennen gelernt. Ich nehme ja an, dass sie ihn schon längst kannte und uns da was vorgeschwindelt hat mit ihrer Selbstfindung, ihrem Freiraum, ihrer Unabhängigkeit und so weiter. Was sie tatsächlich wollte, auch wenn sie es leugnete, war ihr Traummann. Sie schämt sich fürchterlich und hat Monate gebraucht, um uns davon zu erzählen. Aber sie ist glücklich, und ich freue mich für sie.«
Es gab wie immer ein wenig Aufruhr, als Juliet das Lokal betrat und auf den Tisch zusteuerte. »'tschuldigung«, sagte sie, küsste ihre Freundinnen – und ihre Schwester – auf beide Wangen und setzte sich hin. »Habt ihr schon bestellt?«

Sie schenkten ihr Wein ein und riefen den eifrigen Ober, um ein paar Vorspeisen zu bestellen.

»Na, Juliet?«, fragte Amanda. »Wie geht es dir denn so?«

»Gut. Das Geschäft läuft prima – mir wurde kürzlich eine Fusion angeboten, durch die ich sehr reich werden könnte. UND ich habe jemanden kennen gelernt, der voll und ganz mein Typ ist.«

»Du meinst, dein Traumprinz ist endlich doch gekommen?«, meinte Caroline.

»Gütiger Gott, nein. Wisst ihr, was mir bei der ganzen Geschichte klar geworden ist? Dass, wie sehr ich mir auch einen Prinzen gewünscht haben mag, ich mich viel lieber mit einem Frosch begnügen würde. Oder gar einem Schwein. Ich habe Harry gehasst, als er sich in meinen Traumprinzen verwandelt hat. Als er mein Herz im Sturm erobern und glücklich bis ans Ende aller Tage mit mir leben wollte.«

»Dann ist dieser Neue also nicht so benutzerfreundlich?«

»Er ist aufregend, sexy, jung und vollkommen skrupellos. Für meine Bedürfnisse also perfekt«, erklärte Juliet strahlend.

»Und was ist mit dem armen Harry passiert? Hast du ihn mal wieder gesehen?«, fragte Amanda.

»Ja, eigenartigerweise sah ich ihn vor drei Wochen die Bond Street entlangspazieren, eng umschlungen mit einer schrecklich attraktiven Blondine, und einen kurzen Augenblick lang war mir klar, warum ich ihn so anziehend gefunden hatte. Er sieht wieder aus wie früher – mit Pferdeschwanz, Lederjacke, zerrissenen Jeans und lüsternem Gesichtsausdruck. Einen kurzen Augenblick habe ich bedauert, diesen ungeschliffenen Diamanten verloren zu haben – aber nicht jenen fünfkarätigen Diamantring. Oder was immer ich mir damit eingehandelt hätte.« Juliet warf einen Blick auf Georgias dicken Bauch.

»Erinnert ihr euch noch an den ersten Abend, als Nicola aus den Staaten kam?«, fragte Caroline nachdenklich. »Als wir alle unseren perfekten Ehemann beschrieben? Habt ihr das je als ein Omen für all das gesehen, was danach geschah?«
»Darling, ich glaube nicht, dass irgendjemand, selbst mit Hilfe von Mannigfalt, einen Mann mit Hugh Grants Lächeln, Mel Gibsons Augen und Linford Christies Gemächt erschaffen könnte. Außerdem habe ich mittlerweile entdeckt, dass unperfekte Männer viel attraktiver sind«, sagte Juliet.
»Caroline«, unterbrach Georgia, »hast du dich mit deinem unperfekten Mann abgefunden, oder hat Nick sich für immer verändert?«
»Na ja, nach jener Nacht war es schwierig. Ich meine, er war über die ganze Sache schockiert und höchst erstaunt, dass seine Veränderung auf chemischem Wege herbeigeführt worden war – na, ihr wisst ja, wie fanatisch er seine chemiefreie Diät verfolgte. Und er war böse auf mich. Aber jetzt hat er sich damit abgefunden. Er akzeptiert, dass Mannigfalt seine Lebensqualität verbessert hat«, sagte Caroline vorsichtig.
»Und er ist nicht wieder der egozentrische, düstere Trunkenbold geworden, der er früher war?«, wollte Juliet wissen.
»Er liebt die Kinder immer noch abgöttisch, interessiert sich mittlerweile aber weniger für ihren Stuhlgang«, meinte Caroline lächelnd. »Aber seine Dosis wurde ja auch reduziert.«
Die anderen drei Frauen rissen erstaunt die Augen auf.
»Er ist ... Du hast doch nicht ... Du würzt doch nicht immer noch sein Chili con Carne, oder doch?«, rief Georgia.
»Nein, er nimmt es freiwillig. Er hat einfach beschlossen,

dass er damit ein glücklicherer Mensch ist. Und überflüssig zu sagen, dass ich eine glücklichere Frau bin«, meinte Caroline verschämt.

»Was hatte Nicola gesagt? ›Ein größerer Sieg für die Frauen als das Wahlrecht, das Recht auf gleiche Arbeit oder gar die Einführung der Pille‹«, sagte Juliet langsam. »Aber wie passt das dazu, was mit Carl geschehen ist? Mein Gott, wir alle dachten, auch er sei durch Mannigfalt ein glücklicher Mann und Nicola eine glückliche Frau.«

»Ich ahnte schon, dass ihr's nicht gut finden würdet, aber wenn ihr zwischen dem alten Nick und dem neuen zu wählen hättet, bin ich sicher, ihr würdet euch genauso entscheiden wie wir. Und die Kapseln weiter nehmen«, verteidigte sich Caroline.

»Aber erinnert dich das nicht an Amandas kastrierten Kater? Gibt es nicht Augenblicke, in denen du dich fragst, ob Carl nicht doch Recht hatte? Nicht damit, Nicola zu ermorden oder all diese anderen Frauen, aber mit seinen Bedenken gegenüber den Hintergründen von Mannigfalt?«

»O Gott, das ist doch Unsinn, Juliet«, unterbrach Amanda. »Was wir da getan haben, nämlich es unseren Männern heimlich zu verabreichen, das war falsch und das wissen wir, auch wenn es sie vorübergehend glücklicher machte. Wenn ein Mann, so wie Nick, es aber freiwillig nimmt, dann ist das etwas ganz anderes.« Sie hielt einen Moment lang inne. »Und im Gegensatz zu Carls irren Erwartungen, hat Mannigfalt sich letztlich als positiv erwiesen. Erinnert ihr euch an meine Freundin Debbie, meine Nachbarin damals im Sozialbau, mit den zwei Kindern und dem schrecklichen Freund Dean? Na ja, der Arzt da unten im Viertel hat ihm Mannigfalt verschrieben, und er ist ein neuer Mensch geworden. Er hat Arbeit, hilft Debbie und kümmert sich um die Kinder. Dieses Medikament kann tatsächlich dazu beitragen, die Gesellschaft zu verbessern – es zerstört sie nicht«, meinte sie abschließend.

»Laut Richard hat inzwischen auch die Regierung Interesse an Mannigfalt. Sie wollen ein Gesetz entwerfen, dass Straftäter die Wahl bekommen, sich verurteilen zu lassen oder an einem so genannten Mannigfalt-Rehabilitationsprogramm teilzunehmen«, sagte Georgia.

»Ich bin mir trotzdem nicht sicher, ob mir das gefällt«, sagte Juliet. »Ich meine, ist das nicht ziemlich unheimlich? Ich muss Carl Recht geben. Ich glaube, dass die ganze Sache gefährlich für die Menschheit ist. Es ist in erster Linie ein feministisches Bestreben, die natürlichen Instinkte der Männer zum Wohl der Frauen zu unterdrücken. Und ich hoffe sehr, dass du Steve nicht mehr damit fütterst, Amanda.«

»Nein, aber Steve sieht ein, dass es ihm geholfen hat. Uns geholfen hat. Ich will nicht unbedingt sagen, dass alle Männer über vierzehn gezwungen werden sollten, Mannigfalt zu nehmen, aber es könnte helfen. Denkt doch daran, was es bei unseren Männern bewirkt hat. Wir fanden vielleicht nicht alles so toll, aber unser Leben war verdammt noch mal besser als vorher. Und Steve hat nachhaltig davon profitiert. Das Talent, das er während der Einnahme von Mannigfalt in sich entdeckte, und sein natürlicher Geschäftssinn, trugen gemeinsam dazu bei, dass er jetzt wieder erfolgreich arbeitet. Eines seiner Häuser wurde diesen Monat in einer Architekturzeitschrift abgebildet. Er renoviert gerade auf eindrucksvolle Weise eine Reihe von Lofts. Und er verdient viel Geld«, fügte Amanda hinzu und spielte mit einem kleinen, aber eindeutig kostbaren Goldherzchen, das sie um den Hals trug.

Georgias Stimmung hob sich, als der aufmerksame Ober ihr

Essen brachte. Richards Rückkehr in die Politik (und zur Tory-Partei, wohlgemerkt) hatte ihr Bedürfnis nach Trost und Befriedigung durch Essen neu geweckt.

»Georgia-Darling«, sagte Juliet, als sie sah, wie ihre Schwester zulangte, »du sollst für zwei essen und nicht für uns alle vier.«

»Wisst ihr, was mich an Mannigfalt am meisten beunruhigt?«, fragte Georgia zwischen zwei Bissen. »Dass es Männer so feminin macht. Ich meine damit nicht tuntig und analfixiert – obwohl man das, wie ich gehört habe, bei Carl ja teilweise sagen konnte –, sondern eben weibisch. Und in Richards Fall sogar ›altweibisch‹. Oh, ich weiß, ich habe mich irgendwie neu in ihn verliebt, als er so verändert war – als er mit mir redete, für mich kochte und die Einkäufe erledigte. Aber ich muss sagen – und ich weiß, dass ihr mich jetzt für schrecklich halten werdet –, dass ich in vieler Hinsicht den alten dem neuen Richard vorzog. Wir sollten weiß Gott nicht versuchen, Männer in Frauen zu verwandeln oder Frauen in Männer – damit meine ich dich, Juliet. Wir sollten unsere unterschiedlichen Stärken zu beiderseitigem Vorteil nutzen. Wir sollten die Unterschiede erkennen und anerkennen. Und nicht versuchen, einander zu ändern. Wir sollten versuchen zu verstehen, was Carl uns sagen wollte.« Sie errötete leicht, als sie geendet hatte.

Die vier Frauen schwiegen eine Weile, während sie sich in dem stilvoll eingerichteten und geräuschvollen Restaurant umsahen.

»Jetzt ist es zu spät, noch irgendetwas zu ändern«, sagte Juliet und sah zu ihrer Schwester. »Wir sind von ihnen geradezu umzingelt. Seht euch nur den blonden Mann am Ecktisch an oder den Typen mit dem Schnurrbart an der Bar ... ganz zu schweigen von unserem Ober.«

Sie beobachteten aufmerksam, wie der Ober auf ihren Tisch zusteuerte. Es war, als sei ihr zusammengestückeltes Bild des perfekten Mannes zum Leben erwacht. Er war groß, muskulös, mit strahlend blauen Augen und dichtem, blond gelocktem Haar. Er hatte sogar, wie sie feststellen mussten, ein markantes Grübchen im Kinn. Sie beobachteten ihn so intensiv, dass es ihnen wie eine Ewigkeit vorkam, bis er ihren Tisch erreichte und den Notizblock zückte, der mit einer Kordel an seinem Gürtel befestigt war.
»Kann ich noch irgendetwas für Sie tun, meine Damen?«, fragte er sie mit einem erschreckend vertrauten, strahlenden Lächeln.